U0514990

**权威·前沿·原创**

皮书系列为
"十二五"国家重点图书出版规划项目

上海蓝皮书

BLUE BOOK OF SHANGHAI

总　编/王　战　于信汇

# 上海文学发展报告
# （2016）

ANNUAL REPORT ON LITERATURE DEVELOPMENT
OF SHANGHAI (2016)

## 文学城市：想象与建构

主　编/陈圣来
副主编/袁红涛

社会科学文献出版社
SOCIAL SCIENCES ACADEMIC PRESS（CHINA）

图书在版编目（CIP）数据

上海文学发展报告. 2016：文学城市：想象与建构／
陈圣来主编. －－北京：社会科学文献出版社，2016.6
（上海蓝皮书）
ISBN 978 - 7 - 5097 - 9294 - 0

Ⅰ. ①上… Ⅱ. ①陈… Ⅲ. ①当代文学 - 文学研究 -
上海市 - 2016 Ⅳ. ①I206.7

中国版本图书馆 CIP 数据核字（2016）第 125043 号

上海蓝皮书
# 上海文学发展报告（2016）
—— 文学城市：想象与建构

主　　编／陈圣来
副 主 编／袁红涛

出 版 人／谢寿光
项目统筹／郑庆寰
责任编辑／吴　敏　张　超

出　　版／社会科学文献出版社·皮书出版分社（010）59367127
　　　　　地址：北京市北三环中路甲 29 号院华龙大厦　邮编：100029
　　　　　网址：www.ssap.com.cn
发　　行／市场营销中心（010）59367081　59367018
印　　装／北京季蜂印刷有限公司

规　　格／开　本：787mm×1092mm　1/16
　　　　　印　张：19.5　字　数：261 千字
版　　次／2016 年 6 月第 1 版　2016 年 6 月第 1 次印刷
书　　号／ISBN 978 - 7 - 5097 - 9294 - 0
定　　价／79.00 元

皮书序列号／B - 2012 - 270

本书如有印装质量问题，请与读者服务中心（010 - 59367028）联系

▲ 版权所有 翻印必究

# 上海蓝皮书编委会

**总　编**　王　战　于信汇

**副总编**　王玉梅　黄仁伟　叶　青　谢京辉　王　振
　　　　　何建华

**委　员**　（按姓氏笔画排序）
　　　　　王世伟　石良平　刘世军　阮　青　孙福庆
　　　　　李安方　杨　雄　杨亚琴　肖　林　沈开艳
　　　　　邵　建　季桂保　周冯琦　周振华　周海旺
　　　　　荣跃明　屠启宇　强　荧　蒯大申

# 《上海文学发展报告（2016）》编委会

**主　编**　陈圣来

**副主编**　袁红涛

**编　委**（按姓氏笔画排序）

王光东　王安忆　王纪人　方克强　朱大建

刘　轶　孙　颙　孙惠柱　杨　扬　杨剑龙

汪　澜　陈思和　陈惠芬　陈歆耕　赵丽宏

郜元宝　侯小强　徐锦江　葛红兵　臧建民

# 主要编撰者简介

**陈圣来** 上海社会科学院文学研究所研究员,教授,高级编辑,国家对外文化交流基地主任。兼任北京大学、复旦大学特约研究员,美国加州州立大学奇科分校荣誉教授,美国纽约理工大学特聘国际咨询专家,上海师范大学、西南大学、上海视觉艺术学院等客座教授,亚洲艺术节联盟主席,中国对外文化交流协会常务理事,中国作家协会会员,中国戏剧家协会会员。历任东方广播电台台长、总编辑,中国上海国际艺术节中心总裁。2011 年 6 月起任上海社会科学院文学研究所所长。2012 年获国家社科基金重大项目资助,任国家重大课题"大型特色活动和特色文化城市研究"首席专家;获上海市社科基金资助,任上海市系列课题"上海建设国际文化大都市研究"首席专家。

1981 年从事新闻工作,1992 年创办上海东方广播电台,以创新和改革的姿态,颠覆了传统的广播模式,被国家广电部领导誉为"中国广播改革的第二块里程碑"。2000 年被中国广播电视学会主持人研究会授予杰出贡献奖。2000 年受命组建中国上海国际艺术节中心,策划运作了当今中国最高规格、最大规模的中国上海国际艺术节,成功举办了 12 届。其主持和操办的上海国际艺术节被国家文化部部长誉为"国际艺坛极具影响力的著名艺术节之一,我国对外文化交流的标志性工程和国际知名品牌"。2005 年被世界节庆协会授予杰出人物贡献奖。2007 年被授予 IFEA(世界节庆协会)中国杰出人物奖。

著有《生命的诱惑》《广播沉思录》《晨曲短论》《品味艺术》

等，在诸多重要报刊上发表了大量学术论文，并策划主编了《中国百家广播电视台·东广卷》《东方旋风》《世界艺术节地图》《中国节庆地图》《艺术屐痕》等，此外，还撰写了数百篇小说、散文、报告文学、评论、特写、随笔等，曾获《花地》佳作奖、中国广播节目奖、中国新闻奖、上海新闻论文奖等。

**袁红涛**　文学博士，上海社会科学院文学研究所副研究员，上海社会科学院"城市文学与文化"创新学科成员。主要从事中国现当代文学、城市文学与文化研究，在《文学评论》《文艺争鸣》《中国现代文学研究丛刊》等刊物上发表论文数十篇，现主持国家社科基金项目1项。自2011年起执行编辑《上海文学发展报告》。

# 摘　要

《上海文学发展报告（2016）》对2015年及近年来上海文学发展动态进行了多角度的回顾、总结和分析，对中国城市文学发展中的重要现象和理论问题予以关注和反思。

以王安忆长篇小说《匿名》为代表，上海作家在2015年屡有新作。从蔡骏、王若虚等人的作品，可见类型文学创作者丰富的追求，而且他们通过对不同文体的融合与创新，同样叩问着复杂的精神世界。张怡微、钱佳楠等青年作家对上海世情的不同叙述，则显示了这个城市与城市写作的多元性。

2015年，《繁花》等长篇小说获得茅盾文学奖。作为又一部获得茅盾文学奖的上海小说，《繁花》的成就不仅体现在广受关注的语言与形式方面的革新，还在于创造了一种获得历史连续感的现代城市经验类型，一种想象与打开"上海"的新方式。一直以来，缺乏历史感及生命厚度，是当代城市文学遭人诟病的一个重要原因，然而，随着城市题材的写作渐渐步入常规化，以及不同代际、身份处境的写作者的加入，这一状况已经发生变化。对2015年上海期刊上发表的城市题材小说进行细致梳理后可见，更为丰富、多元的社会生活空间得以展开，更多朝向历史维度与精神世界的建构努力正在展现。

呼应城市文学研究的新动向，以"想象、记忆与城市文明"为主题，上海社会科学院文学研究所于2015年创办"城市文学与文化"论坛并举行专题研讨。与会学者通过对电影、杂志、诗歌等多种文本的解读，揭示想象、再现、表述、话语对现实城市的塑形，呈现文学城市与现实城市之间复杂的建构性关系，并对诸如"思南读

书会"这样成长中的城市文化空间形态给予了热切关注。

循着"文学城市"研究视角，由上海放眼开去，中国城市书写中的江南诗性文化想象值得发掘，它表现了城市书写对历史传统的自觉皈依与审美认同。探讨江南诗性文化在城市文学中的呈像与传承，或可突破现代性思维下城市景观的窘境，在历史纵深处发掘中国城市想象之根。

上海自近代以来即是城市文学的中心，深圳的文学则与这座城市共同生长。近年来深圳对"新城市文学"的倡导值得关注，它特别强调一种"新"的城市生存经验的关注与表达，从其代表作品中，既能够切身体会到由乡村到城市社会转型的艰难不易，也更能够充分感受这一过程中身份意识的转换所必然导致的精神痛苦与心理焦虑。

城市文学研究当前也面临着理论的危机。城市文学研究理论的动力更多来自不断加快的城市化进程，而非当下文学创作的启示。尤其需要反思西方现代性理论的主导，从而推动中国化城市文学理论的建立。

# Abstract

*Annual Report on Literature Development of Shanghai* ( *2016* ) makes a review, summary and analysis on literary development of Shanghai in recent years and in 2015, so as to call more attention to and reflection on important phenomena and theoretical issues in the development of city literature in China.

New works of Shanghai writers sprang up in 2015, among which the long novel *Anonymity* of Wang Anyi's stands out a representative one. In exploration of the complicated spiritual world, writers show their pursuit in the try and efforts to integrate and innovate different styles, as it is seen in works by Cai Jun, Wang Ruoxu and many others. The various narrations of people and life in Shanghai of those youth writers like Zhang Yiwei, Qian Jianan embody the diversity of the city and the city writing.

In 2015, *Blossoms* and other long novels won the Mao Dun Prize in Literature. The success of it is not only seen in its creation in the language use and form wildly concerned about , but also in bringing about a new experience type in modern city life of historical continuity, a new way to imagine and unlock Shanghai. All the time the important reason why modern city literature is criticized is its lack of historical sense and the thickness of life. However, as one of the main genres of literature, city writing is better accepted with increased participation of writers of different generations and social background. Careful combing of those novels on city life published in the journals of Shanghai in 2015 indicates that more rich and diverse city experience and social life space are expanded, and more constructive efforts towards historical dimension and the spiritual world are

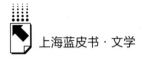
coming up.

In response to new tendency of city literature research, Institute of Literature, Shanghai Academy of Social Sciences founded the Forum of "City Literature and Culture" and held a seminar in 2015, with "*Imagination, Memory and the urban civilization*" as its theme. Through analysis of films, magazines, poetry and other texts researchers uncovered the function of imagination, representation, narration and discourse in reshaping the real city, and illustrated the complicated and constructive relationship between city in literature and the real one. And they were interested in "Sinan Reading Society", a special form of urban culture.

From the research perspective of "Literature City", with Shanghai as an example, it is worth exploring the imagination of poetic culture of Jiangnan in Chinese city writing. This imagination shows a sense of belonging to and aesthetic recognition of historical tradition in this type of writing. Studying the creation of images and inheritance of poetic culture of Jiangnan in Chinese city writing may go beyond the limitation of modern thinking of urban landscape, and excavate the root of Chinese city imagination in depth of history.

Shanghai is the center of city literature since modern times while literature in Shenzhen develops together with this city. Attention goes to the advocacy of "new city literature" in Shenzhen in recent years, which puts special emphasis on the attention to and expression of a "new" urban survival experience. In its representative works, the difficulty in social transformation from countryside to city can be truly experienced in reading. Besides, readers and researchers also experience the pain and anxiety in conversion of identity and consciousness.

City literature research is also facing with the crisis of theory at present. This research is more motivated by the acceleration of the urbanization than the thinking of present literature creation. Especially, it is necessary to rethink the dominance of western modern theory and promote the establishment of the Chinese theory.

# 目　录

## Ⅰ　总报告

## Ⅱ　文学上海：想象与建构

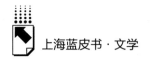
# Ⅲ 作家作品：聚焦与纵览

# Ⅳ 青年写作：主题与叙事

　皮书数据库阅读 **使用指南**

# CONTENTS

## I General Report

## II Literature Shanghai: Imagination and Construction

## Ⅲ    Writers and Works: Focus and Overview

## Ⅳ    Works of Young Writers:
## Theme and Narration

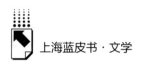
# V  City Literature: Observation and Reflection

# VI  Appendix

# 总 报 告
## General Report

# B.1

# 城市：通向历史与本体

## ——2015 年小说阅读印象*

贾艳艳**

摘　要：　　只有在中国城市文学创作日益繁盛的大背景下回望 2015 年的上海文学，方可明晰上海写作的价值与贡献；而通过对上海文学的细致梳理，也具体可见中国城市文学创作的丰富图景。2015 年，《繁花》等几部长篇小说获得第九届茅盾文学奖，显示了城市文学在当下文学格局中的优势地位及创作实绩，而在几部小说的对比性阅读中又隐约可见上海叙事与中国城市文

*　本文系上海社会科学院"城市文学与文化"创新学科建设阶段性成果。
**　贾艳艳，文学博士，现供职于上海社会科学院文学研究所，主要从事当代文学批评、城市文学与文化研究。

学发展的特殊关系。在分析《繁花》等获奖小说的城市美学特征的基础上，本文对2015年上海期刊上发表的城市题材小说进行细致梳理，将关于上海文学的年度回顾与对中国城市文学的整体考察相衔接，借此勾勒当下"城市"书写的状况。一直以来，缺乏历史感及生命厚度，是当代城市文学遭人诟病的一个重要原因。然而通过本文的梳理可见，随着城市题材的写作渐渐步入常规化，不同代际、身份处境的写作者的加入，这一状况已经发生变化。更为丰富、多元的城市经验与社会生活空间得以展开，更多朝向历史维度与精神世界的建构努力正在展现。

关键词：　城市文学　历史　本体

　　无论是考之于历史或是证之于当下，上海与上海文学在中国城市文学格局中都占有特殊而重要的地位。只有在中国城市文学创作日益繁盛的大背景下回望2015年的上海文学，方可明晰上海写作的价值与贡献；而通过对上海文学的细致梳理，也具体可见中国城市文学创作的丰富图景。2015年，《繁花》等几部长篇小说获得第九届茅盾文学奖，显示了城市文学在当下文学格局中的优势地位及创作实绩，而在几部小说的对比性阅读中又隐约可见上海叙事与中国城市文学发展的特殊关系。在分析《繁花》等获奖小说的城市美学特征的基础上，本文对2015年上海期刊上发表的城市题材小说进行细致梳理，将关于上海文学的年度回顾与对中国城市文学的整体考察相衔接，借此勾勒当下"城市"书写的状况。

缺乏历史感及生命厚度，是当代城市文学一直以来遭人诟病的一个重要原因。世纪之交于沸沸扬扬中登上文坛的"上海宝贝"们，以充斥着物象、景观符号与时尚生活的描写，为此前在当代文学中一直未成气候的"城市"涂上了相当显眼的一抹印记。随后接踵而至的大量以"打工者"或"新移民"为叙述角度展开的文本中，往往弥散着一种人与城市的疏离感，以及对于悬浮的生存与命运无从把握而生的漂泊感。尽管年轻一代作家积极地探寻着关于城市的新的审美表现，但"全球化"宰制下的城市面孔日趋逼仄、单一，于其中生活着的人或被欲望操纵、折磨，或以漂泊与疏离来建构自我的边缘化形象，这似已成为城市文学颇令人无奈的事实。正是由于缺乏足够的历史视野与开放性的城市精神，中国当代城市文学呈现为"一种无法解放和现身的'他者'，并且被无限期延搁于主体的历史之侧。"[①]然而，近年来，随着城市题材的写作渐渐步入常规化，不同代际、身份处境的写作者的加入，情况有了一些变化。更为丰富、多元的城市经验与社会生活空间得以展开，更多朝向历史维度与精神世界的建构努力不应被忽略。

## 一　茅盾文学奖作品：历史感与城市文化认同

2015 年 8 月，第九届茅盾文学奖揭晓，《繁花》等五部作品获奖。这不仅是本年度中国文学界的重要事件，对于认识城市文学的发展更具有特别的意义。几部获奖作品中，除王蒙写作于 20 世纪 70 年代的《这边风景》外，格非《江南三部曲》、李佩甫《生命册》、金宇澄《繁花》、苏童《黄雀记》皆为城市题材。对照历届茅盾文学奖，城市题材占据这样的比例还是第一次。城市代替乡村，成为当代

---

① 陈晓明：《城市文学：无法现身的"他者"》，《文艺研究》2006 年第 1 期。

文学叙事的中心，已然成为无可争辩的事实，并且在不断的积累与拓展中走向成熟，展露出更为阔大、丰富的精神气象。细读这几部代表了当下文学创作较高水准的作品，或可对当下的城市文学作一管窥，尤其是《繁花》创造了一种获得历史连续感的现代城市经验类型，城市文学通过上海叙事取得突破，再次凸显百余年来上海这座城市与中国城市文学发展的特殊联系。

李佩甫的《生命册》在城市和乡村两种文明的冲突结构中，书写城市化进程中的精神创痛。小说中的"我"是吃百家饭长大的孤儿，进入省城的大学工作后巴望着能摆脱乡村成为一个城里人，可是村里的老姑父不时传来指示，要"我"为村人办事。陷入困顿的"我"跟随同学"骆驼"出走，辞掉工作成为北漂，在地下室里当"枪手"挖到第一桶金，然后分赴上海和深圳投身商海。小说中的两个主人公形成了"一体两面"的对比与参照：在股票市场赢得巨额财富的"骆驼"，在追逐金钱的过程中欲望日益膨胀，攀附官场、名利场，越界利用各种潜规则，最终身陷囹圄，跳楼自尽。"我"（吴志鹏）则辗转于城与乡、学与商之间，在理想与现实、忏悔与自辩的内心冲突中彷徨无地、漂泊无系。虽然以城市作为主人公即时性的生活现场，但乡村世代相传、根深蒂固的观念与记忆，已经植入主人公及叙述者的灵魂深处，是迷茫和困顿的"城里人"的精神供养。在城与乡之间，小说明显呈现叙事能力、技巧的不平衡，一写到中原文化就繁花满树，切换到都市生活就干瘪失色。叙事虽然以主人公"我"与骆驼的城市生活为情节主线，然而写得最具感染力的，却是那些穿插于回溯性叙事、形成主人公乡土背景的草根人物：梁五方、虫嫂、吴春才……这些各具异禀、命运酷烈的乡土世界的"畸零人"。这些人物的生活、命运和性格发展，最能显现作者写真求实的艺术功力。与乡土人物立体生动的形象相比，城市背景的人物形象虚幻缥缈，骆驼和"我"生活的北京、上海、深圳等都市空间，更显苍白。

作为一位根系中原文化土壤的作家，李佩甫对城乡叙事的把握及表现出的不平衡，在以乡土文学为主流叙事的 20 世纪中国文学中颇具典型性。不可否认，《生命册》对城乡的观照与思考是真诚而严肃的，但小说的人物塑造、叙事结构与精神资源，未能突破城乡二元对立的模式，从而并没有能为当下的城市文学带来新的质素，或开启新的方向。乡土社会的民间故事和众多异禀人物传奇所构成的历史记忆，在叙事中未能与主人公身处的都市生活空间发生足够的、有效的现实关联，一旦作为一种固化的叙事理路被植入城市，小说主人公的禀赋、生活和命运的传奇化就不可避免。挣钱发财、升官争权，成为必不可少的都市生活的欲望场景。如此传奇化、通俗化的情节模式，以及由此而来的道德陷阱，也构成当下城市叙事的普遍难局。事实上，写作惯性的延续，激进的怀旧感伤，对于乡土叙事同样可能构成削弱，完全可能使其审美与情感模式日益固化。

苏童的《黄雀记》也表现了作家以往创作理路的延续。有论者将 20 世纪 90 年代的城市文学叙事归纳为四种形态："老城叙述者""城市游走者""都市女性流""淘金者传奇"。[①] 如果说《生命册》叙述的城市故事属于"淘金者传奇"，苏童 90 年代以来被命名为"新历史小说"的城市背景的小说，基本可以被归为关于"老城"的叙述。所谓"老城"，暗示了时间（"历史"／"记忆"）与空间在小说结构中的重要性，"过去"与"现在"的关系把握，在小说的叙事中处于核心地位。在创作谈中，苏童说："反省与忏悔的姿态很美好，那是我所能想到的最恰当面对过去的姿态。"[②]《黄雀记》继续以作家之前小说中的"香椿树街"作为地理标签，描写三个少年懵懂、

---

① 王干：《老游女金：90 年代城市文学的四种叙述形态》，《广州文艺》1998 年第 9 期。
② 苏童：《从没离开这条街》，见《茅盾文学奖获奖作家五人谈》，《人民日报》2015 年 8 月 19 日。

无常的青春与变幻的命运。苏童说自己之所以固守这条街，是因为"相信只要努力，可以把整个世界整个人类搬到这条街上"。①然而，反省与忏悔的姿态，加上视觉化的叙事所呈现的轻盈与空灵，以及稍显泛滥的诗意，并不足以支撑起出色的隐喻或象征所必需的历史感与现实感。在香椿树街之外，这部小说引入了一个新的地理空间——位于郊区、远离城市繁华的井亭医院（精神病院）。如果说香椿树街承载的是庸常化、重复感的老城生活，井亭医院则与之大相径庭，凸显变化无常的传奇性和戏剧性，成为宿命般的罪与罚、生与死、反省与忏悔的现场。一切翻转在这里成为应有之义：精神病患者对捆绑他的绳索从反抗到主动迎合，欲望的奔突与消散，生命的常态与病态……少女时代被少年强奸的白小姐，和这个城市的关系被叙事解释为一条鱼最终逃不脱渔网的宿命，成年后的她与富商周旋，被玩弄、抛弃后带着弃婴回到井亭医院的水塔——她不幸命运的起点。小说开篇写祖父的疯狂及对死亡的亲近，到了结尾，一出生就为白小姐带来耻辱的、整日啼哭的红脸婴儿，只有到了祖父的怀里，才变得平静。除了作为宿命的存在，位于城市郊区的"井亭医院"显然还担负着叙事中的"时代感"，尤其关于成年后白小姐与庞先生的描写，使得这个医院在叙事中不仅链接着"过去"与"现在"，还明白无误地通向"未来"，尽管是带有浓重宿命感的"未来"。与以往小说中"香椿树街"系列相比，这个精神病院的意象显然过分概念化了，一切翻转都只不过是宿命这一概念的合理演绎，缺乏现实的批判力度。

同样以先锋小说成名的格非，也将思考聚焦于如何获得历史感。他的"江南三部曲"试图与20世纪三个重要的历史片段对话，其中，第三部《春尽江南》对准当下中国的精神现实。不同于苏童的

---

① 苏童：《从没离开这条街》，见《茅盾文学奖获奖作家五人谈》，《人民日报》2015年8月19日。

老城叙述，格非将笔触对准当下工业化进程中的城市新区。在创作谈中，他说"历史感的获得，让我不断反省作为一个作家，自己究竟是在用什么样的眼光打量现实、描绘现实"。①《春尽江南》通过诗人谭端午和律师庞家玉这对夫妻及其周围一群人二十年间的生活，描写剧变的时代背景下个体的精神变迁，透过当下中国生存层面的喧嚣与浮躁，揭示时代精神的贫瘠与倦怠。小说中，处于"现在"时态的故事时间跨度其实只有一年，叙事通过回溯将叙述的时间延伸至二十年。这部小说将"三部曲"中前两部的"历史叙事"进一步调整为一种"过去"和"未来"交叉、对称的叙事。特别值得注意的是，包括《繁花》在内，这几部小说在叙事结构的安排上，全部将人物描写划分为"历史"和"当下"，将两部分的叙事交叉并行，让存在着时间跨度的"过去"和"现在"，如同镜子的两面互相映照。这或许也表明了当下的城市文学写作正在朝着不同的面向，尽可能地搭建起通向历史感的桥梁。

历史感的获得，也意味着"城市"不再只是地理空间上"乡村"的对立之物，或猎奇意味的都市景观，而指涉着更具普遍意义的当下的现实。小说中的"江南"，是桃花岛花家舍的所在，千百年来其明媚丰饶的地域、文化形象早已深入人心，然而到了 21 世纪，曾经的美丽家园变成工业化城市的"新区"，环境污染，建筑丑陋，各种不伦事物混乱失序。传说中的才子佳人无从寻觅，有的是跳梁群丑，或像谭端午这样无所事事、以颓废为反抗的失败者。曾经作为武陵桃源（《人面桃花》）、人民公社（《山河入梦》）的"花家舍"，其乌托邦的追求被包装为消费奇观，堕为人欲横流的消费会所。小说叙事设置的时间跨度，有意让 1989 年成为主人公命运的拐点，"江南"的象

---

① 格非：《与历史片段对话》，见《茅盾文学奖获奖作家五人谈》，《人民日报》2015 年 8 月 19 日。

征意因此不仅指涉传统的田园诗意,更关涉现代以来的变革激情与人文精神,获得了虽然不尽明确,却更具包蕴力的美学内涵。在人与理想世界的关系中,"颓败"成为关键词。作者在《春尽江南》中写道:"资本像飓风,刮遍了仲春的江南,给颓败穿上繁华或时尚的外衣。"① 作为一个学者性作家,格非对理想世界的勾勒透露出当代知识分子对1980年代的怀旧情结,虽然深切地体会到自身的颓废、无助,却又无力进行浃髓沦肌的反省,诗人端午的反抗始终徘徊于体制性利益的边缘,与之若即若离。尽管如此,这部小说已经展示了一代先锋作家自我更新的能力与高度。

"颓败"同样构成了《繁花》的关键词。作为这一届茅奖最具口碑的作品,《繁花》持续引发了人们对城市文学与上海叙事的认识和思考。这部小说的成就不仅体现在广受关注的语言与形式方面的革新,还在于创造了一种获得历史连续感的现代城市经验类型,一种想象与打开"上海"的新方式。如果说在王安忆的《长恨歌》中,"现代"和"传统"、新时代与旧时代之间的冲突,使城市经验方式本身存在着明显的断裂,到了《繁花》中,"上海"的"过去"和"现在"才终于获得了连续性与整体感。从李佩甫《生命册》建构在城乡二元结构中的"城市",到金宇澄《繁花》中的城市认同,恰好以对应的方式展现了当下城市文学的丰富性与趋向多元的可能性。王安忆的《长恨歌》中,繁华落幕之际,王琦瑶从上海的爱丽丝公寓搬到邬桥疗伤,表面看来似乎邬桥只是暂时的过渡,然而邬桥所象征的平淡、日常的生计,却是连接着新旧两个断裂时代的核。如此,乡土继续构造着城市内在的逻辑,规约着城市文学延展的方向。有论者在分析"城市文学"的"乡土性"问题时,敏锐地指出《繁花》中没

① 格非:《春尽江南》,上海文艺出版社,2012,第296页。

有处于核心的乡土空间。① 《繁花》也偶然出现对乡村生活的描写，如汪小姐、梅瑞、康总等人的一次春游，然而美丽的乡野景色始终是外在于人的，已经不能像邬桥一样与人发生心理深层的互动。至于他们所借住的乡下庭院，则阴冷潮湿，一副破败相，离勤俭、丰实、有序的邬桥相去甚远。小说里，乡下的表舅也跑到镇里落脚，接待城里的客人不过是想为木器找个出路。这无疑是当代中国城市化进程中乡村社会日益凋敝的一个缩影。这几个城里人对乡村本来就没有兴趣，不过是寻觅欲望的去处，匆忙到此一游后立刻返回上海。

尽管有着几十年的时间跨度，从 20 世纪六七十年代直到当下，《繁花》中的人物自始至终生活在熟人社会，并因社会阶层的差异而自成体系，正如有论者在分析《繁花》的地方性生产机制时所发出的疑问：《繁花》所展现的上海城市，究竟"仍是费孝通'乡土中国'的一部分，还是内在地构成了对'乡土中国/现代中国'二元关系的解构？"② 这里凸显了"颓败"的主题意义。城市的红男绿女们在一场场饭局中奔赴欲望的邀约，"爱以闲谈消永昼"，下场悲惨，尤其是女性人物，全都是悲剧性的结局。目睹这一切的阿宝与沪生，"面对这个社会，大家只能笑一笑，不会有奇迹了"。仿佛是一场大雪过后，大地一片白茫茫真干净，这里弥漫着一种只能面向过去的沧桑与垂暮感。不管是对于普遍意义的现代性城市，还是当下中国正在兴起的新文明与具体的城市化进程，大量的异乡者、闯入者以及陌生人形象的涌入，是展开城市形象的必有之义。既然固有的城市和乡土的文学想象模式无法实现有效的意义生成，如何打开更具开放性的城市经验与城市精神，如何与其建立稳定的联系以获得文化身份的认同，确是值得写作者深思的问题。

---

① 岳雯：《双重意识》，《当代作家评论》2015 年第 2 期。
② 曾军：《地方性的生产：〈繁花〉的上海叙述》，《华中师范大学学报》2014 年第 6 期。

归根结底，为什么我们要讨论城市？城市之于今日中国，是我们所置身其中的现实本身。多种可能性在其中并存、交叠，乃至共生，现实有多丰富、复杂，今天的城市就有多丰富、复杂。好在年轻一代的创作者正在为我们打开与展示时代的更多可能。

## 二　中短篇小说：城市化时代的情感与伦理

2015 年上海文学期刊上发表的小说中，有名家的重磅力作，有创作日趋成熟的中青年作家的实力之作，也有初露头角的写作者不无风格化的探索。整体来看，中短篇小说比长篇小说更能体现城市题材的优势与活力。

《收获》2015 年第 5 期继续特设"青年作家小说专辑"，所刊登的几篇青年作家作品全部为城市题材。其中，顾拜妮的《白桦林》写的是即将成为城市新区的小镇上几个年轻人的生活。值得注意的是，当下的城市写作中，关于小城镇、"城中村"、城市郊区等城市化进程中处于末端、边缘位置，以及城市与乡村的"过渡地带"的叙事，渐渐汇聚出一支不可忽视的力量。作为对城市化差序格局下现实处境的回应，这类叙事往往格外表现出对与身份阶层相联系的城市空间的敏感，其所呈现的"过渡地带"的生活世界，往往能够折射出更为典型的时代文化症候。这事实上也表征着"城市文学"创作已渐渐步入常规化、普遍化。这期"青年作家小说专辑"中，祁媛的《我准备不发疯》、周孝正的《更迭》、王莫之的《逝者善舞》皆描写都市"文艺青年"与时尚人群的生活，但这些小说的叙事中，并没有类似"上海宝贝"文本世界中那样充斥着金光灿灿的物与景观的描写，城市恢复了更为日常的面貌。与此对应的，叙事所描写的"私人生活"开始注重对人与人、人与社会的关系的发现与审视，"城市"开始展露出更具开放性与历史感的一面，这或可视为"城市文学"步入常规的另一表征。

　　曹寇的《在县城》是小城镇叙事中写得较为精巧的一篇。小说的情节不复杂，来自上海的王奎与恋人高敏一起去县城看望他们的一对情人朋友张亮和李芫，四人看似平常的相见却暗藏玄机。王奎和高敏是相处八年的普通恋人，感情渐趋淡薄，处于冷战状态；张亮和李芫由于是已婚男人和"小三"关系，处于四面楚歌的境地，正遭受双方父母的责备和监视。作为故事发生地的县城，在中国当下文化语境中的特殊性在于，它既没有都市的快节奏和陌生化、疏离的人际关系，又缺乏纯粹的乡土气息和以家族为核心的乡土社会伦理。在"都市"和"乡村"的二元格局中，它两边不靠的过渡性，使它同时又兼具两者的某些文化属性。在这样的背景下，人与人的关系有了更复杂的关联，爱情与两性关系因而格外敏感和微妙，叙事也获得更多推动故事向前发展的动力。王奎和高敏试图在县城寻找情感上的柳暗花明，然而到了县城却依然不冷不热、难以修复；张亮和李芫则因为有了借口，终于暂时摆脱了重重监视，显得热烈又缠绵。接下来张亮的表妹罗婷燕的出现，让两对恋人一冷一热的错位的情感状态有所平衡，却又开启了另一种尴尬，因为张亮和李芫曾经有意把她和王奎撮合在一起。五个人一起故地重游的行程中迷了路，隐喻着他们的人生状态。他们将错就错，将车开到邻县，张亮却接到了妻子同意离婚的电话。这似乎是张亮和李芫期待了多年的喜讯，然而他们却为此发生了强烈的冲突，在为爱而爱的窄路上疲累不堪的他们已经无力接受变化。两对恋人在县城终结了他们的情感。对于情感的复杂性来说，"上海"和"县城"并无区别。小说在相互关照的互文结构中实现了对爱情的质询与解构。

　　对于生活经历相对单薄的青年作家而言，爱情和婚姻无疑是他们所能找到的最严峻的考验，因而书写现代社会中青年男女的情爱变幻，仍然构成当下青年写作的一个主流。顾拜妮的《白桦林》、李晁的《步履不停》、肖谨君的《消失的一星期》等作品都描写小城镇的爱情故事，伴随着主人公昔日爱情的消逝，作为爱情发生地的小城镇在工业化进程中也已发生巨变，几篇小说的叙述都充满一种不复当初的感慨与唏嘘。《步履不停》与《消失的一星期》都描写心事重重的主人公从所栖身的都市回到故乡小城镇，发现一切面目全非，被城市化、工业化巨轮碾过的小城镇非但不能化解他们内心的焦躁，反而因既有伦理规范被迅速打破而显现非理性的膨胀及混乱。"故乡"终究是只属于过去的旧梦，他们只好选择与往事干杯，不无狼狈地逃回都市，"当务之急是把握现在"[①]。《白桦林》中，在吴镇的舞厅无聊地看场子的"我"，因看到失踪的恋人苏生哥旧居即将被拆迁，最终决定离开，终结三年来的无望等待。小说中，"我"眼中的苏生哥珍重情义、古道热肠，对吴镇的每个生灵都一样好，"我们看不上没有良心的人，而没有良心的人总是很快乐"[②]，这里显然寄托着一种对于传统价值理想的守护。怀着对苏生哥的古典爱情，"我"拒绝了跑去外地大学城开旅馆发财的同学廖志的追求。看着古风淳厚的吴镇日益"城市化"，即将成为省会城市的新区，"我"充满哀愁地感到将"被荒诞的世界吃掉的命运"。叙事中苏生哥的形象显然过分概念化，"我"的爱与哀愁因而止步于对往事的凭吊，不过，还是传达出了城市化进程中一代青年"无根"式的成长迷惘。

阿乙的《情史失踪者》、黄梵的《我们为什么不爱排队》、陈再见的《有疾》这几位青年写作者的文本写来自小镇或城市郊区的主人公充满荒诞意味的情爱故事。《情史失踪者》中，出生于乡镇、在北京谋生的"我"与偶然邂逅的丁婕妮有过两次逢场作戏的性关系，之后不再往来，不料对方遇险后得了怪病，久治不愈而致面目全非、

---

① 肖谨君：《消失的一星期》，《上海文学》2015 年第 4 期。
② 顾拜妮：《白桦林》，《收获》2015 年第 5 期。

生命垂危。"我"深夜被对方亲属劫持至丁婕妮位于京郊农村的家，被迫答应与其结婚。小说写到"我"的父亲在得知此事时，"突然像一名政治家那样敏锐地抓住事物的本质与核心，果断地插话：'是北京户口吧？'"在得到确切的肯定答复后，就变得"极为爽快起来"①。于是，两家原本风马牛不相及的亲戚家人虽心态各异，却坐在一起摆开庆祝的喜宴。叙事最终将全部情节归结于"我"的一个梦，但这个梦显然是现实中荒诞存在的投影。

《我们为什么不爱排队》中，"我"从小镇来到省会谋生，女房东为了报答"我"的救助，帮"我"介绍了时髦漂亮的女友，两人很快领证结婚。在去欧洲旅游的途中，女友由于接到前任离婚的消息，就决定与"我"离婚，并要"我"排队等她回心转意。烦恼的"我"欲找瞎子算命，却发现要彻夜排队，后因用电棍击了不肯排队的客户而被解雇。最终"我"决定拿家人提供的买房结婚的钱去美国深造，女房东却问"我"："你真的喜欢美国吗？真愿意花那么多时间老老实实去排队吗？"②这篇小说同《情史失踪者》一样充满了荒诞与反讽的意味，"排队"的隐喻指示着全球化时代的一代年轻人，宛然个个像"空心人"似的，一面不得不屈从现实，随波逐流，面对在扁平化的世界里瞬息嬗变的命运，体会到深深的无力感；一面却又放任自我，并不打算改变"无法无天"的现状，甚至以此为乐。

陈再见的《有疾》则由生理疾病因素的渗入，将情感的荒诞推向悲凉的况味。来自关外的"城中村"、初中毕业的小晴却在深圳拥有一份前台文员的工作，得以在52层大厦俯瞰整个深圳。小晴显然很醉心于这种俯瞰，一面住着香港老板为她在中心区域租的价值不菲的房子，一面却与身为货车司机、已有家室的"我"维持着相对纯

① 阿乙：《情史失踪者》，《小说界》2015年第6期。
② 黄梵：《我们为什么不爱排队》，《上海文学》2015年第4期。

粹的情感关系。"我"因小晴母亲病逝而去"城中村"探望小晴，后又身不由己地以女婿身份陪同小晴回偏僻的粤东山区老家为其母送葬。完结之后，小晴告诉"我"自己也已身患癌症，要留在老家养病，不再回城。小说中，"我"原本为了逃避妻子与患有耳疾的女儿带来的沉重压力，才与小晴产生了不伦恋。面对不幸的命运和身份无可更改的事实，同为城市底层的"我"和小晴一样采取忘却和逃避的方式，结果却是注定的逃无可逃以及更大的悲哀。这几个文本所讲述的情感故事，虽然主要不发生在小镇，不属于直接的小镇叙事，却都因为主体"边缘地带"的出身，使得时代的症候呈现得集中而又尖锐，凸显城市化的时代巨轮对人的命运的裹挟。

事实上，不论叙事的中心指向小城镇，还是大都市，以爱情、情感为核心的人与人关系的荒诞，已然是当下的城市叙事出示给我们的普遍的时代图景。陈孝正的《更迭》写城市时尚男女之间变动不居的情感关系；周洁茹的《离婚》写四个年轻女孩无论怎么挣扎都逃脱不掉离婚的宿命；哲贵的《送别》写一对中产夫妻和谐表面下的钩心斗角；娜彧的《刺杀希特勒》以反讽手法写三个有产阶层的中年男人相约出来喝茶聊天，临时改道看电影，却是为各自与情人的幽会打掩护，直指都市日常生活中的荒诞；黄昱宁的《幸福触手可及》写在现实中窘迫、失意的男女主人公在域外旅行时经历的一场浪漫而又尴尬的情感历险，由此引发了一连串的风波与内心的震荡，揭示婚姻与爱情的真相，原来他们自己也深知并不存在"另一种人生"。盛可以的《小生命》写一对尚无经济能力的年轻人在草率的交往后导致女方怀孕，双方亲属在谈判中冲突激烈，女孩看清了自己感情的真相，拒绝结婚，却决定把孩子生下来。在这里，荒诞的不仅仅是爱情，还指向新生命的降临，生命最初的荒诞令女孩的选择在盲目、荒诞之余，也生出几分对荒诞的担当感。

情爱故事总少不了身体欲望的参与，故而也常能反映写作者对身体欲望所持的态度。在近年来的城市写作中，身体作为个人化的欲望与经验的表征，被纳入对城市生活更为普泛的价值、伦理问题的审视，尽管伦理的介入在叙事中可能是模糊的、悖论性的，关于"身体"的叙述却不再是单向的欲望宣言。甫跃辉的《安娜的火车》、鲁敏的《三人两足》、张驰的《沉重的肉身》、蔡骏的《舌尖上的一夜》等作品向我们出示了身体故事在当下城市叙事中迥然不同的走向。其中，甫跃辉的新作《安娜的火车》尤值得重视。这篇小说通过人物与情节相互映照、呼应的三段式结构，讲述了三个知识女性奔突"在路上"的欲望故事。三位正处于异地恋中难以自拔的女性，从不同的角度体验到欲望与伦理的错位，以及欲望裹挟下人的非理性状态。正是共同的困境，促使她们间接实现了境遇的交换，从而有可能进一步抵达对自我的反省以及对他者的理解。小说叙事中的身体故事也得以从"私人生活"范畴冲决而出，通向意义的公共性。

鲁敏的《三人两足》讲述了一个颇有几分传奇性与悬疑色彩的身体故事。空姐章涵被鞋店老板邱先生雇做脚模，在不自觉中成为后者贩运毒品的物流平台。经历几番欲望的挫折后，她获知实情，决定与邱一同赴死。小说结尾写天台上两个人在彼此肉体的纠缠中一起下落，她从欲望的对象中获得了对自身价值的体认，"纯真的情欲侥幸获胜"。相比于肮脏、罪恶的毒品交易，以及人与人互相的防范、利用、算计，情欲因其纯粹、非功利性而显现出美感，但这样的情欲并不能自证其价值，难以获得他者/读者的体认。只有死亡，也即欲望的永不实现，才使其审美价值最终得以呈现。这里存在一种关于"欲望"的悖论式的价值结构，这一悖论结构，与小说中关于"恋足癖"的充满感官刺激的描写，延续着作者以往创作中对于身体化的人性"暗疾"的持续关注，指示着一种不无偏执的身体美学的建构。

张驰的《沉重的肉身》中写一对下岗夫妻由计划体制进入商品时代后的一系列遭遇。小说中，原为国营工厂灌篮高手的孙红蕾下岗后为了生计去做减肥模特，受尽摧残。小说惟妙惟肖地写了商业社会塑造的身体奇观，从肉身围困下精神的沦丧，到商业社会身体消费所导致的更深的异化，在不同的时代，"身体"以不同的方式牢牢地控制渺小、卑微的个人，这或许正是失去精神与价值支撑的个体的可悲之处。小说的情节中原本蕴含了人性批判与社会批判的主题因素，可惜由于思考的不够深入而未能充分展开，小说的情节被引向大下岗时代"浮世绘"式的世情描摹，结尾又辅以"光明的尾巴"，湮没了主题的严肃性。蔡骏的《舌尖上的一夜》中同样写到商业社会令人触目惊心的身体景观。作者以一贯的悬疑技法，揭示了身体交易背后隐藏着的人性的幽暗，以及由此而来的欲望的变态。奈何过分注重小说的可读性以及类型化的炫技手法，无疑大大削弱了小说的思想性。

祁媛的《我准备不发疯》、阿枣的《幻觉》、周嘉宁的《你是浪子，别泊岸》中，荒诞不仅指向同代人的爱情，还指向两代人的关系以及存在本身。小说新人祁媛的《我准备不发疯》以冷峻的笔调通过母女两代人的命运呼应，写存在的荒诞与生命的无意义。女主人公莫莫（"我"）是一名32岁的未婚女性，从事广告策划，与画家陈杰相恋，却得不到对方的婚姻允诺，在帮对方收拾居所时发现女人的头发与好友小雅的全裸画像，遂用美工刀毁坏了画像，终结了两人勉强维持着的脆弱的情感。小说的另一条线索是莫莫母亲的精神失常，莫莫每每倾听母亲的疯言疯语，体察母亲的不幸遭际，在精神病院照顾母亲时，又看到母亲惨不忍睹的继续"被迫害"的场景，所有这一切对莫莫构成了巨大的心理压力与心理暗示，一度产生自杀的念头。在完成死亡想象以后，莫莫决定发疯，完成了对母亲的认同。小说表现了较为出色的想象力与形而上的玄思。生性孤僻的莫莫在与陈杰正常交往时，就心存一种强烈的被遗弃感，以垃圾桶自比，在展示了现代女性某种脆弱的情感与心理状态的同时，也揭示了现代人的普遍的孤独。同为文学新人的90后作者阿枣的《幻觉》中，在上海工作的御华即将与江卓结婚前夕，回四川小镇的老家看望自己的父母，都市显然并没有让她产生情感的归属与认同，原本以为小镇上的亲情可以慰藉自己的思念以及茫然无着的心，不料却陷入和母亲的冷战，只好用记日记来排遣自己的苦闷。过后母亲来上海看她，母女两人热闹的相聚还是无法掩盖彼此情感的疏离。这个用小城镇和大都市建构起来的亲情故事，表露了主体对于情感的无奈与失望，颇具时代性地勾勒了一代人内心的脆弱、敏感、孤独与自闭。周嘉宁的《你是浪子，别泊岸》中，天才而又另类、频繁穿梭于各大洲之间的女孩小元自小与父母的情感疏离，在她看来身边的大人"都生活在一种持续而平稳的不快乐中，既具有弃儿的气质，又具有根深蒂固的意志力"。① 通过自身体验到的深刻孤独，她达致了对父母辈的理解，并不知不觉地向着父辈的方向成长。叙事通过小元的讲述，将对两代人关系的思考上升到形而上的层面，扩展到对个体与整体的关系思考。尽管小元的形象在叙述中过于缥缈、零散，但年轻一代确实正在努力地寻找自己的文化认同。

纵览当下中短篇小说的创作，上述的这些70后、80后、90后写作者显然是主力军，不过2015年城市题材中短篇小说的创作方面，较为年长的资深或前辈作家也贡献了颇为亮眼的文本。这一年的上海文学期刊中，王蒙的《奇葩奇葩处处哀》、尹学芸的《士别十年》、刘庆邦的《只告诉你一个人》、王璞的《再见胡美丽》、阿袁的《镜花》、荆歌的《珠光宝气》是其中较为出色的描写城市生活的文本。

王蒙的《奇葩奇葩处处哀》讲述年至耄耋的知识分子沈卓然择偶再婚过程中，遭遇四个奇女子的故事。小说以沈卓然追忆亡妻开篇，通篇贯穿着对亡妻淑珍的回忆，其间穿插了对少年时代的老师，也是沈卓然第一个性幻想对象那蔚圚的回忆。那蔚圚曾在特殊年代投

① 周嘉宁：《你是浪子，别泊岸》，《上海文学》2015 年第 7 期。

奔沈卓然家请求暂避一时却被拒，沈卓然的怯懦暴露无遗的同时，显现了淑珍身上的人情与温暖。以淑珍为代表的传统的生命的样本为参照，沈卓然发现剧变中的时代各种错综交杂的价值观对人的影响，由此导致了女性千奇百怪的生活方式、择偶标准和人生追求。他深深感到失去淑珍的自己就如同丧失根基，已经定型和衰老到没有接受新的生命元素的可能。小说的叙述纵横捭阖，保持了作者一贯的幽默诙谐、犀利酣畅，作者虽有夫子自况的意味，却也真实地反映了步入老龄化社会后出现的种种新问题。

刘庆邦的《只告诉你一个人》、阿袁的《镜花》、荆歌的《珠光宝气》写城市中年有产阶层虚虚实实、真假难辨的欲望、情感与人际关系。《只告诉你一个人》以环环相扣的情节和有声有色的叙述，讲述了一个编辑室里几个编辑之间的故事。欲获得晋升的齐国良主动将自己性功能障碍的隐私透露给编辑室主任秦风，并要求后者为其保密。秦风却发现社长、编辑、同室的编辑潘雯以及很多同事都知道这一"秘密"，而秦风也在知道当天就把这一"秘密"转述给妻子。小说结尾，齐国良出差外地时嫖娼被警察抓到，并被通知所在单位，整个小说以让人哭笑不得的意外结局收场。所谓的"秘密"不过是一场笑料，折射出当今时代的人际镜像。《镜花》讲述中年女性的情感状态。小说中，大学讲师"我"碍于情面去为一伙有钱、有空闲的中年女性主持读书会，在与其中暗自较量的一对对手苏邺燕和鄢丽的交往中，无意间窥破了两人情感的真相。苏邺燕口中疼爱自己的老公，鄢丽急于倾诉的浪漫热烈的情人，原来都是自我安慰，是镜花水月的虚构和臆想。小说的构思颇为巧妙，苏邺燕和鄢丽的情感故事对应着她们读书会里讨论的小说。与安娜、艾玛和苔丝为爱情付出的惨重代价不同，苏邺燕和鄢丽们充满中国式的委曲求全、精打细算，毫发无伤地在虚构和表演中实现对爱情的追求。小说的叙述犀利流畅，然而由于缺乏内在的悲悯，这场喜剧式的悲剧，到底还是止步于一场活色生香，却又令人毛骨悚然的秀，缺乏精神的透视与沉淀。《珠光宝气》中，作者铺设了两条叙事线索，一条是以女主人公周芳方为中心的情爱故事，在医院工作的周芳方是个特立独行的美貌女子，她不刻意追求婚姻，对享受欲望有自己独特的理解，于是一次次地陷入各色男人设下的圈套中；另一条叙事线索是男主人公汪明玩珠宝的故事，汪明是周芳方的发小和情人，擅长搜集珍宝古玩，他尤其喜欢的齐国水晶多来自北方一个叫作老牛的贩子。尽管汪明有时也会对珠宝的真假产生怀疑，但在老牛信誓旦旦的保证下也就信以为真。一次鉴定会上，汪明呈示给鉴定专家的珠子被判定是高仿，老牛拿啤酒瓶砸鉴定专家，致使后者身亡。小说以互相穿插、映照的方式，将情感的虚实对应于珠宝的真假，周芳方最后发现，围绕在自己身边的所有男人，就像他们送给她的赝品珠宝一样，都经不起鉴定。如此的情感与关系，映照着浮躁喧哗的时代表象下隐藏的真相与悲哀。

尹学芸的《士别十年》是一篇特别值得重视的、具有深刻的现实批判意味的作品。小说写曾经个性十足、充满青春朝气、热爱诗歌写作的文艺女青年郭缨子，在进入机关工作以后经历的困扰与蜕变。年轻的郭缨子在面对顶头上司季主任的性骚扰时实施了坚决的反抗，却由此遭到在单位被孤立的命运，即使是富于文学才华的苏了群也只是在背着人的时候悄声关照几句。倍觉抑郁的郭缨子自杀未遂后，在父母的帮助下调动了工作单位。离开民俗研究所十年之后，出现在苏了群面前的郭缨子，脱胎换骨般成为一个主管"精神文明"的机关里八面玲珑的办公室主任，极善于体察领导的心思，左右逢源，应酬自如，个性的棱角被完全磨平。而在郭缨子眼中，苏了群与十年前相比也发生了巨变，从一个正直高尚、曾被从前的自己奉为精神偶像的社会弊端批判者，蜕变为与当初的季主任一样伪善、贪婪、狡诈、恶俗的官僚，不断地骚扰着年轻下属陈丹果，最终导致不甘心就范的陈丹果坠楼身亡。陈丹果突然死亡的事实极大地刺激了郭缨子，她开始了对自我的审视，意识到自己无意间扮演了"帮凶"的角色，自己和苏了群一样都是有罪的人。小说中的"士"，既指郭缨子，也指苏了群，真切地揭示了曾以生命捍卫个性精神与尊严的人文知识分子在现代官僚体制下发生的人性沉沦与精神蜕变。小说的叙述冷峻犀利，对现实秩序的反思难能可贵。

王璞的《再见胡美丽》是中短篇小说中罕有的对"文革"历史的追问与反思。小说采用了第一人称回溯式的双线叙事结构，一条线索写当下网络时代的生活，一条线索写20世纪60年代"文革"初期前后的故事。小说中的"我"有着体面的工作、收入和堪称完美的家庭，却由于内心潜隐着的某种精神情结，处于极度焦虑的状态，感觉自己像得了抑郁症。在故乡小城的广场上，"我"邂逅了一位酷似母亲同学胡美丽的老太太，决定要在网上写下胡美丽和母亲一辈所经历的"文革"故事，排遣心中积郁的情结。胡美丽和她的几位好友同学均是"革命"时代政治身份有问题的人，因而遭遇不可避免的苦难。原本情投意合的密友反目为仇，无论好友，还是家族成员，两代人之间纷纷互相背叛，结果还是——在劫难逃，惨遭磨难。其中胡美丽的精神扭曲最为严重，为了摆脱所谓的"特务"家属身份甚至不惜主动告密，出卖自己的丈夫，导致他被枪毙。胡美丽从此发疯，每天早晨跑到小城的广场上高歌《东方红》。小说中，"我"在网上写作的题目正是"再见胡美丽"，这种"元小说"式的叙述方式除了为了获取某种间离效果，也试图将网络时代的众声喧哗收罗进来，生成两个不同时代之间的对话。胡美丽的形象有着明显的象征意味，喻示"文革"的幽灵依然未散，游荡在新时代的广场上。在网上讲故事的"我"内心深处缠绕着莫名的焦虑与罪感，什么时候才能真正与胡美丽告别呢？小说对过去时代的讲述主要依靠道听途说的方式，有限的篇幅内人物与情节线索又过于繁复，叙述明显力不从心，新旧时代的联结也有些牵强、薄弱，人物的塑造概念化痕迹较重。但即使如此，作者对于"文革"的这种历史书写，仍然有着重要的历史与现实意义。

本年度的中短篇小说题材诚然不止上面提到的这些，类型十分丰富，如描述城市底层人物、陌生人之间的关系或微妙情感的有叶梅的《广场舞》、姬中宪的《双人舞》、沈熹微的《深夜面条》等，这类小说通常篇幅短小，却常有精巧的构思；描写家族传奇的有陈河的《爷爷有条魔幻船》、肖复兴的《丁香结》等；悬疑侦破题材的有双雪涛的《平原上的摩西》；描写市井风情的有常小琥的《收山》、葛芳的《伊索伊索》；此外，张辛欣的《IT84》是一部写人类潜意识被过度开发的未来时代的类科幻小说，充满想象力。这些小说中，年轻的80后写作者常小琥的《收山》是令人印象较为深刻的一篇。小说写20世纪70年代末到90年代北京饭庄里的"江湖"及变迁，从灶前锅角的世态人情，到饭庄改革变化的脉络，生动复原了北京地方风味老字号的发展兴衰史。时代大潮将曾经的餐饮传统、厨人精神、淳厚人情一一冲毁，曾经互相扶持的师兄弟各奔歧路、渐行渐远，这是年轻的创作者表达的难能可贵的对传统的致敬。严格来说，这些小说并没有为城市文学提供新的探索方向，但以细节和韵味丰富着当下的文学图景。

## 三　长篇小说：个人与整体之间

长篇小说方面，王安忆的《匿名》无疑是2015年文学的重要收获。小说从发生在上海的一起阴差阳错的绑架案开始，退休后返聘于某民营外贸公司的主人公，由于被误认为是卷钱跑路的老板"吴宝宝"而遭遇绑架，从繁华的大都市被抛至几省交界处的深山老林。失忆使他忘记了姓名和来路，身份的附着物被一层层地剥离，他不得不重新进化，在原始蛮荒的山野中艰难求生。在荒僻的乡野飘零中，他先后遇到了一些奇异的、精灵般的边缘人物，辗转来到小镇上的养老院，又联系上福利院，一步步地靠近文明世界。小说结尾，就在他即将回到上海和家人团聚的最后时刻，叙事却让他溺水而亡，停留在永恒的时空。小说的上半部同时设置了两条线索，一条是主人公被绑架至深山的故事，一条是上海家人对他的寻找，但叙事的中心显然不是城市，而是现代文明之外原始荒蛮的空间。借着"失踪""失忆"，主人公被卸载了文明的外衣，在一个看似蛮荒而又有着文明遗迹的环境里开始了一步步重新进化、自我命名与建构的过程，这其实也恰恰凸显了"时间"与"空间"之于小说叙事的核心意义。不仅仅是主人公，小说中的每个人都是无根的，从二点、哑子、麻和尚，到病孩小先心、敦睦、少年鹏飞等，他们原有的故乡都随着经济发展的步伐与城镇化的变迁而不复存在。

乡愁原本是人类共同的情感，是现代文学永恒的主题，王安忆的独特之处或在于，她所描写的乡愁本身，是高度理性化的，是一种整体式的把握，一种对时间、空间与人的关系的解构、思考与呈现，其中未见人物内心的质地与情感的流动。在创作谈中王安忆谈到，《匿名》中的乡愁是一种"反乡愁的乡愁"，因为这些失去故乡的人，其实并不喜欢自己的故乡。① 在"整体性"视点的作用下，这一悖论以"一体两面"的结构被自觉地纳入主体的意识层面，投射到文本内部，叙事并没有将由这种悖论而来的矛盾、冲突，或纠结、挣扎的痕迹加之于人物身上，我们看到的只是作家或叙述者本人关于文明进程中能量循环的理性化哲思和议论。这里，立足于"整体"的对文明进程的把握，与"个人""心灵"之间的矛盾与裂痕无可避免。王安忆自述在《匿名》的写作中，"想了太多以后，我就找不到一个特别合适的表象。尤其因为我是比较重视外相的，最好的东西就是表象天

---

① 王安忆、张新颖：《王安忆谈〈匿名〉》，http://cul.qq.com/a/20151219/021242.htm。

生里边就有这样的内涵"。① 由于找不到表象的承托，尽管作者思考的核是高度理性化的，但小说的叙述主观倾向极其强烈，作为叙述者声音的大量抽象的哲理、议论与说明几乎覆盖了故事与情节，人物失去可以自己生长的空间。在王安忆看来，小说叙述的最高境界，"应当是思想与物质的再次一元化。就是说，故事降生，便只有一种讲叙的方式。"②《匿名》中，王安忆以一如既往的繁复、绵密的语词，实践着其"一元化"的小说美学。唯有立足于比"人"更"大"的"文明""历史"，王安忆才有可能在"天"（"天时"）、"地"（"地利"）、"人"（"人和"）的浩大格局中审视着未知世界与已知世界的关系，以一体两面的结构将"乡愁"同时解释为"反乡愁"。

70后作家路内的《慈悲》继续了之前"追随三部曲"中的工厂题材，只是这一次不再是路小路的青春故事，而讲述父辈一代的生活与命运。小说时间跨度从新中国成立之初直到20世纪90年代，从主人公12岁逃荒写到他50多岁下岗。苯酚厂50年间的兴衰，正是中国当代社会的缩影，显现了作者的个人化叙事正在通向更为开阔的社会历史视野。主人公水生少年时父母双亡，投奔城里的叔叔，从工专毕业后进入苯酚厂工作。师傅替他争取到一份补助，并将女儿玉生嫁给他，水生后来又接替了师傅，替贫困工人争取补助。为了争取到一份补助，人与人之间倾轧、纠纷不断。90年代水生由于买不起工厂的股份，重回车间当操作工，并最终下岗。工厂被厂长宿小东侵吞，水生和另一名工程师一起到处给私营老板设计苯酚车间，搞垮了曾经的母厂。小说的历史跨度，对应着当代中国社会历经的重大变革，从20世纪60年代初的饥荒、"文革"、改革开放到90年代的国有企业改革，但小说并没有直接铺叙这些重大历史背景里的政治运动与经济

---

① 王安忆、张新颖：《王安忆谈〈匿名〉》，http://cul.qq.com/a/20151219/021242.htm。
② 王安忆：《情感的生命》，中国文联出版社，2008，第181页。

改革，而是将笔力紧紧对准人物的命运，以苯酚厂工人粗粝庸常的生活连缀起不同的时代。小说中的工人形象完全不符合传统工人题材小说的设定，没有丝毫的壮志豪情，也没有固定的道德意识，不关心革命，也不关心国家的前途，他们只关心自己的日常生活，挣扎于如何活下去，随波逐流而又艰难地应对着不断变幻的时代。

国营工厂时代的"补助"在小说上半部的情节里占有关键的位置，它让很多工人免于挨饿的绝境，可又作为当权者的赏金极大地压制了个体的尊严和自由。为了获得补助，他们需要去工会演讲游说，不惜兜售自己的隐私；各自施展手段，乃至互相告密；师傅为了替水生申请补助在主任办公室门前长跪不起；宿小东为了补助告发师傅的师弟李铁牛，并置对方于死地；各个车间的争夺演变成荒唐可笑的竞选。只是为了活下去，苯酚厂的工人经年累月地苦心盘算着如何申请补助，看似荒诞，实则悲凉而又残酷。小说12万字的篇幅涉及了不下二十人形形色色的死亡，水生渐次失去了父母、师傅、师兄、妻子、养女、朋友。小说的叙述冷静而又节制，在描写死亡时也极为内敛和简洁，收起了"追随三部曲"中的松弛、自由与炫技式的手法，呈示了一种类似于纪录片风格的现实主义，尽管没有之前现实主义作家那种厚重的历史感、责任感或使命感，却是以一种审慎、严肃而又内敛的方式去触摸父辈的苦难与历史。《少年巴比伦》和《追随她的旅程》都是多少有几分自传色彩的小说，其中作为叙述者的"我"的视角浸身于所描写的时代之中，充满可供嘲讽的喜感。《慈悲》的叙述则退回到一个更为冷静、客观的角度，作者和所描写的时代之间始终保持着距离，尽管一些革命性语言元素的运用使小说的叙述保持了一些反讽的喜感，但整体上却是心怀敬畏、笑中带泪的方式。在时代的阵痛和几代工人无法把握的荒诞命运面前，个体存在的滑稽感被弱化，凸显了渺小与无助。

值得注意的是，《慈悲》的叙述也采用了类似于《生命册》《春尽江南》《黄雀记》《繁花》等作品中双线的时间结构，小说没有从故事的起点，即水生随父母逃难那一年写起，而是从"文革"期间水生进入苯酚厂开始叙述，一方面是回忆式的重溯，另一方面沿着叙述的起点继续发展，直至进入20世纪90年代以来的时空，回溯结束，双线合一。交叉并行的双线叙事，让存在着时间跨度的"过去"和"现在"之间形成了对话。故事从苦难开始，经过历史与现实间的不停对话，最终导向和解与救赎，但作者对于其中如宿小东这样在历史中作恶的个体并未充分释怀，这可谓是一种典型的"中国故事"。路内说："我想写一种中国式的善良，甚至价值观不是很高明的善良。"① "水位很低的慈悲"②，是路内所理解的普通中国人内心的基本良善，它支撑着中国人一代代活下去。"慈悲这个东西其实没有理性，它和我们追求的正义是不一样的，但它仍然在道德上具有一定的作用。"③ 一面认识到慈悲作为发自底层的良知，它所具备的道德意义，一面又意识到它的可悲之处，它所导致的普遍的愚昧或麻木，路内陷入了前所未有的矛盾之中，困惑于"这个最低水位的慈悲，到底有没有价值？"④ 须要看到，路内通过小说的叙述所建构起来的，作为当代中国城市普通人基于共同艰难生活所生出的"最低水位的慈悲"，同时也是属于民间的、传统的，这使得小说文本中的"城市"形象已然不知不觉地从"非历史化"的陷阱与无根状态中跃迁出来。不过，也正如路内所说，《慈悲》呈现了一种充满矛盾的逻辑，小说试图通过"慈悲"所表征的中国式的复杂、混沌的意识形态建构，探讨个人与国家、个人与历史之间的关系，终究还是陷于模

---

① 徐颖：《新作〈慈悲〉被拿与余华〈活着〉相比 路内：上下文关系》，《新闻晨报》2016年3月7日。

② 柏琳：《写作的狭窄进路：矛盾、苦难与人心》，《新京报》2016年1月23日。

③ 徐颖：《新作〈慈悲〉被拿与余华〈活着〉相比 路内：上下文关系》，《新闻晨报》2016年3月7日。

④ 柏琳：《写作的狭窄进路：矛盾、苦难与人心》，《新京报》2016年1月23日。

糊未明的状态，正如同小说中那些灵魂模糊的人物。这或许已经不仅仅由于一代作家的思想局限，而意味着讲述当代中国故事，尤其是城市故事的难度。"这代作家如果说真的有一个群体困境的话，无疑是对时代的把握，对历史的再认识，对更广阔更复杂的世界的见解。"①路内曾在一次访谈中这样表述自己所感受到的70后一代作家的困境。《慈悲》以存在于城市普通工人阶层的"慈悲"心性来对抗历史的苦难与黑暗、人性的盲目与混沌，在对父辈历史的触摸中，试图实现个人与整体（时代、国家、历史）之间的沟通与平衡，从而达致对他者的理解，标志着一代作家对于历史和现实进行整体性把握的探索与高度。

80后作家张怡微的《细民盛宴》可谓是作者此前"家族试验"系列小说的集大成者，主题与基调一脉相承。这部以上海为背景的小说，聚焦家庭内部两代人之间的关系，在第一人称的叙述中勉力注入时代与城市的变迁，表现出一定的现实关怀。80后作家及文学曾是"青春文学"的代名词，然而过了"为赋新词强说愁"的年龄，如何让创作"生根"，寻找和构筑自己文本世界的独特性和可延展性，成为必须要面对的问题。张怡微的《细民盛宴》及其"家族试验"小说试图开启以"工人新村"为依托的城市平民生活空间与精神世界，便可视为这样的一种努力。对于人生经验相对匮乏的年轻作家而言，家庭伦理，尤其是城市离异再婚家庭中情感、伦理的可能性与复杂性，无疑是将自我的表达与"外部"连接起来，从而表达现实关切的一种较为理想的切入点。小说开篇部分以爷爷临终前的家族聚会，展开家族的人物群像描写，在世情的冷暖质感中书写离散家庭的伤痛，字里行间传达出的情感意蕴层次颇为丰富，既冷静、讽刺与审视，又有种细腻、哀悯、伤感。作者自言深受冯梦龙"三言二拍"

① 施雨华：《路内：我不是这世界的局外人》，http://cul.qq.com/a/20160109/024885.htm。

的影响，又曾受教于王安忆的写作班，其对语言的驾驭能力、遣词造句的精致、对环境与人心幽微处的把握、对普通市民生活的悲剧性的喟叹，以及对日常中蕴含的残酷"真相"的揭示，无不显示作者所受的阅读与写作训练，以及文学传统的潜在影响，显示了作者的创作实力。

然而，确如一位论者指出的那样，整个小说情节读来就是"一个离异家庭里的小姑娘把自己套在她所谓的'家族恩怨'想象中自艾自怜"。① 叙述者过分急切、专注于对"自我"的倾诉，致使内向性、主观倾向强烈的情感体验，湮没了对生活的冷静观察。所有的人物、场景、情节，都只能依据叙述者的情感判断，充斥着抒情和议论的转述对叙事构成了很大的限制和削弱。以家庭"盛宴"为结构的叙事空间在后半部分越来越逼仄、牵强。除了主人公，其他人物形象自始至终都是模糊的。高度主观化的叙述方式固然使主人公的形象呈现得较为清晰、充分，但缺乏有效的情节与丰富的生活细节的客观支撑，叙述者对人生、人性的理解和洞察都只能附着于极为有限的情感体验之上。而这最终必然也会影响到主体的自我建构。比如小说的情节和叙事很难让读者从中获得与主体一样的体认，只能通过叙述者的情感渲染去判断，那么其中的苦难感就现出被刻意放大的痕迹，难以真正动人。张怡微在创作谈中特别提到："我们还是经历了时代巨大的变迁，都市更新，包括我们所体会到的一切，房价、工资、社会阶层的流变，非常严酷，并不是长辈们告诉我们的，我们有多么温适，多么无忧无虑。"② 年轻的作家显然也认识到"外部"之于文学表现主观世界的重要性。《细民盛宴》也试图通过主人公成长过程中对亲情的不断体认，以及对多种可能的家庭伦理空间的探视，来达致对父

---

① 刘杨：《"未完成"的成长——评张怡微新作〈细民盛宴〉》，《文学报·新批评》2015 年 7 月 16 日。

② 傅盛裕：《80 后作家张怡微："我们经历了巨大变迁"》，《文汇报》2015 年 7 月 7 日。

辈、对他者的理解，然而经验与叙事的不足影响了这一抵达，最终向我们呈示了一种将文学推向自我内部的尝试。如何让自我与社会、历史建立更为有效的联系，如何让语言进入更为深广、丰富、多义的精神生活，是值得每一位青年作家深思的问题。

韩东的《欢乐而隐秘》也以都市为背景，讲述一段爱情故事。女主人公王果儿与张军、齐林之间的情感纠葛从轮廓来看不过是个十分俗套的爱情故事，然而读来却有种挥之不去的不真实感，人物存在的状态也总带有几分浮夸感与荒诞感。除了王果儿，小说里的其他人物都是扁平、符号化的，单向逻辑的产物。比如张军，代表的就是赤裸裸的世俗欲望，寡廉鲜耻，为达目的不择手段；齐林则相反，温顺善良，一往情深，小说中，他的整个人生似乎都附着在对王果儿的爱情上；秦冬冬是个心无旁骛的佛教徒，同性恋者，王果儿爱情的旁观者，最后却成为王果儿为自己选的归宿；王果儿的父母，更是漫画般的世俗人物。即便女主人公王果儿的纯真、率性，也是充满了戏剧化的，她的左冲右突的所谓寻找"真爱"的过程，既看不到她对所爱之人的关切，也看不到她对爱情本身的理解，有的只是任性、盲目，习惯于依照概念化的标准去看待人与事、决定自己的爱或不爱，行为却又每每发自本能。在这里，所有人物事实上都是高度概念化的，诸如"欲望"之于张军，"情感"之于齐林，置身事外的"理性"之于秦冬冬，王果儿的复杂不过因为她总是不停地被新的概念所支配。概念化导致人物的心理立场、行事逻辑无不是明晰而又确定的，所有人物与情节的发展，都牢牢地被固定在叙事给定的框架内，然而，有意味的是，这一切加在一起，却导向一个意义不明、所指不定的故事"整体"。作者为什么要讲述这样一个既不深刻，也无新意的爱情故事？是要揭示生活本身的荒诞，还是呈示表象背后的因果报应？是探究欲望、情感与理性的冲突，抑或思考现实生活所蕴含的无限可能？事实上，这其中的任何一个答案恐怕都只能是读者的一厢情愿。在谈到小说的创作时，韩东说："我的一个基本方式就是：把真事写假。把真事写假，而不同于马尔克斯的把假事写真。也就是说我的目的是假，假的部分，即越出新闻真实的部分是文学的意义所在……我的目的是在事实中发现多种未实现的可能性，发现神奇。"① 在他看来，有些经验无法解释的"变形"和"变体"，以小说的方式叙述，就可能会被突然照亮，其所体现的正是个人经验方式对小说的意义。《欢乐而隐秘》中作为叙述者的"我"（即秦冬冬），在王果儿的爱情故事中只是个旁观者，正是他的置身事外让叙述乍看起来像是客观的全知视角。作为王果儿的闺蜜好友，"我"又是王果儿故事的倾听者，也就是说，"我"所知道的一切，全部来自王果儿的转述，那么整个故事的叙述其实取决于王果儿的性格逻辑与认知水平。如此看来，小说所呈现的生活世界中，那些若以客观眼光来打量，带着反讽感与荒诞色彩的"变形"与"变体"，由此又变得合情合理。这里表现了作家的文体意识，"怎么讲故事"或许比故事本身蕴藏了更多意义。

不妨这样理解，小说中，王果儿对"真爱"和幸福的追求及其结局，恰恰是以自身经验方式的独特性，以及认知能力的片面性、局限性，向我们演绎了一个对她来说十分严肃，甚或严峻的关于欲望与超越的命题。显然，如果单看故事的外壳，或转换小说的叙述视角，很难得出这样的判断。这也正是小说叙述的意义所在。所谓"在事实中发现多种未实现的可能性"，在此意义上，韩东实现了他的叙事追求。不仅如此，叙述者又将王果儿的故事整个置于秦冬冬这一人物的视角下，作为佛教徒，他以因果报应说对王果儿的命运进行了框架与阐释。这一框架对于王果儿显然是有效的，因而她对命运降临在自己身上的苦难并无自觉，而是心甘情愿地与生活达成了和解。作为叙述者的"圈套"或策略，这显然意味着又一层"可能性"的实现。

---

① 林舟：《清醒的文学梦——韩东访谈录》，《花城》1995 年第 6 期。

至此，我们看到，这个故事的意义确乎是发散性的，似乎可以朝向无数方向去阐释，而每一种阐释正如小说中每个人物的视角及逻辑，源自个人经验的差异。而在整体意义上去看这个故事，或沿着全知视角去理解整个故事，就只能从"真"中看出"假"来。当然，这种对于"整体"的解构，诚然也可以看作是另一种对"整体"的理解。

将王安忆、韩东、路内、张怡微的文本放置在一起来看，在如何处理"个人"与"整体"关系的层面，正好形成了有趣的参差对照。尽管以出生年代划分代际的方法存在不少问题，但这几位分别对应于50后、60后、70后、80后的作家，对这一问题的把握和处理，明显呈示了代际的特征与差异，其艺术路径与存在的问题具有一定的代表性，值得深入分析和持续关注。

除了上述几部作品，2015年上海发表的长篇小说主要还有迟子建的《群山之巅》、严歌苓的《护士万红》、叶辛的《圆圆魂》、何顿的《黄埔四期》、王若虚的《火锅杀》、赵丽宏的《渔童》、陈永和的《一九七九年纪事》、孙康清的《解码游戏》等。这些小说有历史题材，有乡镇叙事，也有充满探索风格的类型化写作。其中，最受关注的莫过于迟子建的《群山之巅》。这部乡镇题材的小说，采用去中心化的叙述方式，描写了东北龙盏镇的人物群像及普通百姓的日常生活，传达出时代巨变下人们所遭受的冲击与痛楚。《群山之巅》对于颇具时代症候的乡村生活伦理中的"变"与"不变"，给予了高度的敏感与关切，被认为是"代表了现代性视域下'乡镇写作'的美学高度"，[①] 与上述的城市写作文本对照来看，恰形成我们时代的"一体两面"。

---

① 徐勇、王迅：《全球化进程与"中间地带"的"乡镇写作"——以迟子建的长篇小说〈群山之巅〉为中心》，《文艺研究》2015年第9期。

# 文学上海：想象与建构

Literature Shanghai：Imagination and Construction

**B.2**

## "上海摩登"的清晨：从五六十年代的电影谈起*

毛 尖**

　　我的这个题目其实很不成熟，张炼红老师让我讲讲上海的电影，我因为最近关注五六十年代电影，那就粗浅地讲一下目前的想法。

　　关于"上海摩登"，在绝大多数人的理解里，都和灯红酒绿纸醉金迷有关，无论是极尽奢华的大都会生活——汽车、洋房、雪茄、回力球馆等各色娱乐和现代设施，还是先施公司、汇丰银行等象征着上海金融位置的国际符码，上海都在传统空间中占着一个很先进但也相

---

　* 本文系笔者参加上海社会科学院文学研究所于2015年10月31日主办的"感知上海：想象、记忆与城市文明——首届城市文学与文化论坛"的发言。

　** 毛尖，文学博士，华东师范大学对外汉语学院教授。

当腐朽的文化位置。因此，"上海摩登"是一个性格分裂的指称。在和世界大都会文化进行斡旋的时候，上海是当仁不让的首席，但是，回到革命中国的脉络里，上海也是当仁不让的恶之花，是20世纪中国的原罪，或者说，现代文学中最重要的伤痕文学的根源。姑娘在上海丢了贞操，小伙在上海失了纯洁，少女没了梦想，老头老太没了力气，上海是深渊，是堕落。

所以，如何面对这个风姿绰约的贬义词，似乎构成了上海研究的一个起点。历史地看，"上海"和"摩登"的确是"天然"勾连在一起，天然组合在一起的。像前一段时间播放的《我的团长我的团》，上海兵上战场前会把头发梳一下，就是"上海摩登"的一个略微妖魔的表达。反正，影像表现中，上海女人也好，上海男人也好，出门前，会下意识地抹下头发整个衣衫看下鞋子，不像北方人，出门立马扬手黄包车或出租车。而就因了这出门前两秒钟的自我打量，上海人在精神和物质上都被赋予了一种精致的追求，而外地人在这摩登的压力前，也自然而然把上海人当作一种更特异的物种。不过，和一亿个上海人擦肩而过，和一万个上海人打过交道后，我的感觉是，上海人务实，也浪漫；上海人精明，也朴实；上海人世故，也忠厚。

在"上海摩登"内部，与时尚腐朽"夜上海"这个传统同枝并存的，其实一直有另外一个传统。这个传统，很多年前，曾经同时出现在穆时英的小说中，左手清晨的普罗，右手夜晚的腐女，而穆时英从出道开始的左手转到之后的右手创作，曾经被视为一个谜，但是，在上海住久了，你会发现，这也不过是这个城市的一体两面，只是遗憾的是，在20世纪80年代以来的上海叙事中，这个左手的传统被有意无意地遮蔽了。而在五六十年代的上海电影里，一直流淌着这个传统。《女篮5号》（1957）、《万紫千红总是春》（1959）、《今天我休息》（1959）、《大李小李和老李》（1962）、《女理发师》（1962），这批电影中，都有很美好的上海形象。那时候上海天气晴朗，不像现在的上海影像，无论是《苏州河》还是《海上传奇》，上海总是乌漆抹黑，从来没有三分钟以上的好天气。五十六年代的电影不同，那时人和人的关系晴朗明亮，电影开头都是白天的上海，出门大家互相打招呼，家里没老人的双职工可以把孩子送到邻居家，女性都想自食其力，路上遇到陌生人需要帮助，全部的人都会围上去，那时候有一种氛围，现在我们把它叫作社会主义大家庭。

这白天的上海，当然主要是社会主义美学的因果，但我又觉得，这里面不仅仅是社会主义美学，因为你去看，在塑造这种社会主义美学的电影中，上海又是特别有口碑，塑造得特别迷人的。为什么呢？我觉得这跟上海悠久的"专业性"有关，这个专业性，本质上是"上海摩登"的核心部分。我这样说，可能骨子里是想从"上海摩登"中抢救一些东西出来，否则"上海摩登"就永远精神分裂了。

而上海的这种专业性，可以同时表征为一种质朴的摩登气质。由于时间关系，我只说这些电影中的女性人物。比如，《万紫千红总是春》中，由张瑞芳扮演的走出家庭参加里弄生产的蔡桂贞；《今天我休息》中，由上官云珠扮演的儿科大夫；《大李小李和老李》中，蒋天流扮演的加入全民运动的妻子；《女理发师》中，王丹凤扮演的女理发师。这些演员，都是一线女明星，搁今天，都是比章子怡更火的人物，但是，她们扮演的，都是特别具有奉献精神特别热爱劳动，而同时，又特别具有专业特长的女性。在她们身上，劳动和美丽天衣无缝相接，没有任何违和感，前者在后者身上植入了朝气蓬勃，后者向前者传递全新的最好意义的现代主义审美。这个摩登的上海不是被声光化电缔造的，相反，她全部的摩登都是在太阳下得到赞美和强化的，不像现在的女演员，要表现她们的魅力，是完全无法用劳动去展现的。

我把五六十年代的这种气息概括为"上海摩登"的青春气质。在这些电影中，女性所具有的摩登性是一种真正的革命性，一种空前

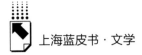

的美学革命，一种空前的政治解放。她们通过自己的劳动、自己的技术，获得与这个社会、与男性商榷的能力。在这些电影中，导演经常会设置的剧情是，丈夫和妻子的摩擦，而她们与丈夫斡旋的，就是她们的新能力。比如《女理发师》，比如《万紫千红总是春》。女理发师蒙着脸（王丹凤是多么美啊！）给自己丈夫理发，用手艺说话；《万紫千红总是春》中，赵丹扮演的丈夫下班回家，偷偷去看在里弄工作的妻子，他看到妻子手拨算盘，有一种震动，他发现他妻子在工作中是那么的从容专业受人喜爱，这种视角这种电影大大扩展了"上海摩登"的格局，男性看女性，不是关注容颜，而是直接领略她们的工作气质，她们的精神面貌，这是一种技术清新感，一种新形象带来的崭新生活感，借此，仅在"声色""颜值"上被观照的上海形象被重新打造了，这种新的观看方式和格局带有一种"清晨"气质。在这个"清晨"结构里，由劳动技术所引发的感情体验方式是对"上海摩登"的一次创造和唤醒，而"上海摩登"亦借由这种白昼美学而焕然一新。

所以，我有时候会想，熙熙攘攘轮番登场的世界，上海可能还是坏得最慢的地方。不是因为此地民风淳朴，民风淳朴的地方常常崩盘最快，上海受制于现代精神中的"专业"，最终把这种专业转化成了一种道德。这种道德，在"上海摩登"的语义场中，我把它视为一种"清晨性"，如此在解释五六十年代的上海时，我们可以多一重维度。

# B.3
# 《上海文学》与上海书写<sup>*</sup>

崔 欣<sup>**</sup>

讲到城市或者是城市文学与文化，在中国大陆的范畴里面，我首先想到的是上海，因为北方虽然有许多大城市，但是在文化上一直处在农业文化影响下。我2007年曾在北京待了半年，发现在北京，即使二环这样很市中心的地方，也会有马车拖着各种瓜果售卖，在上海是不可能有这种场景的。上海一方面因为明清以来江南市民文化传统的影响，另一方面上海作为通商口岸，又有租界，有西方市民意识传入，这样的中西汇合的背景，使得它在历史上虽然不如北方几千年的历史悠久，但是上海有特殊的丰富性，它是压缩饼干式的，浓缩了时间，浓缩了印象，浓缩了人的命运。所以有一次在一个访谈节目里面看到一个作家说，上海就是一个小渔村，只有一百年的历史，很浅薄，我就觉得他根本不了解上海。

讲到《上海文学》杂志，它在上海创刊，以上海命名，立足于上海，天然就带有上海的烙印。翻看杂志过往的目录，可以发现尤其1990年代以来，在内容上、栏目上都体现对上海的强调。一个是1995年一整年我们开过一个栏目叫"新市民小说"，这是当时的主编周介人提出的，这个栏目登了不少以都市白领为题材的小说，冒出了如陈丹燕、唐颖等一批上海作家。当时周介人提出，新市民小说是要

---

　* 本文系笔者参加上海社会科学院文学研究所于2015年10月31日主办的"感知上海：想象、记忆与城市文明——首届城市文学与文化论坛"的发言。

＊＊ 崔欣，《上海文学》杂志副主编。

"吸引"市民，而不是"迎合"市民，区别在于"吸引"首先是把握住文学自身的审美理念。1994 年 7 月我们出过一个新市民小说联展的征文暨评奖启事，是和《佛山文艺》联办的，这一点也耐人寻味——没有找一个北方的大城市组织联办，而是选择了广东一个二线城市，可能也是看重广东在城市现代化进程的趋势中和上海有一些相像的地方。但是这个栏目做了一年就没有再继续下去，有一点昙花一现，其中一个说法是觉得"市民"这个词，容易让人联想到"小市民"。

再就是程乃珊的专栏。她在《上海文学》开过三个专栏，一个是 2001 年开到 2003 年的"上海词典"；"上海词典"结束以后，紧接着是从 2003 年 11 月到 2004 年的"上海先生"。这之后间断了 9 年，到 2013 年 1 月，她开了一个栏目叫"天鹅阁"，这个栏目开了 5 期她就去世了，成为她此生最后一个专栏。我们从她的这些专栏的篇名里，就能看到浓烈的上海气息，如"老克勒""白相"等上海语汇比比皆是。

此外我们还有几个不限人的专栏，一个是 2000~2003 年的"城市地图"，每期请一个作家，围绕上海某一区域或地标展开他的个人叙事。另一个栏目是"海上回眸"，从 2009 年 1 月持续至今，在这个栏目里，地标慢慢已经不是最重要的了，城市人的面貌和气息逐渐凸显出来。

还有就是关于"海派文学"的再发现。比如 2001 年我们请陈子善老师主持了一年的专栏"记忆·时间"，木心的《上海赋》就是在这一专栏里首次发表于大陆的，因为篇幅较长，我们连载了三期。2006 年我们还登过 40 年代潘柳黛小说那种老的海派文学。我发现2000 年前后，我们杂志上关于上海的专栏为数不少，像 2001 年一年里就同时有三个跟上海有关的专栏，比重还是蛮高的。

至于理论栏目，上海文学历来是"理论重镇"，从 1990 年代开始经常有讨论上海的城市文学、文化方面的理论文章，如李天纲、杨扬等，甚至钱乃荣还在《上海文学》上发过关于沪剧研究的文章。

上述这些栏目、内容上的设置，也是对读者呼声的一种回应。我们杂志曾经开了一个读者调研会，有读者提出，我们看上海文学就是要看上海、看城市，如果一翻开都是写农村的，就有一种"违和感"。

接下来我想讲一下，我作为一个小说编辑，平时看来稿，有几个感受。第一是，从来稿中可以看出，农村题材的传统惯性还是很大的，很大一部分城市作家还是要写乡土，但是他根本就不了解乡土，他对于乡土的认识始终停留在七八十年代文学作品给予人的印象。另外，乡土出身的作家试图转型到城市，但是并不很成功，比如说有一个写农村写得不错的小说作家，他一旦转过来写城市题材，我们看了就觉得他还是农村的意识，他对城市的理解是很肤浅的。

第二是，大部分城市题材的小说其实只有城市的皮相。我们看到更多的是对物质的迷恋，要么就是"城市故事会"。还有一种作者是投机取巧，他写出来的城市是千城不变的，他投给《上海文学》就把这个城市写成上海，投给《北京文学》就改成北京。不要以为只要加一个外滩或者是新天地的地标就是上海了，其实内核根本是不对的。

第三是，外来者的文化融入。现在越来越多的"新上海人"进入上海，他们也写作，也会写上海，这里就有一个文化融入的问题。最明显的表现是在语言上。像我们看以前老的滑稽戏，里面有个角色叫"三六九"，不是上海人，但努力说一口山东腔的上海话。而现在我们面临的是，一大批"新上海人"都只会说普通话，也是因为客观上已经不需要学沪语了。我到医院里面去看医生，我一开口，医生就说请讲普通话，因为我跟她说上海话她听不懂。和单位同事也是蛮奇怪的，跟50后的同事讲沪语，我们年轻人之间讲话则会自动切换

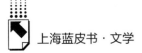

到普通话，50后的同事也觉得很不理解。一方面是方言越来越式微，另一方面是一批沪语专家人为地制造藩篱，他们提倡的一批所谓标准的上海字，都是根本不认得的怪字，外来人根本没有办法接受这种形式。金宇澄老师曾经说过，"城市保存了熟人的根脉，饱含了个人、家族的感情与历史，上一代、几代亲戚朋友的气味，蛛网一样布满了某个街区，布满某一块空气，甚至灰尘之中，城市也储存了祖辈自别地迁来的痛史"。我觉得这样的认识，新上海人是缺失的，可能他们的下一代会逐渐地融入上海这个城市。对于移民来说，要培养对一个城市的认同感，大概需要两三代人的时间。

第四是关于"上海格局"的失守问题。上海从1930年底以来已经逐渐形成一个自成格局的文学气候，但是这些年异质化的因素在增多，上海自成格局的骄傲已经被打破了。我今天在微博上看到还一个评论，说现在只有"北京文学"的"上海分部"，已经没有所谓的"上海文学"了，所有的文学都受制于北方思维。话虽然比较偏激，但也说出了部分实情。有评论家还比较乐观，说还是相信上海的，50后这批人还没死，还能撑一阵子。但是当50后这一辈退场以后，70后、80后怎么办？还能坚守上海格局吗？还是全面瓦解呢？我们只能拭目以待。

# B.4
# "思南读书会"与城市文化新空间*

孙甘露**

　　此刻在思南公馆那边，"思南读书会"正举行第 93 期的活动。这个活动运营一年多来得到社会公众的广泛关注、参与和支持。今天我在这里就给大家做一个简短的工作汇报。

　　2015 年 2 月，思南读书会运行一周年的时候我们拍了一个短片做活动，后来到 4 月为迎接世界读书日，我们又制作了这样一个片子，先给大家看一下。

　　刚刚大家看到的这个片子旁白不是我，片子是黄浦区有线电视台做的。我补充一些数据，我觉得有一个背景，就像大家看到的，它是上海市新闻出版局、上海作家协会，还有黄浦区区委宣传部和思南公馆四家联合办的。主办单位大家都很清楚，承办单位我介绍一下。思南公馆是上海城投的地产项目，还有原来的永业地产，是原来卢湾区的。这两家都是国有地产企业，也都非常支持思南读书会，原来上海城投的老总刘申，永业地产的老总钱军这两位都非常热心地支持上海的公共文化事业。

　　思南公馆的活动场地是免费给我们使用的，这个是非常难得的，一个地产商虽然是国企背景，但是他们也是需要考核经济效益的，所以这个事情是非常感谢他们的。

---

　*　本文依据笔者参加上海社会科学院文学研究所于2015年10月31日主办的"感知上海：想象、记忆与城市文明——首届城市文学与文化论坛"的发言整理。

　**　孙甘露，作家，上海市作家协会副主席。

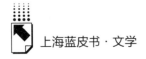

　　到 2015 年 12 月 19 日，思南读书会就要满一百期了。思南读书会是由上海书展的子活动"上海国际文学周"延伸出来的。"上海国际文学周"的活动效果很好，社会反响都不错，大家同时反映一年就一个星期的活动太少了，能不能常态化？我们最初和钱军谈的时候，就商量能不能做一个读书会，每周一次。现在看来，每周一期是一件高密度的事情，尤其是一个公共文化活动，选题也是颇费斟酌的。

　　以我个人的经验，在上海，不管是高校、社科院、作协还是一些出版社、媒体，每年来来往往的作家、学者非常多，比如参加"上海写作计划"的外国作家每年都有十几位；学术会议非常多，讨论的议题也非常广泛，但是这些都局限在专业机构内部。我的想法是把资源开放给公众，就是基于这么一个很简单的想法。以我的感觉，社会公众是有这个需要的，现在做下来确实也印证了这样的看法。

　　关于读书会的运作，我们也听了很多的意见，包括内容、主题、人选等。公共活动涉及的面很广，有方方面面的要求，我们尽量综合考虑以满足社会公众的需求，使它既有广泛性，同时又保证品质，当然这个是比较难的。

　　我们刚才说到读书会的场地是免费的。还有一个问题也是研究者或者社会公众关心的，就是这个活动经费。我们请的嘉宾大都是具有相当成就和影响的学者、作家，比如前一阵子来的埃斯普马克等许多外国作家。那么费用怎么办？我今天也借这个机会感谢很多的朋友、专家学者，思南读书会是个比较穷的读书会，给来宾的费用实际上是非常微薄的车马费，但是做到今天第 93 期为止，请了 200 多人，事先没有一个人提过酬金的事。但是我还是要说参加这个活动的酬金太少了。大家支持这个活动完全是基于上海这座城市的文化环境，是上海的文化环境、文化氛围支撑着这个活动坚持办下来。

　　讲文化环境，事情非常多，我讲几个例子。我们请专家的时候也没有说过这是一个公益性的公共文化的推广活动，但是方方面面，包括出版局，包括作协，包括我们机关的同事，大家都是一直在帮忙的，等于是一个义务的，公益性的活动，但是事先并没有这样宣传，也没有这样讲过。

上海是一个国际大都会，文化复杂，传统很长，我不会把它简化成一个天堂般的地方，但是思南读书会的活动中确实有很多感人的细节。有一次是下午和晚上连续举办两场，当时是夏天，前一场结束的时候外面还在下雨，会场需要打扫一下，有很多读者还想听晚上的一场，于是就全部自觉地跑到外面排队去了，因为准备听后一场的观众已经在排队了。这个使我非常受触动。我觉得公众在参与公共活动中会带来一种生长性、互动性的文化。思南公馆的员工在思南读书会每一期都会帮助我们维持秩序，包括一些外来务工人员，大家都会站在边上很专注地听。

我们在 2015 年初思南读书会一周年的时候，把经过授权的文章，结集出了一本思南读书会的文集《在思南阅读世界》，由上海人民出版社出版，欢迎大家看看。

读书会并不是一个演唱会，读书会就是一个安安静静读书分享的活动，所以也并不是很担心人流，当然有的时候人多一点，有的时候人少一点，总体上读者还是蛮稳定的。重要的是尽力提高品质，尝试着坚持做下去，我想这会给上海的城市文化建设提供一点有益的经验。

时间关系，我就简单地汇报这些，谢谢大家！

# B.5
# 街头表演与城市文化生态的营造<sup>*</sup>

胡凌虹<sup>**</sup>

前几日在静安公园和长宁兆丰广场举办了"2015首届上海街头艺术联展暨街头艺人一周年特别活动",一批街头艺人进行了精彩的演出。这批艺人有个特点,几乎都有演出证。一年前的2014年10月25日,上海在全国率先推出街头艺人持证上岗试点,8位上海首批持证街头艺人挂牌"上岗"。他们所持的"上海街头艺人演出证"是由上海市演出行业协会颁发的,有效期一个月。目前,共有46位街头艺人拿到了上岗证,据了解,这些街头艺人学历高、年纪轻,其中80后占70%以上,有些是双学位获得者和博士生。

持证上岗,这标志着街头艺人这个职业首度合法化。我以为,此创举对城市的发展尤其是城市文化空间的营造有着重要意义。

首先,街头表演是城市一道不可或缺的文化景观。

美国的纽约、旧金山,英国的伦敦,法国的巴黎,日本的东京,印度的孟买,乃至我国的香港、台北等国际化的大都市里,都能见到街头艺人的身影。西班牙的巴塞罗那有一条兰布拉大道,被探索频道评选为全球13条名街之一,原因就是整条街的丰富的街头艺人。

作家毕飞宇曾告诉我,他每次出国都会花大量的时间站在街头看演出。2005年,他还参与了一次街头表演。那时,他看到一个苏联

---

　\* 本文系笔者参加上海社会科学院文学研究所于2015年10月31日主办的"感知上海:想象、记忆与城市文明——首届城市文学与文化论坛"的发言。

　\*\* 胡凌虹,《上海采风》杂志社编辑部主任。

的拉手风琴的艺人，特别想和他合作一下，但是他唯一能跟他合作的就是国际歌，于是街头艺人拉起手风琴，毕飞宇唱起了国际歌。为此，毕飞宇还挣了5块钱，这成为一段非常美好的回忆。

现在在上海，人们不仅能在剧院看精致的演出，也能在上海的街头看到很草根的街头艺术，这往往会给行人带来一份意外的惊喜。如今各地都在建高楼大厦，使得海内外很多大都市都是如此的相似，都是钢筋水泥，都是车水马龙，街上来来往往的都是行色匆匆的行人，但是若在街头能忽然邂逅一场美妙的音乐，能偶遇一个静止的人体雕塑或非常民间味的编制艺术，等等，这都会给人们的日常生活带来很多不同，也给城市带来一道与其他城市不同的风景线。街头艺术也是城市重要的艺术资产，最能实现"艺术生活化、生活艺术化"的状态。

其次，街头表演能给城市的文化艺术带来活力、创造力。

从纵向看，街头表演是一个历史悠久的职业。有史以来，历史上繁荣发达的城市中都有街头艺人的身影。很多艺术种类也是在街头繁衍发展的。滑稽戏、评剧等戏曲剧种都在露天广场、草台这些地方演出过。到了当代，街头也可以成为前卫艺术的诞生地。在一些艺术形式还不成熟，无法登堂入室时，街头空间就可以成为它们绽放的平台，街头艺人也可以借此检验自己，在直面观众的过程中，得到最直接的市场反馈，由此不断自我调整、发展、创新。

街头艺人们在街头的表演形成了一个自由的、原生态的空间，这也是最适宜于艺术发展的生态，优胜劣汰都是自然发生的，只由观众来决定其表演的成败。相比于有些在封闭式的环境里发展的曲高和寡的艺术，在民间的土壤里生长的艺术，更贴近观众，更有生命力。

同时，街头表演对于城市市民也是一种考验。街头艺人的表演或作品并不定价，观众自愿给小费。在国外，游客放钱时，都很礼貌，欠下身子双手放钱，一般手离箱子的距离不会超过1尺。然而，国内的游客显然还没有这样的习惯，很多人都是直接把钱扔进箱子，有时风大，钱会飘到箱子外。这时，一些艺人都会善意提醒。一位街头艺人告诉我，他会委婉地对带孩子的家长说："麻烦您把钱拿起来，让孩子重新给一次，从小培养孩子尊重别人的习惯，欣赏别人的艺术眼光。"对于街头艺人而言，他们希望得到的不仅是小费，更是欣赏和尊重。生活中，并非每个市民包括孩子都会去剧院的，那么，好的街头表演也能让大众得到艺术熏陶。街头表演无疑也是普及艺术的一种途径。

最后，街头艺术的繁荣也是一个国际大都市繁荣与成熟的标志之一。

2004年，著名剧作家罗怀臻担任上海市人大代表时，提交了一份议案，提议上海建立地方法规，允许街头艺人的表演。经过十年的呼吁、酝酿，街头艺人终于合法化。为何这个破冰之举要经历十年的等待和准备？因为问题很复杂。

在国内很多城市，街头艺人的表演是一个社会问题。即便能容忍也不会鼓励。在老一辈人心目中街头艺人就是耍猴、变戏法、练气功的，对于现在的年轻人来说，街头艺人就是那些拉着不着调的二胡的残疾人或在地铁上放音乐假唱的乞讨者。在这样的大环境下，真正有理想的街头艺人就很容易被误解。有位年轻的街头艺人告诉我，他在街头表演时，会有一些老人带着惋惜的口吻责备他："年纪轻轻的，跑出来要饭干嘛？"更多的时候，他们尴尬甚至狼狈地与城管玩着"猫抓老鼠"的"游戏"。所以，上岗证对于街头艺人很重要，是一种身份的证明，表明他们是有专业素养和表演天赋的，以区别于街头卖艺乞讨的人。

不过，有时想法是好的，要实施起来远非想象中那么简单。2008年，"关于制订《上海城市街头艺人管理条例》的议案"获表决通过，使"街头艺人合法化"这一项动议开始孵化、酝酿。当时上海市人大教科文卫委员会就此召开专题论证会，文化稽查、文化管理、城市管理、市容管理、公安、交通、税收等十几个职能部门都过来了。事实上，一座大城市要实行一个突破惯例的创举，需要很多主管部门协调。而这也是对政府相关部门的一个考验，对于一个好的创意，各部门是"踢皮球"还是共同协作，上海这座城市选择了后者。

上岗前，8名街头艺人还与演出行业协会一起订立了"不定价、不销售、不乞讨、不扰民"等14项持证上街的职业约定，参加了一次街头艺人职业素养的培训。持证条例要求街头艺人以"定时定点定式"的方式工作。这些规定也引起了一些争议，有人认为，持证上岗除了会破坏街头表演的原生态外，还会剥夺大部分街头艺人的表演权利。还有人认为，既然有证，就不要限制街头艺人生存的空间。然而，若全面放开，没有一定的门槛，到时鱼龙混杂，街头表演变成一种人人赚钱的手段，这又怎么办？如何让更多的艺人走上街头？表演的样式如何更专业、更丰富、更多元？这些都是相关部门需要面对的问题。这也意味着一个自由的纯粹的艺术环境是需要有相配套的成熟的系统体系维护的。

当然，街头表演空间不仅仅属于持证上岗的艺人，专业艺术院团也可以在这个空间绽放。最近，在上海的公共空间经常能看到重量级的演出，上海草坪音乐广场上上演了著名小提琴家列宾与捷克布拉格交响乐团音乐会、北方昆曲剧院大师版昆剧《牡丹亭》精粹等，在嘉里中心，美国BANDALOOP高空舞蹈团表演了高难度的"空中芭蕾"。这些都属于2015年中国上海国际艺术节"艺术天空"系列的演出，近600场的免费演出给市民带来了非常丰富的艺术大餐。此外，越来越多的高水平艺术团队也愿意在公共空间演出。比如上海昆剧团已经在豫园演出，再比如，著名指挥家曹鹏老师创立的上海城市交响乐团也不时在广场上演出。他们还有过一次特殊的演出经历。2010年，上海胶州路大火后遇难者"头七"忌日，超过十万的上海

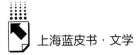

市民前往凭吊，上海城市交响乐团的成员也到场自发地用音乐安抚城市的忧伤。在音乐声中，那些最初情绪很激动的人平静了下来，默默地流泪，很克制地表达着自己的情绪。这场演奏会也被认为是"最高尚的悼念方式""真正感受到了这个城市的腔调"。当年，在"9·11"的废墟下，也有音乐家带着小提琴自发地演奏，这是艺术家面临灾难时的义不容辞。如果艺术家与民众既能通过艺术一起享受欢乐也能一起承受不幸，这也是一个城市及其市民成熟的标志之一。

当然，目前上海的街头表演空间还没有达到人们理想中的状态。在上海这么一个大都市里，要能在各个街头看到各种形式的高水平的表演，还有很长的路要走。不过既然已经"破冰"，相信理想终可实现。

# B.6

# 疏离感中的诗意：当代上海
# 诗人笔下的"上海"*

虞又铭　王毅**

**摘　要：**　城市的发展给当代上海诗人带来了复杂的感受。一方面他们在创作中表现了对城市发展的不适应，在都市中感受到了疏离。另一方面，在这种批判之中，诗人们又找寻到许多新的诗意产生的可能。疏离与诗意的并存，反映了当代上海诗人们复杂的生存体验。

**关键词：**　城市　诗歌　上海诗人　疏离感

作为中国最大的城市之一，当代上海的急速发展是惊人的。当然，这种发展或改变并不总是能令人安然面对，对于诗人而言更是如此。急速的扩张、与传统的脱离、炫入高空的建筑、媚惑的资本空间、不断翻新的生活方式，给上海诗人们带来了莫可名状的疏离之感。这疏离感中，有对现实的震惊和陌生，也有反感与不适应。这其中寄托了诗人们对现实的反思与批判。

但无论是土生土长的本地诗人，还是以各种身份移居此地的新

---

*　本文系上海社会科学院"城市文学与文化"创新学科建设阶段性成果。

**　虞又铭，文学博士，华东师范大学对外汉语学院副教授；王毅，文学博士，上海社会科学院文学研究所副研究员。

上海诗人，都没有被这疏离感所完全占据。在保持着对现实的警醒与批判的同时，诗人们还敏锐地发掘着各种新的诗意——属于都市生活的诗意。我们不能要求诗人们在他们的作品中从头到尾都高举批判的大旗，这并不真实。生活在这个复杂的城市，上海诗人们有着复杂的体验。况且，城市生活本身也不断促生出许多新的诗歌创作的视角。在西方，从波德莱尔到艾略特，从威廉斯到克里利，无不是在城市的发展中抒发复杂的诗意，当代的上海诗人们同样如此。

本文以赵丽宏、徐芳、孙思、张烨、李天靖、钱涛、程林、汪漫、瑞箫等九位诗人的近作为例，分析他们在城市生活的疏离感中所找到的不同诗意。有的诗人是以疏离感为契机，找寻到新的体悟的视角；有的是直接接受和拥抱城市生活给人带来的陌生感和不确定感；还有的是以疏离感为铺垫，进而突出这座城市给人以美好和希望的地方；当然，诗人们也没有忘记反讽，对疏离感的主体——自我——进行调侃鞭挞。

## 一　疏离感中的发现

相对于移居上海的诗人而言，出生于上海的本土诗人，对于这个城市的爱恋当然更深。因为成长的经历、因为与这个城市的共处、因为亲情和友情，他们对上海有着一种天然的亲近感，这一点是毋庸置疑的。但即便如此，在赵丽宏、徐芳、孙思等诗人的作品中，我们还是可以清晰地看到一种面对城市的快速变化而产生的不适应，这个曾经熟悉的城市在他们的笔下变得难以理解，令人彷徨。但是这种疏离感，在诗人的笔下，并没有仅仅作为一种批判而存在，而是同时又转化为一种契机或视角，让诗人获得新的诗意空间。

赵丽宏先生的诗歌近年来愈发深沉雄厚，意象凝练，寄寓久远，长篇组诗《沧桑之城》①便是一例。这组诗歌也是诗人近年来对上海这座城市的一次集中抒写，从各章标题就可看出诗人对当前城市不同情境的关注，如《苏州河咏叹》、《从霞飞路到淮海路》、《在地下飞翔》以及《烟囱的盛衰》等。在这部作品中，诗人试图将个人经验、对历史的沉思以及对个体存在的反思融汇到都市情境的描写中。这一点，在诗歌开篇处即可见到。

> 谁能抹干净
>
> 往事的痕迹
>
> 谁能把历史的回声
>
> 封锁
>
> 发生过的一切再不会
>
> 消失
>
> 尽管遗忘
>
> 是很多人的风格
>
> ……
>
> 闭上眼睛
>
> 我仿佛觉得
>
> 自己变成了那只狮子
>
> 睁开眼睛
>
> 看见的是历史
>
> 往事如烟
>
> 故人如云
>
> 昨天的故事
>
> 凝固成雕塑

---

① 该诗文字引自赵丽宏《沧桑之城》，上海文艺出版社，2005。

在历史与现实的交错咏叹中，赵丽宏首先关注的是上海这座城市近百年所经历的苦难和沧桑，它的被侵略和殖民的历史，它在抗战中的象征意义。随后，诗人则重点抒写了今日上海的都市场景。这些场景给人们不断带来惊喜，当然，这些惊喜来自几代人辛苦的付出。然而，随着诗行的行进，诗人开始发现自己在这座城市中感受到的惊喜不断地演变成疑惑。虽然"拉着父母的手/我曾经走遍这座城市/熟悉了她的容貌/了解了她的历史/看见了她雍容华贵的风度/也看见她/贫困无奈和窘迫"，但是诗人猛然发现"她"的急促的脚步已经悄悄越出了自己的视野。作为现代化和工业化进程的标志，"烟囱"开始在城中林立，它们"日日夜夜在冒烟/烟云中还带着火光/妩媚而热烈/明朗而飘然"，可是它们不单"冶炼着智慧和激情"，也"飘散着扬弃的渣滓"，它们在这座城中的身份日趋复杂了："它们是摆脱贫穷的通道/是城市急促的呼吸/也是城市无奈的哮喘"。在比喻的三重叠加中，这一曾经象征着经济发展的事物被转换为令城市衰朽的病灶，它的多面性、多重身份令诗人一时间难以对之作出简单化的否定或批判，只能接下来反复以"烟囱，烟囱，烟囱啊"作出慨叹。

作为工业化进程的恶果，烟囱的密集出现所造成负面效应，令诗人困惑和诧异。当烟囱被清除出天空，城市豁然开朗，诗人也解开了心结。可是，烟囱退出后留下的空间，很快又被无数的摩天大楼所占据。短暂的欣赏之后，诗人对这些增长更为迅速、更加密集的新型"烟囱"也失去了理解的方向。"我也曾登上/那星外来客般怪异的/东方明珠/看世纪之交的风景/熟悉的城市/在俯瞰的瞬间/竟变得如此陌生/我看到高楼如林/飘忽的云雾/在摩天大厦腰间飘萦/这样的景象/如同科幻电影/纷杂而浩瀚/神秘而幽深/我无法想象/人们如何在这一片/钢筋水泥的森林中/繁衍生存"。原本现实的场景开始变得怪异和陌生，高度的疏离感在诗人与城市之间再一次悄然出现，但这一疏离感并没有累积到难以克服的程度，很快，诗人便从这疏离感中找到了新的感悟的角度。"俯瞰使我亲近生活/沉思的目光/阅览现实的人生/世界精微而博大/我们每个人/不过是天地间/一粒微尘"。可见，难以理解的城市发展，虽然对诗人有所伤害和打击，但诗人也借由那种陌生感去体悟世界的广博与个体的渺小，个体的有限与城市的沧桑巨变，在此形成尖锐的对比，令人感慨。

陌生、疏离与体悟，在赵丽宏先生的《沧桑之城》中就是这样彼此转换、交织着。这种转换和交织在其他上海诗人的作品中也时常可见，比如徐芳的《楼上的春天》。区别在于，赵丽宏先生试图以跨越历史的角度、以宏大都市场景的描写来呈现这一转换，诗人徐芳则是通过更为日常化的场景描写来描绘自己内心的复杂感悟。

《楼上的春天》首先表现了在城市中寻春而不获的失望，"我已不再寻找/那丛迎春/那树海棠/还有芭蕉上的雨/曾像蛛丝一样闪亮/也像琴韵一样叮咚……脚跟跟着脚尖飞跑/手臂加手指地伸展/春天究竟有多长/其实我并不知道"①。坚硬的城市建筑，密不透风的楼群，似乎使得春日的自然律动难以被寻获了，由"迎春"、"海棠"、"芭蕉"和"蛛丝"象征的自然的律动在城市中没有安身的位置。那么，诗人就这样与春天隔绝了吗？当然没有。诗人笔锋一转，"如今，我坐在电动的门里/云动风摇，摇摇晃晃的春天/竟也能使高楼摇动/也能使金属的门窗呐喊/春天当真不会/因我的罢工而罢工？"恰恰是通过这看似与自然律动完全无缘的坚硬的城市建筑，通过高楼的撼动、门窗的呐喊，春风以一种更加挥洒有力的姿态向诗人显现，而且作为一种新的介质，它们将诗人对春的感受带离地面、带向高空直至融入远方："有些透亮—/有些香味—/是春风把我送到了极高处/比电梯能够运达的楼层还高/在一片翻滚的绿浪上/风暖衣轻……"看似冰

---

① 徐芳：《上海：带蓝色光的土地——徐芳诗歌近作》，华东师范大学出版社，2009，第109～110页。

冷坚硬的城市楼群，却给诗人带来了新的体验春的角度。所以，此处的诗意，不仅仅是关于春的，而是由春和城市共同促成的。春和树木花草之间的古典共鸣，在城市语境中被粉碎了，"但城市的共时在另一意义上却空前发达并且精确起来"①。正因为这样，诗人在末段写道："春天永远是春天/不论南北不论高低/不论它离土有多么远/不论窗户的结构阳台的大小/也不要问我是谁/我从哪里来/与春天无沾无碍/有几人能够做到？"在坚硬、冰冷的城市生活，不代表你找不到春，关键在于你是否能够找到体验春的角度。

孙思的《上海的黄昏》也非常成功地在城市的疏离感中整理出诗意产生的可能。作品开篇连续四个段落都是在描写上海的都市生活给人带来的失望。随处而见的混凝土建筑、被楼群屏蔽的天空、拥挤堵塞的车流和人流，合在一起，毫不客气地表现了城市给人带来的反感："上海的黄昏被带着硬度的/高楼，割得七零八落//这个时候，白天的耀眼已退去/夜晚的灯光还没亮起/天和地呈一样的灰色//这些裹着烟雾般的黄昏/似乎是最后一坨黏糊的砝码/压在了人们已经弯到地平线/以下的耐心//所有的路都被人和车塞满/车尾的废气、蒙古马队般/只往人的五脏六肺奔，这种/弥漫的不适，过了很久/也不肯褪去，让你恨不得/拿把刀，在那个地方/割一道口子"②。然而正是在这个令人抗拒的空间中，"时间"得以以一种不同于乡野自然的面目出场了，这一出场不仅仅带有别样的风情，更重要的是，它带出了历史感。

> 偶尔，通过高楼的缝隙
>
> 看到太阳剩一个椭圆的边
>
> 慢慢往下坠，给周围

---

① 徐芳：《上海：带蓝色光的土地——徐芳诗歌近作》，华东师范大学出版社，2009，第251页。

② 孙思：《上海的黄昏》，《上海诗人》2014年第3卷。

留下一片淡淡的绯红

……

外滩的钟声常常会在这时

响起，把那被高楼挤瘦了的

微弱的余音，送到人们的耳边

　　作为"时间"的载体，"太阳"和"钟声"分别在高大楼群的缝隙中被挤得变了形，走了样，同时，它们又充分实现着自己，太阳在遮蔽中留下绯红，外滩的钟声在摇摇晃晃中将自己送到最远处。时间就是这样，在今日城市之格局中，以一种特殊的面貌出场，既现实又永恒。这样一种出场方式，给我们带来的不是简单的东升日落的自然时间，而是裹挟着城市历史、带有鲜明城市印迹的时间。诗人在现实与历史之间所作的这一种沟通，也在诗中的老者形象上映射出来。"墙下，给别人画像的老者/脸上皱纹，山势陡峭/似乎连最后一丝的水分/也被生活抽空，成了一座/年代久远的空山"。替人作画的凝神不动的老者，既是现实中的人物，又在诗人的瞬间印象中被抽象为"年代久远的空山"。与老者相呼应，诗中还有其他一些身处于现实之中却又丝毫不受现实干扰、保持着自身节奏与韵律的事物，比如"远处的墙边，不知名的花/开着，有一种微微的药香/内敛、沉静、低调，不似/脂粉香水，蛊惑人心"。不难看出，那变了形的太阳和钟声，那兀自不动的老者，那自顾开放的墙边小花，在这喧闹匆忙、高度物质化的黄昏中，自具一种永恒的味道。但是，这些"边际性"的存在，正是在坚硬的城市建筑、令人失去耐心的拥挤奔波当中，才显现自己的特点与价值。正是在上海的黄昏中，在这极度缺乏田园牧歌色彩的时刻和地方，它们的超然与独立，才别具意味。诗人孙思在此不是单写对城市的反感，也不是单写对永恒事物的向往，她是在写现实与历史、当下与永恒在交叉那一刻所含有的诗意。

## 二 疏离感本身的诗意

上述三例展现了上海诗人们以疏离感寄托了自己对现实的反思，但又以疏离感为契机，在对疏离感的转换中找到了诗意体悟的新角度、新空间。那么，当疏离感无法被直接转换或超越时，它是否仅仅就是一种对现实的批判呢？未必。徐芳和张烨两位诗人的作品就表现了疏离感本身的诗意可能，这体现在对陌生感的接受上。

徐芳的《城市冬景》① 首先描绘了这个城市的华丽。"随之，载翅而飞的冰/摇身一变，成为洁白的雪/为大地作新年的装饰/布景已经搭好……哥特式的/钟楼尖顶、溜冰场、伞/毛皮与靴子……/一团团神性的白雾/寻找令人满意的东西/层层上色，并为之包裹"。城市的冬景，由不同时代的各色建筑以及时尚流行元素打扮而成，华丽而轻盈，但这种颇具布尔乔亚风格的冬景，并不能满足诗人的心灵。"这是纯洁的火/送走了黄昏中晚霞/却带来了姗姗而来的童年/记忆；旧轮胎/建筑工地上孤零零的塔吊/几棵树，放学回家的路上……/沙哑的声音由人行道传入广阔/在空中抓住了一声尖叫"。记忆之轮在诗人的内心滚动，记忆中的城市冬景与眼前的冬景却难以契合，不一样的节奏、完全不同的意象，建构出双方之间难以逾越的鸿沟。果然，诗人紧接着就告诉我们，眼前飘零的雪花"它不知为什么移动而移动/我不了解这种美丽"。显然，之前在诗人笔下尚且华丽多彩的城市冬景，此刻让诗人感到了困惑和陌生，因为历史与现在，二者之间似乎缺乏顺畅的连接。可是，尽管今日之城市未能让诗人熟悉得了然于胸，未能与诗人的记忆建立温暖的联系，它究竟还是让诗人觉

---

① 引述出自徐芳《上海：带蓝色光的土地——徐芳诗歌近作》，华东师范大学出版社，2009，第 113~115 页。

得"美丽"，因为它"像来自爱人的心之呼唤!"原来，陌生不等于没有吸引力——就像爱情，虽然常常突如其来，难以理解，但又有难以抗拒的吸引。对城市的陌生感没有妨碍诗人对它的诗意感受，这恰如徐芳先生自己曾总结的，"我拒绝城市的喧嚣和嘈杂，但我并不拒绝喧嚣和嘈杂之下掩盖着的诗情，这就如同我拒绝一条河的浮游物，却并不拒绝浮游物下鱼儿的嗷喋、虾蟹的生长一样。"[1]

同样表现这种陌生感自身诗意的，还有张烨先生的《夜上海》[2]。与徐芳的《城市冬景》相比，对城市的陌生感在张烨的诗中更加突出。这座城市，尽管繁华灿烂，夜晚的车流如同"一条宝石洪流穿行在高楼峡谷"，但"没准你只是一个局外人/你无法进入昂贵的仙阁琼楼"。这道出了这座城中许多人的生存感受，城市繁华，自己却离它很远。更重要的，人与城市的距离之外，还有人与人之间的距离，"变幻中的现代城市是陌生的/为生存而奔忙的现代人是陌生的"。城市的"变幻"以及人们各自的奔忙，造就了陌生感。可是，也正因为变幻与奔忙，陌生也就随时可以转换为熟悉，正如熟悉的会很快变为陌生的。于是，原本存在于陌生与熟悉之间的界限不再那么清晰，人与人的相会，是既陌生又熟悉，既熟悉又陌生："他，也许就是你所要寻找的人/迎面走来，在这时刻/与你无声相遇/擦肩而过"。与徐芳相似，对于陌生感以及其中包含的不确定性，张烨也经历了一个从困惑到拥抱的心理过程。

## 三　不完全的疏离感

上海这座城市，给生活在其中的诗人们所带来的，也不完全是疏

---

[1]　徐芳：《上海：带蓝色光的土地——徐芳诗歌近作》，华东师范大学出版社，2009，第250页。

[2]　引述出自张烨《隔着时空对望》，上海文化出版社，2015，第57页。

离的感受。诗人们在城市场景中也有直接的心灵寄托。有的时候，用不着对疏离感进行转化和超越，诗人们也能够找到心安的地方。但是，这种承载诗人心灵寄托、理想与希望的所在，也还是通过疏离感的铺垫而得到确立和强化的。比如李天靖和钱涛笔下的季风书店。

作为上海屈指可数的人文艺术书店，季风书店颇为诗人们所青睐。李天靖的《坐成一块悬在虚空的石头——在季风书店》① 便描写了这一书店对于作者的意义。

> 水声沛然
> 与隐约的子湖相连
> 一尾从地铁游来的鱼
> 于世界的水色
> 吮吸丰富的负离子
> 润润肺
>
> 每觅到鲜活、爱食的饵
> 以至划水的快乐
> 听心灵的荷
> 刹那花开

诗题中的"虚空"与诗歌第一段中的"润润肺"向读者暗示了作者在城市中所感受到的疏离感：尽管自己如一尾小鱼，在地铁中来回穿梭，仿佛逍遥自在，但显然也苦恼于意义的缺乏与呼吸上的窒闷。于是，闻听水声沛然，便赶紧游向一处美妙所在，去"吮吸丰

---

① 对该诗的引述出自李天靖、张海宁主编《水中之月——中国现代禅诗精选》，上海文化出版社，2009，第105页。

富的负离子"。一句漫不经心的"润润肺"带出了整个第一段的意蕴：表面欢快，事实上则渗透着对现实的莫大讽刺。第二诗段，则是以鱼儿觅食的快乐摹写诗人在书店读书的快乐。在这一段中，从觅食到划水，再到听"心灵的荷"，快乐愈来愈深入，从外部世界进入内心，直至最后"刹那花开"，这种快乐已是莫可名状了，只能以佛禅坐悟意象加以摹拟。由此而论，一、二诗段之间其实是一种明显的对比，第一诗段讲的是空间位置上的移动和表面的自由，第二诗段呈现的是由外部世界到内心世界的真纯自由的获得。作者的寄托当然是在第二诗段，但没有第一诗段所暗示的作为背景的疏离感，第二诗段中快乐也就难见真纯。事实上，诗人充分注意到自己的这种快乐与疏离感的交织与并置，作品末尾有如下两句：

> 坐成一块悬在虚空的石头
> 却只在瞬间

李天靖此诗以都市疏离感为铺垫表现了某处理想处所的珍贵。有意思的是，他的这首诗歌得到了诗人钱涛半带调侃式的唱和，在《陕西南路咏叹调——养肥鱼的巨腮》[①] 中，钱涛以同样方式表现了对季风的喜爱。该诗在表现都市生活的疏离感方面，颇具独到之处，生动地表现了个体在都市生活中的茫然与身不由己："只一拐/从海里游过的鱼/却闯入深海//觅食时/没有禅的定力/不会坐成虚空中的/石头//却携来无数附丽的/电子离子质子原子中子/从陕西南路地铁/各处路口一拥而入"。钱涛笔下的这一尾小鱼，失去了李天靖诗中的那份逍遥："只一拐""却闯入深海"，表现了小鱼被人流裹挟的突然与毫无准备，无数的"电子离子质子原子中子""一拥而入"，则进

---

① 引述出自赵丽宏主编《上海诗人》（第5卷），上海文艺出版社，2012年，第47～48页。

一步显示了这尾小鱼的无助与茫然；于是，只能哀叹自己无法坐成虚空中的石头。这前三段将地铁中的场景和诗人的感受描绘得惟妙惟肖。但之后对书店中阅读快乐的描写，则相对简单了一些：深海中竟有"一片巨大的氧吧/供粒子们自由穿梭……"。诗作具有同样的意趣，但总体结构较李天靖的诗松散了些。

在上海的生活中，如果说一个专业书店会引起相关人群的关注，那么外滩则是所有人都避不开的话题和所在。程林的《午夜站在延安路天桥上》① 就把它视作一个给人带来希望的地方。难能可贵的是，对城市物化现实的反省，对底层人们的同情，使得作品摆脱了媚俗的小资情调及对外滩的西方想象。


这座桥
没有汹涌的河水
只有时间


但偶尔有几辆别克、奥迪
从我的脚下
向虹桥高尚生活区钻去
那里有浓妆艳抹的霓虹灯和口红的海洋


她们就在我的脑后
只是我不愿回头


我看见一位褴褛的老人
肩上有一只麻袋

---

① 引述出自程林《纸上的时光》，长江文艺出版社，2013，第4页。

> 手上有一根竹竿
> 旁若无人地走在宽阔的八车道上
>
> 如果昏黄的街灯眼睛再睁大一些
> 如果老人疲惫的步伐再灵巧一点
>
> 天亮之前
> 延安路就会把他带到外滩
> 那是上海
> 最早看见太阳升起来的地方

　　诗作开篇即传递出紧迫的现实感，延安路天桥下流过的不是河水，而是时间。但轰隆隆的历史行进到此刻，留给诗人最大的印象却是物欲对现实的占领。名车、豪宅、美色在时间之流中昂首挺立。诗人不愿对这物化的现实投去目光，褴褛无助地走向外滩的眼盲老者却令诗人唏嘘。一句"旁若无人"表面写老者，实则写世人的冷漠，无人愿意停下脚步，带老者离开危险的机动车道；得不到人世的温暖，老人唯一的希望就在于街灯能够再亮一些，他自己的步伐再灵巧一些，这是多么尖锐的讽刺。然而，尽管面对着这物化的时间之流，尽管由老人身上看到世间的冷漠与苦难，诗人还是抱着信心与乐观，寄望于太阳重新升起的地方，江水将涤清自私的欲望，光明将驱走物质的黑暗。外滩，正是在这样一种意义上，成为诗人的寄托，与任何罗曼蒂克的摩登生活、自我麻痹的殖民情结毫无关联。正因为此，外滩在诗人程林的笔下获得了崭新的诗意。

## 四　疏离感主体的自我反讽

　　可见，21 世纪以来上海诗人们对自己与城市之间的疏离感毫不隐瞒,以各自的角度对之详加书写。在批判现实的同时,诗人们也还不忘回到疏离感的主体,对"自我"也犀利地讽刺一番,把自我的渺小卑微,细致地刻画出来,表现了可贵的自省精神,这也暗合于T. S. 艾略特式的反讽现代诗。程林的《衡山路的酒吧》、《在胶州路家中刷牙》,汪漫的《与妻子在上海散步》、《静安寺,或者安静》,以及瑞箫的《介入@现场》均是如此。

《衡山路的酒吧》① 的开篇令人哑然失笑:"到这里来的人都不是来喝酒的//这里的酒/贵得让一个真正的酒鬼/心疼"。或为寻欢,或为作乐,这才是衡山路酒吧夜夜笙箫的理由。诗人的直截了当中包含着尖锐的批判。但作者并没有把自己塑造成为高高在上的道德说教者,相反,他坦承自己也是一样的沉沦,"比如我/就是来这里让震耳欲聋的音乐/把自己彻底粉碎/然后像灰尘一样地飘回家"。除了音乐的轰炸,诗人也在欣赏女郎们的"星光"。最可笑的是,诗人交代了自己在酒吧的"胜利"。这个胜利不是争强、不是猎艳,而是作为一个善于利用规则的消费者,诗人在一夜沉沦中,仅消费了一杯啤酒。"没有下酒菜/一杯扎啤/照样让我坐到关门/而且仅此一杯"。以最低的消费在衡山路度过一晚,诗人的洋洋自得溢于言表,但这也是诗人最大的自我讽刺。沉沦的自己既不自律、高尚,而且还相当抠门。诗作批判的矛头不仅是外向的,也是内省的。

与程林快速而干脆的自我反讽有所不同,汪漫习惯于在诗中先进行长长的铺垫,塑造出一个完美的批判主体或抒情主体,直到最后再去戳破那个完美的气泡,让自己的无力与卑微以一种更加滑稽、荒诞的形式呈现。《静安寺,或者安静》② 即是一个典型例证。诗作首先将静安寺置放于以当代都市意象的包围中,对它的现状做出了批评。

---

① 引述出自程林《纸上的时光》,长江文艺出版社,2013,第3页。
② 引述出自杨斌华、陈忠村主编《新海派诗选》,上海文艺出版社,2014,第89~91页。

"一座古寺能坚持安静下来吗？/——周围是超市、百乐门舞厅、地铁、旧电车/寺内和尚，敲打木鱼/怀揣设置在震动状态的手机/侧耳倾听黄色高墙外的大街宽阔的喘息……/佛，大隐隐于市/它有力量让佛音天籁穿越市声/抵达我们的身体和内心？"诗人不再相信佛门还是一处清静的所在，还可以在商业、娱乐、物质的进攻中独善其身。又经过一番对物质化世界的描写，诗人也表达了自己对现实的反感与不适应，并且自问，"而我，一个书生/能够坚持安静下来吗？……我恐慌于自己对数字的迷恋大于汉字/我不安于内心日益汹涌着/关于物质、异性的蛊惑和美"。这事实上是任何一个对都市生活有所反思的人都会提出的问题。经过前面各个诗段不断地批判与反省，我们本期望诗人汗漫能够对此问题作出一个充满智慧的解答，可惜，最后的诗行彻底泄露了诗人的无力与卑琐："目前，我所能做的仅仅是在深夜洗洗冷水澡/此时，静安寺外有洒水车开动，水雾迷离……"一种巨大的反讽的张力就这样被建构出来，一个如此严肃地反思现实与自我的诗人，最后也只是能够通过洗洗冷水澡让自己安静下来，就像静安寺也只能在洒水车喷出的水雾中安静片刻而已。反思走向虚无，严肃成为荒诞，这正是汗漫诗歌在反讽中显示的当代性。

瑞箫的《介入@现场》，则在如今大部分城市人群的交流方式中找到反讽的意味。"一直以来/我想介入你的生活/用短信微信微博私聊私信QQMSN飞信电邮//真的/我成功地介入了/用短信微信微博私聊私信QQMSN飞信电邮//当我们终于面对面/坐定/你却不断/用短信微信微博私聊私信QQMSN飞信电邮//一定是有人介入了我们/用短信微信微博私聊私信QQMSN飞信电邮"。[①]诗人并不掩饰介入他人生活的想法，而当代的科技所造就的各种通信方式，又使这种想法拥有了各种实现的可能。然而诗人来不及欣喜多久便发现，这种介入是

---

① 引述出自瑞箫《瑞箫的诗》，（香港）类型出版社，2015，第50～51页。

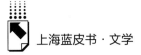

无休止的，自己介入的同时也被介入着，甚至依靠科技而实现的介入本身已经代替了介入的目标：当场的交流。诗人发现了这种介入的虚妄，也发现了自己的徒劳："而被介入的感受/用短信微信微博私聊私信QQMSN飞信电邮/是妄想撬走别人的一块石头/却搬不动自己的一块砖头"。

上述几位诗人诗中的反讽，使得他们的作品更加真实，不虚伪、不造作。他们的自我讽刺，并不等于他们的自我否定。诗人们的自我揭露展现了他们清醒的自我认识，这事实上也是他们审视现实的必要基础。

综上所述，当代上海诗人以各种方式对上海这座拥挤、繁忙、华丽而又复杂的城市作出了多方面的反思。这种反思以诗人们的内心疏离感为基础，表现了诗人们对这座都市的不适应。然而，诗人们毕竟选择生活在这座难以定性的城市中，他们对这座城市的感觉是复杂的。他们在疏离感中对诗意的寻找和表达，正是他们复杂但却真实的心态的一种表现。

# 作家作品：聚焦与纵览

Writers and Works：Focus and Overview

## B.7
## 整体化的心灵图式
——评王安忆新作《匿名》*

贾艳艳**

摘　要： 《匿名》的叙事关注的核心并不是个人的选择、情感和命运，而是一种更为抽象的逻辑，一种文明演化中的"历史"之理。通过对"历史"之理的讲叙，《匿名》延伸、拓展着《天香》中已成型的精神线索，构设了一种属于王安忆的心灵世界的图景。也因此，小说的叙述主观倾向强烈，作为叙述者声音的大量抽象的哲理、议论与说明几乎覆盖了故事与情节，人物并无可

　* 本文系上海社会科学院"城市文学与文化"创新学科建设阶段性成果。
　** 贾艳艳，文学博士，现供职于上海社会科学院文学研究所，主要从事当代文学批评、城市文学与文化研究。

以自己生长的空间。

关键词： 王安忆 历史总体性 乡愁 个体

王安忆的长篇小说新作《匿名》① 无疑是 2015 年文学的重要收获。这部被王安忆自认为是"写得很挣扎""几度写不下去"的"冒险"② 之作，极富于抽象性与形而上色彩，以大段的哲理、议论和整体的象征手法，呈现了一个与我们所熟悉的日常生活世界迥然不同的故事。王安忆曾将小说命名为"没有任何功用的""绝对个人"化的"心灵世界"③，那么，《匿名》通过叙事呈示给我们的，是怎样的心灵世界？

小说从发生在上海的一起阴差阳错的绑架案开始，退休后返聘于某民营外贸公司的主人公，由于被误认为是卷钱跑路的老板"吴宝宝"而遭遇绑架，从繁华的大都市被抛至几省交界处的深山老林。失忆使他忘记了姓名和来路，身份的附着物被一层层地剥离，他不得不重新进化，在原始蛮荒的山野中艰难求生。在荒僻的乡野飘零中，他先后遇到了一些奇异的、精灵般的边缘人物，辗转来到小镇上的养老院，又联系上福利院，一步步地靠近文明世界。和孤儿小先心的相处宛如上海家中他和外孙的相处，在外部世界信息的不断刺激下，他渐渐恢复了一些记忆和线索。小说结尾，就在他即将回到上海和家人团聚的最后时刻，叙事却让他溺水而亡，停留在

---

① 王安忆著长篇小说《匿名》首发于《收获》2015 年第 6 期，后由人民文学出版社 2016 年 1 月出版。

② 徐萧：《王安忆谈新作〈匿名〉：精神上消耗极大，有着巨大野心》，http：//www. thepaper. cn/newsDetail_ forward_ 1413735。

③ 王安忆：《心灵世界：王安忆小说讲稿》，复旦大学出版社，2007，第 8 页。

永恒的时空。

在这个从文明到蛮荒，再从蛮荒到文明的循环中，主人公与这些山野村镇的人物始终只有诨号而没有姓名，在这个匿名世界里艰难而又微妙的"二次进化"显然是小说的着力点所在。尽管小说的上半部同时设置了两条线索，一条是主人公被绑架至深山的故事，一条是上海家人对他的寻找，但叙事的中心显然不是城市，而是现代文明之外原始荒蛮的空间。借着"失踪""失忆"，主人公被卸载了文明的外衣，在一个看似蛮荒而又有着文明遗迹的环境里开始了一步步重新进化、自我命名与建构的过程，这其实也恰恰凸显了"时间"与"空间"之于小说叙事的核心意义。

不仅仅是主人公，小说中的每个人都是无根的，从二点、哑子、麻和尚，到病孩小先心、敦睦、少年鹏飞等，他们原有的故乡都随着经济发展的步伐与城镇化的变迁而不复存在。小说通过这些人物写了林窟、柴皮、九丈、五尺、青莲碗窑等多个村镇的变迁史，如二点的故乡，处于三省交界处的林窟20世纪70年代因特殊的地理位置曾是一个自成一体的民间集贸地，后因经济开放村民逐渐出走而终止荒芜废弃。麻和尚幼年时的青莲碗窑也在城镇化的碾压中变成水库。短短几十年间沧海桑田的变迁让小说中的所有人物失去了故土与心灵的归属地，或是向着新兴城镇移民，或是成为四处漂泊的游子。在此意义上，这些人物和失去身份的"匿名"主人公有着共同的命运，都是处于无根状态下的自我建构，有着个体命运的盲目与偶然，又有着朝向现代文明的必然与大势所趋。

乡愁原本是人类共同的情感，是现代文学永恒的主题，王安忆的独特之处或在于，她所描写的乡愁本身，是高度理性化的，是一种整体式的把握，一种对时间、空间与人的关系的解构、思考与呈现，其中未见人物内心的质地与情感的流动。在创作谈中王安忆谈到，《匿名》中的乡愁是一种"反乡愁的乡愁"，因为这些失去故乡的人，其实并不喜欢自己的故乡。① 文学史上诸多乡愁的表达原本诞生于悖论的状态，越是要挥别故土，越要在纸上抒写乡愁。只是到了王安忆这里，在整体性视点的作用下，这一悖论以"一体两面"的结构被自觉地纳入主体的意识层面，投射到文本内部，叙事并没有将由这种悖论而来的矛盾、冲突，或纠结、挣扎的痕迹加之于人物身上。我们看到的只是作家或叙述者本人关于文明进程中能量循环的理性化哲思和议论。

　　这里，立足于"整体"的对文明进程的把握，与"个人""心灵"之间的矛盾与裂痕无可避免。正如王安忆以往的小说，《长恨歌》中那立足于"制高点"俯瞰整个城市的叙事视点，从《天香》到《匿名》，叙事中都始终存在着一个至高无上的、专制的叙述者，绝对掌控着所叙述的世界中所有人物的心理活动，省略、抹平了一切可能的内心冲突和精神反弹。所有人物对事相的感知，对情境的感受，对关系的处理，无一不是直接抒发叙述者的心声。正如《天香》中的闺阁人物间的绣艺交流，开口即是洋洋洒洒的"物"之理；《匿名》中乡野村镇的小人物，也深谙"文字"的精妙、满心"造化"的玄机。对乡野村镇生活的描写，也依稀可见自《富萍》以来王安忆小说一以贯之的对于底层的生活韧性的致敬。然而，与《天香》一样，《匿名》中叙事关注的核心并不是个人的选择、情感和命运。如果说《天香》关注的是物之理，是天香绣园的形成、发展与流变，那么《匿名》所关注的是一种更为抽象的逻辑，关于文明进程中能量的运转与守恒，或可概括为一种"天"（"天时"）、"地"（"地利"）、"人"（"人和"）浩大格局中的"历史总体性"。王安忆自述在《匿名》的写作中，"想了太多以后，我就找不到一个特别合适的表象。尤其因为我是比较重视外相的，最好的东西就是表象天生里边

----

① 王安忆、张新颖：《王安忆谈〈匿名〉》，http://cul.qq.com/a/20151219/021242.htm。

就有这样的内涵"①。由于找不到表象的承托，尽管作者思考的核是高度理性化的，但小说的叙述主观倾向强烈，作为叙述者声音的大量抽象的哲理、议论与说明几乎覆盖了故事与情节，人物并无可以自己生长的空间。

有论者认为《匿名》这种议论大于故事的叙事方式，"颠覆了王安忆小说既有的审美范式"②。在笔者看来，《匿名》与《天香》，无论叙述方式，还是内在精神意趣，其实一脉相承。《天香》中，与小说所要讲述的"天""地""人"浩大格局中的"物"之理相应合，充斥于整部小说的"知识"，诸如繁复的器物、技艺的说解，风俗的展示，晚明历史人物、事件的罗织，同样对读者的阅读提出了挑战。到了《匿名》中，作者所要讲述的，已经不仅仅是"物"之理，而是文明演化中的"历史"之理，正因为这里的"历史"不仅是个人的选择和命运，自然难以找到具体的物象来承载，通篇回荡着叙述者的声音便也在所难免。

王安忆曾提出"四不原则"的小说观③，意在以总体性、必然性的追求，规避叙事对偶然、局部、特殊及个人趣味的放大。这样的规范所针对的，是像王安忆以往小说中那种对个体人生命运的聚焦。在《匿名》中对主人公的处理继续遵奉了这一观念，在人际浩瀚的都市中原本就缺乏独特性与存在感的他，又以失踪和失忆的方式遭逢蛮荒世界。单有这一层诚然还不够，对于立足于整体性或"历史总体性"的《匿名》而言，唯其有了这几个奇异的、精灵般的边缘人物，才带出了形形色色的"小世界"，由无数特殊与局部的"小世界"组成

---

① 王安忆、张新颖：《王安忆谈〈匿名〉》，http://cul.qq.com/a/20151219/021242.htm。

② 韩传喜：《评长篇小说〈匿名〉：王安忆的一次先锋探索》，《人民日报》2016年2月23日。

③ 王安忆提出"四不原则"的小说观："不要特殊环境特殊人物；不要材料太多；不要语言风格化；不要独特性"，见王安忆《情感的生命》，中国文联出版社，2008，第182～183页。

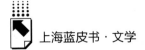

的"大世界"才获得了包罗万象的整体感。在王安忆看来,小说叙述的最高境界,"应当是思想与物质的再次一元化。就是说,故事降生,便只有一种讲叙的方式"。①《匿名》中,王安忆以一如既往的繁复、绵密的语词,实践着其"一元化"的小说美学。《匿名》借人物这样说道:"人这样东西实在自大极了,以为无所不能,山里的人,就更有局限,谁能超拔出去,纵观全局?"②唯有立足于比"人"更"大"的"文明""历史",王安忆才有可能在"天"("天时")、"地"("地利")、"人"("人和")的浩大格局中审视未知世界与已知世界的关系,以一体两面的结构将"乡愁"同时解释为"反乡愁"。

通过对"历史"之理的讲叙,《匿名》延伸、拓展着《天香》中已成型的精神线索,构设了一种属于王安忆的心灵世界的图景。从中不仅体现了作家非凡的逻辑思维与整体架构的能力,且能够感知作家对语言文字的爱,思维的缜密与精神状态的沉潜。然而,立足于文学基本价值的遗憾也由此而来:所有人物都只有一种心灵,或者说被一种心灵主宰的世界,文学如何能真正实现对他者的抵达,从而承担起不同心灵之间交流的使命?若从历史/现实的阐释与还原角度,小说通过叙事所勾勒的"历史总体性",无论逻辑多么强大,所凸显的仍然是一种高度的主观性,是知识、理性与逻辑对心灵世界的丰富性、多元性的遮蔽与覆盖。如此心造的幻影,显然并非对历史的逼近、还原,也就难以真正贯通过去、现在与未来。

---

① 王安忆:《情感的生命》,中国文联出版社,2008,第 181 页。
② 王安忆:《匿名》,《收获》2015 年第 6 期。

# 在喧嚣的城市边缘读书写作

## ——关于竹林创作道路的研讨

上海市作家协会

1979 年，一部讲述知青生活的长篇小说《生活的路》在海内外引起轰动，发行量超过百万。该书作者、上海作家竹林因此被称为"知青文学第一人"。30 多年过去了，与共和国同龄的竹林一直在上海郊区的住所里默默写作，笔耕不辍，累积作品 600 余万字，在知青文学、农村文学、儿童文学乃至新科技题材方面都有重要作品。2015 年 8 月 6 日，上海市作家协会在作协大厅举办了竹林创作与作品研讨会，近三十位作家、评论家齐聚一堂，深入研讨竹林的文学道路。

## 一 坚持"知青文学"创作

**汪澜（上海作协党组书记、副主席）**：竹林老师是上海非常重要的、很有成就也很有特点的一位女作家，我很早就知道竹林老师。竹林老师给我们的感觉是那么的娇小，文弱甚至带着几分学生气，有少女的纯真。但是她的作品非常壮阔、辽阔，语句很优美，又非常有力量，难以想象这样的作品是出自那么文弱、娴静的女作家之手，有非常大的反差。

有人称竹林老师为"文坛的隐士"，我们也感觉这些年竹林老师好像隐身了。但是实际上她没有从文坛隐身，只不过从舆论的聚光灯下隐身了。她这些年其实一直在文坛上，在文学的园地里面，兢兢业业地耕耘、劳作。她这些年出的作品共计600万字，除了她的知青文学已经形成了系列之外，她的创作非常丰富，非常多元，风格也在变化。从最初偏写实的作品到近作《魂之歌》带有一些魔幻的色彩。她一直在努力，一直在追求，但是不变的是对人性的拷问，对人生命价值和意义的探究，还有对理想、对信念的追寻，对真善美的追求。

她将近40年的创作，折射的是新时期以来文学发展的历程，也是上海文学发展的历程，所以今天的研讨会意义和价值已经超越了对一位作家个人作品研讨的深度，也是对我们数十年来，特别是新时期以来的文学创作的一个研讨。

**史辉戈（江苏大学教授）**：竹林是当代文坛上的特殊作家，她是以写作知青小说走上文坛的，她的《生活的路》引起了文坛的一场论争，非常激烈。之后，她佳作迭出，不光在知青文学领域，而且对青春校园小说、儿童文学等都有涉猎，在文学各个领域取得不菲的成就，获得了"五个一工程奖"等很多奖项。

最难能可贵的是，她在商品大潮中不为所动，始终坚持作家是人类灵魂工程师的天职，坚守现实主义创作道路和作家的社会责任，坚持贴近生活，贴近群众，以民族利益为上，以大爱精神为魂，努力塑造真正的文学作品。她的作品在艺术上刻意创新、精益求精，每一部都精雕细刻，每一部都经得起时间和历史的考验。竹林的社会关注和文学追求，非常值得研究。

竹林的目光始终关注青年，特别是在"左倾"思潮泛滥时期的青年，她的知青文学三部曲：《生活的路》、《呜咽的澜沧江》和《魂之歌》，反映了中国"文革"一代青年的命运，以及他们对生活理想的探索和追求。《生活的路》炸响了文艺界思想解放的第一声春雷，《生活的路》的社会意义决不仅仅在文学方面，因而它被载入中国当代文学史，成为当之无愧的"知青文学第一声"，引起了高层的关注，并以此作为全国文艺界思想解放的契机。茅盾先生和人民文学出版社总编辑韦君宜、孟伟哉等都对《生活的路》给予了充分的肯定。北京、上海的数十家报纸杂志做了报道。

在《呜咽的澜沧江》中，作家站在历史的高度去分析和批判"上山下乡"运动的本质，全方位立体展现了一代知青在人生价值的探寻中，从盲目、盲从，狂热，到失落迷惘，从彷徨痛苦到反思、追求的过程。反映了从"上山下乡"到"文化大革命"，直至改革开放这段观念形态激烈变化时期的社会生活。评论家称赞它是一部当代中国青年追寻人生价值的壮丽诗篇，是一部难得的精品力作。

第三部《魂之歌》是收官之作。这部六七十万字的长篇巨著，讲述了一个发生在云南边境的故事，对牵扯到几乎每一个中国家庭的知青运动，进行了别开生面的探索，大背景由"文革"一直延续到20 世纪 80 年代末，展示了竹林对人性、灵魂和社会现实的思考。《魂之歌》已经有魔幻现实主义色彩了，民间艺术对竹林的影响也是很多的，比如叫魂、神明现象、蛊术之类的。当我读懂了竹林之后，我认为她绝不是在宣扬封建迷信，而是另有深意，大家通过阅读可以得到自己的结论。

竹林目光始终关注农村。她的长篇小说《女巫》出版后，立即在海内外引起了很大的反响，引发人们对 20 世纪中国农村和农民命运的深沉思索，已故的中央文史馆馆长萧乾先生称其是一部写中国农村社会的历史长卷，有史诗意味的作品。作品从民俗文化角度切入，努力反映中国农村社会生活的厚重历史，气势恢宏，思想深刻，故事神秘曲折，艺术感染力和震撼力极强，评论界把《女巫》与陈忠实的《白鹿原》誉为当代长篇小说中史诗性的作品，认为它填补了反映江南农村生活的长篇小说空白。

竹林作品的文字之美是每一位研究者特别赞赏的，我认为她是把江南的口语与书面语很好地结合起来，是真正的文学语言。竹林的作品可以代表文学的魅力。

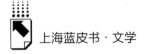

**杨晓晖**（《新民晚报》高级记者）：《呜咽的澜沧江》初版于1989年，1995年由人民文学出版社略做删减后出版，2014年又由武汉大学出版社再次出版。之间相隔近20年，这篇小说像新写的一样，它的语言，它的抒情节奏，它的思想情感力量深深地打动了我。

在《呜咽的澜沧江》流光溢彩的文字一开始，陈莲莲的悲剧命运都是让人一目了然的。你能听到它的音乐性，相信再过25年，仍旧可以打动那些真正具有心灵的读者。小说里的深情、焦虑和迟疑，超过了一般男女爱情的本身。对人类大爱的追寻和思考，在竹林的最新长篇《魂之歌》中，很自然地延续了下去。小说悬念迭起，使得对人类大爱的追寻和思考更加从容、宽广。对风土人情的掌握，对科幻的兴趣，都表示了作家的心灵世界向更广大宇宙伸展，外面的秘密有多大，心灵的拓展升华和奇迹就有多大。《呜咽的澜沧江》中的台词，似乎是对《魂之歌》的注释。以一己之善，爱一切人，注定是一场单恋，但是即使单恋也值得去爱，因为只有爱才可以拯救全人类，也拯救我们自己。写作是一场单恋，写作对写作人最好的回报就是丰富和升华自己，所有的单恋都是只有成功，没有失败的，这是我们对竹林深深的祝福。

**钱汉东**（作家，原《新读写》杂志社社长、主编）：竹林跟我是老同学，当时她出书我很激动。我觉得这个作家这么关注生活，以这样的热情深入时代的进程当中去，取得这么非凡的成就，特别是甘于寂寞，在嘉定默默地耕耘是很不容易的。她是多彩的作家，是共和国的同龄人，和改革开放是同步的，她的作品里面对理想的追求，对生活中真善美的表现都给人鼓励和激励。记得《今日出门昨夜归》这部青春小说，当时在农友中产生了很大的影响。作家要反映生活，要能了解生活，竹林经常和学生们在一起沟通，在孩子身上获得智慧和灵感，并有机地组合起来，这一点很不容易。

30多年来，她坚持写作，出版了这么多的作品，很有成就，尤其是作家有自己的独立人格和思考，所以她的作品在今天仍有很大的现实意义。

## 二　文字之美，为人之善

**吴春荣（作家，上海市语文特级教师）**：我在 20 世纪 80 年代认识了竹林，那个时候我正在编上海市的语文教材，我读到了她的一篇散文《冰心与萧乾》，我觉得很适合做中学教材。一次作协会议的间隙，我跟她说了我的想法和意愿。我说根据教材的需要，可能要动那么两三个字，竹林表示尊重和支持。当时对于入编教材的作品要求很严，几乎到了苛刻的程度，众多要求当中有一条，作品的语言必须是规范的，并尽可能是生动可读的。最后定稿之后，还要送国家中小学教材审查委员会审查，经审查通过的教材，还要在试点学校试教，如果效果不怎么好的还要剔除。可喜的是，竹林的《冰心与萧乾》一路绿灯，顺利通过。我曾经在徐汇区等多个区县观摩老师执教她的这篇文章，效果真的很好。两位大家冰心和萧乾不仅可敬，而且可爱，有一种人性美、人情美，读了课文宛如亲眼见到了两位大家。这套教材也曾多次修订，课文调整的幅度也比较大，而竹林的这篇课文一直保留到了最后，前后达 10 年之久。竹林老师的作品语言是非常规范的，是真正文学的语言。

作为竹林作品的读者群，中学生非常喜欢读她的作品。我所在的松江，曾有 6 所学校，先后要我联系竹林老师，请她去做讲座，与师生座谈。竹林在上海市重点中学松江二中做讲座的时候，300 多个学生在一个半小时里面没有人走动，整个会场安静得只有竹林的声音。竹林完全靠她讲的内容吸引了大家。在另一所百年名校，竹林与师生们座谈后，校长和老师说，作家进校园可以营造学校的文化氛围，可以提升老师的文化品位。有些学生事后告诉我，他们读了竹林的小

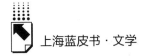

说，听了她的体会，还和她合影了，觉得这一天真的很幸福，这是他们真的感受。

**陈学勇（南通大学文学院教授）**：从我个人跟竹林的交往和相处来说，我特别愿意提醒和强调一点，她为人的善意。所谓知人论世，我觉得她的善心、善意在作品里面有非常充分强烈的反映。对于竹林，我特别愿意强调这一点，确实"文如其人"。竹林作品讲的东西很多，但是背后的精神就是善。她的作品当中的善不是泛泛的廉价的善，而是把善与恶的冲突融合在一起，从冲突来表现这种善，这种善更有力量更有内容，更有内涵。

竹林的作品有强烈的现实主义精神，就是直面人生，反映现实生活。竹林的作品里面的人物，不是简单化的、概念化的。我还很惊喜地看到竹林作品里面的浪漫主义色彩。大家都承认竹林是现实主义作家，但是她后来的创作，比如《今日出门昨夜归》特别是《魂之歌》，有那种奇幻的色彩。"五四"以后我们的现实主义的创作方法很强势，成为主流，到今天为止，我们的浪漫主义的东西太缺乏了。看到竹林作品里面的浪漫主义我很惊喜。

从阅读习惯而言，我是不喜欢慢节奏的，竹林的语言慢了一点。但是我不得不欣赏竹林的文字，很美，清秀，更纯净。

我希望她更上一层楼。她从《生活的路》到《呜咽的澜沧江》，到《魂之歌》，一步一个飞跃。《生活的路》敢于说真话，以孩子的童真敢于说皇帝没有穿衣服。到了《呜咽的澜沧江》有她的思考，有她的追问，对她来讲是上了一个台阶。到了《魂之歌》，更不简单了。一个女性作家写这么气势磅礴的作品真不容易，让人不敢相信。有了这样的高峰，我就非常希望竹林百尺竿头，再往上走一步。

我觉得竹林创作有一点很可贵，要为历史留下一面镜子，这是很不容易，很可贵的。但是历史内容很丰富，很复杂，也不是一面镜子照得出来，应该有多棱镜。我希望竹林可以更深入地思考知青"上山下乡"这场运动，可以将自己更深的思考融入创作里面去，塑造生动的人物形象，表达作家本身对于历史的看法。

**王纪人（文艺评论家）**：竹林我很佩服，她是勤奋写作的作家，她也是不断吸收新知，勤于思考和勇于探索的作家。两年前出版的《魂之歌》，又达到一个新的高峰，它已经不能用知青小说来概括了。《魂之歌》是将传奇和写实、科幻的思想，融为一体的小说。我觉得不要看竹林比较单薄，她不喜欢单纯的美，她喜欢一种复杂的美。她写作的体量比较大。从传统美学来讲，她是非常多元的，小说一开始体现了浓烈的传奇和科幻的色彩，引人入胜，也写传奇当中惨烈的一面，成为开启整部小说的重要的机制。同时这部小说对于魔幻的神秘意识也有描写。在竹林的小说当中经常有魔幻，魔幻是尊重中国本土的魔幻，中国的魔幻是一种民间的文化，一种风俗。小说围绕着寻宝、夺宝展开了惊心动魄的情节，各种动机和势力卷进来发生了正面的突破。竹林像电影导演一样，写得蛮引人入胜的。在寻宝、夺宝当中，人性的善恶，得到了淋漓尽致的表现。

从生活中探寻理想、信念，她希望中华民族浴火重生。如果一个作家三观全毁，就是没有灵魂的作家了。我觉得只有像竹林这样，不断让现代科学进入自己，有新的三观的作家才可以写出灵魂之歌，呼唤读者倾听自己的灵魂。

**吴腾凰（安徽省滁州市文联前主席）**：我来自安徽滁州，我和竹林相识在 20 世纪 70 年代。当时举办故事会学习班，我们在一个班。当时的竹林无论是写故事，还是写小说，在整个学习班当中都是出类拔萃的，很有天分。特别是她的语言很美，更显出她的出色。竹林是从安徽走出来的，当然也是从上海走出来的，是上海的光荣，也是安徽的光荣。我们滁州凤阳因为出了知青文学第一人，说到竹林都很自豪。

她的观察的敏锐性是很难得的，她的语言精雕细刻，我看她写的

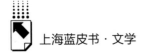

草稿，第一张，第二张，都是一笔一画写出来的，她的进度很慢，像雕刻家一样，一点不能错。小说是语言的艺术，她的语言很美，都是那么准确生动和形象，让你不得不走入她设计的场景之内，与她塑造的人物同呼吸。她的语言还很规范。在我们作家行列，很少能达到她的水平。

## 三 "坚定的文学创作突破者"

**毛时安（文艺评论家）**：竹林是我们这一代作家当中的一个杰出的代表。这个杰出不但表现在新时期她的第一部小说就引起了思想界、文学界的巨大关注，还表现在她后来30多年漫长的文学创作过程当中。

我和竹林是同一代人，也接触到这一代许多作家。这一代作家都有30到40年的写作经历，写到今天每个人都在千方百计地想突破自己原有的写作模式，寻找一种在自己原来基础上，可以和这个时代同步的表述方式，但是要想取得突破是一件非常艰难的事情。在我们这批作家当中，竹林是艰难而坚定的文学创作的突破者，她一步一步地以现实主义精神作为核心，向着一个更加崭新的文学世界挺进。非常坚定，从来没有动摇过。

她和一般的女作家还是不太一样，一般的女作家总是有一种温文尔雅，或者羞羞答答，可以说在竹林那里，她对于现实的另一面的揭示不是强烈，而是非常的惨烈，特别是对知青时代那些女性命运的揭示，揭示到非常惨烈的程度，这种惨烈是其他女作家当中不太常看到的。

在知青文学当中，她不断开拓，知青文学是她创作的一个点，从"知青三部曲"大家可以看到，她的视野越来越开阔，到《魂之歌》展现的已经不是一个简单的知青生活，而是和整个世界融为一体。我们可以观察到竹林对新知识、新写法的不懈探索和追求。

我看到她写过很多散文，都是谈宗教的。宗教的思想、宗教的内容可以说极大地丰富了她的写作，也极大地丰富了当代文学的写作。

我觉得我们要关注竹林作品当中一些很诡异的东西，我一直说竹林的诡异的气息来自原来生活的第一故乡，就是嘉定。嘉定的这些作家，以她为首，作品当中都有一些神神鬼鬼的东西，在她刚开始创作的时候没有生长出来，在漫长的创作当中，这些就慢慢成为她作品当中非常奇异的东西，这种奇异的东西是其他作家都没有的。

我们将会越来越清楚地看到竹林对当代文学做出的非常独特的、非常个人的贡献。对于竹林，我们的文学史必须认认真真地给予重视。

**陆梅（作家，《文学报》副主编）：** 竹林应该是我老师辈的人，她写《生活的路》的时候，我还是背着书包的小毛孩。从我认识竹林的那一年起，时间好像停滞了一样，竹林就没有老过。我其实是想说，竹林身上有一种气息很能呼应我，仿佛是林涧小溪那样清澈和干净。竹林始终是清澈的微笑者，真诚待人，低调做文，从她脸上看不出算计和邪恶。

竹林始终以不变应万变，以简单对复杂，慢慢长成了她的信仰。她这样不张扬又坚韧的品格，必然会传达到她作品里面，这也是竹林信仰的一部分。具体来说就是有爱，有信，初心不变。竹林的所有写作其实都试图对人类的理想、信仰、自由、人性乃至宗教进行探索和追寻，试图从现实社会层面深入人物的内心世界，种种人性的博弈，善与恶，美与丑，良知与邪恶，为的是有所批判。竹林自己说："我写的小说希望可以展现人类的大爱，宣扬人类的大爱精神。"

她升华了我们的精神世界，开拓了我们的眼界，使我对宗教意义有了新的认识。我以为竹林在一定程度上体现了她的文学信仰，她是这样一位作家，承接了现实主义的精神和传统，不管小说怎么叙事，

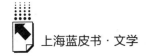

如何解构，聚焦什么样的题材，她所持的文学立场始终是关乎良知，面对我们这个时代极具变化的、千差万别的复杂生活，现实主义还能打动人心，还能保持读者和作者之间深切的对话和交流吗？

竹林的创作很大程度上体现了她的努力，都是慢慢熬出来的。她的语言严密扎实，人物情感丰沛，故事独特饱满。尤其是《呜咽的澜沧江》真是一气呵成，情感充沛。她的《今日出门昨夜归》带有神秘魔幻色彩，似乎完全颠覆了她以前的创作风格，所要表达的依旧是人类的良知。即便竹林的写作中的那些神秘现象，背后都含有科学的理论和归结在。

我认为竹林的写作正是超越了现实功利的创作。竹林是尊重文学，贴近生活，诚实写作的人。

**许锦根（美国《中国论坛》英文季刊总编辑）**：参加这个会议我很感动，这是竹林这么多年，上海第一次为她开这样的研讨会。我是第一个写竹林报道的，那是1979年，竹林还是默默无闻的人，我给她写的报道发表了，给她增加了很大的压力。那个时候上海作协文联党组书记就对我讲，你可能做了一件大事。刚才听了毛时安的讲话我也很感动，想不到上海的评论家还可以这样讲。随着竹林的作品不断被社会所阅读，祝愿竹林被更多读者所承认，留下在历史上的大名。

**于建明（云文学网总编辑）**：我和竹林认识30年了。在20世纪70年代末、80年代初，她已经是一个很知名的青年作家了。我印象当中竹林比较低调，不声张，也不太善于和人打交道。我们提一些意见她脸还会红，直到现在还有很腼腆的方面。一个作家保持这个很难得。她是一个低调的人，其实内心感情非常丰富，非常细腻，而且有的时候会很狂野。这个狂野不是贬义，是有张力，有冲击力。她创作如此丰富，作家本人的敏感性肯定是起作用的。她的知青小说，从第一本一直写到现在，形成一个系列，这跟竹林现在的岁数、人生的历练、人生的轨迹都有关系，所以能够越写越好。

**沈嘉禄（作家）**：竹林是一个勇敢的作家。她是一个隐士，隐士并不是退出，而是一种思考的姿态，为了保持自己安静的环境，所以她可能会被人们遗忘，在不想被人们打扰的角落里思考。要进入生活需要勇气。一定要勇敢地讲故事，要勇敢地设计故事，设计细节，塑造人物形象。竹林用小说的形式，获得的是文学对现实生活最最深刻的阐释。竹林勇敢地启发读者来思考，提出问题，使读者收获很多。刚刚很多老师说，竹林运用了很多科幻的手段，她在寻找一种超越，但是我觉得她是绕道而行，所有的魔幻和科幻故事，都是人间的政治影射。所以竹林是很智慧的，很勇敢的。

我不知道她是不是教徒，但是她是有宗教情怀的。比如在她的作品中，还要拯救反面人物，让反面人物获得重生。这是我在竹林身上看到的非常宝贵的思想之一。社会多无奈，宗教应当是引导人民向真、向善、向美的，竹林的小说营造了一个非常纯洁的世界，充分尊重人的尊严，呼唤人的觉醒，最后得到升华。所以她的小说的结局并不让读者压抑，尽管整个过程是非常压抑的，但到最后让人觉得还是有希望的。

**刘崇善（《作文大世界》主编）**：包括王安忆、程乃珊、陈丹燕，都写过儿童文学。但是竹林开始儿童创作比他们都早，而且有影响力有成就。她的儿童文学作品受到老一辈儿童作家的赞赏，严文井特地给她写了信称赞她的文章有风格，还曾在全国第四十届儿童文学评奖中获奖。后来竹林写了好几部长篇小说，《夜明珠》《今日出门昨夜归》《竹林村的孩子们》被选入了中国百年百读儿童文学经典。

《生活的路》作为全国第一部知青文学作品，也是中国当代文学的代表作。这次研讨会虽然召开迟了，但是竹林的创作经过时间的检验。更重要的是作家的创作，不为其他东西所左右，一直忠于生活，表达自己的思想和爱憎感情。竹林就是一位不爱张扬、不图名利、潜心创作的作家。

竹林在结束知青生活，到少年儿童出版社工作之后，也是她在创作道路上最艰难的一段日子，这段日子里面她承受了别人难以想象的磨难，但她没有逃避现实，丢弃创作，而是坚持创作走自己的路。在她漫长的创作道路上，经受不少磨难，但是她总可以顶住种种压力，坚持对文学事业的追求。竹林的创作态度和精神，说明她是一位值得人民尊敬的作家。她从1975年开始文学创作，迄今已有40年，这次研讨会也是对竹林创作40周年的纪念，借此机会我向竹林表达热烈的祝贺，祝贺她一如既往，创作出更多更好的作品。

**许道军（上海大学副教授）**：纵观竹林老师的创作，反映知青生活也好，青春成长也好，科幻也好，甚至儿童文学也好，从最早的《生活的路》到《魂之歌》，以及正在写的《伴君到黎明》，有一条线贯穿始终，这个线就是现实主义手法和现实主义精神。我今天要说的现实主义手法和现实主义精神，是专属于竹林的现实主义手法和现实主义精神。

竹林现实主义最大特点是从弱者的视角直面坚硬的问题，毫不妥协，跟她柔弱的外表完全不一样。在竹林所有小说当中，我们都注意到了，在里面犯罪就是犯罪，欺诈就是欺诈。大爱大恨，爱憎分明。

我觉得竹林老师的东西有冲击人性的力量。她给自己的写作其实挖了一个坑，她自己提出非常尖锐的硬邦邦的问题，很少给自己留下余地，怎么结尾都很难。我们发现竹林小说里面惩恶扬善，解决问题的方法不是靠法律，也不是靠弱者的智慧，而是多行不义必自毙。如此提出问题，如此解决问题，竹林的现实主义精神与众不同。竹林的小说创作坚持了现实主义手法和现实主义精神，发明了属于自己的现实主义手法和现实主义精神，这是竹林小说的奉献。

**龚心瀚（理论家，中共中央宣传部前常务副部长）**：竹林作为比较特殊的一位上海作家，在安徽农村插队时开始发表作品。1979年，竹林顶着压力，冲破禁区出版了《生活的路》，这是最早的以长篇小说形式为知青们发出的第一声呐喊，受到茅盾、冰心、萧乾等前辈作家的赞赏。她进入文学创作领域后，不赶时髦，远离城市中心，自己人生的大部分时光全部沉浸在写作中，辛勤地耕耘着她的文学土地，不断地推出一部又一部有相当思想内涵、艺术水准的作品。这样锲而不舍的坚持，是需要勇气和毅力的。

我赞赏和关注她的文学创作，也不时思考着她的执着对文学界的普遍意义。几十年来她在文学方面的成就，是值得我们重视和研究的。

竹林的第二部知青题材长篇小说《呜咽的澜沧江》，突破了她第一部知青农村小说《生活的路》，不仅仅揭示"上山下乡"运动给这一代人造成的伤害与贻误，而且开始用哲学和历史的目光去审视和总结知青们的奋斗与思考，失落和追寻。这部小说在国内主流文学界几乎没有怎么受重视，然而在底层的知青中，反响相当强烈。20世纪80年代末90年代初，光盗版就有几十种，这部小说在台湾和国外产生过比较大的影响。第三部知青题材的长篇小说《魂之歌》，深入抒写了那一代知青的人生灵魂和命运之旅。作者的三部知青小说，不断加深了人们的认识。如果说她的第一部小说《生活的路》开了知青小说的先河，那么，第二部《呜咽的澜沧江》，已经深入那一代知青的思想层面上，对那一代人的生活进行认真的反思。第三部《魂之歌》则是站在新时代的认识高度，从人性、人的灵魂的深度上，从理想信仰的矛盾痛楚中思考和追寻人生的价值和地球村的大爱精神。同一题材的创作，对生活理解的程度越深，作品的思想内涵就越深沉和厚重，这也证明了作家对生活的体察逐渐加深并且永无止境。在《魂之歌》这部长篇小说里，作者是依照生活的本来面貌，客观地反映她对人性和人的灵魂的复杂性的思考和探索。并且注意到当今读者的阅读兴趣，故事惊险、情节诡异，瑰丽奇幻的热带异域风光及民族特色描写，读来引人入胜。这部50万字的长篇小说，文字秀美，十分干净。同时，作者不忘对人性中的丑恶欲望进行批判和抨击，对真善美竭力弘扬，使这部作品给人以美的感受和熏陶。

从竹林的创作看，生活还是文学创作的源泉。中国作协和上海作协经常组织作家深入生活。但是，随着当今社会中文学创作客观上与生活越来越疏离，一部文学作品，不从火热的生活中来，不表现人民的生活中的甘苦与奋斗、矛盾和困惑，不深入了解人物的心灵，又如何能深刻地揭示人性，反映复杂的社会矛盾，表达人对理想的向往和追寻？

我为竹林三四十年如一日，不断地迈上创作的一个又一个新的台阶而高兴，也期望她退而不休，继续在生活的沃土里培育出更鲜美的果实。同时作为一个文学消费者，我希望有更多的作家、文学工作者，能像竹林一样，全身心投入火热的生活中去，创作出无愧于我们这个伟大时代的更多的优秀作品来，我作为文学消费者感谢你们！

**竹林（作家）**：各位前辈、各位老师、各位领导、各位同行、各位朋友！我今天非常感谢大家，在这么热的天来参加这样一个会，也谢谢大家对我的作品给予很多鼓励。我之所以说鼓励而不是鞭策，因为到了我这样的年龄，不管是谁用什么鞭子在我背后抽也不大跑得动了。我刚开始写作的时候，看过一段话是契诃夫写的，他说在莫泊桑之后几乎没有什么短篇小说可言了，不过是大狗叫，小狗叫，汪汪叫一阵子。当时我看了就是一愣，我想如果契诃夫是中国人，也许他会说曹雪芹以后就没有长篇小说了，不过是大狗叫，小狗叫，我们还要汪汪叫一阵子。那时候我备受打击，因为我自己看成那么神圣的一件事情，变成了小狗叫，连大狗也不是，但是我很快就释然了，因为我觉得能够跟在契诃夫，跟在莫泊桑，跟在曹雪芹背后叫叫也不是很丢人的事情。

但是每次叫之前，我就告诉自己，如果上帝规定我只能做这样一条狗，我也要做一条可以啃骨头的狗。如果上帝不要我叫得很响，我就叫得轻一点，我可以在角落里倾听。但是我自己绝对不可以见利忘义、见风使舵、溜须拍马，绝不可以无病呻吟，人云亦云，绝不可以粉饰太平。我对自己规定很多，因为我觉得声音可以很轻，很弱，但是我必须要保持自己的一份独特，保持自己的一份真诚，保持属于自己的一份美丽，就是说要忠实于自己心中的那个上帝。

我今天在这里回顾几十年以来的历程，大部分算是做到的，这也是小狗我在退休之际，可以聊以自慰的。谢谢大家！

（本文由上海市作家协会研究室整理，有删节）

# B.9
## 越界的诱惑
### ——论王宏图的小说创作

郑　兴*

摘　要： 在王宏图的小说创作中，无论风格还是主题，都呈现"越界"的特征。借助"越界"的辩证法，小说在欲望的狂欢中达成了对欲望的拆解。王宏图的创作实践也成为作家本人的一次越界。

关键词： 王宏图　越界　欲望　辩证法

复旦大学教授、沪上作家王宏图的小说创作肇始于20世纪90年代初期，迄今为止，他已收获了一个中短篇小说集《玫瑰婚典》以及三部长篇小说《sweetheart，谁敲错了门》《风华正茂》《别了，日耳曼尼亚》，加上批评集《东西跨界与都市书写》、对话录《苏童王宏图对话录》和随笔《不独在异乡——一个孔子学院院长的日记》等著作，其创作成果和格局已然相当可观。时至今日，我们有理由认真梳理他的作品，以求更贴切地逼近他、把握他。

## 一　反常之性：身体的越界

探讨王宏图的创作，还是要从最早的《玫瑰婚典》说起。

---

* 郑兴，同济大学人文学院博士研究生。

　　这一中短篇小说集写于 20 世纪 90 年代,主要聚焦于婚姻与两性情感。这其中,短篇《最幸福的人》可视为整个小说集逻辑上的起点:"我"的同学玲玲一直是大家眼里"最幸福的人"不料"我"见她以后,她却郁郁寡欢,原来她丈夫整日忙于事业,很少关心她——"最幸福的人"原来不幸福。小说至此戛然而止,悬置了一系列的疑问:何为美满的情感? 婚姻的意义何在? 婚姻中的人该如何安置自我,又将何去何从?

　　基于这些疑问,我们发现,这一小说集关注婚姻与情感,其中却没有两情相悦的幸福婚姻,也没有一见钟情后的佳偶天成,有的只是出轨、嫖娼或难觅伴侣的迷茫:《衣锦还乡》写宁馨出轨和弟弟宁德在性和婚姻上的困惑;《玫瑰婚典》与《蓝色风景线》都写女主人公厌烦婚姻,出轨后无路可走,终究弑夫或殉情;《我拥抱了你》中陈杰渴望与邂逅的蒙蒙成就感情,却意外得知对方是妓女,绝望中与她发生关系,尔后落荒而逃;《青灰色的火焰》写大半辈子循规蹈矩的男人利奇在初尝嫖娼经验后,长期压抑的欲望诡异爆发,突然开始疯狂虐待妓女。

　　如果说性是人类生活无法绕开的关键词,日常生活和道德习俗却规定了一系列基本的律令与禁忌,使性局限于稳定、单调的边界之内。即便如此,对禁忌的违反和对界限的逾越仍会发生。《玫瑰婚典》向我们集中呈现了各种反常的性,小说中的人物屡屡以身体的沦陷和出轨,越过日常规范的边界。王宏图对婚姻、情感的疑问和思考通过性的诸种面向折射出来,只是,他如此钟情于反常的、非婚姻的性,无论是性压抑、性变态、婚外偷情还是与妓女一晌贪欢,都不遗余力地加以呈现,偏偏对夫妻之性意兴阑珊,常态的性在他的小说中几乎隐身了。王宏图意欲何为?

　　法国哲学家巴塔耶的"越界"思想或许可以给我们启发。巴塔耶认为,人类以一系列的禁忌(如性禁忌、死亡禁忌和乱伦禁忌等)

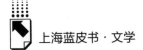

加诸自身，从而把自己和野兽区分开来，完成"从动物到人的转化"，禁忌也即边界。不过，也正是这一系列的边界，使人陷身于"乏味的、从属的世界"，这个世界充斥着有用法则和勤勉劳作，偏偏矸伤了人自身的总体性。① 巴塔耶因而在小说中肆意铺排污秽、色情和死亡，逾越各种界限与禁忌，再现人自身的动物性，从而在越界中重获为日常生活所压抑的"至尊性"。②

借用巴塔耶的概念，王宏图小说中的种种"反常之性"也可视为一种"越界书写"——身体的越界。巴塔耶书写越界，是为丧失了总体性的现代人寻求解决之道，是为了释放人身上压抑的兽性，达成从简单兽性到日常世界，再到"神圣兽性"的二次飞跃，而王宏图屡屡呈现身体越界，同样是为了凝视现代人的生存。以中篇《玫瑰婚典》为例：箐楠和师俊出轨后，师俊不过是逢场作戏，箐楠却沉醉了。

> "那是女人狂欢的时光，在痛快淋漓并非作秀的扭动尖叫中她品尝了以前从来没有享受过的幸福……直到这时她才明白以前过的是什么日子。本来她可能相伴一生尽管你有一股子不满意有那么一丁点怨气但日子本来就这么过。也正在这时，箐楠第一次感到了绝望，第一次切肤体味到了生命的不完满——像一件布满缺口无法修补的衣衫。"③

王宏图一再强调"这时"和"以前"的区别。其实，"以前"哪里有如此不堪。《玫瑰婚典》和《衣锦还乡》中，宁馨和菁楠的丈

---

① 〔法〕乔治·巴塔耶：《色情史》，刘晖译，商务印书馆，2003。
② 张生：《狂欢与污秽，色情和死亡——论巴塔耶〈眼睛的故事〉中的越界思想》，《杭州师范大学学报》（社会科学版）2015 年第 1 期。
③ 王宏图：《玫瑰婚典》，花山文艺出版社，2001，第 120 页。

夫都很优秀，而且对她们都是百依百顺。本该都是令人艳羡的生活，却让女主角感到无味、窒息，从而轻松地沦陷于情人的勾引。明明是夫唱妇随的美满，明明是众人欣羡的幸福，偏偏都被王宏图宣判为"伪幸福"。物质丰裕意味着精神世界的空虚，举案齐眉暗示着按部就班的枯燥。王宏图于此有说焉。

> "在一贫如洗的人看来，我小说中那些女人够幸福了，为何还要这样自作孽。然而，试着设想一下，一旦人们获得了较为安稳的物质生活，对性伴侣的要求会随之水涨船高。在外人看来可以容忍的一切，在她们眼里就无法忍受了，她们必须追求自己的世界，求取自己的幸福。"①

在王宏图看来，人在物质生活外一定还别有所求，在日常生活的"沉沦"状态外一定还有着某种难以弥补的缺憾。于是，他让笔下的人物对此肤尝身受、辗转难安。只是，何谓"自己的幸福"和"自己的世界"，他只是点到即止，并未说透。"性伴侣的要求"这样的解释其实也太过简单。另一段与苏童的对话反倒道出了他的隐衷。

> "对于很完美的婚姻，我直觉地认为它要么是一种有意的伪饰，迎合世俗的道德感，也满足当事人的虚荣心，要么是双方性格都比较好，都乐于改变自己，这样尽管和谐，但缺少了生命中很多辉煌的东西。"②

原来，王宏图对婚姻这一人类最基本的生存形态抱以根本性的不

---

① 王宏图、张生：《小说，正是我不安宁的内心世界的折射》，《作家》2015 年第 7 期。
② 王宏图、苏童：《直面现实的作品》，载王尧、林建法主编《苏童王宏图对话》，苏州大学出版社，2003，第 146 页。

信任。在他那里，所谓完美的婚姻本就不存在，即便表面和谐，也要以"生命中很多辉煌的东西"为代价。王宏图在告诉我们，婚姻，或者进一步说，以婚姻为表征的日常生活，其实是所有现代人的界限，因而也意味着压制和框范。王宏图的隐含台词是，出轨并非源自两个男人间的落差，嫖娼也不是因为妻子逊色，一切源于生命本然的缺憾。这无关乎婚姻是否"美满"，因为根本就没有"幸福"的婚姻，只要进入庸常的、按部就班的生活状态，残缺感、失落感便逐渐滋生。庸常的幸福再好，也是不够的，生命终究不圆满，存在即是缺憾。

如果以婚姻为代表的现代日常生活本然地压抑着我们，再光鲜的婚姻也是虚假的表象，行礼如仪的夫妻之性一定也是相互凑合乏善可陈，怎能让王宏图提起兴趣。界限无处不在，越界也就成了王宏图的书写策略，他这才聚焦于反常的性，这样的性越是礼坏乐崩越是惊天动地，越能反衬出夫妻之性乃至婚姻生活的无味。越界，不仅意味着满足身体和精神的渴求，更意味着一种生命力的释放，一种跃出日常生活的渴望，一种在当前状态之外寻找另一种生存方式的祈求，一种让生命热力有所投射、让情感有所着落、让肉体为之颤抖的自我拯救。它既是刺向日常生活帷幕的利刃，也是照亮现代人生存暗夜的闪电。

于是，每当书写这些反常的性，王宏图不会横加谴责，而是携带着理解与同情，甚至敬意和感动。小说中，每当其发生，不仅是一种纵情的释放，却更像是枯木逢春，仿佛是等待了太久后的峰回路转，仿佛使沤烂的枯木重新焕发了华彩。钟情于反常的性不是诲淫，也非猎奇，而是不忍生命因沉沦于日常而枯萎，这才将跃出伦常的性刻意放大，成为甘霖，去滋润干涸太久的生命。

只是，王宏图又是清醒而悲观的，他看出现代人沉疴难愈，反常的性终究稀缺而不可靠，难成拯救的源头，他也不奢望越界可以一劳永逸地完成，于是，他又让笔下的人物刚瞥见曙光，便戳破泡影。宁馨、菁楠出轨后很快发现，她们不过是对方的玩物，一切只是欲望驱使下的空洞表演。出轨的魅惑怎能一至于斯，只是在淤滞的生活里窒息太久，当迥异当下的情感状态猛然冲击，难免会眩晕、沉迷。试图在婚外之性中去填补存在的缺憾其实只是一厢情愿的幻觉，无异于抱薪救火，失望才是存在的命定结局。

《玫瑰婚典》看似是在说婚姻与情感，其实是指东打西，道出了创作早期的王宏图的生存感受：婚姻是日常生活的核心，它如此牢固、深入地切入到我们生命的内里，与之血肉相连，只是，差强人意的婚姻根本无法支撑起饱满动人的生命，在日常生活之内去寻找另一处栖息之所也绝无可能。早期的王宏图向我们决绝地宣告：现代人的生命里，完美是虚假的，不圆满才是永恒的。

## 二　辩证之法：风格的越界

在身体的越界之外，王宏图小说在风格上也呈现越界的特征。无论是写人物、心理，还是情境，王宏图皆以近乎偏执的精雕细作，以最高密度的形容词、名词，与笔下的对象正面遭逢。这样一种捕捉对象的精细、铺张、繁复，常常超过了对象所能承受的限度，使对象涨破了自身，这是细节的越界。巨细靡遗的笔法之外，更常见的是情绪的越界，文字背后蕴含着过分激烈的情绪，刺激狠绝的情感强度往往逾越常态，或躁狂，或忧郁，乐而淫，哀而伤，仿佛要刻意反写"发而皆中节"的古典美学原则。

细节的越界与情绪的越界互为表里，成就了王宏图小说的美学风格，也在在显示了他"穷形尽相"的冲动与努力。"穷形尽相"在今天是贬义词，意谓丑态毕露、怪象百出，不过，在词源学的意义上，它最初正是被用来形容文学家描画世界的不懈努力。晋代陆机在

《文赋》中说，"虽离方而遁圆，期穷形而尽相"，唐代卢照邻在《益州长史胡树礼为亡女造画赞》中写道，"穷形尽像，陋燕壁之含丹，写妙分容，嗤吴屏之坠笔"——"穷形尽相"原来是文学家眼中的理想境界。直至清代，陶宗佑在《论小说之势力及其影响》一文中说："其所以爱之之故无他道焉，不外穷形尽相，引人入胜而已。"更是直接道出了穷形尽相并引人入胜本就是小说的美德之一。[①]

不过，"穷形尽相"与"引人入胜"并不存在必然的因果关系，如果细节的越界仅仅是为了复现，情绪的越界又单单是宣泄，小说的"引人入胜"又从何说起？更大的疑问是，前文说到，王宏图在创作初期就已经奠定了对这个世界、对生命的基本态度：一种否定的、冷眼相看的、近于虚无主义的态度。可是，在否定的视角下，作家如何还能有"穷形尽相"的冲动与耐心，越界的动力机制从何而来？小说创作如何还能一直继续，而不会一声长叹就此搁笔？王宏图以他此后的三部长篇，告诉我们，在否定的土壤里，也能持续结出绚烂的花，因为越界中自有其辩证法。

我们注意到，王宏图的小说中，一切光鲜亮丽的词都具有反讽的意味。比如他拟的小说标题："衣锦还乡"——刚刚移民美国的宁馨当然有资格"衣锦还乡"，迎接她的却是自己成为别人玩物的残酷现实；"玫瑰婚典"——该会有多么郎才女貌、繁花似锦的婚典上演，小说却道出了一个以菁楠的出轨和死亡而支离破碎的新婚即景。又比如，"风华正茂"——青年学者刘广鉴年轻、敏感、有才气，正是风华正茂的年纪，小说中他却受困于当前的学术机制，在高校的现行体制中寸步难行，有志难抒。

这样的反讽不仅仅一种修辞，更成为支撑小说的一种运行机制。

---

[①] 以上关于"穷形尽相"一词的出处与流变，参见上海辞书出版社的《汉语大辞典》。要说明的是，"穷形尽相"一词应该是到了晚清才有了负面的含义，比如，吴趼人《二十年目睹之怪现状》第41回回目是"破资财穷形尽相，感知己披肝沥胆"。

既然繁花似锦意味着支离破碎，既然最华丽的外衣其实意味着最空洞的内里，既然肯定的面貌其实暗含着否定的态度，那么，我们也就可以将其颠倒过来：支离破碎可以用繁花似锦来表示，空洞的内里可以用华丽的外衣来包裹，否定的态度可以以肯定的面貌出现。反讽为隐含作者的态度和小说的语词之间拉开距离，形成一种张力空间，文本得以在这空间中自在地繁衍、铺陈。

一种既生动又诡异的机制由是生成，铺张、繁复的笔法捕获了对象的每一个细节，穷举了事物的每一种可能，道尽了世界繁华绚丽的表象，背后却隐伏着王宏图冷冷的注视和沉重的叹息，因为绚烂暗示着稍纵即逝，繁华指向着虚浮空无，不过，表象的生动并不因内核的虚无而被取消，内里的空洞也不因表象的繁华而被遗忘，短暂与虚无的内里越发印证着繁华表象的迷人，绚烂表象越发催生着对世界内里的清醒认知。读者既可沉醉于表象的繁华，也同时获得一种审美的间离——其内里还是虚无的啊。

于是，肯定的"表"与否定的"里"并不相互矛盾，反倒形成了一种奇妙的辩证关系，二者相辅相依，相反相成。如鲍德里亚所说，假如没有表面现象，万物就是一桩"完美的罪行"，既无罪犯、也无受害者，更没有犯罪动机，不过，万物的虚无本质也正因表象而露出马脚，表象正是虚无的痕迹。① 鲍德里亚的本意是以此批判充斥着虚妄表象的当下社会，不过同样也启发我们，在文学的世界里，内在的"罪"和表象的"美"很难相互割裂，"罪"与"美"一体两面，前者必须借助后者才能表现出来，后者也指引着我们对前者按图索骥的领悟。

既如此，越界就不单单是为了复现，更不是宣泄，细节的侈丽和情绪的饱胀是为了给文本注入一种张力，唯有越界，反差才足够鲜

---

① 〔法〕鲍德里亚：《完美的罪行》，王为民译，商务印书馆，2000。

明，张力才足够强劲。越界也不会真的无限延宕一去不回，而是时时返顾，让我们不可过分耽溺，提醒我们勿忘作家的此中真意。单纯的正写或反写、肯定与否定总归会有动力耗竭的危机，反倒是在辩证法的运作中，在正与反的碰撞、拉扯和交合中，供给了源源不断的动力，彻底释放了文本增殖与爆裂的可能，催生迷人的风景。

这一辩证法的运作机制其实在文学史上早就存在。我曾在另一篇论文中称王宏图是"以赋为小说"①，除了因为他的小说与汉赋有着同样的富丽细密的笔法，更因为汉赋也同样内蕴着越界的辩证法。在《七发》这一汉赋中，枚乘的多数篇幅都以铺张扬厉的笔法，力陈"七事"的动人，只在文章的最后挑明讽喻的旨归——劝太子戒除对"七事"的耽溺。② 如此费尽周折极力铺陈，文末却以简单的"曲终奏雅"将之前的努力一笔勾销。这样看似与写作意图极不相称的结构，这样在肯定中表达否定的方式，正是一种越界的辩证法。

正因为这一辩证法的存在，态度的否定不但不会意味写作动力的衰竭，反倒为小说提供了一种持续的动力机制。王宏图也因此不会越写越少，越写越涩，反倒越写越多，越写越密，以一部又一部的长篇，印证自身小说世界的蓬勃生机。

## 三　欲望之维：文本的越界

有了越界的辩证法，王宏图一面保持着对世界的清醒认知，同时尽可聚焦于他所关注的主题，落笔千言，恣肆为文，在文本的越界中，铺陈出动人的景观。进入 21 世纪以后，王宏图敏锐地感知到，我们正处于时代的节点上，这个世界正被一种新的逻辑所笼罩。于

① 郑兴：《"忧郁者"与"以赋为小说"——论王宏图〈别了，日耳曼尼亚〉》，《南方文坛》2015 年第 1 期。
② 袁行霈主编《中国文学史·第一卷》，高等教育出版社，2005，第 159 页。

是，他把目光从家庭中移出、放远，开始认真打量上海这个他生于斯长于斯的都市以及都市里的人。

> "不知从什么时候起，我们栖身其间的城市像一头无法控制的怪兽，疯狂地蔓生、衍射，各个角落遍布着重重叠叠的人工制成品，人类与大自然间的天然联系被无情地阻断。在不知餍足的欲念持续不断地驱遣下，从早到晚，蚁群般的人流在逼仄的空间中奔窜着，冲撞着。都市成为人类为自己打造的动物园，一个高度文明化的囚牢。"①

王宏图看到，当下的都市已经充斥着欲望，欲望，正在成为都市、成为这个时代的关键词。上海是最具有代表性的超级都市，王宏图对上海又如此熟悉，那么，他将上海作表现欲望的舞台也就顺理成章了。虽然《玫瑰婚典》的多数小说也是发生在上海，但在这些小说中，上海只作为背景而存在，并不显得重要。只有从第一部长篇《Sweetheart，谁敲错了门》开始，上海真正与王宏图的小说产生了根本性的关联。

早在20世纪初期，上海作为远东第一大都市，便已经散发出太多的诱惑，也承载了作家们太多的想象。从20世纪30年代的张资平、新感觉派，到40年代的苏青、张爱玲，再到90年代的王安忆，已经有不可胜数的上海叙事，而且，早在穆时英等人的手上，欲望便已经作为上海叙事的关注对象，王宏图必须进一步寻找属于自己的书写上海、呈现欲望的方式，才能要真正使自己跟刘呐鸥、穆时英们区别开来。

王宏图也曾在论文中考察了现代文学史上的都市叙事与欲望表

---

① 王宏图：《Sweetheart，谁敲错了门》，东方出版中心，2006，第301页。

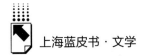

达，但是，在他看来，这些作者要么对欲望的表现点到即止，将其作为一种新生的美学现象加以陈列，它逗引着主体的骚动，却又欲说还休，叙事往往隔靴搔痒，欲望无法得到淋漓尽致的表现；要么因为欲望作为对象太过动人，而作者自身的主体性不够强大，反倒被对象俘虏，因而难以穿透欲望的重重表象，小说便流于肤浅，立场混乱，无法达成对欲望的超越。对前辈的欲望叙事，王宏图抱以尊敬，却也是不满意的。[1]

王宏图甚至面临比前人更艰巨的挑战，因为无论从程度还是范围上，欲望对这个时代的宰制比以往任何一个时期更甚，如果说，在之前它还只是一个表象、一个征兆，或是一个特性，那么，到了当下，它已经侵入世界的每一寸肌理，成为这个时代的根本性症结。为了应对这个前所未有也难以捕捉的庞然大物，王宏图一方面将笔下的上海作为欲望的载体，点燃人们心中的欲望，更重要的是，他要聚焦于欲望与人的关系，让欲望成为小说背后的推动力，看欲望如何塑造着人、驱动着人，抑或毁灭着人。

小说中，上海这个超级都市为欲望的表现提供了无限可能，在这里，欲望的诱惑无处不在：物质、权力、身体、梦想、机遇，等等，一切欲望的要素皆已具备，身处其中的人们怎能不遐想、躁动，甚至癫狂？世界仿佛进入了一个欲望的狂欢节，成功者的戏码天天都在上演，谁身处其中都会蠢蠢欲动；狂欢节又销蚀了既有的条框与界限，没有谁会真把规范、道德、底线当一回事，每个人兀自入戏，设计着自己的台词、动作、情节，排演着属于自己的故事。

这里有在异国开空壳公司，并转移、套取国家资金的耀森；有先骗取女友信任，然后绑架其富有的父亲并讹诈钱财的阿龙；有在现行学术机制中游刃有余，虚造各种学术泡沫为自己积累升迁资源的张伟

---

[1]　王宏图：《东西跨界与都市书写》，复旦大学出版社，2013，第179页。

戈；有在国有企业中和领导串通，并贪污受贿、包养情妇的钱英年；甚至还有无名无姓、面目模糊却也都为一己私利亢奋不已的各色市民。这里面人物的身份各不相同，他们的手段也五花八门，却同样都是在追逐欲望的道路上奔走不息。

欲望席卷了小说中几乎所有的人，唯有王宏图笔下的主人公成为难得的清醒者，注视着眼前的欲望都市。清醒的人因为是敏感的、向善的，这才看清欲望的伪饰与丑陋，因而拒绝投身于欲望的狂欢，主动将自己放逐到边缘处。可是，因为自甘边缘，他们必然在主流世界中处处碰壁，从而丧失了行动的能力，因而又只能是孤独的、无力的，成为世界的局外人、多余人。

艾珉、刘广鉴们因而只能成为软弱的旁观者，他们要么连自己的婚姻问题都无从把控，要么连教授职称都望眼欲穿，在自顾不暇的窘境下还试图将欲望证伪，不注定是可笑的、徒劳的？于是，清醒者们焦躁了、愤怒了，他们经常会无来由地陷入忧郁、躁狂的情绪，他们还会感到恶心，会不能自已地诅咒这个世界，可是，这样的焦躁与愤怒只会加剧自身的无力感、空洞感，相形之下，欲望却依然以自身的生机勃勃，招徕着一拨又一拨的追随者。

不过，即便欲望如此强大，清醒者又如此无力，王宏图却不会真的要让欲望在小说中奏凯，如此，他不会比前辈作家更进一步。正如前文所论，王宏图自有其"越界的辩证法"，将欲望置于这一运行机制中，其种种面目皆可自行呈现。

首先，王宏图尽可大肆铺排欲望的表象，让欲望充分彰显自身的声色与光影，使其得到酣畅淋漓的表现。于是，王宏图经常在小说中不惮以大段篇幅，描画上海的景观，为诱惑的催生烘托足够的氛围，为欲望的好戏拉开大幕。

"艾珉坐在长凳上，透过硕大的落地窗，凝望着横亘在前的蜘蛛网般纵横交叠的高架桥。永远是密密匝匝奔驰不息的车流，从地平线尽头的青绿的旷野中涌出，机械水泥钢筋轮胎及林林总总的人工合成物在仲春时节太阳的拂照下交相辉映，一齐沉浸在由动感热力光亮合成的五色缤纷的嘉年华盛宴中；这是一股狂欢节的漩流，一波三折，一泻千里，最后隐没在大地丰饶的母腹中。"①

在这样五色缤纷的舞台上，各色人物鱼贯而过，在欲望的牵引下一路狂奔。他们往往在主流世界中如鱼得水，所欲所求皆已斩获。欲望的实现又如此迷人，让人沉酣，张伟戈年纪轻轻就评上了博导、副院长，在学界呼风唤雨；钱英年手握财富，虽然年事已高却可肆无忌惮地包养年轻情妇；连阿龙这样一个出身贫寒、相貌平平的穷小子，都能让艾琪这样的富贵出身，又相貌美艳的女人任自己玩弄。于是，他们志得意满了，有如站在了舞台的中心，相形之下，清醒者反倒成了既冥顽迂阔又自怜自艾的伶人。

就这样，欲望以自身的逻辑，仿佛在小说世界中颠倒众生、势如破竹，不过，恰恰就是在呼啸前进的旅程中，欲望耗竭了自身的动力，因为欲望是层层翻新的，一个欲望实现了，另一个更大、更动人的欲望于焉浮现，而投身欲望的人终究是有限的肉身，面对欲望的无底洞，他们难以一直维持同样的动力与激情，于是，在无限的欲望面前，他们迷茫了、疲惫了。

更重要的是，欲望在大肆扩张的同时，也在自身体内埋下了崩裂的罅隙，就是这不起眼的裂缝，在某个偶然的契机，引发了自我的内爆与溃散：一直掌控全局、快要登上院长宝座的张伟戈，谁知就在一次偶然的嫖娼事件中，断送了自己的前途。阿龙把孟实绑架，眼看着

---

① 王宏图：《Sweetheat，谁敲错了门》，东方出版中心，2006，第3页。

就要大计得逞，谁知偶然见了艾琪，情感冲昏头脑的艾琪突然丧失理智，结果了阿龙的性命。就这样，王宏图写尽了欲望在城市中的活色生香，任其在小说中喧腾、绽放，却往往在小说的末端，让欲望为自身所反噬，走向衰颓与幻灭。欲望，被王宏图的辩证法拆解了。

王宏图以四两拨千斤的狡黠与冷静，击穿了欲望的层层表象，也揭穿了都市其看似丰裕实则匮乏、看似繁华实则窳败的复杂面目。我们在其中看到了欲望蛊惑下的世间百态，看到了人和欲望的种种互动，也看到了欲望的迷人、繁荣、复杂、丑陋的复杂面向。也正因此，王宏图对笔下的人物保持着理解与同情，即便是张伟戈、钱英年们，在小说中也不是面目可憎的，人终究难以超越自己的有限性，王宏图对他们是不忍责备的。

## 四 创作之心：身份的越界

出生在文学世家，其后一直读书，再到进入高校，生命之于王宏图就是一条远离侵扰、波澜不惊的河流。也正因此，久受文学熏陶的他出手就比较成熟，最早的小说集《玫瑰婚典》便已在语言、主题和技法上游刃有余。那么，本文最后也即最大的疑问是：作家本人一生平稳、顺利，何以笔下流淌出如此激烈的文字，何以偏要塑造种种不圆满的生命，让他们的灵魂扭曲、战栗，难以安妥、和谐地楔入这个世界？

我们可以进一步延展"越界"的概念，抛开小说内容不论，王宏图的创作实践本身就是一种越界：按照我们一贯的想象，大学教授本该专注学术，创作只是主业之外的嬉戏笔墨，王宏图偏偏以小说为志业，如此，小说家身份是对教授身份的越界；再者，安稳妥帖的个人生命本该导致小说风格的谨言慎行，王宏图偏不安于生命历程的束缚，不以小说向自身经历靠拢，反倒营造出耸人耳目的小说美学。这

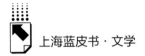

是写作风格对个人经历的越界。总之，小说创作成了作家主体自身的一次越界。那么，其中的矛盾该作何解释，作家主体的越界从何而来？

从王宏图的自述中，我们首先发现，越界来源于外部世界和内心世界的不平衡性。

　　"的确，乍看之下，我的人生道路并不曲折，虽然有些小小的波澜。但从20世纪80年代至当今，我的内心并不平静，常常处于与外部世界、与自我的剧烈冲突之中。一方面，这三十余年中国社会的各方面发生了巨大的变化，在人们心头激发起难言的痛感，人们先前信奉的道德准则和价值一夜间崩塌。我有自己为人处世的准则和人生追求，但外部世界的变迁让人不胜惶恐。另一方面，我不是一个坚毅果敢的人，思想与行动间存在着很大的冲突，而且不善打理俗务，因而也在日常生活中给自己带来不小的麻烦。"①

这里所谓的"剧烈冲突"，不是社会意义上的冲突，而是精神意义上的冲突。王宏图曾说，他们60后"这一代人"同时经历、见证了六七十年代的红色海洋、80年代的浪漫情思和90年代的消费主义迷狂，外界变化太过迅速、剧烈，因此，他们不断感到"震惊与眩晕"。②

外部世界如此多变、迅速、诡谲，稳定的参照物不复存在，自己原先的一套逻辑和准则再也不能稳定地把握外部世界。个人经历再平稳，外部世界却处于动荡与剧变中，作家的内心世界也会随之震动，在"震惊"的体验中，自然难以维持平静。存在于此世的作家本人

---

① 王宏图、张生：《小说，正是我不安宁的内心世界的折射》，《作家》2015年第7期。
② 王宏图：《东西跨界与都市书写》，复旦大学出版社，2013，第88页。

不可能真的隔绝于外部世界，纵使在主体实践上不被卷入外部世界的动荡与剧变，但动与变依然会映入作家的眼和心，最终投射于他的小说写作。

再借助其他的思想资源，我们进一步发现，越界更重要的来源其实是生命自身平衡的需要。不妨反观巴塔耶的论述。他在《色情史》中举例说：一个父亲在和女儿玩耍时，他可以温情脉脉，可他可能转身就去了不良场所，成了一个放荡成性的人；一个人在家里是一个安静的农夫，乐于助人，儿女绕膝，但到了战场上，却可能烧杀抢掠。巴塔耶认为，人人都有善良的、遵纪守法的一面和邪恶的、为所欲为的一面，看似毫不相干、互相抵牾的两面集于一人之身。我们之所以为后者的突然显露感到费解，是因为前者构成了一个稳定的、协调一致的世界，为我们所把握，所习惯，后者却常常被我们遮蔽、遗忘。巴塔耶把前者称为"思想世界"，将后者称为"色情世界"，两个世界是相互补充的，没有它们的协调一致，主体的总体性就无法完善。①

日常生活对作家而言，就是他的"思想世界"，但我们也一样要能理解，作家完全可以在笔下构造出一个截然不同的"色情世界"。巴塔耶提醒我们，不要因为习惯于"思想世界"就遗忘了"色情世界"，也不必诧异于"两个世界"之间的巨大差异，个体本就包含着"思想世界"和"色情世界"两个维度。两个世界看似截然相反，却完整地内在于同一个生命，作为个人的王宏图和作为小说家的王宏图只是一体两面，唯有同时把握他的"两个世界"，才是对他的完整理解。

齐泽克对"快感"的分析能进一步给我们启发。他认为："某个人可能婚姻幸福、事业成功、高朋满座、对生活十分满足，可同时他

① 〔法〕乔治·巴塔耶：《色情史》，刘晖译，商务印书馆，2003，第11页。

仍然恋上某种快感的特定形式（罪业），愿意为此而付出一切，而不是放弃它（毒品、烟草、某种变态性关系，等等），尽管在他的符号世界中一切都井井有条，这个绝对没有任何意义的入侵，这个倾斜把一切都搅乱，对此他无能为力，因为正是在这一'罪业'中，他的主体才接触到紧密的存在，一旦这一'罪业'被剥夺，他的世界从此就空无一物。"①

如果说巴塔耶的"两个世界"同时内在于一人，但二者并不对等，"思想世界"压抑了"色情世界"。齐泽克也区分了"符号世界"和"紧密的存在"两种概念：婚姻、事业和日常交际其实都属于"符号世界"，外部的符号编制成一张密密的网，牢牢地把主体捕获，使其不能动弹，使其无法接触"紧密的存在"。也即，"思想世界"对"色情世界"的压抑使主体成为拉康意义上的"创伤性"存在，"创伤"又本然地询唤快感。

齐泽克认为，快感是"非历史的"，它逸出了"符号世界"，是一种"倾斜"，是一种主体性的越轨，是既有格局的打破，对快感的渴求以"罪业"这一隐秘的形式得到纾解，"罪业"使主体重新找回快感，重新接触到存在。② 一个封闭的、自足的符号世界和紧密的存在世界之间隔着一道深深的鸿沟，只有当快感，或者说某种罪业入侵了符号世界，这个鸿沟才被打破，在越轨的裂痕中和快感的尖叫中，存在被主体重新感知。

这样看来，王宏图笔下的人物其实本是处于一个过分"平衡"的世界，一个"井井有条的符号世界"，但王宏图一定要让这个世界"倾斜"，让"罪业"入侵。小说里的人大多在物质上是丰裕的，情感上也不缺伴侣和归宿，更没有具体的目标要去达成，却每每在失落

---

① 〔斯洛文尼亚〕齐泽克：《幻想的瘟疫》，胡雨谭、叶肖译，江苏人民出版社，2006，第57页。

② 〔斯洛文尼亚〕齐泽克：《幻想的瘟疫》，胡雨谭、叶肖译，江苏人民出版社，2006。

与痛苦的心境中中苦苦挣扎，犹疑、忧郁、窒息、躁狂的情绪在小说中弥漫，不得纾解，文本呈现一种紧张的拉锯，随时处于崩裂的边缘。这样的一种紧张感，不正是齐泽克所谓的"创伤性"？于是，王宏图只有屡屡借助某种"罪业"，借助笔下的不伦之性、变态、暴力甚至死亡，才能让人物逃出现状，冲破符号世界的层层包裹，重新感知自身的存在，王宏图也才能借此把握了人物、存在和世界三者的关系。

往深处看，我们更可以将王宏图笔下的人物看作是他自身的隐喻。写作，就是作家王宏图本人面对"符号世界"的一次越界。他何尝不是和自己笔下的人物一样，处于过分安稳、和谐的符号世界中，既如此，写作，尤其是越界式的写作，便成了他的"罪业"：教授不必一定皓首穷经，偏偏投身小说不务正业；生活中行止有度，偏要在小说中执着纠缠歇斯底里；立身谨严，偏偏为文放荡，大写色情与暴力。

就在这样的越界中，作家在小说世界里翻江倒海为所欲为，一个过于按部就班、稳扎稳打的生命借此打破了自己的符号世界，尽情地沉溺于"快感"，重新触摸"紧密的存在"。越界，既呈现于王宏图小说的内容，也呈现于他的风格，更时时诱惑着作家本人，以写作去平衡、圆满着自我生命。

# B.10

# 类型文学的人文情怀

——关于蔡骏《最漫长的那一夜》的研讨

沈嘉禄 陈村 王干 黄平 等*

蔡骏作为中国悬疑小说代表作家，至今已出版中长篇小说20多部，其作品广受欢迎，多年来保持着悬疑小说畅销纪录。2015年中他又推出了中短篇小说集《最漫长的那一夜》。2015年10月15日下午，上海市作家协会小说专业委员会举办了关于这部小说集的研讨会。沈嘉禄、陈村、王干、傅星、徐晨亮、张楚、走走、一草、张定浩、黄德海、甫跃辉、木叶、项静等作家、编辑、评论家济济一堂，围绕该书和蔡骏的创作历程展开了坦诚、热烈的讨论，并由此探讨了虚构与非虚构、类型文学与纯文学的关系等颇具价值的问题。青年评论家黄平主持了本次研讨会。

## 一 "虚构同样也是一种力量"

**黄平（华东师范大学中文系副教授）**：各位嘉宾，大家下午好！非常荣幸今天主持蔡骏先生新推出的小说选集——《最漫长的那一夜》的研讨会。今天到场的各位，应该说对蔡骏都是比较了解的。蔡骏先生的类型小说、悬疑小说作品销量很高，在今天这个时代，还

---

* 沈嘉禄，作家，上海作协小说专业委员会主任；陈村，作家，上海市网络作家协会会长；王干，评论家，《小说选刊》副主编；黄平，华东师范大学中文系副教授。

受到了很多电影导演的青睐。

今天我们的讨论不仅限于"类型文学"的范畴之内，我个人从2014年开始读蔡骏兄的《最漫长的那一夜》相关作品连载，我有一个体会：蔡骏是非常优秀的悬疑文学作家，同时在类型文学的框架之下，比如《最漫长的那一夜》之"北京一夜"，用悬疑作品的框架讨论人的情感问题，以及我们对世界的认知和理解问题、我们的记忆问题。在今天，我们看待纯文学和类型文学二者间的界限，同样也是蛮模糊的。

**沈嘉禄（作家，上海市作家协会小说专业委员会主任）**：今年国庆长假我什么地方都没有去，就看了蔡骏的这本《最漫长的那一夜》。这本小说我看了第一篇，就被迷住了，我觉得他给了我新鲜的体验、新鲜的感受。他所表达的方式、节奏，包括场景和情节的切换方法都非常好。下面我谈几点不是很成熟的看法。

蔡骏是一个让我吃惊的青年作家，他是我们这一代青年作家代表。我觉得蔡骏对现实的关照从这几年开始慢慢凸显出来，这个小说也一样，它所偏好的题材和切入的角度，悬疑也好，科幻也好或者是穿越等，其实这也应该是现实世界的延伸，也是人类普遍感受价值观的体验、记录和宣扬。我觉得现在上海青年作家像蔡骏等都是有智慧也是有生活的，他们选择了悬疑小说、科幻小说或者穿越小说，是因为他们知道如何来避免现实世界的暗礁，从而更加有效地把思想表达出来，这是他们聪明的地方。正如他在这本书序言写道："这个世界上没有非虚构。"有许多虚构的还不如非虚构的来得曲折、精彩。他也说了："真实是一种力量，虚构同样也是一种力量。"他说："我想在《最漫长的那一夜》把两种力量，合并成一种力量。"我觉得蔡骏是基本上做到了。

在这本书里面我还可以看到悬疑小说基本的套路，节奏也是一如既往的迅捷，来去自由。场景切换、情节转换，包括结局都有余音绕梁的旋律。而且蔡骏这本书里面对于现实社会的关注是加强了，而且下手很重，小刀很准，口味也很重。我觉得在这本书里面《北京一夜》是让我印象最深刻的一篇，曲折、戏剧性很强。人物背后的故事，有着坚实的现实社会的种种合理性和强烈的支撑，但是又不乏草根阶层所认知的这种价值观。他这样做，是我们中国几千年来所信奉的承诺和信仰，一种对于真理或者对于人性本身"善"的驱动，这是这本小说从头走到尾的旋律。蔡骏从故事的外壳讲述，剖析了现在富裕阶层的空虚、荒诞，寻求刺激的种种妄行。实际上揭示了当下社会在经济快速发展中，因为文化的缺失而导致的价值观的普遍变质。

我觉得这篇小说，还有很多可以充实的空间。像蔡骏这样的青年作家，他们这一代是在改革开放后成长起来的。社会、时代仿佛都给他们机会，在现在贫富差距的情况下，蔡骏是成功了，但是有很多就是毁灭了。这也是我对青年作家更加关注的地方。我们这代人在成长过程中也是吃了很多的苦，但是现在诱惑很多、机会也很多，奋斗起来更加困难。这本书里有些小说几乎没有一个完全的结局，所有的例子都是失败的。比如：临时拼凑起来的球队冲刺比赛，导致失败的种种原因不仅是因为球技的原因，阶层差异、家庭差异等导致了这支球队最终的失败，所以很容易引起草根人群中年轻人的强烈共鸣。

从小说里面看三代人所处的历史与文化背景，比如余超的父母是20世纪80年代的科技工作者是吧？他们为国家的某个工程服务，是为国捐躯的，作家用宏大的主题来肯定他的正当性。余超本身对于"超念术"具有非常强的能力，所以这本小说后来也拍成电影，可能觉得画面是比较有趣的，但是后来他也是大起大落，最后等于是从人生的高处跌落，而且是自杀了。第三代，余小超也是"超念"的，最终也是被扼杀了。三代人所对应的我们的时代是越来越小，就是我们处于的一种小时代，是很令人深思的。

从蔡骏小说人物形象来看，杀手里昂跟国际杀手不一样，利用商业的欺骗达到他自己的目的，而且在道德上不受谴责。里面主人公之间的关系，突破了中西方文明的界限，向中国文化靠拢。还有《香港一夜》《喀什一夜》，对于小说家同行来说，是有启发的。

有蔡骏这样的样板，会提醒我对更多的有潜力的青年作家更加地关注。

**陈村（作家，上海市网络作家协会会长）：**这本书我开始拿到的时候，我觉得"最长的一夜"不就行了吗，干吗要叫"最漫长的那一夜"？翻开里面，觉得这个题目也不错，因为这样一来节奏就慢下来了。我开始不明白，后来发现，哦，有一个似真非真、似幻非幻的故事。我是蛮赞同他的这种写法。一个作家到某些时候有些东西就成功了，他只要借助这些成功的东西就是成功的作品。但是他还想方设法写一些新的东西，跟以往有突破、有变化的东西。在那个上面，那个层次上进一步地展现自己对文学的理解、对人的理解，我觉得这一点是非常好的。我们经常看到有很多作品，可能写来写去就那么几个字，我觉得那就不大好。蔡骏这个写法，从立意上讲，我很赞成，而且我觉得这个很不容易，而且也写得很好看。在网上发表我觉得更好，半夜里百无聊赖，突然有一个叫蔡骏的作者贴出这个东西，看了以后觉得很好，有一个气氛环境，这就很贴切。

我们这一批人，比如莫言、贾平凹等这些人都是从写农村开始。中国以前比较成功的长篇小说里面，有很多都是农村题材。写农村，我们好像得心应手，写城市，很多时候我们的作品是报废的，就是不大像城市。我觉得这种遗憾部分被我们的一些年轻作家的创作实践弥补了。他们敢于去写这个城市，他们敢于去把这个城市的今天和昨天混起来写。不像我们以前作品中一写到农村就得心应手，一写到城市就觉得不行。因为"城市"很难写。农民所有的人际关系、社会关系都在一个村子里面，但是城市不是。比如：我住的地方跟作协就没有关系，我住在很远的地方。我的邻居、我的同学、我的工作圈子都

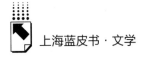

是完全没有关系的。在这个里面要把破碎的关系制成一个关系，然后变成一个小说可以叙述一个故事、一个结构，那是有一点困难的。

在一个新闻不足的时代，在我们非虚构不足的时代里面，能够从我们虚构的文字里面透露出一点时代的信息也挺好，因为这个时代很多东西仰仗着网络。

蔡骏用娓娓道来的叙说，我觉得这个也挺好，因为在我们的作品中，经常会有一种"视读者为无物"的状态。我有时候写作，我觉得那些读者跟我没关系，他们看懂就看，看不懂就不看。我甚至说过："你要能看懂我的书，是你很高兴的事，是你的幸运，你看不懂，跟我也没有关系。"当然，这个态度很恶劣、很不好。我觉得蔡骏以这样的姿态出现，都是挺好的。

记得在很早的时候蔡骏曾经找过我，问起我，说有人喜欢他的悬疑小说，问我怎么想。后来我想了想，我说：如果有人喜欢你写的这个东西，你就先写着。写纯文学，什么时候开始都不晚。蔡骏心里其实念念不忘另外一件事。尽管大家也知道他是所谓的著名的悬疑作家，他也不否认，也很认真地去做自己的悬疑小说。但是另外一个，我觉得他在这样的框子里面又加进了很多人文的东西，加进了他对世界的很多想法，我觉得这是有温度和湿度的东西，而不仅仅是讲一个鬼故事或者杀一个人。

对于蔡骏这样的人来说，这肯定不是终点，是一个新的起点，我相信他会越写越精彩，把故事讲得更多，或者说写得更有意思。我就说这些。

## 二 "一个被低估的作家"

**王干**（《小说选刊》副主编）：1995 年我们在上海开作品研讨会，是关于王安忆的《长恨歌》，那已经是 20 年前。20 年之后，我们又开了蔡骏的小说研讨会，我觉得很好，因为我认为蔡骏是一个被低估的作家。

我最早看蔡骏作品是 2005 年，当时就眼睛一亮，觉得非常好看，非常有品位。蔡骏的写作方式让我想起了金庸，也许过若干年蔡骏就是今天的金庸。当时我看了介绍，蔡骏的作品已经有 1200 万本的发行量。这 1200 万的发行量不是靠下文件或者是靠得奖让读者买的。说实话，现在让读者花钱买书是很难的。今天让读者买一本书，比去乞讨点钱还要难。是靠什么让读者自觉、自愿地去买蔡骏的书呢？我觉得他的书里面有卖点。我最早看蔡骏小说的时候，就感觉蔡骏原来是搞纯文学出身，原来可能写过一些书。纯文学跟类型文学其实是一张皮，比如，四大名著按照现在的小说分类都可以说叫类型小说，比如《水浒传》就是典型的武侠小说，《三国演义》就是一个早年的《明朝那些事儿》、《三国那些事儿》；比如《西游记》就是玄幻类型小说，《红楼梦》就是一个言情小说。其实我们很多优秀的作家都写过悬疑小说，最早的是 1988 年刘恒写过一篇中篇小说叫《虚构》，他就是用悬疑小说的方式写的。然后余华有一个中篇小说叫《和平的错误》。那个时候已经有很多所谓的"纯文学先锋"开始涉猎类型文学，蔡骏的贡献是什么呢？为什么我说"蔡骏的方式"呢？蔡骏就是把这两张皮合起来，我们如果看蔡骏的小说，你不会想着这是一个简单的类型小说或者说鬼故事的，他的文字里面有诗意等一些纯文学的东西，他通过他的悬疑小说能够表达出来，这是很难、很了不起的。

去年我们《小说选刊》评奖破例选了蔡骏的《最漫长的那一夜》。通常我们评奖是不会给这种类型小说的，但是我们觉得蔡骏的小说，某种程度上代表了小说的一种潜在发展的方向。我觉得能够把这两张皮合起来，而且有那么多的读者、有那么多的粉丝是很难的。所有的经典，不经过读者发酵是不可能的，经典是一定要经过读者发

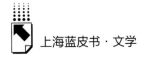

酵的。蔡骏在今天还在发酵当中，我觉得他将来很可能是像金庸这样的作家。金庸改变了武侠小说，蔡骏是改变悬疑小说的一个重要的作家。

我最近在读《红楼梦》，我就在想，《红楼梦》为什么比《三国演义》或者《西游记》要伟大？《红楼梦》也是把两张皮合起来，所以它能超越其他几个名著，是我们中国小说的一个高峰。我觉得蔡骏就是把两张皮合起来了，所谓的"整合"，其实很难。文学史上到了一定的时候，就有人出来整合。我觉得悬疑、玄幻小说确实是很难写，写好也很难，除了需要想象力，还要知识面等很多东西，不比纯文学容易。为什么大家喜欢《红楼梦》？其实它是一个悬疑小说。它留下了很多的谜底没有解开。所以刘心武老师才会去费心解疑。我希望蔡骏能写出像《红楼梦》这样伟大的悬疑之著，除了在作品中有悬疑之外，在作品之外也要有悬疑。

**傅星**（《萌芽》杂志执行主编）：蔡骏我认识好多年了。当时《萌芽》正在寻找小说的突破口，想找找在题材、类型上面有没有一点新意的作品。当时蔡骏给了我一篇悬疑小说，我非常兴奋，然后我们就刊发，连续发了四五篇吧。我记得《荒村》等一些作品都是在我们这儿发的。我们杂志单篇稿子一般都不超过3万字，蔡骏的小说超过三四万字，都给发了。那个时候对于我们杂志的销售拉动效果非常好。那个时期，蔡骏在我的观念里面，他就是个类型小说作家，而且是很有才华的悬疑小说作家。刚才陈村也说了，蔡骏一直有个困惑，他有一个"纯文学"的心结。他也问过我，我们也可能出于功利的考虑，我们就说：你就写悬疑吧。于是他就写，而且越写越好，还向一些影视公司推荐拍成电影。他现在是全国影视公司追逐的对象。

参加今天的讨论会，我有一个困惑。蔡骏是一个比较复杂的作家，因为我对他比较了解，他是在求变当中，而且在以前的基础上不断地进步。我记得他第一篇小说是悬疑类的，不是玄幻哦。悬疑、玄幻、魔幻都是不一样的。到了第二期交给我们的作品是《地狱变》和《旋转门》，我觉得更天马行空了。有一些我都没看，他写得实在是太快了，我跟不上他写作的速度。我觉得他更接近玄幻，这是他第二阶段的创作。在这种情况下，突然之间他又转型了，他现在开始写纯文学了。

也就是说，蔡骏的发展方向是非常广泛的，我觉得他好像什么都可以做。今年国庆长假我也是什么地方都没去，把《最漫长的那一夜》读完了。比较坦率地说，我不知道怎么来定位《最漫长的那一夜》的小说类型。因为有些是带有悬疑，有些是带有想象的，但是有些又是非常现实主义的。确实，这个书很好看。

我知道他现在同时拍的有5部电影，还有几部电视剧和几部网剧。同时一下子出来了以后，如果要是做得好的会非常好，如果做得不好从市场的角度会有一些麻烦的。大家也想一想，蔡骏接下去到底应该是一个什么样的作家？还是说以后就成为一个合二为一，既可以写畅销但是又可以写纯文学的作家？像这样的作家在历史上，曹雪芹算是一个吧？在美国、欧洲，有没有这种？

总的来讲，我觉得我和蔡骏合作了那么多年非常好。蔡骏的长篇连载数据反馈，都是非常鼓舞人心的。我知道他现在既作为一个创作主体个人写作，另外也有一个工作室，市场化运作方面好像有非常大的抱负，这是非常好的。但是这确实是个问题，也就是说蔡骏接下去到底该怎么办？到底是成为一流的悬疑小说作家，还是慢慢地向纯文学去靠拢？我就讲这些，谢谢！

**徐晨亮**（《小说月报》副主编）：很高兴今天有机会在上海市作家协会开这个会，跟各位分享我们对于蔡骏兄的作品的一些看法。蔡骏作品其实也是《小说月报》近几年来特别关注的，我们去年选过他的《北京一夜》，今年还选了两篇。从读者的反馈来看，很多不同年龄、不同背景的读者都能从他的作品中获得共鸣。但是他《最漫长的那一夜》，我相信一定会拓展出新的读者。今年我们也搞了一个颁奖会，今年我们团队把它升级叫"百花文学奖"，蔡骏兄也获得了我们新设立的一个奖项。我们以读者投票为基础，选取一些能够给当代小说作品提供新的元素、拓展审美边界的一些具有现象性的作家。今年我们有两个获奖者，一位是徐皓峰，一位就是蔡骏。

回想起来，2001年的时候，蔡骏有一个很网络化的中短篇《我爱你的垮掉》，是文汇出版社出的。我记得里面提到了几个想法，他说：互联网时代来临了。他把互联网时代的来临比喻成夜幕，进入一个新的夜，在一个夜里面有很多原来惧怕阳光的眼睛睁开了，巨人盘古倒下去的地方，有很多奇形怪状的东西噌噌地长出来了。互联网夜色的笼罩之下，可以有新的发声的空间。

我们今天来看，当初有很多在网上风行一时的作品作者，不知今何在。像安妮宝贝这样的、像蔡骏这样的为数不多。蔡骏应该算70尾，但是他这个70尾好像跟我们一般说的70后、80后都不太一样。他的作品也跟我们一般理解的网络文学概念不太一样。

我一直关注蔡骏的作品。过了这么多年，他在已经创作了这么多非常具有人气和影响力的作品之后，又出版了这本《最漫长的那一夜》系列，我感觉他既可以说是"求变"，但是在某种意义上也可以讲在"复归"。他在这本书里面不同的地方，始终在讲到自己。他不停地讲到，我为什么要写？就是回到他自己写作的个人的源头。他有意识地追问自己：我作为一个现在拥有这么多读者的写作者，究竟促使我写作发生的动机在哪儿？我觉得明显体现了这样的一种回归。另外，《最漫长的那一夜》又回到"夜晚的意象"。当初他说互联网的夜晚让很多人找到了发声的空间，原来通过写作可以获取自我表达的可能性。在那样一个夜晚，实际上是体现了一种个人发现自我的特殊性的这样一个平台，发现自己的特殊性、自己生活经验的特殊性。相反，在今天蔡骏写的《最漫长的那一夜》里面，实际上有回到文学自身的根源，更具普遍性的一面。所以我们在今年授予他"百花文学奖"的时候，给他写了一段颁奖词，摘取其中的一段："远古时代人们讲故事以度过漫长之夜，夜是小说的启蒙之意。爱与救赎，命运和记忆，最终指向人心。"我相信大家读过这本小说里面的主题，都会有种体会，就是"爱、救赎、命运、记忆"这些关键词。我之所以把蔡骏2001年前后写作的生态和现在复归文学根源的主题放在一起谈，是觉得我们这一批人可能在慢慢地步入一个当下文学生态的板块。在这一批作者涌现之前，或者刚刚涌现的时候，那个主流文学或者构成这样一个完整生态的文学体系已经垄断了对于普遍性的文学主题的发言权。新涌现出来可以纳入到大家视野的作家，很多时候都是以很突出的生活经验、很酷的社会风格甚至是很特立独行的生活方式站出来。现在这样一种惯常的表达方式，主流文学叫"普遍性担当"。新生的这些年轻作家的作品，是一个特殊性的作品担当。但是我觉得这十多年来，这个板块其实在悄悄地发生着一个迁移，像蔡骏这样的作品，对于那些普遍性的文学根源性主题的表现，在这样一个时代是非常具有生命力的作品，非常具有表现力，非常能够触动人心。我觉得这样的一种回归源头的写作实践，可能就像前面几位老师说的，再过一些年来看，可能我们会意识到其变革意义的。

我始终对于蔡骏兄未来的写作满怀期待，我们《小说月报》杂志也会满怀期待，看看他未来能够提供什么样新鲜的刺激我们的作品。谢谢大家！

**一草（青年出版人，广东永正图书发行有限公司 CEO 兼总编辑）**：非常荣幸有机会和蔡老师继续合作这样一个非常重量级的作品。将这样高质量、高水平、高口碑的优秀文学作品奉献给广大的读者，对于我们来说是一次挑战也是一次机会。在此之前，我还曾经以编辑的身份参与过蔡骏老师的《天机》和《人间》的整个出版过程。

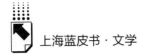
并且在 15 年前，蔡骏老师刚刚在"榕树下"网站发表文章的时候就是他忠实的读者。

对于我而言，我觉得蔡骏作品的最大魅力就是来自他的专注和单纯。因为十五年来始终能够在悬疑文学上面发力，其实是非常敏感、细腻，并且对历史文明又非常感兴趣的，这其实是非常不容易的，这需要智慧和毅力。而这样单纯和专注，随着时间的磨砺，本身就是一种美。另外，我们这些读者也非常专注，都在和蔡骏老师的作品，包括和蔡骏老师一起成长。蔡骏老师的成长真的是非常大，有些是我们看到的，有些是我们看不到的。今天听了不同朋友的叙述，我觉得好像是拼图一样，慢慢心中的那个蔡骏好像越来越完整，也越来越立体。这种感觉，坦率地讲，还是非常奇妙的感觉。

总之，读者跟蔡骏这种彼此互相信任和连接的黏度，我觉得是非常值得去关注的。而且我觉得十五年来，蔡老师的作品虽然专注在悬疑的领域，但是其实他的取材是非常广泛的，篇幅也是变化多端的。好在我觉得不管他选择怎么样的表达内容，整个水准还是保持在一个高位，所以我觉得经过这十五年的探索和积累，到了《最漫长的那一夜》这部作品，我觉得真的是集大成之作。从创作的角度来看，《最漫长的那一夜》是充满着变和不变。所谓变化，我觉得首先是一种回归，即内容又回归到生活、现实、个体，回归到每个人成长中的点滴。至于说不变，其实还是在探索人生、人心等，这永远是表达的目的。

对于我们出版方来说，还是要感谢蔡老师能够给我们这样的机会出版这么重要的一部作品，也期待这部作品能够在市场上越来越走高，能够让越来越多的读者朋友看到、喜欢。

# 三 "我们这一代中国人"

张楚（作家）：我曾经问蔡骏，你写悬疑和恐怖小说的时候有没有害怕。他说：没有。我当时有些诧异，因为我觉得一般写这种小说的人都会有身临其境的那种感觉。不过当我读完《最漫长的那一夜》我终于明白其中的缘由。可能蔡骏是生存在平行空间的人，所以他应该是一个很幸福的人。在《最漫长的那一夜》这本书里面，我感觉是蔡骏为我们描写了"众生相"。蔡骏用很轻柔的笔法和淋漓的情节，为读者展现了形形色色底层人的欲望。或许可以这么说，这部小说绝大部分都是关于夜晚的，是关于欲望的夜晚的。蔡骏把当下中国人的这种精神焦虑症，或者是妄想症放大了，以此剖析人之所以焦虑，人之所以癫狂，人之所以妄想的缘由，无非是欲望。我认为蔡骏是一个非常会讲故事的小说家，有的时候我读到里面的有些东西有一点可亲，故事情节特别的精彩。他笔下的这些人物看似很平常，但是他们的经历为我们演绎出一个又一个不平常的传奇。

有时候蔡骏又很狡猾地把这些传奇剥去，从而使这些人重新从天空坠到地上。比如《香港的一夜》，讲的是一个发小，1993 年去了香港，1997 年回上海探亲，然后自称加入了黑社会。2009 年"我"在尖沙咀又碰到了小马哥，他又称自己是潜伏在香港和澳门的间谍。小说到了最后，"我"才发觉小马哥并没有在香港定居，而是被母亲抛弃了，在深圳过着很艰辛的生活。他们先是自己选择被自己抛弃，到最后事实上也被那个世界所抛弃了。蔡骏擅长把小马哥这一类人，这些生活在最底层的小人物，用金箔包装起来，到小说的结尾又用自己的手轻轻地把这种金箔撕掉。这种写法在《杀手里昂与玛蒂尔达那一夜》中都有运用，体现了蔡骏对于小说美学的某种认知。我看完之后，觉得蔡骏的这些小说可以称为"现实主义小说"，塑造了一系列难忘的经历奇特的小人物，他们虽然身份不同，性别不同，人生经历千差万别，但是都有一个共同的特点，就是善良自知。我觉得这些都变相验证了蔡骏对于这个世界的态度，那就是不管夜晚如何漫长，也漫长不过白昼。

　　**走走（作家）**：我读《最漫长的那一夜》这本书的时候，感兴趣的是意识形态的转换。在这里面，能够看到类型小说、类型文学对于一个国家意识形态钳制的有意识的反抗。我觉得蔡骏应该是更关注现实主义的。所有的意识形态的东西，他生活的年代的符号被植入这样的类型小说中，我觉得它的意义远远大于严肃地去讨论一个政治意识形态的小说。看蔡骏小说的人，我觉得可能要比看莫言小说的人多，在不经意中可以关注到现实残酷的东西，我觉得这是他最大的价值。

　　**张定浩（《上海文化》编辑，中国现代文学馆客座研究员）**：我很赞同蔡骏说的所谓虚构和非虚构是没有差别的观点。我觉得很好的一点，就是他把现实和虚构打通了，而且小说确实是有很多真事。

　　推理小说会注重逻辑的严密性，那个圆圈是一开始就画好的，非常强调严密，没有漏洞。但是悬疑小说强调的是不停的悬念，不停的意外。推理小说经常说的是"我"之前是怎么样的，要还原一个事件。而悬疑小说诱发读者的是接下来会怎么样。在这里面就存在一个问题，最后这个圆到底画得好不好，或者画的是什么样子，这是读者最关心的事情。这是我觉得悬疑小说作者最后很困难的地方。他们一开始可以随便怎么开始，但是最后结尾很难。这跟有些作家不太一样，有些作家开头如果没有想好，是无法写下去的，因为结尾会在写作当中慢慢地形成，而第一步如果错了的话，这个"塔"就会倒塌。在悬疑小说里面，可能现象不太一样，开头可以从任何一个地方开头，就有一点点像《镜中奇遇记》，爱丽丝可以先跳到镜子里，镜子里怎么样，可以先不管。

　　我觉得《变形金刚》这篇小说本身很好，三个喜欢变形金刚的小男孩过了很多年以后都聚在一起，最后他们一起吃过饭后晚上开着车。作为主角的人很奇怪，开着一辆卡车。在这里面出现一个过程，这个卡车忽然变成了一个变形金刚，我觉得小说如果在这里结束的话，这就是一个诗性的，因为短篇小说不一定要符合现实的逻辑，因为是虚构，既然我们虚构就要承认虚构本身拥有的力量。但是后面作者又告诉我们，为什么会变成变形金刚？因为这个男孩在蓝翔技校学习了很多年，学习了很多，他一定要给我们一个理由，我觉得这种理由削弱了小说的力量，这是一个。另外还有一篇《莫斯科不相信眼泪》，我喜欢这两篇超过《北京一夜》。《莫斯科不相信眼泪》这部小说是一个成长小说，包括一个作为元小说的主题也进入了，我认为这也是20世纪很多小说家都是以小说写作本身作为主题的原因，这非常精彩。老妇人慢慢地就把这个年轻人当作了自己的恋人，然后这个年轻人也慢慢接受了，我觉得到这里，至于怎么样结束，我也没有想好怎么样结束，但是我觉得现在的结尾我读起来是有点失望的，因为老妇人在使一个骗局。作者一定要让这个东西完整，这个完整其实是取消了读者参与的可能性，我觉得这里面可能是类型小说跟纯文学的差别，原因可能在于他对读者的信任程度。如果一个小说经得起重读，那可能就是纯文学。如果一个作者把这个固定得特别死，那个设计又不能够让很多人信服的话，可能就成为一次性的阅读，就不能够使读者一次次地进入。

如果说到类型小说和纯文学，我觉得这也是一个纠缠很长时间的问题。所谓纯文学要取悦的读者对象大概是那些过去的人，是一代一代的那些冷落遗憾的作家。甚至取悦一些二三流作家都没有问题，但是一定要是过去的。而类型小说，包括先锋小说，要取悦的是活着的人，这个"活着的人"可能是大众，可能是中学生，也可能是一个评委，一个评论家，或者是一些普通的人。这里面其实没有褒贬之分，主要是看写作者的写作心态，有这样的心态就可以获得类似的结果。我觉得这些都是可以接受的。

**黄德海（《上海文化》编辑，中国现代文学馆客座研究员）：** 这部小说是一个很典型的虚构小说，并且这个小说保持着自己设定了虚构世界的连续性，因果链都非常完整，但是我觉得有一点问题，这个虚构的世界太像你设置出来的世界，这个世界空地太少，把所有的人物和因果关系，把所有的空地都快填满了，而这种填满对一个小说世界来说反而会失真。另外，这个小说可以看出蔡骏的阅读量和对现代信息的掌握及处理。小说中很多话，有的是古典诗词，有的甚至是古代笔记里的话，有的是现代小说里的话等。我觉得在很多小说中一旦使用网络语言会非常奇怪，但我觉得蔡骏结合得特别好，一点也不突兀。

还有就是这个小说构建的复杂性的问题。我们说的小说复杂性大多强调的是人物本身的复杂性，通常是通过描写来展现这种复杂性。我觉得蔡骏这个小说完全是用故事构造的复杂性，就是一个转折接另外一个转折，很少用人物本身的复杂性产生的，人物的复杂性是被故事带出来的，而不是人物本身就复杂。我们有纯文学阅读习惯的人，会经常认为这不是非常好的文学方式。但是在我们这么说的时候，设定的一个前提就是人物复杂性本身的设定没有问题，人物复杂带动故事的复杂。而故事的复杂性带出人物的复杂，是不是也是一种方式？如果在故事带出人物复杂性的方向上再给一点虚构空间，会产生什么样的结果？我对这个很期待。

**木叶**（编辑，青年评论家）：我刚才听了定浩和德海的观点以后，觉得更加明晰了。所以我直接谈我的看法，我觉得《北京一夜》无论是故事的展开、情绪的把握、对话的描写、人性的探微，都让我感觉"特色在其中"，区别于以前的蔡骏或者是在我印象中的蔡骏。我在十年前就认识蔡骏了，也读过他的作品，那时候的感觉跟现在不太一样。第二篇我觉得也是不错的，但是再往下看，我觉得他故事的雷同性就显示出来了，都是一个"我"，然后都是一个"同学"。类型的感觉越来越清晰，这是我有点担心的。我觉得需要有一种打通所谓的纯文学和通俗文学，以及严肃文学和悬疑小说的改变。

为什么会有这么大的阅读落差？我自己归结一个词，就是"故事与叙事"。读蔡骏的小说《最漫长的那一夜》，我觉得真正触动我的还是故事，写得好看、悬疑、揪心、与众不同。但是我认为还不是我所理解的在叙事上的着力，那种突破性或者那种创新性的东西，尽管什么叫叙事、什么叫虚构，可能这也非常难区分清楚。悬疑小说，或者说推理小说，到最后有一个共同的事要干，就是要解扣，我要讲的这件事到底是怎么发生的，这个解扣可能用一页、两页、十页，都要把故事解开，表示作家之高超，但是我觉得一个好的叙事、好的虚构，有的时候最终并不强调这种太实在的东西，他其实并不是为了达到解密、破案的结局，最终停在诗的半空、诗歌的半空，这个可能是我对这个小说不满的所在。谢谢！

**项静（青年评论家，中国现代文学馆客座研究员）**：从所谓的纯文学和类型文学的区别来讲，如果看纯文学的作品，一个作品里面的主人公或者叙事者是第一人称的话，一般我都有点抗拒。但是蔡骏的小说都是以作家的形象或者类似于古代书生的形象在里面呈现出来的，而且这个叙事者是积极主动的故事收集者、倾听者，很多时候他就是一个创造者，很努力地创造一些故事，引导一个故事，把这个故事进行下去。这个时候，就会吸引人，因为他的确是在虚构和非虚构之间进行。如果纯粹在虚构的空间氛围里面，这种东西就很容易给人一种焦虑感。

另外我再谈一点，我看他前言里面写到，"我们这一代中国人"。我对于"我们这一代中国人"的提法很有兴趣，它不是定义，也不是概念，挺宽泛的。我觉得每个人都有一个童年记忆，如果把这些都集合起来，是一个童年大厦。我觉得这是我们这一代中国人非常真实的经历，尤其是根据我自己的经历，小时候我们是在这种故事的氛围里，甚至是传说中长大的，而且我觉得我们有可能是最后经历这种文化情感的一代。跟现在的小孩子讲鬼故事的可能性是越来越少了。也基于此，我觉得蔡骏的这种写作方式，其实是在接续了王干老师说的，生长一种新的文学趣味。也就是说，其实这种经历是这一代中国人的文学作品中没有被认真对待的地方。蔡骏的小说带野史怪谈的故事，不同于一般作品中青年成长史的方式，这可能是挺有寓意的。

我觉得稍微有点不足的部分，就是小说里面好像所有的人生都是由一些文化符号所搭建起来。无论是流行的歌曲、电视剧还是文学作品等，我觉得这好像是从外面到里面慢慢搭建起来的。但是，我觉得比如生活性的部分，好像还是不够细致，所以就会有一种不太协调的感觉。另外，小说整体设计成"一夜"的框架，但每一个故事的跨度都很大。一方面，从"一夜"出发辐射出去，而另一方面，大部分的故事跨度都是"几十年"，我觉得这中间可能有比例失调的问题。要把"一夜"做得足够扎实，才能够对应这"几十年"的跨度。

# 四 "站在我自己的背后"

**蔡骏**（作家）：此刻我百感交集。我的作品，真的是把我很多人生的成长经历，真实的，也包括一些不真实的经历、我当时想象的一些东西全部都糅合在这些故事里面了。今天有好多位老师说到的很多东西确实是非常到位，超出了我当时写的时候所想要表达的那种。但是仔细一想，又都是对的。我自己虽然没有想到，但是其实就站在我自己的背后，我自己没有办法转身看到，但是它确实是存在在那里。

另外，也非常感谢各位老师很好的批评意见。因为这里面有很多种原因，可能是我自己的水准、我自己的境界还需要继续提高，也有可能是跟当时所有的文章先是发表在网上，是微博形式有关，所以写作的时候可能稍稍有些随意，会先考虑到微博网友阅读的习惯，希望能够把一些东西尽量说得更加清晰，让他们能够看得更加清楚一点，这也跟互联网的发表环境有关系。

同样，由于网络首发这样的特殊性，还有很多文章并没有收录到这本书里面。希望各位老师在我后面其他的作品里面提出更多的意见，也很感谢徐晨亮老师能够找到十几年前的书，一说起来我一下子就清晰记起了一些细节。可能越早的东西记忆越清晰一些，越近的东西反而记忆没有那么清晰。

这一次会议让我有很大的提升，不管我当时的写作初衷是怎么样的，想法是怎么样的，但是一定对我自己的帮助是非常非常大的。不管是对于这部作品还是对于其他的作品，不管是类型小说创作还是纯文学小说，或者是我未来可能会写的其他小说，帮助都是非常非常巨大的。

非常感谢在座的所有老师和朋友。今年是 2015 年，今天是 10 月 15 日。我觉得在这样的一个时间点，在上海的秋天能够集聚一堂，我觉得非常荣幸，也非常感谢。

**黄平**：现在是下午 5 点钟。蔡骏兄讲得非常好，这真的是温暖而百感交集的下午。我记得在 5 月作协召开青年创作会议的时候读到蔡骏稿子，我是蛮惊讶的。因为我接触到太多的纯文学作家，表面上非常严肃。但是我在他们的书里，看不到这样的气魄，就是"我们这一代中国人"。相反，我在被市场圈定为"类型文学"作家的蔡骏身上看到了这样的一种情怀。蔡骏尽管已经写了太多的非常优秀的脍炙人口的作品，但是蔡骏的文学或者蔡骏的方法还远远没有穷尽。期待蔡骏未来更好的作品。

（本文由上海市作家协会研究室整理，有删节）

# B.11
# 新世纪以来上海长篇小说创作综览
## ——"二十一世纪华文长篇小说20部"评议札记

陈思和 刘志荣 黄德海 项 静 金 理 *

　　"二十一世纪华文长篇小说 20 部"是台湾《文讯》杂志社和台湾"国艺会"合作的"小说引力：华文小说国际互联平台"计划的子项目，主旨是联合上海、台湾、香港、澳门、新加坡、马来西亚这六个地区来推介 21 世纪以来的长篇小说。受活动主办方邀请，陈思和、刘志荣、黄德海、项静、金理担任上海区的推荐委员，金理为召集人，任务是从 2000 年至今上海作家创作的长篇小说中推荐两部，进入最终"20 强"名单。推荐委员经过开会讨论，拟定此次推荐原则以"推新"为主，具体如下：第一，得过国内外大奖的作家作品暂不推荐；第二，按照艺术标准遴选；第三，作者长居上海。根据往复讨论及投票结果，最终选出上海区的两部推荐作品为路内的《花街往事》与小白的《租界》。

　　应主办方要求，五位推荐委员需提交一篇观察心得短文。内容包括对 21 世纪以来上海地区长篇小说创作趋势的综览、参与此次活动的体会，以及对具体作品的评议。以下为这五篇短文。

---

* 陈思和，复旦大学中文系教授，博士生导师，复旦大学图书馆馆长；刘志荣，文学博士，复旦大学中文系教授；黄德海，《上海文化》杂志编辑，中国现代文学馆客座研究员；项静，文学博士，供职于上海市作家协会研究室，中国现代文学馆客座研究员；金理，文学博士，复旦大学中文系副教授。

一

　　"华文小说国际互联平台"是一个很好的角度，把六个不同的地区的文学创作放在同一个平台上展示出来，意义不在竞赛，也不在排行榜，而是一种联展，由此窥探华文小说在不同地区呈现的多姿面貌。上海地区虽然以一个城市文学的身份参与评选活动，不过它有悠久的文学传统，也拥有张爱玲、王安忆等海派文学的大家，自有一份不俗的成绩单，为此我同意评委会同人们的意见，这次活动以推荐中青年作家为主，对一些已经获得很高声誉的作家作品，暂不推荐，这样也许能够使上海文学以另外一种面貌出现在平台上。

　　上海是一个多元文化构成的城市，它的文化精神极其复杂，文学创作上也呈现丰富态势。我们这次初选入围的五部作品，从各个角度展现了上海周边地区的生活场景，我比较倾向推荐夏商的《东岸纪事》，这部小说写的是浦东开发以前郊区城镇的居民生活，视野特别开阔，为城市文化注入一股奇异野性，这正是一般上海文学作品中最缺少的，在我看来这也是海派文学中最宝贵的。这部写上海题材的小说一是不矫情夸饰，二是不向壁虚构，有一种底层的硬朗之风，地地道道的上海日常生活的味道，是近年来难得的一部佳作。路内的《花街往事》应该是写江浙一带小城镇的历史，背景不是上海，但有上海的味道。如第一部里有个拍照片的张道轩，就是很典型的旧时代的上海男人。作家逼真地描写了20世纪60年代到90年代不同时代背景下底层市民粗鄙的日常生活，有一种风俗画的情调。这两部小说的作者都不年轻了，处于年富力强，创作最有爆发力的时候，希望通过这次推荐活动，对他们的创作有所鼓励和推动。

（陈思和）

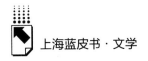

## 二

五城联合评选 21 世纪华语小说二十强，无疑是一件盛事。它既可以让读者对不同地区的文学风貌有个粗略的一瞥，也能帮助大家对不同区域的生活有所了解。

21 世纪，世界上实在有许多新因素，一开始也许不明显，现在已过了 15 年，应该有了更清晰的感觉。新的希望、新的恐惧，抑或新的恐惧、新的希望，朦胧的感觉，渐渐成形，谁也没法预言以后的历史，但文学也就感受和呼吸着时代变动的气息，事前自然无法逆料，事后却会觉得天造地设，若合符节。

每个地域有每个地域的感受，兹不赘言。回头说上海，要说气魄和驾驭能力，还是要属上一代作家，王安忆的《天香》、金宇澄的《繁花》，无论视野、技术或功力，2000 年以来上海在地作家的作品中，似尚无能胜之。复选标准排除得过大奖、久负盛誉的作品，当然也就让最能代表一个地方文学水准的作品暂不入列，不过它们既已人所共知，自也无须重复推崇，剩下的空间，可以更多留给业已显现的文学新变的征兆。

评选标准把文学质量、在地、新人三个要素结合起来，我觉得算是比较稳妥。近些年大陆类型小说轰轰烈烈，但若说能有长远意义，恐怕还得算主题比较严肃、艺术上也有探索的作品。复审我推荐的路内、小白、河西，其实都业已年过四十，不能算新人，但他们在作品的新质和艺术的品质上，一定程度上都能代表近些年的文学新变（不限于上海，应该说是整个大陆都在发生的现象），由于生活经验积累和艺术训练上的逐步成熟，加之精力尚未衰竭，有理由期待他们成为以后的文学中坚。他们的作品都有严肃的关怀和成熟的技术，而又很有可读性，可算难得。

（刘志荣）

# 三

在十五年的时间跨度里挑选出两部作品，无论如何都是一个割爱的过程。割爱的难舍在确定五部复选书单的时候已经显示出来了，现在这个五选二的过程，更加让人觉得为难。

在复选的五个长篇中，路内的《花街往事》分为八个部分，写的是20世纪60～90年代一条街的种种变迁，每部分对应一个时代。作品关注社会动荡，留心日常变革，而又能把这些关注非常准确地诉诸小说技艺，有活生生的人物出入其间。尤为突出的是，《花街往事》的八个部分，有八个不同的叙事节奏，每一部分的内容与节奏都结合得非常合理，有一种特殊的韵律感。

小白的《租界》是现今中国（大陆）比较少见的一种文本，借鉴了类型小说的元素，却把作者自己独特的审美趣味和对社会、政治、人性的特殊认识写了进去，用一种虚构的考古学方式重建了人们对上海的城市想象，展现了一种在中国（大陆）较为少见的小说技艺。

周嘉宁的《密林中》，用干净准确的文字回顾了自己身经的文学生活，没有嘲笑，没有讽刺，仔细地观察着周围的生活和人，看到他们的困顿和离散，也给予体谅和理解，在荒凉的时代里独自寻找出路。

夏商的《东岸纪事》写上海浦东20世纪70年代至80年代末的往事，视野开阔，笔墨浓重，刻画了数个不同的人物，写出了此地域的众生百态，并由此勾勒出独特的上海景致。

走走的《我快要碎掉了》关涉面较广，涉及成长、家庭、婚姻以及小说写作本身，对这些问题各有其独特的思索，却以实验性的文笔，收容在两个人的故事里，疏朗从容地写了出来，文本构成上很有特点。

（黄德海）

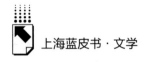

# 四

华文世界是一个超越国界的语言共同体，在此之内，作家想象世界和构造世界的方式可以实现彼此的互望，他们关注的社会人生和文学的问题都是彼此的关照。上海作为一个重要城市，曾经产生过很多重要的作家作品，一个城市有它的氛围和生活在其中的写作者，他们讲述自己的故事，创造叙述的语调，孕育不同的文学语言和趣味。在上海写作的作家们，他们写什么，如何写，需要细致地列举和描述，才能呈现纷繁复杂的写作现状，而这又是很难实现的。

在推举上海作家的小说之时，从各种角度去搜集汇编15年来的创作情况，重新感受了一下这一时段的创作实况，从数量上来讲的确不少。除了王安忆、金宇澄两位具有较高知名度的作家之外，上海还云集了诸如叶辛、王小鹰、陈丹燕、竹林、夏商、程永新、程小莹、王宏图、薛舒、滕肖澜、姚鄂梅、路内、周嘉宁、张怡微、甫跃辉等大量具有影响力的写作者，这些作家基本都是现实主义的写作路径。而从对形式的侧重角度看，上海还有另外一些作家，须兰、小白、张生、走走、朱琺、河西等。乍一看，很容易会从这个名单顿生一种丰富感，但如果从理想小说的角度来看，又会产生一种焦虑，好像一下子很难选择出几部具有相当成熟度和辨识度的作品来。所以侧重青年是一个策略的选择，对未来总是有期许的，也只有时间可能给予理想以答案。一个作家所表现出来的对生活的理解，对历史的认识，他写作的必要性，非重复性，艺术的可辨识度等，是选择一个作家最重要的理由。

路内的《花街往事》，以及他更为重要的三部曲（《少年巴比伦》《追随他的旅程》《天使坠落在哪里》），已经形成了具有辨识度的文体风格和生活世界，《花街往事》以苏南小城的一个家庭为焦点，叙述了从"文革"一直到 80 年代的社会变革和人生故事，场景宏阔，故事繁杂，作者叙事从容有度。小白的《租界》是一种特别智性的写作，在上海租界为背景的政治暗战小说的幌子之下，是各种身世的男女的命运和虚实难辨的世界，节制和冷静的文风、细节有一种强迫症似的翔实感，展现出智性追求是现在写作少有的一派，小白的作品有一种精致而无限扩张的能力，这是非常具有发展空间的品格。我推荐《花街往事》和《租界》。

（项静）

# 五

在此次推选活动中，我们上海地区的评委们经过商量，决定首先放弃那些得过大奖、在文坛早已声誉卓著的作家作品。这自然是个"艰难的"决定，但我们自有理由。纵览 21 世纪以来上海作家的长篇创作，以质量和影响力而论，王安忆的《天香》与金宇澄的《繁花》堪称双璧，这是毋庸置疑的。如果我们最终推出这两部作品，肯定不会受到外界非议，但这个四平八稳的结果或许会缩减活动的意义。健康的文学生态和文学的生机在于各代作家各尽其责，我们欣喜于前辈作家力作不断甚或"衰年变法"，同时也呼唤青年一代的文学在 21 世纪破茧而出。而长篇创作又有其特殊性，需要成熟的世界观、丰沛的创作力、多年磨砺而成的精湛技艺……这一切会使得青年作家处于"天然"的劣势。但也正因如此，我们更应该为那些有扎实创作业绩的青年人提供舞台，让他们在默默潜行的路途中听到喝彩与掌声。正是出于上述考虑，我们拟定此次上海地区的推选活动更向新人和年轻人倾斜。

以年龄而论，夏商已近天命之年（所以我们所谓文学新人也是相对而言），且其文学活动从 20 世纪 90 年代就已开始。早年的创作接续了先锋实验色彩。但近作《东岸纪事》却如清明上河图般谱出上海浦东民间生活的画卷。我尤为欣赏小说的结尾，从老井中捞起一个铁盒子，众人皆以为是文物或宝物，也不免让读者想起"所南心史"的古典——这些原型意象多少有种指向整体性、正统性、原初世界的意味……但是小说中却这样写铁盒子中的刺绣图重见天日后的遭际："和煦的阳光下，丝绸缎子正慢慢皱起，然后是细微的坍塌……指头触及之处，皆是破碎。"夏商写这般的"破碎"与"风化"，决无恋旧或悲哀，却是一股果决的快意与"飞入寻常百姓家"的生机——这个细节，与小说涉及的浦东发展的背景，以及反映的市井人物尽管身陷时代洪流的载浮载沉却也强悍泼辣的生存法则，有着隐秘的呼应。此外，在方言的运用方面该作也有新的探索。

路内自出道以来就以长篇得心应手，在这个文体领域苦心经营多年。此前的"追随"三部曲已赢得研究界和读者的交口称誉。《花街往事》体现作者追求新变的勇气，路内从此前的青春抒情中缓步走出，以花街一隅，书写"文革"至1990年代的社会变迁，时代的汹涌与人性的明暗，尽入眼底。

周嘉宁是进入复选名单中最年轻的作家（她是中国大陆"80后"写作的代表人物）。尽管我个人觉得她与前面两位相比还是有一定距离，但《密林中》显示了非常独特的文学姿态。李健吾曾这样评价《画梦录》："人人全要伤感一次，好像出天花，来得越早，去得越快，也越方便。这些年轻人把宇宙看得那样小，人事经得又那样少，刚往成年一迈步，就觉得遗失了他们自来生命所珍贵的一切……"我想移用来评价《密林中》，在迈过门槛之际写当年一个文学女青年的成长史，其间自也不乏"强说愁"，但这里断无矫情，也拒绝"后事之师"般的自以为是，倒是有一股素面朝天的勇气，恰如"出天花"般的爽脆。

（金理）

# B.12
# 华亭诗群的意趣和探求

杨斌华*

摘　要：《华亭诗选》可以代表上海诗坛尤其是1970年代以后出生的一批年轻诗人的写作路径与水准，他们构成了当下上海诗坛一支不容小觑，且极具潜质的力量。华亭诗群的诗人们以新的言说方式揭示了这个时代的精神征候，对当下诗歌发展中的一些困境和问题作出了自己的探索与应答。

关键词：　华亭诗群　诗艺　意趣　精神

　　《华亭诗选》①甫一问世，即引起诗歌圈的瞩目。这也许是因为，该诗选中收集的部分诗人及其作品业已逾越了通常民间诗社的藩篱，具备一定的标杆性和启示性，它可以代表上海诗坛主要是1970年代以后出生的一批年轻诗人的写作路径与水准。放眼远眺，有这样一些正处创作盛年的诗人的名字正不断闪耀在诗界的星空，譬如陈仓、徐俊国、古铜、张萌、漫尘、语伞、南鲁等，他们的作品汇聚成一束深怀虔敬与渴求、不懈地缅想与冥思的精神之光。假如一定要用一对语词来涵括他们的写作意趣和诗

　　*　杨斌华，评论家，上海市作家协会研究室主任。
　　①　徐俊国主编《华亭诗选》，沈阳出版社，2015。

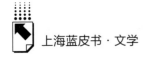

艺探求，我乐意用"精致的寻找"和"明晰的投射"作简明的评述。

一

我一直以为，尽管诗坛表面上颇为繁荣喧闹，但当下的许多诗人作为一个时代的行吟者和见证者，对于急剧变化的本土现代化进程中的现实矛盾冲突与人们内心的精神复杂性缺少有力的逼视、诘问和省思。更令人关切和思虑的是，具有高深邈远的文学志向的诗人，在构建自己诗艺空间的同时，怎样寄寓更为丰沛的寄寓着形而上思考的精神意识，使诗的意象与情境更为生动、语言更具张力。同时，如何在平和质朴的语象背后透示一个躁动年代人们繁复错杂的内心情怀，更为深邃地凸显被遮蔽的现实世界的多样化、多义性，以多重笔触和形式来传导某种独具魅力的富有质感的时代经验，这些都是非常值得思考的话题。我觉得，《华亭诗选》的一些作者，面对诸如此类的挑战，正在不约而同地作出自己的应答。

对于优秀诗人的写作而言，重要的当然不仅是抱有热忱、才情和坚韧的定力，而是如何能够以一己之力洞烛幽微，察古观今，更以新的言说方式和现实经验的表达方式来揭橥这个时代的征候。因为有哲人说过，任何文体所表达的都是情与物之间的关系，重要的是我们对事物的意识，而不是事物的本身。词与物的关系，一直是文学的核心关系之一，两者之间既是主客观的对应关系，也是思想与价值的投射行为。不同的时代，不同的语言和文化中，词与物的对应与连接，样式多变，形态各异。而在具体的书写中，为了使事物得以自然精到地呈现，语词的自洽与妥帖是非常重要的，它是对自然存在与千姿百态的生命图景的不断更新、替换和修补，并借此努力展现人类精神演绎过程。

分而言之，汉语经典作品中的古典美也许主要呈现为一种明确的主体投射。它在历史的变迁中，已经形成了一个完整的超稳定的表意系统与机制，既玲珑精致又逐渐演变成一种表达的困囿，成为人们日常的经验感受乃至精神的变异的某种疏离之物。在诗词散文的写作如何实现古典美与当代性的融合，一个很重要的趋向，便是如何胀破传统诗歌美学的规约与束缚，重建文学话语的诗性空间。我想，一个普通诗人的反抗和奋争也许是徒劳的，但一个真正优秀的诗人，他所经历的精神磨难将被后继者再次经历。这种磨难就是指从20世纪80年代文学到现在所一直经历的情感和思想的冲击与熬炼，这是诗人作为时代的歌者必然承受的。真正优秀的作品，将确凿地显现失落、找寻和自我完善的精神历程，能够展示主体的犹疑、徊徨、迷惘，从而呈现一个时代纷繁错杂的精神状况。

## 二

翻阅完这本《华亭诗选》，在讶异之余，我深深感觉到某种欣喜。它是否如有论者所言，承传延续了松江华亭的诗歌传统，或许还可讨论。然而，这批诗人着实构成了当下上海诗坛一支不容小觑，且极富成长性与潜质的力量，却是一个事实。我以为，诗群聚合是氤氲和提振诗歌生态的颇佳方式，古往今来概莫如此，即使在松江悠久的文化历史上，任何诗体词派意图鹤立文坛、引领风尚、自成一格，在很大程度上也需要依凭文人意气、思想话语的相互激荡，让诗意时光绵久不息地堆积成塔。也许正是因为诗人"一边浪迹天涯，一边坚守对白云的信仰"，他们的独酌与群饮、自白与冥想写就的都是一份"孤独之书"，而"每一个文字的凸陷，都将被曙光填满"。

不妨再引用下面一段女诗人子薇的诗句。

生活太平静，尘世太喧嚣，而我的内心沸腾不止

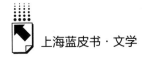

　　午后，顶着一轮骄阳，我寻你而来，于僻静的沼泽地
　　我模仿你遗世独立的芳魂，为自己的翅膀松绑

　　子薇的诗作善于从寻常事物的实体或生活实境中取材，感觉纤敏洗练，语象错落有致。曾经有同好认为，她的语言或倾泻而下，或汩汩涌出，随手便是盎然的诗意，又融合着哲思的语言世界，给人以强烈的在场感和幽妙的形而上意味。即便不从女性视角和语调来加以评析，我同样以为她的诗喻示着城市文明群落中人的一种精神的寻找，一种悲悯的情怀，一种渴望心灵皈依的祈盼。也许，我们可以就此来寻找和确认华亭诗群的心灵图标。

　　这群都市文明中飘然而至的诗的天使，他们的身上既携带着以往历史与经验的精神密码，满含着伤惋之心、缅想之情，又不时张开语词的翅翼俯视并飞掠当下世界，以繁复交错的个人记忆来不断地修复、确定自己精神找寻的图式和语态。这无疑使得他们的作品成为以都市介入者身份参与的一番语言的探险旅行，在在显示他们对日益离析瓦解的传统与当下文化的一种省察和思虑，而绝非简单的知识语词的堆砌、个人性情的挥洒。

　　在既往对于复杂斑斓的当代诗群的追问中，我曾经一直试图寻找某种特异的存在。我觉得，它既应该体现在诗歌形式感的变化上，显现一种迥异于他人的独有的情绪特质和象征语义，又源自写作者内心经验及其价值观的深度蕴积。诗人吕德安曾经说过，他把写诗当作自我净化的过程；同时不希望给读者上轭（所谓的历史感或更堂皇的形式），而是体现平凡和愉快，诗的词汇必须是人在谈话中的词汇，它要支配着整个创作情绪。① 我曾经以为，他们是在诗中失去了愤怒的情感。这种"失去"可能意味对某种精神宣示的自我放弃，甚至

---

① 唐晓渡、王家新编《中国当代实验诗选》，春风文艺出版社，1987，第178页。

意味着某种心灵逃遁和无奈感，而不是单纯的冷漠麻木。时光荏苒，如今，我已然更能理解并认同他们这种精神的纯净和独异。显然，重要的不是我们急于就此作出文学审美价值层面的评断，而是细致分析诗人对情感记忆、精神意向的追寻、捕捉及契入。甚至，我毫不怀疑，其中它当然包含着过去的经验记忆的堆积，更指认着现实中情感的缺失、文化的匮乏。同时，是否可以认为，近年来弥漫于诗坛的这种传达，表征着一种看似不无矛盾的现实：诗人的身体乐意寄居、游荡于传统日渐崩解、生命承受重负的喧嚣城市，心灵却时时依恋着难以返回的故乡，并以一种文化优渥者的姿态用文字记录并袒露不可复制的个人经验，似乎在为日益败落的家乡田园、故土命运振衰去蔽，用语的低调素朴倒是在一定程度上泄露出某种文化话语权力拥有者及叙述者的高蹈翩跹。这或许才是值得警惕和反思的现象。

在如此情境下，我们来阅读华亭诗群中张萌的作品，反而感受到一个精神找寻者的激越的内心跃动。张萌的诗行间仿佛布满着时光的碎片和生活的屐痕，他试图从自己由乡村至城市的记忆与现实的经验出发，"用歌声点燃生命/用歌声等待生命中最隆重的燃烧/燃烧——/阳光下，你是一盏黑色的油灯/歌声里挤出火焰的灰烬"（《蝉声》），使简约而丰饶的诗意语象成为生命中不可承受之重的一种暗喻。在他内心深处，似乎存在着一种不断漂泊找寻的渴望。他像是——

一个盲孩子，在心里接住了

一盏尘世的灯

——《安慰》

张萌的许多诗作充满着自然与生活的鲜活气息，仔细阅读，你更会捕捉与领悟到，对作为这个世界"盲孩子"的他而言，燃烧与光亮似乎始终是其情致表达中最强烈而明晰的符码。这无疑是他独具的，并在无意中形成的一种诗学层面的图式。与此同时，我发现，他的诗的标题大多有着时间的标示，显示了一种对时间元素的特殊凝视，并成为他传达内在生命轰鸣、寻求新鲜表达方式的独有的标识。张萌的诗语态平和静好，又不乏一种内心的盎然和情志的飞扬，努力从个人的视角来凝神关注世界与整体的生存赎救之道。这应该是他的作品在华亭诗群中的意义与价值所在。

与之相仿，漫尘的诗一如他的名字，也许同样可以说是一种归于尘俗的写作，散发着浓郁的民间生存的痕迹与气息，以及生命自然交织互动的融洽与生动。他乐于表达一种正向的积极的对人生的思索感悟，正如其诗作《悼亡灵》所表达的："人间的爱总在生长/让悲伤逐渐凝结/终于长成心口的一朵灵芝"。在漫尘的作品中，无不显示一种近乎自语的探求与皈依的渴望。

> 星光是我骨子里的磷火
> 月亮躲进云层，做一个发光的囚徒
>
> 远方，能收容多少自由的灵魂
> 真的不在乎回乡的路程，一路颠簸
>
> ——《今夜，为谁活着》

但我觉得，他的一些作品在意象的自然经营和语词的妥帖运用等诸多技艺层面上还存在明显的逊色与不足之处，有待于更持久更走心的磨炼。文字作品素来讲求天然去雕饰，抑或自然与华美并重，但对一个试图独标一格的诗人来说，在语言功底苦心凿造的背面，真正可能使之厚积薄发、成就佳构杰作的，是如何冲决精神与艺术视域的自我拘囿，如何具备敏锐的生活洞察力和飞翔的思想。而这对漫尘以及华亭诗群的年轻诗人而言，目前着实是一个有待破解的问题。

有关这一话题，徐俊国的近期作品或可成为一个饶有意味的批评样本。在《华亭诗选》里，作为曾经被认为是 70 后代表性诗人之一，同时又俨然是华亭诗群领袖人物的徐俊国，却像他诗中所写的那样："在快乐中显现，在痛苦中隐身"（《痕迹》），似乎有意将自己安放在一个低调不显眼的位置。也许，其中收录的确实是他写作间歇期的部分作品。我一直以为，这是一位诚挚质朴、深怀忧思，而且渴望寻找生命意义的守望者。他从农村来到现代都市，面临精神的背离和内心的矛盾，一方面眼前是城市生活喧嚣、世俗、虚荣和趋利，另一方面内心渴望回归家乡的宁静，由此，在他的作品当中，某种失去根基的忧郁一直挥之不去。出于对城市异乡诗人的关切，我愿意再度指出，他近期作品在艺术和语言感觉上似乎面临突破的瓶颈，精气神让人感觉没有作者前面那两本诗集里面足，显得有些草率、急切和浮浅。近年来大家一直比较多地关注当下诗歌如何表现当下生活，与这个时代城市文明与乡土现实错综交缠的境况相比照。徐俊国一直在做类似的努力，以求更诗意地展示这个时代人们内心的欢乐与苦难，坚执与柔韧，慷慨与悲凉。并且，他的作品着意寻求的是在平静的语态下面的表达，表现了一种情感的隐忍和克制。

对华亭诗群更详尽的剖析，诸如其情意投射的明晰或暗隐、诗学技艺的综合与变异等问题，以及由此引发的关于当下诗歌创作如何避免成为一种精致化的语言技巧的思考，我将另文展开。

# 青年写作：主题与叙事

Works of Young Writers: Theme and Narration

## B.13

# 时间·叙事·自我

——论甫跃辉《刻舟记》的时间主题与叙事特征

杨　飞*

摘　要：　甫跃辉的《刻舟记》是一部以童年往事为题材的长篇小说，以童年之"我"与成年之"我"交叉的叙事视角，在讲述童年故事时游走于过去与现在的时间之流，借此完成了一次寻找和指认自我的追忆之旅。本文主要借助法国哲学家柏格森的绵延理论，从自我与时间、时间与叙事、叙事与自我三方面的关系来解读这部小说的时间主题和叙事特征。

* 杨飞，复旦大学中文系博士研究生。

关键词： 时间 回忆 叙事 自我

# 一 自我与时间

　　法国哲学家柏格森区分出两种不同的时间。一种是可度量的物理时间，同质、均匀、外在于一切事物。这种具有堆积感的线性时间由无数各自独立、彼此外在的瞬间排列而成，就像事物均匀地分布在空间中一样，它的展开表现为后一瞬间出现时前一瞬间已不存在。柏格森认为这是一种"空间化"了的时间，是不真实的。真实的是心理时间，柏格森称其为"绵延"，这是一种异质的、连续的、内在的时间，它不是客观的，而是主观的，与个人的生命体验缠绕在一起，受心理意识的影响而有快慢变化。这种时间也由众多瞬间构成，但各个瞬间互相渗透、彼此融合，现在包含着过去流向未来，彼此之间牵连融合为一个不可分割的有机整体，不可计数、不可测量，它的涌动就像一条"绵延"的河流。"所谓绵延，不过是过去的连续进展。过去总是紧紧咬住未来，逐渐膨胀，直至无限。"[①] 柏格森认为真正的时间是心灵固有的一种整理意识材料的形式，就是用直觉去体验或以内省方式感悟到的自我内在生命的流动，"在我自身之内正发生着一个对于意识状态加以组织并使之互相渗透的过程，而这过程就是真正的绵延。"[②] 在此过程中涌现的种种内心状态互相渗透形成的这个不可分割的整体，就是真正的自我。这个自我不是传统哲学意义上可以由外向内静观的固定不变的抽象实体，而是与时间之流一样变动不居的、活生生的生命之流。"这是一种状态的连续，其中每一状态都预

---

　　① 〔法〕亨利·柏格森：《创造进化论》，湖南人民出版社，1989，第8页。
　　② 〔法〕亨利·柏格森：《时间与自由意志》，商务印书馆，1997，第73页。

示未来而包含既往……当我体验到它们时，它们的组织是如此坚实，它们具有的共同生命力是如此旺盛，以至我不能说它们之中某一状态终于何处，另一状态始于何处。其实，它们之中没有哪一种有开始或终结，它们全都彼此伸延。"① 这个自我就是人的生命本身。所以，真正的时间不仅是自我内部的组织形式，也是自我的存在方式：一条不可分割、绵延不绝的生命之流，现在的我包含着过去的我并逐渐成长为未来的我。简而言之，时间就是生命自身的存在形式。

甫跃辉的《刻舟记》讲述了一个云南乡村刘家三兄妹的童年故事，是一部以童年往事为题材的长篇小说。小说开篇便呈现时间与自我的同一关系："开始讲述这些故事时，那条永远潮湿的煤渣小路还未消失。"② 这是小说的开头，随着故事的展开，这条小路在"讲述"这一行为开始之前早已消失，"取而代之的是干净、平整、坚硬的水泥路"。③ 凭借常识我们知道，任何一条路都不可能"永远潮湿"，故事的讲述者刘家林说的"永远潮湿"是他的感觉而不是那条路，更确切一点说，是那条小路上曾经历过的一切留在他记忆中的感觉：拖泥带水似的滞重、粘黏、忧伤。水泥路取代了煤渣小路，但小路以及关于小路的一切"还未消失"，因为它们留存在刘家林的记忆中，已成为刘家林生命的组成部分。"讲述"的过程就是回忆的过程，就是打开记忆大门，返回过去，使那些已经消失的过往生活在我们"讲述"时刻的感觉里再活一次、两次、三次直到"永远"。这就是回忆的魔力，它使过去、现在、未来连成一体，让我们的生命之流没有间断，持续延伸。

在回忆中，时间不再遵从钟表冰冷的指示，从前一秒跳到后一秒，无情地斩杀过去、催逼现在。回忆中的人和事在过去、现在、将

① 〔法〕亨利·柏格森：《形而上学导言》，商务印书馆，1963，第5页。
② 甫跃辉：《刻舟记》，文汇出版社，2013，第1页。
③ 甫跃辉：《刻舟记》，文汇出版社，2013，第130页。

来的时光隧道中穿梭往来，自由飘荡，回忆中的"我"回望过去的"我"，遥想未来的"我"，审视现在的"我"，种种的"我"彼此交叉渗透融合而成一个新的"我"。《刻舟记》中的叙述人刘家林（一个二十二岁的大学毕业生）就是这样漫不经心地游走于现在与过去，体验并查看他的人生轨迹。略举一例，刘家林追忆死亡给六岁的自己带来的恐惧体验时，他是从现在的感觉开始返回过去的："现在，我仍然能够清晰地在眼前重现十六年前的那个晚上所看到的一切。那一切是如此的真实，又是如此的难以置信。"① 十六年前那一晚刘家林亲眼看到死神带走了爷爷，往后一年，他看到了父亲死去十多年的一个朋友。死亡使刘家林把时间往前推进，他回到了十八年前四岁时的自己，那是一个躺在病床上等待死亡的孩子，他没有死，却看着病房里的其他孩子一个个死去，他只是静静地看着，不明所以。这种茫然在他六岁时变成了恐惧，一直笼罩着他的整个童年，"两年后，爷爷的死导致我陷入了长时间的恐惧。四年后，王虎的死，让这种恐惧再次与我如影随形。"② 这样，对死亡的回忆，让二十二岁的刘家林从现在回到了他六岁、四岁、八岁的童年时光，再一次体会了死亡带来的恐惧。就像这一章的结尾，大学一年级的刘家林从上海回到老家，偶遇小学同学时欣喜和尴尬交织的复杂情绪一样，在回忆中，时间跟随意识流动，过去与现在不断交织，现在返回到过去，过去延伸到现在，融化为一种流动黏滞的意识状态。

时间与生命的直接相连总是让人忍不住要去追问自己生命的源头，"我从哪里来"通常并不是一个哲学问题，而是一个日常生活世界的问题。从童年时候起，我们问父母，问老师，问朋友，问自己，一直没有停止过对"从哪里来"的追问和思考，因为总是得不到满

---

① 甫跃辉：《刻舟记》，文汇出版社，2013，第29页。
② 甫跃辉：《刻舟记》，文汇出版社，2013，第33页。

意的答案，而且后来的经验又总是一次次地修改甚至推翻以前的答案，于是关于自己生命起源的问题注定伴随我们的一生，这也是刘家林的困惑所在。刘家林的出生是一次意外，是父母疏忽的结果，而且他处于哥哥和妹妹中间，这个不上不下的位置让他理所当然地被父母忽略了。对于这样一个孩子，又经历过死亡之后，就尤其关心和在意自己生命的来历。尽管母亲不止一次对刘家林讲述过他出生前后父母的冒险经历，但在刘家林童年的脑袋中，他对自己生命起点展开的一系列想象都是不着边际的。母亲在讲述中努力要抓住的是刘家林"出现在这个世界以前的恐惧"，而刘家林想要了解的是自己出生前父母的激情与欢欣，母亲的讲述在这点上缺乏细节，而小小的刘家林对世界还缺乏了解，因此童年的他关于自己生命起点的想象总是显得苍白无力。"直到二十二年后，孤竹村的那声啼哭长成少年，在一片竹林温暖的阳光之中，第一次完成了他的欲望之旅后，我的眼前才恍然浮现出二十二之前，爸爸和妈妈在罂粟地里的情景。"[1] 正是借助成年以后的经验，刘家林才得以补全、充实他童年时候的想象，完成了一次自我塑形。"我对自己生命开端的想象绚烂而又寂寞。无论绚烂和寂寞都深入内心，在紧张不安或平静如水的一个个黑夜，转化为梦境，叩响我的身体。"[2] 很多时候，回忆不单纯是对过去的重现，而是利用当下的经验对过去进行修订和补充，这样，在回忆中，在经验的基础上，我们凭借记忆联通了现在与过去，成长为一个新的自己，带着过去和现在一起朝向未来。因此，可以说，在每个人的一生中，"在每个瞬间，过去都伴随着未来，我们幼时的感受、思考和希望无一不延伸到今天，与现在溶为一体，使你欲弃不能……应该承认，每个人都是自己出生以来、甚至出生以前历史的凝聚。"[3] 在心

---

① 甫跃辉：《刻舟记》，文汇出版社，2013，第11页。
② 甫跃辉：《刻舟记》，文汇出版社，2013，第12页。
③ 〔法〕亨利·柏格森：《创造进化论》，湖南人民出版社，1989，第7页。

灵时间中，过去的并未过去，它一直与我们同在。正是凭借回忆，那些已经消失于物理时间或空间中的点点滴滴被我们从潜意识里打捞上来，加入当下的生活与感觉，消除了不同时空中"自我"之间的障碍，这些不同的"我"重叠组合，最终融为一个丰富的、完整的自我。于是，那仿佛消失的时间默然无声地融化在每一个"旧我"中，随我们的生命之流不断奔涌。

## 二　时间与叙事

法国作家普鲁斯特的小说《追忆似水年华》的法文名是"A la recherché du temps perdu"，直译是"寻找失去的时间"。从象征的意义上来说，对往事的每一次讲述都是在"追忆似水年华"，都是在寻找失去的时间，《刻舟记》的题名也暗示了这是一次试图用文字打捞时间的努力。

《刻舟记》的主题是时间，小说一共十五章，只有第十四章"今昔"的题名指向时间，其他各章分别以人物、地点、事件或情感为题，初看都与时间无关，但其实这些人物和事件都是"我"追寻和复现时间的独特存在。表面上看，在人物关系上，小说以刘家三兄妹引出父母、祖父母、同学及其他村里人，每一个人物都是故事和故事之间的纽带。在地理空间上，"那条永远潮湿的煤渣小路"联通家庭和学校，串联起所有的人物和事件。但实际上，这些人物、故事是随"我"的情绪和意识的流动而出现或退隐的，如电影镜头，不同场景、不同人物跟从情绪，前进或倒退，分离或组接，在记忆的银幕上拼接出刘家林的整个童年时代。

小说文本中，叙事者三次提到自己跟妹妹讲《刻舟求剑》的故事，每次都牵扯到了记忆与时间的关系。在后记中，作者则明确指出这部小说讲的就是寻找时间的故事："'刻舟求剑'真正的意思应该是这个：很多珍贵的东西丢失了找不回来了但又不愿意就此罢休只能聊胜于无地在不相干的事物上留下个印记然后努力寻找。"① 这个寻找的过程就是回忆的过程，就是写作的过程。写作，是将时间凝固定形的方式之一，如作者所说，"写作，亦是刻舟求剑"，而且他相信，"只要用足够强大的文字描摹出他们/她们的影子，他们/她们就将永在此地"②。那么，写作，或者说叙事，真的能抓住时间吗？如何可能？

追忆往事总是困难的，尤其是童年往事。不仅是因为它在物理时间上变得遥远模糊，更是因为在意识状态中它庞大而杂乱，拖泥带水，繁衍枝蔓，要将混沌一片的童年往事清理整齐，自是不易。时间无形，看不见，触不着，我们是靠外物的变化消失和内心状态的更迭变易来感知时间的。回忆，就是在我们的意识状态里通过想象将时间空间化为一连串的形象和场景；叙事，就是以声音或文字的方式让回忆定形，就是将时间塑形于空间之中。就像刘家林所说，"记忆像我小时候横穿没有渡桥的小河时，从一个光滑洁白的鹅卵石跳到另一个光滑洁白的鹅卵石"③。在《刻舟记》中，时间空间化的明显体现是从一个场景跳到另一个场景的片段式叙事：故事不依时间次第出现，而是凭借心理的渗透和伸缩能力，叙事者不停地移位到他所想起的某一段时空，过去而现在，现在而过去，不同时空中的人与人、物与物、人与物自然蔓延，拉拉扯扯，牵牵连连，就这样打开了一条时光倒流的隧道。刘家林在讲述死亡给自己带来的恐惧时，自由地穿梭于十六年前、十八年前、十四年前的场景，从死亡这一个点扩散开来，由爷爷去世时的情景转到"我"的通灵感知，然后是医院里那些死去的孩子，再是好朋友王虎的自杀，最后又回到成年的自己。有时，叙事者直接从过去一下子跳回现在："十多年后的一个夏天傍晚，我坐在

---

① 甫跃辉：《刻舟记》，文汇出版社，2013，第214页。
② 甫跃辉：《刻舟记》，文汇出版社，2013，第216页。
③ 甫跃辉：《刻舟记》，文汇出版社，2013，第204~205页。

一辆嘎吱作响的公交车上，从二十一岁不可避免地滑向二十二岁。"①

　　心理时间的长短由意识状态来决定，在对往事的回顾体验中，叙事完全可以抛开物理时间中的事件顺序，因为往事的叙述人关心的不是事件的开始和结局，而是事件在心灵中引起的种种感受，是过去某个瞬间对当下此刻的暗示与牵引，因此心理时间总是随情绪延伸或缩短。胆小怕事的刘家林去找打了自己一耳光的仇人报仇，他已记不清自己在人家门口等了多久，他觉得"也许只是一两分钟，也许是漫长的整个童年时代"，② 到底多久并不重要，重要的是那种胆战心惊的心理感受在当下激起的自我反思。因此，故事的讲述者虽然在说着过去的事，但听众却觉得这些事并未结束，一直延伸到现在。如同小说的开篇："开始讲述这些故事时，那条永远潮湿的煤渣小路还未消失。"③ 随着回忆的展开，当一个新的往事片段来临时，讲述者常常会中断故事进程，停下来提醒我们这一点，如"多年以后，童年零碎的记忆中，这一幕在我的脑海中久久驻留，且在很久以后的将来都注定了无法忘却"，④"我的记忆迅速穿过时间漫长的隧道回到十多年前，我看到，我和妹妹沿着湿漉漉的煤渣小路，一蹦一跳朝十多年后的我走来。"⑤ 这种过去将来时使得过去、现在、将来在我追寻和复现时间的努力中而连通、而存在。只发生一次的事件在心理时间中可以被堆叠放大而反复作响，"那一巴掌不停地在我的记忆中回响，一次，两次，三次，感觉被打了无数个耳光。"⑥ 在回忆中，当我们的视线从人和物的身上移开而回到自己的情绪体验时，时间不是别的，就是我们的心理感受。如刘家林与人打了一架后孤零零一个人跑到学

① 甫跃辉：《刻舟记》，文汇出版社，2013，第 59 页。
② 甫跃辉：《刻舟记》，文汇出版社，2013，第 84 页。
③ 甫跃辉：《刻舟记》，文汇出版社，2013，第 1 页。
④ 甫跃辉：《刻舟记》，文汇出版社，2013，第 6 页。
⑤ 甫跃辉：《刻舟记》，文汇出版社，2013，第 130 页。
⑥ 甫跃辉：《刻舟记》，文汇出版社，2013，第 82 页。

校的感觉："我感觉胃也跟着空荡荡的，虚空得厉害。这种虚空是那样的难以忍受。时间像风一样，在空荡荡的操场上空穿过，仰起一个红色的方便袋，我盯着它，它飞上墙头，飞上树梢，飞到蓝得耀眼的天上去。一个孤零零的红点……终于什么也看不见。"① 无论消失与否，时间总是看不见的，因此我们才要用声音、用文字将时间凝定在一个个的场景和形象里，为时间塑形，"寻回的时间是寻回的感受，它使生活与文学和解。正因为生活是失去时间那边的形象表现，而文学是超时间那边的形象表现，所以我们有权说，寻回的时间表明失去的时间再现于超时间中，正如寻回的感受表明生活再现于艺术作品中。"②

刘家林的讲述接近尾声时，奶奶正在走向她生命的终点，对美好往事的回忆使她脸上洋溢着光彩，"她每天背着手，笑容可掬地走在村里阳光暖和的路上，仿佛走在过去的时光里"。③ 回忆是一种自我叙事，在这样的叙述中，时间的共时性与历时性在心灵世界并行不悖，情之所至，随意纷飞，童年晨光与暮年晚景，在刹那中连通永恒。

## 三 叙事与自我

刘家林说，"经过漫长的时间冲刷之后，记忆深深出现差错。如果不是有实物作证，我永远不可能发现自己的错误。所以，回忆往事的时候，我常常抱着怀疑的态度：也许那些事根本没发生过，我完成的，只不过是一次美好的虚构。"④ 实际上，所有关于往事的回忆都可以看成是一次对自我的"美好的虚构"。小说中，在县城读高中的

---

① 甫跃辉：《刻舟记》，文汇出版社，2013，第86页。
② 〔法〕保尔·利科：《虚构叙事中时间的塑形》，王文融译，三联书店，2003，第281~282页。
③ 甫跃辉：《刻舟记》，文汇出版社，2013，第201页。
④ 甫跃辉：《刻舟记》，文汇出版社，2013，第17页。

哥哥刘家木对自己的农村出身感到自卑，便对同学说自己父亲是工头，家里有一幢大房子，屋前是美丽的花园。他把自己家描绘成世界上最漂亮的地方，以此掩盖自己骨头里透出的浓重土味。刘家林也虚构了一个桃花园，十二岁的他向一个小朋友说自己家后院有一片桃花园，还有一个漂亮的小女孩常来园中跟他一起玩耍。许多年以后，刘家林还在记忆中反复虚构着这个桃花园，"我心目中真看见了一个桃花园，在自己的叙述中，渐渐真实、完整起来。"① 刘家林虚构的桃花园，与他心中藏着一棵桃树和一个女孩的秘密有关。刘家林将哥哥和自己的虚构称为谎言，而我宁愿将之视为叙事，一种关于自我的叙事，在虚构与讲述中，人从现实的憋闷和卑微中抽身而出，在获得补偿和疗救的同时，抵达他的理想之地，完成一场窥探自我、想象自我的演出。而关于童年的叙事，是一次寻找和重组自我的旅行。刘家林二十二岁生日那天，终于实现了自童年以来就怀有的一探女性身体秘密的愿望时，却"绝望得要命"。是飞速流逝的时光让他感到了"绝望"？还是这一次成人仪式后，告别了纯真童年的成年之"我"究竟何去何从的茫然？就是在这时，刘家林决定了要追寻童年的自己，"也就是这天晚上，我决定写这部彷徨不定的、自说自话的、混乱迷糊的小说。"② 前文说过《刻舟记》的主题是时间，而时间与意识连为一体，追寻时间就是追寻自我，归根结底，这是一部追寻自我的小说。

刘家林说，"时间改变了人，也改变了人的记忆，纵然我回避了，发生过的依然存在。我想该坦然面对过去的岁月那不可变更的事物了。"③ 漫长的时间过去，那么多的人与事，沉睡于我们的记忆深处，不可能发生过的点点滴滴都能被回忆的魔力唤醒，只有那些我们在当时爱着或恨着、笑着或哭着的时刻，才会在日后的召唤中渐渐清

---

① 甫跃辉：《刻舟记》，文汇出版社，2013，第 110 页。
② 甫跃辉：《刻舟记》，文汇出版社，2013，第 79 页。
③ 甫跃辉：《刻舟记》，文汇出版社，2013，第 100 页。

晰，向我们走来，重新组装我们的自我。《刻舟记》中出现的那些场景和片段，那些温暖、欢欣、骄傲、恐惧、悔恨、耻辱的时刻，已成为他生命不可分割的组成部分。故事开头的那条煤渣小路鬼魂一样缠绕着刘家林所有的童年回忆，因为那条路上走着他的哥哥、妹妹、朋友和仇人，他内心强烈的快乐和恐惧经由小路蔓延到两边的竹林深处，竹林掩藏着他绚丽的幻想和阴森的恐惧，刘家林正是由这条小路开启了时光倒流的隧道，走进了他的童年时代。在回忆中，曾经反复发生的事可能被我们忽略而遗落在看不到的暗黑之渊，但某些只发生过一次的事却可能牢牢霸占我们的整个心灵世界。大刘家林十几岁的朋友王虎主动来找他，他在人们诧异的目光中，像个大人一样和王虎走到村口去喝酒；王虎自杀后刘家林第一次走进那间令人毛骨悚然的黑房子，看见了满墙的鲜血淋漓；第一次跟妹妹在一个盆里洗澡，妹妹的顽皮让刘家林羞得不知所措……刘家林喜欢用"第一次也是最后一次"来突出这些往事在他心里留下的深刻印迹，并在讲述中多次提到这些只发生过一次的事，因为正是这些印迹悄悄地影响着他、改变着他，促成他的逐渐成长。这些被叙述激活的时刻，融入了他的生命，体验将刹那化为永恒，使自我得以保存。

甫跃辉在小说后记中说，"从三两岁会说话起，到十来岁，到二十郎当岁，再到三十、四十、五十、六十，一直到七老八十，只要生活的步子一停下来，想必每一个人都会有那么一刻回想起种种往事吧？回忆，并不仅仅是老年人的专利。"[①] 老年人的回忆是怀念，是往后，是缠绵留念，而年轻人重现往事是温故知新，是要向前，是为了将来。并非所有的回忆都能联通过去之"我"与现在之"我"，从而将不同的"我"组成一个有机整体，要做到这一点，回忆必须与反思联手。对这种回忆与自我的关系，刘小枫有过一段抒情的概括：

---

① 甫跃辉：《刻舟记》，文汇出版社，2013，第212页。

"回忆使我们从外在时间律令下的陈腐中超脱出来。在偶遇的生命终结之前，过去的一切仍然是赖以开始的起点。内心时间中曾使种种的灵魂颤动的刹那成为心灵历史的记忆。一旦这变为记忆的刹那被焦渴的爱欲催促着的内心时间重新把握，它就成了解放无处说的感受性的力量。……回忆当然不仅只是对过去的事件的重新勾起，以悲歌般的情感去珍视它。回忆，更是一种灵魂的开悟，有如基督教的忏悔感，是灵魂对自己的清洗。这种清洗是用灼热的眼泪，渴求新生的眼泪。正是在此意义上，回忆是一种思。它思的只是，寥落的灵魂知向谁边？"① 这里的思不是理性的抽象的逻辑之思，而是以形象和体验为特征的动情的反思。一个叙写回忆的人是一个不愿把自我的以往状态和现在状态分开的人，他在回忆的时候，不是把过往凝固成物置于现在的旁边，而是试图将两者融合，构成一个完整的自我以便使之持续下去。这种反思在《刻舟记》中体现为一种过去与现在交叉的叙事视角：在回忆往事时，叙事者刘家林有时回到儿童时代的自己，以儿童的口吻和视角讲述他的所见所闻所思所想，有时回到现在，以一个成年人的视角去审视、解读那个曾经的自己。

这种交叉视角明显地体现为叙事人称的交替变化：第一人称和第三人称交互使用。当叙事者乘着时光机器倒回童年时代，重新经历孩童生活的美好与忧伤时，小说用的是第一人称"我"，相关的人物则是爷爷奶奶、爸爸妈妈、哥哥妹妹；当叙事者跳出时光机器，回到现在，眺望过去，凝视时空那头的世界时，小说用的是第三人称"他"，亲切的家人们相应地变成了一个个冷冰冰硬邦邦的名字：刘明善、刘成良、李惠云、刘家木……这种人称的交替不但贯穿整部小说始末，而且还常常出现在同一章，甚至同一段之中。比如，第十章讲述的是哥哥的故事，这一章以"哥哥"的称呼开头，讲述刚上初

---

① 刘小枫：《这一代人的怕和爱》，华夏出版社，2007，第7页。

中的"我"与哥哥之间冷战多年后终于和解，再回忆哥哥小时候的顽劣直到他进监狱的故事时，"哥哥"变成了"刘家木"，到这一章结尾时，"刘家木"又变成了那个曾给"我"带来欢乐和温暖的"哥哥"。这一章还插入了关于母亲的记忆，开始时妈妈和"我"坐在树下谈着死去的哥哥和妹妹，感叹"日子一下子就不见了"，紧接着的下一段，"妈妈"就摇身一变为十多年前年轻漂亮的李惠云。

又比如，在第三章，刘家林是这样来讲述自己四岁时的患病经历的：现在的"我"看着躺在病床上的四岁的"他"，冷静地描述了"他"眼中的景象后，才换位到四岁的"我"的视角。在第六章，讲述"耳光"事件时，现在的"我"以一个旁观者的视角，先冷静客观地描述了一个十岁男孩在打乒乓球时被别人打了一耳光的经过，然后再变身为那个十岁的男孩向读者讲述自己当时的愤怒与耻辱。在开始"耳光"事件的讲述前，刘家林申明说，"我一直不愿说这事，可我发现，根本没办法避开它去回忆或者虚构。这件事让我童年的记忆沉浸在可怕的仇恨之中，这种仇恨至今仍不时跳出来，我不敢肯定，如果有机会，会不会打还那个人一记耳光。"[1] 这表明刘家林是个有着清醒的反思意识的叙述人。读者会发现，当刘家林讲述那些美好往事时，他沉浸于那些快乐、欢欣、温暖的时刻，用的是第一人称"我"，这是一个处于进行时中不能停止体验的活蹦乱跳的"我"。当他讲述那些恐惧、忧伤、阴郁的经验时，往往采用第三人称"他"的旁观视角。这时，刘家林将自己对象化了："许多年后，我可以像讲述一个毫不相干的人一样，用第三人称讲述多年以前的自己了"，[2] 他需要抽身出来，站在旁观的位置，以尽量客观的立场来观望、打量、审视那个忧伤的自己，自我化解、自我疗伤，将自己从阴影的拘

---

① 甫跃辉：《刻舟记》，文汇出版社，2013，第80页。
② 甫跃辉：《刻舟记》，文汇出版社，2013，第92页。

囚中解放出来。过去视角是体验，现在视角是反思，两种视角渗透融合，叙事者由体验而反思，由反思而体验，他就能够"把现在和过去糅合在一起，于是就实现了自我经验'同时完整存在'的可能性，追溯到它的起源，并在'标志着我的存在的发展的感情'连环中，使自我经验的正在形成和已经形成的连续过程呈现出来。"①

《刻舟记》的主角也即叙事者刘家林，和作者甫跃辉有着大致相似的人生轨迹：从熟悉的云南乡村来到陌生的上海都市，大学毕业，然后留在上海工作。作者在小说后记中说，《刻舟记》写的不全是自己的往事，他所有小说加起来，其真实经历的痕迹占不到百分之十。其实真实与否并不重要，重要的是甫跃辉与刘家林重叠的叙事冲动：身为都市的异乡人，追忆自己生命的源头，厘清自我的来龙去脉，寻求自我身份认同的基础和可能。写作，是以文字为世界赋形，试图为变动不居的生活命名，是人认识世界、确证自我的方式之一。甫跃辉在后记中说，"如果不写作，只身从云南边陲来到上海的我，这些年一定会过得更加苦闷吧？"②《刻舟记》出版于 2013 年，是甫跃辉的第一部长篇小说，他说这部小说见证了他到 2012 年为止的全部写作岁月，因为这部小说从 2006 年动笔到 2012 年定稿，其间历经六稿改易，由此不难看出这部小说对于作者的重要性：作为一个从农村漂泊到城市的知识青年，时空距离隔断了自己和故乡那些熟悉的山水与人物，现在，一如当年那个孤零零的小男孩必须一个人走过那条阴暗潮湿的煤渣小路，作者必须只身面对陌生的城市与陌生的人，为此他进入回忆，在过去与现在的交叉汇合中对自己进行整理和修补，为继续前进寻找能量和智慧。"回忆能带来什么呢？"③ 作者自问，他接着回

---

① 〔德〕汉斯・罗伯特・耀斯：《审美经验与文学解释学》，顾建光等译，上海译文出版社，第 226 页。
② 甫跃辉：《刻舟记》，文汇出版社，2013，第 216 页。
③ 甫跃辉：《刻舟记》，文汇出版社，2013，第 212 页。

答说，多数时候回忆只能让我们觉得自己"两手空空"，"这样的时候，是一个人最脆弱、最伤感、最孤独的时候，可也是一个人最像人的时候。我们摈弃了外界的烦扰，安静下来了，沉浸在往事带来的欣喜、忧戚、悔恨、怅惘之中。"① 这正是个人抗拒了消失的物理时间，在心理时间中寻回自我的伟大时刻。但作者却说：

> 《刻舟求剑》实在是个忧伤的故事。
> 《刻舟记》也是一个忧伤的故事。②

忧伤，是因为外在的物理时间取消了往事在空间中的形迹存在，让我们以为它们消失了。可是恰如甫跃辉自己所说，对于写作而言，树的影子比树本身更迷人、更真实，③ 对于心灵世界而言，往事本身并不重要，重要的是它在我们心里留下的印痕。如果接受甫跃辉将我们看成时间之流上的一叶扁舟的比喻，④ 那么，我们也可以说，那把坠入时光之河的宝剑并不重要，重要的是它掉下去之前在舟上划过的痕迹，这痕迹成为舟的一部分，随舟流动。所以我们不该忧伤，记忆"使我们能够通过一个直觉，捕捉到绵延的众多瞬间；记忆还使我们能够摆脱事物流的运动，即摆脱必然性的节奏"，"我们任何时候愿意反诸于己，我们那时候就是自由的。"⑤ 当回忆照亮心底深处的印迹，刹那即化为永恒。

---

① 甫跃辉：《刻舟记》，文汇出版社，2013，第212页。
② 甫跃辉：《刻舟记》，文汇出版社，2013，第214页。
③ 甫跃辉：《刻舟记》，文汇出版社，2013，第214页。
④ 甫跃辉：《刻舟记》，文汇出版社，2013，第213页。
⑤ 〔法〕亨利·柏格森：《时间与自由意志》，吴士栋译，商务印书馆，2002，第207、165页。

# B.14

## 世情传统与城市叙事

### ——评张怡微《细民盛宴》

王辉城*

摘 要： 张怡微的小说《细民盛宴》是这位青年作家努力地去
书写上海这座城市中的世俗人情的用心之作。作家承
续中国小说的世情传统，呈现日常生活与血缘亲情，
亦让我们感知到当代城市生活的丰富与变迁。

关键词： 张怡微 世情 城市叙事

张怡微的小说《细民盛宴》发表于2015年《收获·长篇专号》
"春夏卷"上。名为长篇，其篇幅更接近一部中长篇小说。小说以宴
会为切入点，为我们叙述了袁佳乔一家的悲欢离合。而这背后，蕴含
着作家对上海这座城市的独特理解。

《细民盛宴》发表之前，擅长于短篇小说和散文创作的张怡微，
已经出版了自己的首部长篇小说《你所不知道的夜晚》。从小说的技
艺上来说，《你所不知道的夜晚》还稍显稚嫩，但正如书评人李伟长
所言："张怡微跳开了以往80后写作者较为常见的私人化写作，转
身向城市的历史深处回眸看去，向父辈和祖父辈的故事看去，写过去

---

* 王辉城，青年评论人，小说家，《零杂志》专栏作者。

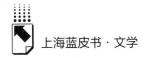

城市空间的变化，写城市角落里的人来人往，写人心的变迁"。① 可以说，正是有了《你所不知道的夜晚》的准备，这部《细民盛宴》方才更为成熟，更耐品味。

## 一　餐桌上的世俗人情

想要理解张怡微的《细民盛宴》，必须要对"餐桌"（或者说，是"吃饭"）有所了解。中国人爱吃、能吃，也好吃，故而发展出璀璨的饮食文化来。国人常说"民以食为天"，又说"食色，性也"。"天"是信仰，"性"是本能，两者说的都是一个意思，吃饭乃是极其重要的事情。吃饭的地方通常是在餐桌，如果我们把食物当成是资源，那么餐桌则是分配资源的平台，便是连接人与人关系的终端。大到隆重的宴会，小到家常便饭，餐桌上无时无刻不体现着人际关系："坐下来一起吃饭是一种划分，体现集体聚会仪式，划分人与人的关系。"② 就算是极其隐秘的私人晚宴，也可能是很重要的仪式。比如说，情侣约会的晚宴，或是两人关系的开端，或是出于纪念。更不要说那些具备政治意义的国宴了。凡是仪式，都或多或少带有表演的性质。从这个角度去看张怡微的"细民盛宴"，不难解答出其中的深意。

细民，小老百姓也；盛宴，隆重而盛大的仪式也。"细"与"盛"，构成极端的对比。小老百姓偏偏讲究大排场，偏偏要郑重其事，难免会出现一些啼笑皆非的场景。在《细民盛宴》里，小说的开头便是一个极其隆重的家族聚会——因为"爷爷"的死亡大家聚到一起，这是令人不安的开头，好像只有死亡才能把家族聚在一起，

---

① 李伟长：《你所不知道的张怡微》，《文学报》2012 年 9 月 13 日。
② 〔法〕让·马克·阿尔贝：《权力的餐桌》，刘可有、刘惠杰译，三联书店，2012，第 1 页。

才能让"血浓于水"。然而即使面临亲人离世，家族人员的关系依旧淡薄。张怡微更进一步，把"死亡"和"吃饭"对立起来。在小说中，因"小天王"要吃濑尿虾，不但大人直言"你先吃鸡块，等太爷爷死了，我们再吃濑尿虾"，小天王更是直接走到"我爷爷"面前，"指着他的鼻子问，你到底什么时候死啊？我要吃濑尿虾啦"。无论如何为小孩开脱"童言无忌"，这样的细节还是令人触目惊心。大人与小孩的言行，我们可以看作是麻木的恶、习惯的坏。所以，在这种"恶"和"坏"的力量主导之下，家宴彻底成为一出闹剧。没有死亡的庄重与悲伤，只剩下对"血缘"的嘲讽与消解。

家族名存实亡，各自的关系以"宴会"之名义，苦苦支撑着。盛大宴会里的人际关系，实质上是一种表演。在《红楼梦》里，刘姥姥初进大观园，见到了史太君，装模作样，引得众人的嬉笑。这是刘姥姥在用滑稽的表演来讨好贾府。当然，《细民盛宴》里的袁佳乔并不是刘姥姥式的人物，她本身是家族里的一员。冷眼旁观，更觉察出家族成员之间关系的不堪与脆弱。宴会实际上成为一种低效的沟通，一种不堪忍受的负担——也许，对宴会的叙述，也暗合着作者本人对数之不尽的饭局无奈的态度："十七岁那年以后，除了婚丧嫁娶，我还分别随两方'家人'吃了很多饭，或喜或悲，有些看似很有意义，有些也仅仅是为了打发年节"。[①]"看似""打发"，这样的词汇，已经清晰地透露了作者的态度。

宴会里的人情，是值得怀疑的。正如绣像本《金瓶梅》开篇，西门庆结义十兄弟的盛大聚会，熙熙攘攘，看似热闹，终究是无情。大宴会不可信，与之相对的，家常饭却充满温情与暖意。小说里的主要人物"梅娘"——袁佳乔的后妈——与"我"的关系从一开始便

① 张怡微：《"有情"与"无情"之间——与〈细民盛宴〉有关的两点想法》，《文艺争鸣》2015年第6期。

是处于紧张对峙之中。小说开头便言"已经差不多快要过完会有危险被可怕继母下手毒害的年纪"。后妈，在中国人的观念里并不算是一个讨好的角色。她是一个家庭的外来者，乃至扮演着一个破坏者。在一个男人，一个"父亲"面前，她要跟他的"儿女"竞争，让这个男人属于她，成为实实在在的"丈夫"。袁佳乔和梅娘之间的关系，看起来永远不可和解。但在小说的最后，却出现了令人动容的一幕："'梅娘'回家看见我时热烈地招呼了我，暖风铺面……她铺展开来的鱼香肉丝、素三丝、红烧豆腐、千层百叶……"不是宴会里的珍馐，不过家常菜式却充满了温情。两人的关系也随之和解，乃至升华。

最初阅读《细民盛宴》，是为了参加上海作协举行的以"世情与小说"为主题的研讨会。我自己对"世情"的概念理解得很是肤浅，总是不自觉地认为"世情"与饮食相关联。或者，用另外一句话来讲，我们在中国古代所谓"世情"小说里，总是能找到许多令人垂涎三尺的美食。比如说，《金瓶梅》中西门庆的家宴、宋惠莲用一根柴火烧出来的猪头肉、《红楼梦》里令人大开眼界的珍馐。更妙的是，吴敬梓在《儒林外史》里写了个马二先生，游了一圈西湖，亦是一副美食地图。饮食是人间烟火，是世俗风情。古代作家对饮食有如此精细的描写，背后乃是一颗热爱生活之心。从饮食里去窥视当时社会的世俗人情，不失为一个好的途径。

大桌小桌，大宴小宴，写的是吃饭，讲的是人情。

## 二 城市里的血缘亲情

80后作家跟前辈作家最大的不同，可能在于叙述对象的变更。在人们印象中，80后作家的叙述对象更关注个人和自我。不过，在最近几年，80后作家们好像不约而同地想要摆脱成长的困惑，转而去叙述更为宏大的主题。颜歌、笛安、钱佳楠等作家，无一如此。颜歌在《我们家》里呈现了平乐镇一家的悲欢以及豆瓣酱的风味；钱佳楠把笔触伸向了自己生活的小区和城市，尝试去理解城市；而笛安在《南方有令秧》这部长篇小说里，直接叙述着历史的幽深。当个人的成长经验被挖掘殆尽的时候，转变和突破是必然的。张怡微的《细民盛宴》也是这种压力之下的产物，她尝试着融合个体经验和城市的历史变迁——小说没有前辈作家那么壮阔，却多了几分精细与日常。

城市是商业发展的结果。可以说，市场的大小，决定了城市的容量。上海作为世界上首屈一指的大城市，自然会面临诸多问题。也许用另外一句话来表述，可能会更加准确：在上海这座城里，我们应该如何去叙述人的困境？在《细民盛宴》里，我们看到了张怡微在努力地探索着城市里的家庭伦理关系。在《"有情"与"无情"之间——与〈细民盛宴〉有关的两点想法》一文中，张怡微直言冯梦龙对自己的启发。她在冯梦龙的小说里发现"有情"和"无情"的秘密，"情"是可以量化的。比如说，一个男孩爱女孩有多深，取决于送出多少朵玫瑰。一朵玫瑰自然是比不上九十九朵玫瑰。"天地合，乃敢与君绝""蒲苇纫如丝，磐石永无移"这样决绝与浪漫，是难以重现的。相比冯梦龙生活的时代，今天的商品经济更为发达。在商品经济的冲击之下，家庭伦理关系亦是笼罩在无所不在的"量化"中。

在袁佳乔与小茂的爱情之中，父亲执意要"我"相信对女儿的爱，并不会因为没有嫁妆而改变。袁佳乔与小茂父母见面，也充满了刺痛与不安："盛宴过半，小茂的父亲问了我家里的情况，语气特别和蔼"，所有人的家庭收入和疾病概况。在一个隆重的宴会上，问（其实是核实）如此私密的情况，着实让人难堪。不久之前，我在网上看到一个准新娘愤怒的帖子，说是自己到婆家的时候，男朋友的奶

奶跟她说了一句话，本来想给你八千的，但见到你之后决定给你六千。这个准新娘一怒之下，把婚给退了，之后不管男朋友家人如何道歉，都没有挽回两人的关系。男方家人把新娘当作商品一样来估算价值。小茂与袁佳乔的婚姻亦是如此，他们估算着袁佳乔到底对小茂到底有多少用处。当一个人被当成了物件，人的自身价值无法彰显，无疑是一件悲剧。小茂与袁佳乔的婚姻也因此草草结束。

父亲一辈拥有众多的亲兄弟，而到了袁佳乔这里，"兄弟姐妹"已经变成了堂兄妹、表兄弟这类。血缘关系的疏远，自然是国家计划生育政策的作用。在中国漫长的农业社会里，一直强调血缘浓于水，个人附庸于家族，但父亲这一辈之间关系并非"血浓于水"，而是充满着紧张、对立。张怡微塑造了一个叛逆者的形象——小叔骗光了奶奶的钱，最后逃离家族，成为大家口诛笔伐的对象——来完成对家族内部血缘关系的消解。城市建设补偿的房屋拆迁款，更是成了"压垮骆驼的最后一根稻草"，大家对拆迁款的争夺让血缘亲情彻底变成一般的物质关系了。

温暖的、令人怀念的人情，却体现在非血缘关系之中。袁佳乔与继父、与"梅娘"之间的关系，却逐渐升温，让人感受到日常生活的柔情。特别是继父，一个沉默而温柔的上海男人，不似父亲那样口无遮拦，以"吹牛"来维护自己的自尊心。继父为袁佳乔的未来规划，担忧"我"的教育问题。"梅娘"虽然和袁佳乔长期处于尴尬而暧昧的关系之中，但到小说的结尾，两人终于完成了关系的升华。家庭解散、再重组，本身就意味着在城市变迁之下家庭伦理关系重构的过程。

## 三 关于上海的生活志

作为一名土生土长的上海人，张怡微自然是对这座城市怀有特殊的深情。不过，这种深情，是不能称之为"故乡情"的。所谓"故乡"，是遥远的、是一个让人回望的存在。它存在于记忆之中，是与现实遥遥相望的不安与惆怅。张怡微在《细民盛宴》里对上海的书写，并不是出于这种感情，而是更加复杂兼具使命感的深情。张怡微是位具有强烈知识分子气质的作家。她怀有的野心，我们在她对"世情小说"的阐释中就能感知："情的对峙在此形成了强烈的戏剧张力，读者能够哀其不幸，又能感其炎凉。格调上显然不再是高级知识分子的情趣，相反充满了俗世男女日常生活的'意见'。世情小说要表现的，正是这一类非客观理性的普通信念或流行见解"。① 这里的"普通信念"或"流行见解"，大抵是接近于小老百姓的生活状态。比如说，古代士大夫一直要求妇女守贞，但我们在《金瓶梅》里却发现，妇女改嫁却是一个寻常的情况。在这里，知识分子的"意见"和百姓的生活状态是割裂的。张怡微要完成的是一部生活志，更准确地说，是她所处时代的生活志。

有了这样的野心，我们才能够理解张怡微的小说里为何有许多解释性的叙述。比如，解释"梅娘"在上海话里的真实含义，这是语言方面的知识。还有"四喜烤麸、糟黄泥螺、水果色拉、盐焗鸽子蛋、上海熏鱼、盐卤拼盘"等菜，这是饮食方面的知识；再有就是"大自鸣钟""祁连山路"等，这是地理上的知识。这些确切知识，是张怡微眼里的"世情"的体现，是可以当作史料存留下来的。后人若是研究上海这座城市，是可以从《细民盛宴》里一窥"生活本身"的。

解释性的叙述过多，显然是语言上的妥协。韩邦庆执拗地以吴语来创作《海上花列传》，那是因为只有吴语才能完美唤醒"此情此

---

① 张怡微：《"有情"与"无情"之间——与〈细民盛宴〉有关的两点想法》，《文艺争鸣》2015年第6期。

景"。这是极其私人的写作。而到了今天，纯粹的沪语写作是否可行呢？几乎是不可能的，既因为语言上的嬗变，也因为阅读对象的变更。许多非常精美的地方语言，并不能写进小说里去，因为这样会造成阅读障碍。要消除这种障碍怎么办呢？只能用书面语重新解释一遍。要把这个工作完成好，是一个巨大的挑战。

在张怡微的《细民盛宴》里，我们看到她为此付出的巨大努力。她仿佛是一个知识渊博的导游，在讲述一个迷人的故事之时，在尽力地向读者传递上海这座城的知识，这是我所钦佩她的地方。

# 四　也许可以更好

"事情比你想象的复杂"，这是张怡微引用米兰·昆德拉的名句。她希望自己的小说，能呈现足够多的可能性。但正如她自己所说的，在这部小说中"最初的想法并没有实现"。① 作为一名普通的读者，总感觉小说里的情绪过于中正与客观。虽然以第一人称来叙述，却也总是"隔岸观火"，仿佛作者在推动着情节流动，而非人物本身在推动。有些小情节，目的性显得过于明确，最明显的一个例子，便是小孩那句"爷爷你什么时候死"，触目惊心，如刀锋般犀利，却让人不安。因为这个细节的指向非常明确，是刻意的存在。类似的情况，还出现在张怡微发表在《收获》上的《哑然记》：好朋友新婚，发短信给朋友说自己还是个处女。这样的"危机"，总觉得僵硬。或许，这是张怡微习惯性的做法，但在我眼中，她对细节的处理其实可以更加圆润与老到。

总体而言，张怡微的《细民盛宴》确是 2015 年值得注意的一部

---

① 张怡微：《"有情"与"无情"之间——与〈细民盛宴〉有关的两点想法》，《文艺争鸣》2015 年第 6 期。

小说。它是一个青年作家努力地去书写上海这座城市，书写这座城市里的人情的用心之作。小说精细地呈现着日常生活与微妙人情，亦让我们感知到上海的广阔。

张怡微出生于 1987 年，最初以"新概念"获奖者身份知名。但更多的时候，新概念获奖者身份并不是荣耀，而是一种负担。太多的文学少年把"新概念"获奖当作是一种成就，而非是起点。我们见到太多新概念获奖者沉溺于过去的荣光，而与文学之路渐行渐远。而张怡微却与颜歌、张悦然、周嘉宁、蒋峰等人一样，一直对文学怀有野心。正是这种野心，让她在文学道路上越走越远。

# B.15

## 类型文学的融合与精神探索

——评王若虚《尾巴 I》《尾巴 II》

陈志炜*

摘　要：　上海青年小说家王若虚的长篇小说《尾巴 I》《尾巴
　　　　　II》有别于读者阅读期待中的青春小说，而是将青春
　　　　　文学与反乌托邦元素融合，形成了新的反青春小说。
　　　　　小说书写在看似不可改变的规则面前，青年人带有理
　　　　　想主义色彩的挣扎，让人动容。这两部小说不仅仅是
　　　　　不同类型文学表面特征的融合，更对爱情的复杂性进
　　　　　行探讨，同时保持了精神性的质问与可读性。

关键词：　反青春小说　反乌托邦元素　类型文学

　　青春小说作为一种类型文学，有其既定的类型特征，而反青春小
说的出现正是因为作者、读者对既定的类型特征已审美疲劳，需要新
的元素的加入。上海青年作家王若虚，是书写反青春小说的好手。他
于 2007 年发表的短篇小说处女作《马贼》（长篇版后由人民文学出
版社出版），便显示了其作品"反青春"的一面：男主角骆必达是个
大学生——这与多数青春小说无异——而除去大学生这个阳光下的身
份外，他还是个偷车贼，以偷学校里那些没人要的旧自行车为乐，卖

* 陈志炜，青年作者，文学杂志编辑。

给二手车贩子。男主角骆必达身份的设定，使得其与多数忧伤、抒情的青春小说格格不入。然而骆必达对自己的行为有特殊的看法——"那些遗弃陪伴了自己四年的坐骑的人，才是罪犯"——而他正是"和人类的喜新厌旧、不负责任斗争"。骆必达荒诞行为的背后，并不只是为了钱财，更有自己的理想。大学生或者"马贼"骆必达偷车行为背后的理想主义精神，仍是属于青春小说的。所以，反青春小说并不彻底是青春小说的反面，而是对青春小说可能性的探索。

王若虚的长篇小说《尾巴Ⅰ》《尾巴Ⅱ》①，也延续了这种对青春小说可能性的探索。

# 一　反青春：青春与反乌托邦元素的融合

相比《马贼》男主角身份的设定，王若虚这次走得更远：学校为了遏制"甜蜜而暧昧的瘟疫"——爱情——将"一小撮学生""秘密召集起来"，成立了扼杀校园爱情的组织——"尾巴"。而其续集（或者前传）《尾巴Ⅱ》则描述了一个比"尾巴"更神秘的组织——"剪刀小组"。

《尾巴Ⅰ》最初在《萌芽》杂志连载之时，很多人在论坛抨击其"假"，甚至小说人物原型"路人甲"也认为，"小说里写的那么大规模的检查""实际上是不可能的"。究其原因，是因为读者对青春小说的阅读期待，还停留在"一个在现实生活中可能发生的、与青春有关的故事"上。

而王若虚想做的不仅仅如此。他在《尾巴Ⅰ》的跋中提到，自己要"提供一种'生活的可能性'"。按我的理解，说是"文学的可能

---

① 王若虚：《尾巴Ⅰ：我在身后看着你》，上海人民出版社，2015；王若虚：《尾巴Ⅱ：告密的孩子上天堂》，上海人民出版社，2015。

性"可能更为准确。现实生活中，老师为了遏制学生早恋，让一部分班干部跟踪同学，打小报告，这种事情有没有？显然是有的。但达到成立"组织"的地步，应该是没有。但文学可以提供这种可能性，在文学上可以"有"，因为文学的规则是"自洽"，只要能够"自洽"，那么尽情将生活极端化地推演吧，去构想出全校、全市、全人类的困局乃至困境。

《尾巴Ⅰ》《尾巴Ⅱ》显然带有鲜明的反乌托邦元素。反乌托邦作品的特点是，假设一个极端化的世界，这个世界往往有着表面的和平，内里却充满各种弊病、丑恶；个人的自由与隐私是被剥夺的，人变成一种符号（扎米亚京《我们》中，人物干脆直接以符号为名），往往有一个极权化的社会结构凌驾于个人之上。

《尾巴Ⅰ》《尾巴Ⅱ》中的尾巴、剪刀小组，与反乌托邦小说中极端化的极权社会中的权力执行组织类似，而剪刀小组拆信的行为，也与反乌托邦小说中对民众的监控类似。拆信行为的高度形式化（要在"反锁了的办公室里"，"用化学老师秘密提供的特殊药剂小心化掉封口的胶水和糨糊"，拆信的时候要戴"白色手套"，"将信内的物品统统倒在一张大白纸上"），也是反乌托邦小说中极为常见的，意为强调世界的极端、荒诞，更不用说，给被监控的同学取代号，"男生目标的代号都是外国科学家的名字，高一的用数学家……高三是气态元素"。

反乌托邦小说发展到今日，我们已经可以将其视为一种类型文学。如果说王若虚的《马贼》只是在某些元素上简单地"反"了阅读期待意义上的青春小说，那么《尾巴Ⅰ》《尾巴Ⅱ》可以说是青春小说与反乌托邦小说的类型融合了——走得更远。

我们今日再读英国历史小说家沃尔特·司各特的小说作品，一定不会感到惊讶，而在当时，读者们都为其作品所震惊：历史竟然可以虚构。因为，在司各特之前几乎没有人写过故意虚构历史的小说——

小说这种文体在当时没有"虚构历史"的自觉。

王若虚的《尾巴I》《尾巴II》也是类似：在此之前，很少有人从青春日常生活中取材，并将其极端化推演到这样一种程度，与其他类型文学的元素进行融合。王若虚已经从简单的反青春元素，走向了更为成熟的文学类型融合，至于其是否得到承认，我并不是十分担心：当网络越来越发达，资讯获取越来越便捷，美剧、日本动漫文化等越来越多的亚文化入侵我们的生活，世界变得"近"而多元时，受众们的阅读期待也在转变，反类型、类型融合的作品，正获得越来越多的认可。

## 二  扼杀爱情或是去除病灶

《尾巴I》的腰封上写道：如果说其他小说是描写校园爱情，那么这部小说则是讲如何扼杀掉它。边上的两行字更是为这部小说定性：1996～1997年的残酷青春墓志铭。由此，我们可以提取到这样的信息，这部小说的内容核心正是"扼杀爱情"。

莎士比亚的传世名作《罗密欧与朱丽叶》，讲述凯普莱特家的独生女朱丽叶与蒙太古家的罗密欧的爱情故事，然而由于两家的世仇，罗密欧与朱丽叶两人双双自杀。类似的还有瑞士作家戈特弗里德·凯勒的中篇小说《乡村的罗密欧与朱丽叶》，讲述"离塞尔德维拉只有半点钟路程的美丽河水旁边"的斜坡上，"并列着三块又美又长的田地"，这三块田地中的两块分属两家所有，中间一块"荒废了好多年的样子"，并不属于任何人。这两家为争取中间一块地而结仇，导致两家相爱的子女无法在一起，双双自杀。

一个老生常谈的问题：《罗密欧与朱丽叶》为何不在莎翁四大悲剧之列？很简单，因为毁灭爱情的是外力，而非爱情本身。爱情本身没有被毁灭，爱情是有乌托邦力量的，爱情的乌托邦力量没有被消解。

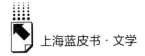

《尾巴Ⅰ》《尾巴Ⅱ》中是否写了爱情的瓦解？写了。除去尾巴、剪刀小组这种"外力"的扼杀，我们也可以看到爱情内部的裂缝。这让我们相信，假若没有外力介入，爱情仍会坍塌。甚至追根溯源，尾巴小组的设立，正是因为缔造者龙虾老师曾经的学生，因无法承受爱情在无外力干扰下的坍塌，而选择自杀，即整部小说正是因为爱情的脆弱性而诞生。

所以，与其说小说书写的是扼杀爱情，倒不如说爱情是一种病灶，在"过来人"经验的照亮下，这种病灶被发现了，并应及时被剔除。小说中书写了很多爱情内部的裂缝：老师们会掌握许多约会细节，然后"先声夺人击垮"对方的"心理防线"——"你来之前我们已经和他谈过了"；主角曾经的好友班磊的恋爱对象，一再与其他人约会，脚踏多条船；情侣王丰与巫梦易在被问话时，"消息截然相反"；巫梦易后来又爱上了班磊，追求班磊被拒绝后，对班磊进行了匿名举报……

在小说中，爱情的乌托邦光环也在接受质疑。但与此同时，尾巴、剪刀小组中的组员，却在爱情的乌托邦光环黯淡下去的时候，也开始了恋爱：南蕙与陈琛的秘密恋爱，一直到陈琛心脏病发去世后，才隐约被"我"——林博恪知道；尾巴小组的"原班人马"之一马超麟，也爱恋着南蕙；"我"对曾经好友班磊的爱恋者夏朵，有着复杂的情感……这是对爱情乌托邦光环的重建。

小说不是机械地将爱情当作一个永不瓦解的乌托邦力量书写，也不是纯粹将其当作一种"妨碍学习"的病灶，而是写出爱情的复杂性。是指出当爱情要被以"病灶"的名义去除时，它继续留存下来的价值所在。

## 三 不可拒绝的游戏邀约

《尾巴Ⅰ》《尾巴Ⅱ》书写了一种游戏邀约："学校"制定了游戏

规则，成立组织，邀请全校师生进入游戏；而可怕的是，这份邀约并不可拒绝，甚至不知自己身在其中，对游戏规则更是一无所知。

讲述"不可拒绝的游戏邀约"的作品有很多。譬如新房昭之导演的动漫作品《魔法少女小圆》，萌兽丘比总是反复游说着女主角们：签订契约成为魔法少女吧。虽然看似在征求女主角们的意见，其实无论是否签订契约，丘比已将这个世界的结构改变了，女主角们在世界变得越来越糟糕的情况下，无法拒绝签订契约的要求，被迫加入游戏。三池崇史导演的电影作品《要听神明的话》，一开头便有一个不倒翁从天降落到教室，与同学们玩起了"一二三，木头人"的游戏，而不遵守规则或者游戏失败的人，会头颅爆炸而死。

制造"不可拒绝的游戏邀约"模式可以说是反乌托邦作品的常见手段之一：正因为不可拒绝，才显示世界的丑恶、糟糕。这种"不可拒绝的游戏邀约"模式背后，有其深层次的含义可供分析、探讨。

### 1. 以游戏规则消解（或"对抗"）爱情

既然是游戏邀约，"游戏规则"是首要的。许多反乌托邦作品都强调游戏规则，因"游戏规则"是形式化的最高程度，是将文学可能性推演到最极端状况的常用手段。近期热映的反乌托邦电影《饥饿游戏》（由小说改编），其题目中就含有"游戏"二字，来自 12 个区的人被中央的凯匹特要求每年派出一队少年少女参加仅有一人幸存的残酷"饥饿游戏"。萨德侯爵的《索多玛 120》，开篇亦有近 20 页的"规章制度"。《要听神明的话》中的人物一直在探索"游戏规则"，探索失败的人就会直接死去。

如前所述，《尾巴 I》《尾巴 II》中拆信的行为是高度形式化的，其组员行动也有严密的纲领，譬如尾巴小组的很多组员甚至都没有互相认识，组员根本不知道小组中总共有多少成员，不知道除了自己外还有谁是"尾巴"：这其实是在建立另一种"真实"。或者说，是在文学中对生活进行"陌生化"，如福柯在《规训与惩罚》中所述，规则、规训，或者说战术都是"力量的编排"，是一种"建构艺术"。我们的日常生活原本是没有规则的，是文明的建立带来了规则。所以，与后现代主义的"游戏"不同，这种新的"真实"——或者直称为"游戏规则"——的建立，并不是为了消解一切意义，与整个世界为敌；这种"游戏规则"的建立，仅仅是"规则"相较于日常生活的另立门户，有着明确的消解/对抗目标。在《尾巴I》《尾巴II》中，消解/对抗目标自然是"爱情"——上文已述，"爱情"带有一种乌托邦的力量。

这种游戏规则作为一种外力，是否可以消解、摧毁爱情，这是问题的关键。而如果爱情不会被消解，那么就证明游戏规则是失效的，游戏规则本身则成了被嘲讽的对象。

正如《尾巴I》结尾女主角南蕙的问题，"万一有一天，林博恪这样的人也恋爱了呢？"答案是，"那尾巴和剪刀，就真的走到头了"。

### 2. 中国式成人逻辑

在《尾巴I》中，尾巴小组的缔造者龙虾老师，很值得探讨。其作为尾巴小组的缔造者，缔造尾巴小组的逻辑，可以说甚至是中国家长、老师的集体逻辑，是中国式成人逻辑。

上文提到，"爱情是一种病灶，在'过来人'经验的照亮下，这种病灶被发现了，并应及时被剔除"。龙虾老师对爱情"病灶性"的发现，是其曾经的学生（龙虾老师大学同学的独生女儿，所以龙虾对她特别照顾）早恋，女孩向龙虾老师保证"不耽误学习"，结果却在龙虾到内陆支教的第四个月自杀了，留下遗嘱说遭人抛弃，而自杀时已有身孕一个半月。

按照马斯洛的需求层次理论，人类的需求可以像阶梯一样，从低到高按层次分为五种，分别是：生理需求、安全需求、社交需求、尊重需求和自我实现需求。龙虾老师在经受曾经学生自杀的打击后，去除这种名叫"爱情"的病灶成为他满足自我实现需求的方式。其中混合着中国式成人逻辑的荒谬：为学习，"为你好"；是以个例推普遍，将个人的自我实现需求强加给所有人。

将个人的自我实现需求强加给所有人，这是反乌托邦社会形成的一个重要原因。反乌托邦作品中的世界，总是拥有表面的美好，因为其是按照一种极权逻辑建立的，是极权者理解中的美好乌托邦世界。然而，正如拉塞尔·雅各比在《不完美的图像》中的分类，乌托邦应该分为两种：蓝图式的和反偶像崇拜的。前者从个人的自我实现出发，从良好的目标出发，却终将抵达一个反乌托邦世界。①

书写极权状态的作品很多，但探讨这种状态诞生的作品很少。《尾巴 I》中能够提到尾巴组织的诞生，写下这些可信的"前情"，大大增加了人物的精神内蕴，是很难得的。龙虾老师让我想起了电影《狐狸猎手》中的杜邦家族成员约翰，他投资建立了一个乌托邦般的摔跤队，同样也是将自己的自我实现需求强加给所有人，最终开枪杀人造成悲剧；同样有着可信的前情——他从小没有朋友，唯一的朋友是他妈妈花钱雇的。

展现一类被标签化的人背后的奇怪逻辑，同时给出这逻辑诞生的原因，提供"反面人物"以精神内蕴，为小说增加可信度的同时，也提供了小说更多的深度与广度。

3. 政治的不可拒绝

不可拒绝的东西，一方面可能是因为它无限大、无处不在；另一方面可能是时刻需要它，一直在呼吸它。《尾巴 I》《尾巴 II》的游戏规则也是对政治的隐喻，无论权力关系中每个人的位置如何，有一点

---

① 〔美〕雅各比：《不完美的图像：反乌托邦时代的乌托邦思想》，姚建彬等译，新星出版社，2007。

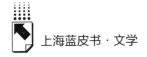

可以确定：没有人生活在权力关系之外。政治是水，人是鱼；水是无处不在的，同时，人也不可能脱离水生存。

故事的最后，尾巴与剪刀小组解散，但这并不代表学校中这种权力关系已经解体；两部小说设定的极端化，远超出了生活的可能性，也不能代表小说没有现实的参考意义——相反，现实只会更严酷、更"成人"。

4.文学："压倒性证明"的幼稚

文学作品总是难逃其教化意义。在小说中往往有这样一种做法：先将需要讲述的道理拟定为一种规则或者法则，再用小说的人物去证明规则或法则的正确性。

刘慈欣的《三体II》便杜撰了一则宇宙法则"黑暗森林"，而小说的后半部分乃至整个第三部，都是在验证这个宇宙法则的正确性；不按宇宙法则行事的女主角，读者则在作者的暗示下感到了对她的厌恶。1907年诺贝尔奖得主吉卜林的小说《老虎！老虎！》也是如此，主角莫格里作为被狼群收养的狼孩，从小被教导要遵循"丛林法则"，当他被不遵守丛林法则的猴子捉走时，按照丛林法则发出信号，因此得到了解救；另外，瘸腿老虎不遵守丛林法则，最后也得到了被牛群踩死的结局。

这种事先拟定一个规则，之后去"证明"其正确的文学手法，其实是狭隘的。这种手法是将文学窄化，把文学变成了自娱自乐的证明题，文学的丰富性在此丧失了。

我认为《尾巴I》《尾巴II》的好处也正在此：事先拟定一份不可拒绝的游戏邀约，设立游戏规则，但所做的事情并不是证明，亦非证伪，而是双方辩手共存，最终将一切带给时间。因为，若只是证伪，则变成了反面的"证明"——变成另一种证明。

小说给出缔造尾巴组织的意义——龙虾老师的学生，曾因早恋而死；也给出取消尾巴组织的原因——林博恪的好友因尾巴而变成植物人。双方都不是绝对正确，背后都有可供探讨的空间。展示，而非给出一个绝对的判断，保证小说的开放，文学的丰富性便得到了充分的保证。

# 四 结语

王若虚的《尾巴Ⅰ》《尾巴Ⅱ》甚至让人想起哈代的小说《苔丝》或《无名的裘德》，书写在看似不可改变的规则面前，青年人带有理想主义色彩的挣扎，让人十分动容。这两部小说不仅仅是不同类型文学表面特征的融合，更是对爱情的复杂性进行探讨，同时保持了精神性的质问与可读性，十分难得。

近年来，反乌托邦题材的文艺作品愈来愈多见，其中书写爱情的方式也极为独特。譬如《饥饿游戏》中，女主角就可以为了观众（娱乐）与生存（在政治压迫下），假装与男主角恋爱；但同时，这"爱情"恰恰成为他们反抗政治压迫的工具，而女主角也似乎真的坠入爱河，"心里隐隐地，为最终不得不撒开皮塔的手而痛苦"。这样书写爱情的方式，就极具参考价值。

可以说，王若虚所提供的文本，是极有意义的。这意义的背后，是极大的可能性。《尾巴Ⅰ》《尾巴Ⅱ》这两部小说，尚站在这极大可能性的门口。如何从同类作品中汲取更多养料，发掘出更多类型融合的结合点，下探到更深、更复杂的人性深度，是作者接下来要面对的问题。

# B.16

## 在"上海情调"之外

——读钱佳楠《人只会老，不会死》

李 璐*

摘 要： 钱佳楠的叙事远离浮华绚丽的上海情调，而置身于平
民生活中，用她独特的视角书写城市底层社会的生活，
既揭示平民生活的困境、情感世界的缺损，又通过对
家庭温情的展现寻求化解。她的小说展开了为既有话
语所忽略的另一个城市生活世界。

关键词： 钱佳楠 都市梦 困境 家庭

张爱玲曾写过她眼中的"中国的日夜"，在冬天的暖阳下，走着
去买菜，沿街遇到叫卖橘子的商贩、与周围环境显得格格不入的化缘
道士、宣讲小姑劣迹的肉店老板娘等。对于她来说，"快乐的时候，
无线电的声音，街上的颜色，仿佛我也都有份；即使忧愁沉淀下去也
是中国的泥沙。总之，到底是中国"。① 可是张爱玲是居于都市公寓
的中产阶层女性，她笔下的上海街景是隔着一种审视的距离的，在这
里，日常生活中的生计是理想化的——"上街买菜去，大约是带有

---

 ＊ 李璐，上海社会科学院文学研究所研究生。
 ① 张爱玲：《传奇》，人民文学出版社，1986，第492页。

一种落难公子的浪漫的态度吧?"①。而大约半个世纪后的钱佳楠则是置身在这样的平民生活中的,在为《人只会老,不会死》一书所绘的一幅曹杨铁路农贸市场的插图旁边,钱佳楠配上了这样的注解文字:"中国的日夜,在上海的菜市场里。摊贩拍烂脑袋写下广告词,阿姨、妈妈挖空心思讨价还价,再看人家杀鸡杀鱼,暗处的水果西施正眯眯笑"。在书页的另一侧是钱佳楠画笔下的"上只角",窄窄的弄堂上方,天空被交错的电线划分出昔日上海繁华梦的形状,昏黄的街道和房屋似是寓示着一段旧时光正悄悄隐没。

有学者曾指出:"边缘的、日常的记载,在过去常常作为'历史的沉默'(The null of history),在以政治史为中心的历史叙述里面往往被忽略,这些缺乏激动人心的事件和缺少关键作用的人物的作品中,历史似乎处在凝固和停滞之中,使得习惯于描述政治大变化和社会大动荡的历史学家,总是觉得它'无关紧要'"②,然而,在钱佳楠小说里,家庭生活琐细是一个永恒的话题。在《回家的第三条路》这篇回忆性质的自传体散文中,钱佳楠表明了自己的写作姿态,即记忆中的是自己所赞同的真实,所以,尽管是同一座建筑,但是外墙刷成乳黄色的永安百货大楼对于作者来说"是一份凭空杜撰的上海情调,并不真实,我记忆中的华联商厦是灰色的"。③ 城市日常生活中的美好被作者一一梳理,放学回家的第三条路是"向左走"的,街道以及电影院、蛋糕店都与自己的回忆相关,甚至"宛如初恋的甜蜜"的扶手电梯也记得。正如她自己所言:"在我眼中,上海不只是南京路的十里洋场和陆家嘴的水泥森林,洪镇老街、巨鹿路、曹杨铁路农贸市场也同样是上海,并且这才是我生活中每日寒暄致意的上

① 张爱玲:《私语:张爱玲散文集》,花城出版社,1990,第29页。
② 葛兆光:《本无畛域:书评七篇》,海豚出版社,2010,第2页。
③ 钱佳楠:《人只会老,不会死》,山东画报出版社,2014,第5页。

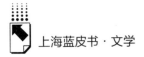

海，南京路和陆家嘴反倒让上海人感到陌生"。[1] 在钱佳楠看来，上海最迷人之处正在于其烦人却又有趣的市井气息，在一篇访谈中，她也说"人只会老，不会死"是她所理解的上海平民精神。钱佳楠以自己的视角书写上海底层民间社会的生活形态，其真诚而安静的叙述，远离了浮华绚丽的上海情调。

一

在钱佳楠的小说里，故事发生的家庭大多是贫穷的。《一颗死牙》开篇即是："夏天暴露了这个家唯一的特征：贫穷"。有评论家指出："城市小说要写的，是作者生活中那个每日寒暄致意的城市。那些城市之子向他们的城市致意，通常是致以爱意，但不是爱它的富足，而是爱它的贫穷。"[2] 与这样的贫穷共处一室的一家人的日常生活通常是窘迫的，为了节省水电费、煤气费而耍一些小聪明。在这样的家庭中，父亲的形象是怯懦的，但是"囊中羞涩终于抵过了他的胆小"，譬如将铁插片放到电表上偷电，母亲对这种行为的态度也是默许的，或者说是怂恿的。然而，在来人检查时，出现了让人哭笑不得的一幕。

> ……因为父亲特别怕电铃声，怕敲门声，有一两次，电铃响了起来，父亲老鼠似的窜进灶头间，关上门，划上插销，她又不接翎子，去开门，来人说查煤气，她就去敲灶头间的门，父亲阴阳怪气地说："人在厕所间，不方便。"
>
> 来人说自己等一下。
>
> 父亲就弄出大便不畅时的"嗯嗯呀呀"，振聋发聩，吓得人

---

① 钱佳楠：《人只会老，不会死》，山东画报出版社，2014，第188页。
② 张定浩：《关于"城市小说"的札记》，《上海文化》2014年第11期。

家拔腿就跑。

　　她对着空开的门，望着夹尾巴的身影，听着别人家的敲门声，许久，才关上门。又要过很久，她才幡然醒悟：原来，连煤气都偷![1]

　　小说中的女主人公从记事开始就习惯于父母因为日常琐事的争吵，随着年岁增长，她也学会了数落和抱怨，她爱挑着眉毛，以古怪的语调跟母亲讲："看你挑的好老公!"，或是学着母亲的口气关照父亲"劐剥脚!"，以及在父亲习惯性地翻箱倒柜发出噪声的时候，吼道："寻物什就寻物什，屁话哪能介许多?"。起初她还会愣上半天才幡然醒悟原来自家连煤气都偷，到后来已经习惯于这样的"突发状况"——"她目睹父亲的急促、畏惧、狼狈，怕人家查出他家十年没交有线电视费，听到三个月就大方地赤着脚蹬蹬蹬回房间第一个抽屉里翻钱，麻利地数给人家，还颇为有礼地直说'谢谢'"[2]——这不可谓不是一种精明与淡定，却也让人觉出心酸的意味。

　　《一颗死牙》中的父亲留给女儿的是"夹尾巴的身影"——在这里，现代都市人的力量近乎弱小的动物。而在钱佳楠的另一篇小说《童言无忌》中，幼时的东东得不到大人和小伙伴们的理解，他的心理活动是"我想我倘若有条尾巴，一定会垂下来，可惜我没有，我瑟缩的影子一走进石库门，一口就被吞了"[3]。这也让人想起伍尔夫在《狭窄的艺术之桥》一文中关于现代人的一段描述："那长长的砖石砌成的大街，被分割成一幢幢盒子一般的房屋，每幢屋子里都住着一位不同的人，他在门上装了锁、在窗上安了插销，来获得清静独处不受干扰的某种保证；然而，他头顶上方的天线、那穿越屋顶的音波，却大声告诉他关于在全世界发生的战争、谋杀、罢工和革命的消

---

① 钱佳楠：《人只会老，不会死》，山东画报出版社，2014，第48页。
② 钱佳楠：《人只会老，不会死》，山东画报出版社，2014，第50页。
③ 钱佳楠：《人只会老，不会死》，山东画报出版社，2014，第61页。

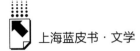

息，他借此和他的同胞们保持联系。如果我们进屋去和他攀谈，我们会发现，他是一头谨小慎微、遮遮掩掩、满腹狐疑的动物，极端地忸怩不安、小心翼翼，唯恐泄露了他自己的秘密。"① 都市人的这种异化是现代社会中很重要的一个特征，现代日常生活是趋于"碎片化"的，身处其中的都市人受到工业文明的规训，一定程度上都成为"秩序"的附属品，在这样的体系中，人作为劳动力，其价值由金钱来衡量，而并不是基于对于个人的整体判断。在钱佳楠写的《近道》一文中，多年未去阿姊家的男子重回旧地，可是"西装束得他无法开步跑"。"西装"就象征着一种现代都市文明的仪表特征，不仅束缚了回到无忧无虑的过去的步伐，也使得都市人陷入了一种困境。

## 二

仍以《一颗死牙》为例，这样的一家人伴着小争吵，窘迫归窘迫，但会相安无事地继续生活着，同时他们也做着一种或许并不切近现实的都市梦。都市梦在这里指的是觅得美好的婚姻，也意味着可以跳出促狭的家，过上体面的生活，这样的都市梦是在金钱法则下形成的。小说中的主人公高中入校时，他们遇到了父亲的熟人，"人家的父亲上身条纹衬衫，下身西装长裤，黑皮鞋，手腕上还有块豪格表"②，在母亲眼里，自家老公"背心、短裤加拖鞋"的着装在那种场合实在是不合适，在一场暗暗的较量中输了。所以，当得知女儿男友的事情之后，母亲多年来唯一的梦又回来了，"温柔地搓着女儿的手：'有机会要自己把握啊。我希望你嫁个好人家，勿受苦。'说着

---

① 〔英〕弗吉尼亚·伍尔夫：《论小说与小说家》，瞿世镜译，上海译文出版社，2009，第321页。
② 钱佳楠：《人只会老，不会死》，山东画报出版社，2014，第46页。

瞪一眼她六月就赤膊往地板上一躺的丈夫"。① 对于女儿来说，她也是因着这样的希望才忍受着，忍受"父亲翻抽屉的声音，自言自语的絮叨，蚊子在她的脚踝处打转的嗡嗡，还有楼下不知哪家每天放的街头十块钱三张的唱片"。② 但是这样的希望和幸福是小心翼翼地捧在手心的，"她隐隐中觉得自己的幸运会断送在这个破败的家里"，③坏死的牙将她的委屈与无奈以疼痛的方式加以宣告，吃力经营的爱情也在男友响亮的喷嚏声中结束了，她与母亲的梦也随之破裂了。讽刺的是，因为家里地方小，她"甚至都没有躲起来独自哭泣的空间"，只能装成流鼻涕似的去哭泣。母亲并没有理会她失恋的痛苦，和上次看牙一样，女儿都是隐忍地默默承受了。面对母亲习惯性地节省电费的举动、回想起父亲种种不靠谱的往事，她将这些都归为借口，或者说是一种对寒酸的家庭的妥协，总之她沉默了，或许是像《取暖》里的女孩儿一样，因为"她不要妈妈皱着眉头斥她一番：'瓠瞎讲！'"。④

从这里可以看出，年轻的一代人在现代都市生活中感到焦灼且试图反抗，但是上一代却似乎放缓了步伐，他们不理解孩子们在精神上面临的困境，固执地认为物质才是影响幸福与否的最重要因素，他们自己的生活体验即是这样的。这种父母与儿女之间的疏离感或者说是隔绝感在《谣言》中也可看出。昔日的老师成了狡猾的商人，以超过一个年轻人承受能力的物质利益诱惑主人公毕子墨。最后毕子墨慌忙逃出这个陷阱，发短信告知母亲已在回家的路上，而母亲却迫不及待地问老师是不是要帮忙介绍男朋友。在《送子龙蹄》中，身为厂领导的母亲菊芳面对女儿阿口在工作上遇到的困阻，给出的回应是一种职场上的"规训"——"进了社会，免不了要受气，要学会忍，

---

① 钱佳楠：《人只会老，不会死》，山东画报出版社，2014，第52页。
② 钱佳楠：《人只会老，不会死》，山东画报出版社，2014，第50页。
③ 钱佳楠：《人只会老，不会死》，山东画报出版社，2014，第53页。
④ 钱佳楠：《人只会老，不会死》，山东画报出版社，2014，第31页。

忍不住也要忍！"。① 对于厂里的员工江月的逃跑也与此形成一种呼应，菊芳对江月照顾有加，自己觉得为她安排得很好，对于她的离开甚至也有种预见的把握，"这种事情她见得多了，最后还是会一个个乖乖地跑回来"，而江月留下的是"故意搁着的两双银色的细高跟鞋和一只梅红色的皮包，全是菊芳送的"。高跟鞋、皮包，与西装一样，作为一种都市物质文明的象征，是捆绑住现代都市人自由的一部分因素。现代都市人面临这样困窘的生存处境，而从异化的日常生活摆脱出来转而像燕子那样轻盈又是很难做到的。在《搁板》这篇小说末尾，从黑黢黢的搁板里蹦出的一群老鼠，就好像那些零碎杂散的都市梦，是城市中沉积了好长一段时间的泥沙。

## 三

在钱佳楠的笔下，并不会出现最终实现都市梦这样的励志故事。相反，主人公们往往希望落空，在挣扎与不安的状态中沾染了一身的疲惫，然后与现实妥协，回到家庭中来。城市中有着太多的诱惑和复杂的关系网，唯有回到家庭，才有几分温情。作者试图为现代都市人的困境寻找一种出路，即回到家庭的场域中去化解。在《童言无忌》这篇小说中，小主人公东东被妈妈送到宁波路上的外婆家代为照顾，回忆里有外婆给"我"汰浴的经历和奇怪的大人钱叔叔。小说中的这段往事是由 L 的女儿引出的。这个小女孩儿反复地宣布："外公抱我，他的手断掉了"，尽管一旁的大人的解释表明只是因为外公手痛、并不是真的手断了，小女孩儿却只是记住了只言片语并说出令人吃惊的话，似乎是想博得大人的关注。如果试着将开头和结尾处对 L 的女儿这件事的描写略去，那么，这只是一篇单纯的回忆型小说。而在目睹 L 的女儿

---

① 钱佳楠：《送子龙蹄》，《芙蓉》2013 年第 5 期。

这一举动时，在孩童视角之上的叙述者"我"回忆起了往事，遥望着远处的天空——这个与童年时代不约而同的姿势，意味却早已不同，幼年时的东东或许并未试图去理解大人，一些事情在很多年后才明白。

> 中午来的电话，外婆走了。她只活了六十九年——晚年的她正如自己所言，花的每一分每一毫都是她自己赚来的，连丧葬费都留好了，收在她自己夜午箱的第二个抽屉里。还有一条我也是直到追悼会时才听说，外婆要我下午三点就洗澡，是为了和石库门里别的人家错开时间，当时十多户人家共用晒台上的这个水龙头。①

如果东东早点知道外婆在下午三点喊他去汰浴的原因，是不是会在十四岁那年的周末答应和妈妈一起去看望外婆？遗憾的是我们都是无法回到过去的。但是在沉入回忆之中的时候，主人公们往往产生一种与往事和解的情绪。在钱佳楠的其他小说里也可以发现这一模式。《狗头熊》中，霍嘉衣最终放下了因母亲出走而一直背负的情感包袱——"原来真的有很多东西都会消失，比如营多方便面，永昌超市，狗头熊，曹安市场，外婆家，还有妈妈，这些消失的人和物只得依靠活着的人的生命而存在——如果反过来这么想，霍嘉衣就觉得自己很有用"。② 在另一篇小说《搁板》中，仝瑶的妈妈对仝瑶的爸爸说："你的女儿从来不像别人家家里的孩子那样死要钞票，她只不过想你好好开口跟她讲话！"③ 家庭永远是城市中的个人生命的起点与终点，"可偏偏上一辈的忍辱负重和这一辈的嚣张跋扈之间相互割据，裂开成豁口，很多父母与孩子之间一辈子都没有能够走近对方"。④ 作者敏锐

① 钱佳楠：《人只会老，不会死》，山东画报出版社，2014，第 72 页。
② 钱佳楠：《狗头熊》，《芙蓉》2013 年第 5 期。
③ 钱佳楠：《人只会老，不会死》，山东画报出版社，2014，第 140 页。
④ 钱佳楠：《时代的马赛克拼图》，《芙蓉》2013 年第 5 期。

地觉察到了家人之间的这种隔阂感——这些是她所不愿见到的，她试图在日常生活琐细之中加入温暖的回忆与理解。钱佳楠在书的序言部分也说道："这是一册有关时间的小书，书中的人物都借着长大后的双眼回看童年，回看青春，难免多了一分彻悟后的惆怅"。[①]

这本作品集的最后一篇《死的诞生》[②]将在社会中挣扎的都市人又拉回到了家族的世界之中。家族里的老人们不再有物质上的需求，也不再做冲动的事情了，他们在乎的是子孙们对他们的情感依恋——"不行，他们一定要分清我们，他们一定要记住我们！"，他们的身体在时间的推移中逐渐变轻，同时也天真地"盼星星盼月亮地盼着新手臂的诞生"。这些祖先们"只会老，不会死"，他们一直守护着家庭，"每个人低头看的时候只能看见自己家，看见自己的家里发生什么或自家的小辈在干什么"。石碑旁的柏树"挥动着爷爷的手臂"，让人想起钱佳楠在另一篇小说里描绘的"那阿"这座诞生于树荫覆盖之地的城市。那阿城里的人们为了到达更高的阶层而拼足气力，这样的高度是晃眼的，由物质欲望堆砌而成，背离了自然的规律。老人们在生命的最后时刻变得很轻很轻，就像一种谐趣的童话，一切都变得简单起来。

在时代的车轮以追赶不上的速度轰轰前行的时候，总有一些落下队伍的人和事。文学则捡拾起了城市的记忆，审慎而又深刻，真诚而又温情。钱佳楠曾说道："那些字里行间或能逗人欢笑的生活琐细，是我最惧怕揭开的疮疤，但这些疮疤大概也是上海人'面子'底下最真实的'里子'"[③]，现代人在日常生活中时时刻刻面临这样或那样的困境，但可以确信的是，源自家庭的爱与希望是永恒的，毫无阻碍，直达这座城市的内心。

---

① 钱佳楠：《人只会老，不会死》，山东画报出版社，2014，第3页。
② 钱佳楠：《人只会老，不会死》，山东画报出版社，2014，第175页。
③ 刘丛：《希望它是一本任何人去买我们都不会感到半点心虚的书》，《记者观察》2015年第5期（上）。

# 城市文学：观察与反思

City Literature：Observation and Reflection

**B.17**

## 城市化进程中的精神症候

王春林*

摘　要：　如果说深圳在中国城市化的进程中曾经得风气之先，那么，《民治·新城市文学》这本杂志的创办，则是深圳引领城市文学创作风气之先的一个重要表征。该刊办刊宗旨明确标示为对于一种"新城市文学"的倡导，特别强调一种"新"的城市生存经验的关注与表达。通过对该刊若干描写表现当下时代城市生活的优秀小说作品的细读分析，既能够切身体会到由乡村到城市社会转型的艰难不易，也更能够充分感受这一过程中身份意识的转换所必然导致的精神痛苦与心理焦虑。

---

* 王春林，山西大学文学院教授，主要从事中国现当代文学研究。

关键词： 深圳 城市文学 精神征候

作为一个典型的后发被动型的现代化国家，中国的现代化进程，最早应该从丧权辱国的鸦片战争算起。从那个时候算起，在现代化的道路上，我们已经走过了将近180年的艰难历程。这期间，朝代几经更迭，战乱频仍，现代化的进程也曾经几番受阻。在一般的理解中，所谓现代化，一个非常重要的内容就是城市化。所谓城市化，一般是指随着一个国家或地区社会生产力的发展、科学技术的进步以及产业结构的调整，其社会由以农业为主的传统乡村型社会向以工业（第二产业）和服务业（第三产业）等非农产业为主的现代城市型社会逐渐转变的一个历史过程。就中国来说，其城市化进程可谓一波三折。民国年间的1930年代，亦即从1927年蒋介石的主政到1937年中日战争全面爆发的这个十年，习惯上被称作"黄金十年"。在这社会相对稳定的十年期间，中国的城市化进程取得了比较理想的一种效果。但紧接着，伴随着大规模战争的发生，城市化进程遂告中断，这种情形一直延续到1949年的朝代更迭。新中国的成立，标志着这个饱经战乱的国家终于进入了一个平稳的和平时期。依照常理，一个和平时期的到来，就为城市化的发展提供了较好的条件与契机。但问题在于，进入共和国时代之后，中国长期处于毛泽东的所谓社会主义革命与建设的理论影响之下。这期间，虽然也在强调社会主义建设，虽然也不能说城市化就已经完全处于停滞的状态，但相比较而言，还是社会主义革命的理论占了上风。在这种理论的影响之下，一场紧接着一场的政治运动与意识形态领域的各种论争碰撞，成为一种社会的常态构成。如此一种城市化进程基本停滞的情形，一直延续到了"文革"结束的1976年，伴随着一代政治伟人的辞世谢幕为止。"文革"结束后，曾经一度紧紧关闭的国门再度向世界敞开，中国开始进入了一个史称"思想解放""改革开放"的历史时期。到了这一历史时期，国家的工作重心第一次真正地落到了经济的层面，开始步入了一个务实的发展时期。到了这个时期，虽然还偶有周折，但就总体状态而言，曾经停滞很长一段时间的城市化进程被再度提到议事日程之上，获得了较之此前相对理想的一个社会发展空间。尤其是进入1990年代乃至于21世纪以来，伴随着所谓市场经济的到来，中国彻底进入一个经济时代，步入了经济飞速迅猛发展的快车道。经济的飞速迅猛发展，所带来的自然也就是城市化的步伐的日渐加快。某种意义上，我们完全可以说，城市化的疾速发展本身，乃可以被看作是经济时代真正形成的一个突出表征所在。而近一个时期以来，标志着中国城市化进程突飞猛进的一个重要事件，就是由中国社会科学院社会学研究所在2011年12月19日正式发布的2012年社会蓝皮书《2012年中国社会形势分析与预测》，书中称，2011年是中国城市化发展史上具有里程碑意义的一年，城镇人口占总人口的比重首次超过50%。这一数据的发布，意味着中国的城市人口事实上已经超过了农村人口。

在"文革"结束后中国城市化步入发展快车道的进程中，深圳可谓有着特别的代表性。这座南方名城，1979年才由宝安县变身为深圳市，只是经过短短的不到四十年的时间，现在就已经发展成为一座名扬中外的现代化大都市。深圳将近四十年的发展演变过程，在很大程度上，完全可以被看作是"文革"后中国城市化进程的一种高度浓缩。这一点，在那首名为《春天的故事》的歌词中，表现得可谓格外突出。"1979年，那是一个春天，有一位老人在中国的南海边画了一个圈，神话般地崛起座座城，奇迹般地聚起座座金山……1992年，又是一个春天，有一位老人在中国的南海边写下诗篇，天地间荡起滚滚春潮，征途上扬起浩浩风帆。"歌词中的1979年，对应于宝安县那一年的撤县设市，深圳从此诞生。1992年，对应于邓小平那一年的南方谈话，因为正是邓的谈话，根本上奠定了中国市场经济道路。作为一个新兴城市，深圳的发展，乃完全得益于这两个关键性的时间节点。与中国一种特定的社会政治体制有关，即使是如同深圳这样发展势头甚为蓬勃的新兴大城市，也照样离不开国家给予的特殊政策。我们之所以强调1979年与1992年这两个时间节点对于深圳的重要性，根本原因正在于此。对于这一点，明眼人不可不察。

某种意义上，文学可以被看作是社会发展的一种晴雨表。伴随着中国社会的城市化转型，一种以现代城市为关注对象的城市文学的应运而生，也就自是题中应有之义。对此，早有敏感的论者作出过相应的论析："考察当下的文学创作，作家关注的对象或焦点，正在从乡村逐渐向都市转移。这个结构性的变化不仅仅是文学创作空间的挪移，也并非作家对乡村人口向城市转移追踪性的文学'报道'。这一趋向出现的主要原因，是中国的现代性——乡村文明的溃败和新文明的迅速崛起带来的必然结果。"① 这里，论者所强调的正在迅速崛起中的新文明，很显然就是城市文明。尽管从题材的角度来考察，乡村题材的文学作品在当下的中国文坛依然占有相当大的比重，但就未来的发展趋势而言，城市题材文学作品的蔚为大观，恐怕是一种难以回避的必然结果。正所谓"春江水暖鸭先知"，既然深圳在中国城市化的进程中曾经得风气之先，那么，在城市文学的崛起过程中，得天独厚的深圳也应该发挥一种充分的引领作用。以我愚见，这种引领城市文学创作风气之先的一个非常重要的表征，很可能就体现在一本名为《民治·新城市文学》的文学杂志的创办上。与那些大刊名刊有所不同的是，其一，虽然迄今已经有了长达八个年头的办刊历史，但《民治·新城市文学》却仍然是一本只有期刊准印证的内部刊物。其

---

① 孟繁华：《乡村文明的变异与"50后"的境遇》，《文艺研究》2012年第6期。

二，这本刊物的主办单位，不过是一个隶属于深圳龙华新区的民治街道办事处。在我个人有限的视野里，以一个办事处之力，能够把一个根本就没有正式刊号的文学杂志办得风生水起，能够吸纳全国范围内众多优秀作家尤其是一大批青年作家的优秀作品，能够在文学界口口相传产生极大的影响力，放眼全国恐怕也独有《民治·新城市文学》一家。一个不起眼的办事处主办的刊物，竟然能够辐射全国，究其原因，除了地处深圳这样一个前沿性城市之外，与以执行主编裴亚红为代表的一众编辑的积极努力和忘我投入，与民治办事处历任领导的鼎力支持，都有着不容轻忽的重要关系。

八个年头坚持下来，《民治·新城市文学》已然成为业界一个影响很大的刊物。那些先行发表在这本刊物上的绝大部分作品，不仅都已经刊载于国内各种公开刊物，而且，其中的一部分作品还曾经获得过包括鲁迅文学奖在内的各种文学奖项。无论如何，一家办事处主办的文学刊物，能够在短短数年之内取得如此成绩，真是很不容易的事情。其间甘苦，真的是非亲历者不能知。现在，为了及时回顾总结创刊这些年来所取得的成绩，同时也为了更有效地扩大刊物的影响力，编辑部同仁把 2009～2013 年这五个自然年度内所刊发的作品做进一步的精挑细选，最终编选出《民治·新城市文学精选集》（花城出版社，2015 年 12 月版）共计四册。用执行主编裴亚红的话来说，就叫作："我们计划从每个年度发表的作品里，精选优秀作品结集出版，为这本刊物留一个长久的纪念，同时也是为深圳文学的不断前进和发展背书。"[1] 这样，也就有了摆在我们面前的这四本从内文到装帧设计均特别精美的作品集。虽然在具体篇目的选取上或许会有遗珠之憾，但四册在手，的确也还是能够帮助读者纵览《民治·新城市文学》五年来的总体风貌。

---

[1]　裴亚红主编《民治·新城市文学精选集》，花城出版社，2015，第 5 页。

　　既然刊物直接标明为"新城市文学"，那在题材意义上特别注重于城市的关注与书写，也就是顺理成章的一种结果。翻检五年来所刊发的作品篇目，尽管也少不了仍然会有一些作品涉及乡村生活，但其中的绝大多数都已经把注意力聚焦到了城市生活，却是无可置疑的一种事实。放眼全国，明确把自己的办刊宗旨标示为对一种"新城市文学"的倡导，特别强调一种"新"的城市生存经验的关注与表达者，舍《民治·新城市文学》外恐怕也还没有第二家。也因此，正如同深圳可以被视为"文革"后四十年中国疾速城市化进程的代表性城市一样，这本《民治·新城市文学》也完全可以被看作是近一个时期中国城市文学创作状况的一个缩微标本。套用裴亚红的话来说，就是"在当年的时代背景下，深圳作为全国新城市形态的集大成者，生活于其间的人与其他地方的人有着截然不同的经历和心路历程。如何进入城市，如何成为城市人，如何离开与守望，如何回望故乡和来处，为游走在城市和故乡之间的深圳人提出了严峻拷问。在一个新城市的居所里，我是谁？我从哪里来？要到哪里去？我的身份和认同，我的来路和归宿，这一系列繁难而沉重的问题为深圳文学的发展提供了丰富的矿脉。"① 需要注意的是，裴亚红的这段话语，表现了过于明显的深圳本土意识。唯因其视野稍嫌偏狭，所以我愿意补充强调，论者的这一番话语，其针对者其实更应该扩大到全国范围。而这，也就意味着，裴亚红提出的那一系列在城市化进程中必然会出现的"繁难而沉重的问题"，并不仅仅是属于深圳的，而且更是属于中国的。一个关键的问题还在于，为《民治·新城市文学》实际供稿的，并不仅仅是深圳的作家，而是全国范围内的一众优秀作家。由于其中的很多人并无深圳的生存经验，所以如果仅仅强调深圳，就不仅意味着对国内其他城市生存经验的一种明显漠视，而且

---

① 裴亚红主编《民治·新城市文学精选集》，花城出版社，2015，第5页。

更无法涵括这众多发表在《民治·新城市文学》杂志上的文学作品。在这个意义上，《民治·新城市文学》就可以被看作是我们观察了解城市化进程的一个很好的窗口。对于文学这一特定的精神载体而言，如何采用恰切的语言艺术形式，把国人在城市化进程中的曲折命运遭际与复杂心理感受充分地传达表现出来，乃是其义不容辞的社会与历史责任。也因此，借助于刊载发表于其上的诸多优秀文学作品，我们就既能够切身体会由乡村到城市社会转型的艰难不易，也更能够充分感受这一过程中身份意识的转换所必然导致的精神痛苦与心理焦虑。本文的主旨，即在于通过对入选《民治·新城市文学精选集》中若干描写表现当下时代城市生活的优秀小说作品的细读分析，对突飞猛进的城市化进程中人们所暴露出的各种精神症候做一番尝试性探讨。

深圳是一座典型的移民城市，又或者，并不仅仅是深圳，在全国性的城市化进程中，由故乡向城市的移民，都可以说是一种非常普遍的社会现象。但在很多时候，身移走了，心呢？蔡东的《福地》所紧紧抓住的，就是如此一种精神状态。作品描写的是主人公傅源的一次返乡之旅。傅源之所以突然萌生返乡的念头，是因为姐姐在一次电话中告诉他，老家那个小名叫作锁头的大堂叔没了。然后，傅源便决定返乡奔丧。依照常情常理，一来与大堂叔的亲缘关系已经比较远，二来傅源又远在千里之外的深圳，他根本就没有必要千里迢迢返乡奔丧。也因此，他的返乡决定，便自然遭到了老婆与姐姐的竭力反对。但傅源的表现却特别执拗，到最后还是坚持踏上了返乡之旅。那么，傅源为什么非得执意返乡呢？却原来，为大堂叔奔丧，也仅仅是一个由头而已，究其根本，傅源的执意返乡，是为了"替老乡吕端回去看看"。吕端生前，曾经与傅源进行过关于最后归宿地的探讨。"他反复问一句：'傅源，你想过死后埋在哪里吗？'傅源支支吾吾着东拉西扯，吕端自顾自地说：'一想到死后埋在深圳，我就觉得害怕，真害怕。'虽为同乡，但傅源无法承诺什么，只是叹气。"傅源之所以只能叹气，是因为他在吕端的最后归宿问题上无能为力。到最后，吕端的灵魂归宿果然由不得他自己。虽然他生前特别惧怕被埋在深圳，留下的遗愿是："送我回去，如果有困难，就把骨灰掺和上香油和炒面撒到空中喂鸟。"但到"最后，吕端的妻子拍板，说：'随大流进百龄园吧，回老家不现实，也没法就近祭拜。喂鸟的胡话更别提了，入土才为安。'"正因为吕端没有能够如愿魂归故里，所以才有傅源"替老乡吕端回去看看"一说。但不能忽视的一点是，只有在回到故乡傅屯之后，傅源方才搞明白，却原来，大堂叔锁头也是死在省城，死后魂归故里的。用傅源老父亲的话说，就是："你大堂叔在省城待了几十年，在傅屯没家没业的，幸亏还有个兄弟守住了根儿，不然怎么安置？"事实上，无论是吕端的后事，抑或是大堂叔的后事，文本中的这两处描写最终都指向了傅源自己。正所谓"借别人的酒杯浇自己的块垒"，却原来，小说根本的指向乃是傅源自己内心一直无法释然的精神纠结。那就是，自己灵魂最终的归宿地究竟何在？尽管已经在深圳打拼二十年之久，但在自己的精神深处，傅源从来就没有把深圳当作是最终的灵魂归宿地。问题的关键在于，深圳固然不属于自己，但离乡时间一长，故乡也似乎不再属于自己："每次往深处想，他就感到一种彻底的虚空，他从来都未属于深圳，并且，他也渐渐不属于傅屯了。"很显然，这里傅源一种虚空感的产生，乃可以被视作这篇《福地》的"文眼"之所在。归根到底，所谓"福地"者，也就是主人公一直念兹在兹的灵魂归宿地。从表面上看，傅源、吕端他们所纠结不已的，乃是身后究竟葬身何处的问题。但借助于如此一种难以释怀的心理纠结，蔡东所真切传达出的，其实是一代新城市人精神茫然无着的一种心理现实。这里的深圳，很大程度上可以被看作是现代城市的一种象征。由此可见，蔡东真正写出的，其实是当下时代类似于傅源这样的身份转换者精神的漂泊无依与难以排解的文化乡愁。

蔡东的另一篇小说《无岸》，则是借助于教育问题的聚焦透视而写出了城市中产阶级的某种生存困境与精神暗结。小说中的柳萍和童家羽夫妇，只生有一个女儿。虽然在女儿接受教育的过程中，柳萍曾经付出了巨大的经济与精神代价，但差堪告慰人心的一点是，在当下竞争殊为激烈的城市里，女儿的学习成绩还算不错。也因此，这些年来，柳萍夫妇实际上过着一种相对平稳的中产生活："这些年经济条件还不错，柳萍已很久没遇到钱的难题。在一座永不匮乏的梦幻之城，她每个周末都外出购物，高兴时买东西，不高兴时还买东西。她熟悉各种品牌，追求生活品质，颈上白金链子松松地挂个碧玉坠儿，手腕上一圈绿莹莹的翡翠镯子。"在进行了如是一番描写之后，蔡东写道："那是一副有家底的模样。"之所以要这样抄录一番，是因为不如此就很难切实见到城市中产者柳萍的日常生活品质。然而，只是从太平洋对岸寄来的一张女儿的大学入学通知书，就使得柳萍的平稳中产生活惨遭痛击："怎么算都不够，四年大学读下来，就算女儿过简朴的生活，不臭美，不社交，不发展任何爱好，也要将近两百万的花销。"柳萍夫妇"攒了半辈子的钱，忽然全没了。人生不但归零，居然还出现了负数。"怎么办呢？在当下这样一个竞相攀比的时代，如柳萍这样的好慕虚荣者，要想让她主动舍弃这一难得的升学机会，是万万不可能的。既然不愿意舍弃，那就得拼尽全力来多方筹措以满足留学的要求。为了不至于落得个卖房后再度住进农民房的悲惨结局，知识分子柳萍只能够斯文扫地，委曲求全，为五斗米折腰，摧眉折腰以事权贵。这一方面，一个不容忽视的重要情节，就是柳萍夫妇俩之间的"受辱训练"。在经过了很长时间的一段"自觉"训练之后，效果的确非常明显："重复训练产生了奇效。无论'何主任'态度多傲慢，气焰多凌人，柳萍都满脸堆笑，说出来的每句话都是敬语，亲爹热娘，丝毫不觉得肉麻牙酸，她甚至从中感觉到奇异的快乐。每次训练完，她就觉得自己充实而有力，体味到一种饱胀欲破的满足感和成就感。她也终于承认，何主任正是她希冀成为的那种人，精力旺盛，志存高远，时代的典型人物，生活的强者和宠儿，有自己的位置，有中长期的规划，回首人生时很好写总结。"从最初的强烈不适，到后来受辱后一种"满足感和成就感"的油然而生，蔡东写出的，其实是知识分子柳萍被现代欲望惨重折磨着的精神世界的被扭曲与被异化。更有甚者，到后来，柳萍居然"迷迷糊糊地说我爱上了训练，我……我好像也爱上了何主任。"毫无疑问，对于这一篇《无岸》来说，其"文眼"就是柳萍的"受辱训练"这一关键性情节。正是通过这一情节，蔡东的笔触相当犀利地探入了现代城市一批中产知识分子的精神纵深处。

王威廉的《看着我》，写出的则是一个卑微的都市小人物的精神焦虑与人格自尊之间的双重复杂缠绕。身兼第一人称叙述者功能的小说主人公"我"，其社会身份是一个图书仓库管理员，"终日与一些滞销书为伍，这使我的思想也变得落伍，与这个时代格格不入。当然，也并不是我故作清高，恰恰相反，是时代的筛孔太小，而我太大（也许不是体积大，只是形状古怪？比如，有斜逸而出的突起），我被卡在了一个古怪的位置上，不能上也不能下，比较尴尬。"请一定注意王威廉这个人物身份的特别设定，读到这里，敏感者或许已经把这个主人公与拉美文学巨擘博尔赫斯建立了某种联系。两位都既是图书管理员，也是诗人。只是我不知道，假若博尔赫斯真的来到当下时代的中国城市，是否也会有一番如"我"一般的奇异人生遭际。小说的核心情节，是"我"与"我"的顶头上司之间围绕诗歌所发生的一次激烈冲突。一个偶然的机会，"我"写诗的事情被同事萍姐发现并传播了出去。但这样的事件，也只是一时能够引起人们的好奇而已，很快地，"我的生活又重新变得死寂"，毫无生机可言。但不知道怎么回事，"我"的领导竟然也知道了"我"会写诗，于是，不仅把"我"招至办公室耳提面命，而且还把他自己写的诗稿交给"我"，让"我""看看"。然而，还没来得及等"我"打开笔记本阅读领导的诗作，笔记本就被萍姐他们给抢过去"先睹为快"了。他们"先睹为快"不要紧，关键是他们还一边夸赞，一边把领导的诗作大声读了出来。大声读出来也不要紧，关键还在于"我"的道行不深，竟然当着这些同事的面以大笑出声的方式表达了对于领导诗作的不屑。通过如此一种不合时宜之举，"我"就把自己实际置于了一种类似于契诃夫笔下那位小公务员的处境之中。别说周围的同事了，即使是在一个小餐馆里，"我"所遭遇到的，都是一种冷漠的目光："我是一个顾客，这没错，可是那脸上堆起的笑容分明是为了掩饰眼神中的冷漠，我捕捉到了那冷漠，它和萍姐以及公车上白领的冷漠有着异曲同工之妙，都是视我为物，一个并不存在的物，或是一个可以成为任意存在的物。"带有强烈反讽意味的一点是，从"人"那里得不到的，"我"只能从一只猫那里感受到："我心里一震。我所期待的，我所认为正常的，不就是这样一种健康与自然的目光吗？"就这样，通篇小说，王威廉都在围绕目光在做文章。作品之所以被命名为"看着我"，其根本原因显然在此。到最后，"我"与领导面对面的冲突，也是聚焦于目光而表现出来的。虽然卑微的"我"已经再一次不无卑微地给领导写了一篇阿谀的读诗报告，但趾高气扬的领导却仍然还是不肯正眼瞧"我"。自我尊严被严重冒犯的"我"终于忍无可忍，彻底爆发："体内涌出了连我自己也难以想象的勇气，也许是长期的抑郁与焦虑终于抵达了一个临界点。我停住脚步，转身往回走，在他面前站定说：'请你看着我。'""我"的怒吼，终于让领导"哆嗦"了。而"我"自己呢？"我的心里夹杂着恐惧、愤怒以及破罐破摔的无赖之勇，当然，还有一丝恶作剧一般的快感，这是我之前完全料想不到的。"就这样，借助于与领导之间一次骤然爆发的对抗性冲突，"我"对"我"自己有了一些新的发现。"我"的骤然对抗，带来的严重后果，是自己的双重失败："自尊的破产和工作的下岗。"彻底无望之后，"我"竟然一边大声宣告领导诗作的糟糕，一边把一把裁纸刀送进了领导的肚皮里。到这时候，"我"在领导眼里发现的，是"恐惧、愤怒、悲哀以及绝望"。毋庸置疑，王威廉这篇小说的"文眼"，就在"我"与领导最后的对峙以及激烈冲突上。通过这一"文眼"，王威廉写出的，是一位曾经饱经屈辱、备受摧残的卑微者精神尊严觉醒后的大爆发。

在对城市化进程中精神症候的书写上，傅爱毛的《尖叫与裸奔》也不容忽视。如果说进入蔡东、王威廉视野中的更多是城市里的普通人，那么，傅爱毛《尖叫与裸奔》意欲关注表现的，就是那些可谓是一掷千金的富豪阶层。小说的女主人公，名叫卓月琳，是当地一位小有名气的房地产开发商。或许与她人生打拼过程中见惯了人与人之间的尔虞我诈、彼此倾轧有关，卓月琳打定主意过着一个人的"单身贵族"生活："她的明白和透彻具体表现在：不结婚，不找情人，不生孩子。"一个连老公、情人甚至孩子都不要的女人，其性格定位，就只能够是冷血无情。然而，即使冷血无情如卓月琳者，也需要有男人来和她做爱。对于卓月琳来说，这个也不是什么问题："具体地说，卓月琳每过一段时间便去梧桐雨一次，拿钞票消费男人。"就这样，一手交钱，一手交货，叫作"干净利索嘎嘣脆"，互相之间两不欠。卓月琳没想到的是，自以为早已经刀枪不入的自己，到头来却偏偏就栽倒在以这种方式结识的一个男孩子"西门春雪"身上。西门春雪是一个二十三四岁的英俊小伙，在梧桐雨的众多服务生中，他是最令卓月琳感到称心如意的一位。时间一长，卓月琳就不知不觉地依赖上了西门春雪："西门春雪就是她的'毒'，只有这'毒'才能让她摆脱掉尘世的羁绊，并忘掉日益迫近的衰老和死亡，凌空而起，飞越无限，达到如仙似幻的境地。"然而，就在卓月琳的这种依赖感

日渐强化的时候，西门春雪却突然不辞而别悄然隐踪了。这可真的
是，不消失不知道，西门春雪一消失，卓月琳方才感觉到自己无论如
何都已经离不开这位小伙子了。好在有钱能使鬼推磨，好在卓月琳有
的是钱。很快地，卓月琳就把西门春雪的身世来历搞了个明白清爽。
却原来，"这西门小伙子原名白小黑，出身贫寒农家，大专学历，此
刻正在洛城一个广告公司做文案。"面对着退避三舍的西门春雪，卓
月琳萌生了一个必须想方设法让这个小伙子成为自己生日礼物的强烈
念头。就这样，正如同猫捉老鼠一样，一个要逃离，另一个偏偏要竭
力捕获，男女双方开始了一场竞逐游戏。在做出的各种努力均以失败
告终之后，卓月琳使出了最后的撒手锏。那就是一套价值几十万的住
房，再加上西门春雪个人隐私的保密。没想到，即使如此，西门春雪
也没有屈服。生日那天，出现在卧室床上的，竟然是怀里抱着一只骨
灰盒的西门春雪。却原来，骨灰盒里的死者，是西门春雪的女朋友，
西门春雪之所以要做"鸭"，是在为她筹措手术费用。未料还没等钱
筹措够，她就已经为了不再拖累西门春雪而自杀了。一个小伙子，宁
愿怀抱骨灰盒，也不愿意接受卓月琳，由此可见，卓月琳在他的心里
实在无足轻重。受到如此这般的强烈刺激之后，卓月琳便形成了一种
无以自控的"尖叫与裸奔"的习惯："先尖叫，再裸奔，或者一边裸
奔一边尖叫，然后痛快淋漓地冲凉洗澡，接下来享用一杯俄罗斯国宴
用的曼德尔原味伏特加，最后上床睡觉。这就是她为自己安排的生日
节目。"假若说傅爱毛的这篇小说也有"文眼"，那么，这"文眼"
无疑就是"尖叫房"中的"尖叫与裸奔"这一幕。小说的标题，也
很显然自此而来。究其根本，借助于"尖叫与裸奔"，傅爱毛一方面
尖锐揭示着当下时代城市中日益严重的贫富悬殊现象，另一方面却也
真切写出了富有阶层某种难以解脱的精神痼疾。所谓西门春雪成了卓
月琳的"毒"，其实是一种心态失衡之后的精神之"毒"。

　　除了以上具体分析到的这些作品，在城市化进程中各种精神症候

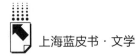

的描写表现方面，其他很多小说，诸如张楚的《良宵》、弋舟的《赖印》、鲁敏的《今日忌有情》、甫跃辉的《动物园》、金仁顺的《十字街》、吴君的《十八英里》、邓一光的《抱抱那些爱你的人》、蒋峰的《守法公民》、田耳的《我女朋友的男朋友》、王璞的《找朋友》等，也都有颇多可圈可点之处，惜乎篇幅所限，无法一一述及。小说这一文体之外，这些年刊发在《民治·新城市文学》上的其他文体，比如诗歌、散文等，也同样有很多可说之处。总之一点，在深圳，在中国，有了《民治·新城市文学》这样一本由办事处主办的刊物，我们也就有了一个非常重要的城市文学的前沿阵地。有了这样一个文学窗口，我们就能够更加深入地观察了解深圳乃至中国的城市化进程，以及城市化进程中国人的各种精神症候。行将结束本文之际，唯愿《民治·新城市文学》这本已经办得有声有色的刊物今后能够为中国城市文学的发展做出更多的努力，取得更加扎实、突出的成绩。

# B.18
# 城市书写的代际之变

## ——以《民治·新城市文学》为中心的考察

张艳梅*

**摘　要：** 中国的城市文学可谓近三十年社会转型的一个缩影。置身于泥沙俱下的城市化时代，每一代人都会有自己的观察视角和呈现方式。综观近年来的城市写作，个性化叙事与作家的代际差异相交叉，提供了精彩纷呈的文本。较之80后作家，70后作家面对自我和社会、传统与现代、乡村与都市之间的冲突，历史感更鲜明，艺术探索更自觉，其写作特征也更难予以简单概括。

**关键词：** 城市化　城市文学　代际

随着城市化进程不断加快，当代作家为我们带来了大量斑驳陆离的城市影像，同时也在为读者耐心讲述着由乡而城、在城怀乡的各种故事，这其实包含着当代中国的隐喻，说它是近三十年中国社会转型的一个缩影亦未尝不可。综观近年来的城市写作，可以看到不同代际作家的城乡生活体验，50后的邓一光、何立伟、残雪、朱日亮，60后的刘亮程、胡学文、罗伟章、吴君、傅爱毛、姚鄂梅，70后的徐

---

\* 张艳梅，文学博士，山东理工大学文学与新闻传播学院教授，主要从事中国现当代文学研究。

则臣、李浩、田耳、鲁敏、葛亮、王十月、王棵、朱山坡、弋舟、张楚、杨遥、金仁顺、刘丽朵、薛舒、李娟、曾楚桥，80后的郑小驴、蔡东、王威廉、蒋峰、甫跃辉，孙频、马拉、朱个、周嘉宁、毕亮、郑小琼、苏瓷瓷，等等，这些作家诗人的目光或犀利，或温厚，大都敏锐热忱，在这个纷繁变幻的时代，写下了他们各自带着温度和思考的文字。这些城市书写，既有传统现实主义的自我更新，也不乏先锋叙事的探索自觉，有现代性的寻找和建构，也有后现代的疏离和解构，有温润的抒情，也有峻急的批判，有山川草木的宁静，也有灯红酒绿的喧嚣。那么，这些小说、散文、诗歌，究竟有着怎样的内在关联，才会以这样的方式，呈现在我们这些读者和研究者面前？

# 一　面对城市化的困惑和思考

城市，首先是一个物理意义上的生存空间，同时也是一种文化意义上的存在体系，某种意义上，还包含意识形态的强大影响力和塑造力。正如卡尔维诺在《看不见的城市》中所写的那样，城市有着不同的表情和声音，不同的整体和细节。包括记忆的城市、欲望的城市、连绵的城市、符号的城市、贸易的城市、死亡的城市、隐蔽的城市等。城市比起乡村更复杂，具有神秘性和陌生感，以及世俗性和冒险性。我们了解到的城市往往是概念化的，如带有强烈政治色彩的北京、重庆，经济金融重镇上海、广州、深圳，生活气息浓郁的成都、长沙，弥漫历史烟云的古都南京、西安，带有他者想象的香港、台北；或者是数字化的，一个城市的历史长短，面积大小，人口多少，有多少所大学，甚至有几本文学刊物，都可以量化。然而，即使某个细节烙印深刻，具体可感的城市仍旧存在于想象和虚构中。我们往往通过影视、摄影、旅游文字和文学作品来了解一个城市，而真正理解和呈现城市生活、城市文化和城市性格，并不是一件容易的事。比如说，一个深圳人，即使在这座城市生活了数年甚至十数年，或许仍然只能写"我的深圳"，因为每个人的城市体验是不同的，不仅仅是家庭、所受教育、职业、收入等外在差异所致，可能还带有个人性格、思维习惯和情感状态等内在的不同。

文学，在深圳这个经济发达城市，就像一个游动的符号，落地生根是一个缓慢的过程。快速城市化的历史进程，改变了很多东西。人的身份转换，衣食住行生活方式，悲欢离合情感状态，土地和拆迁，离乡和怀乡，物欲和情欲，就像滚筒洗衣机里的衣物紧紧缠绕在一起。作家们在城市中心或者边缘地带漫游，在街头游手好闲，到处观望；或者脚步匆匆，用目光扫描城市每个角落；或者坐在橱窗里，端着一杯咖啡陷入沉思冥想。那么，是不是作家比起常人更容易在巨大的城市中迷失？较之乡村，城市更像一个迷宫，密集的分割，封闭的空间，纵横交错的人际关系网络，复杂多变的人性试验场，这些，我们在作家笔下，可以看到各种不同视角和叙事方式的表达。阅读这些城市故事，感受城市气息扑面而来的同时，也常常想起沙漠、田园。人类对地球的改造旷日持久并且历久弥深，城市与乡村都是人类集中居住的空间，不同的是，城市比起乡村，组织性、秩序感和压抑感更强烈，人性的诸多裂变常常令人类对自身充满迷惑并且深感恐惧。这些作为文学叙事的某种内在动力或逻辑起点，为我们形构了城市文学的多幅面孔。而"这些城市是众多事物的一个整体：记忆的整体，欲望的整体，一种言语的符号的整体；正如所有的经济史书籍所解释的，城市是一些交换的地点，但这些交换并不仅仅是货物的交换，它们还是话语的交换，欲望的交换，记录的交换"。① 这段话向我们证明了，一个好的作家，同时也应该是一个探险家和哲学家。在车水马龙霓虹闪烁的城市表象背后，发现那些常人看不见的凝滞和暗区，并

---

① 〔意大利〕卡尔维诺：《看不见的城市》，张宓译，译林出版社，2006，第7页。

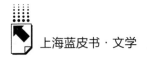

且给出更丰富的表达和更深刻的阐释。

深圳，对我来说，是一座有归属感的城市。多年前，看到徐敬亚写过一句话："深圳，我多么想把它写成深渊。"当时，真是悚然一惊。后来，我把这句话理解为诗人对物化世界的一种抵抗。而我们生活、行走、呼吸在城市中，相爱、背叛，拥抱、疏离，结盟、告密，都发生在城市。现代人不可能告别城市，就像我们不可能真的告别乡村、土地和自然。如何看待城市发展，以及城市化进程中的各种社会问题，是这些年来我关注的话题之一，包括城市化进程加快给乡村带来的深刻影响，城乡矛盾的制度性演变等。和不同学者聊到城市化和城市写作这类话题，总会有不同的走向。生态环境，道德伦理，经济发展，等等，城市写作具有地域性和普适性，共识性和历时性，城市作为人的活动空间具有不断拓展性，作为一种文化本身又具有自我更新能力。从主客观不同立场看，得出的结论完全不同。那么，70后和80后这两代作家，对待城市的眼光、态度和表达，是否有所不同呢？近年来有一本诞生于深圳，在国内文坛声誉日隆的文学杂志《民治·新城市文学》，为我们探讨这一问题提供了富有价值的文本。[①]

## 二 拥抱孤独者的别离与迷失

本雅明在《世纪之交的柏林童年》中提及，"在城市里找不到路固然无趣，但是如果你想在城市里迷失，就像一个人迷失在森林里那样，则需要练习……我在生活里很晚才学会了这门艺术：它实现了我童年的梦想，最初的时候，我把练习本吸墨纸上的墨迹想象成迷

---

① 本文以下引述的小说均出自《民治·新城市文学》杂志各期，可参见裴亚红主编《民治·新城市文学精选集》，花城出版社，2015。

宫。"① 这些经常出现的隐喻，如地图和图表，记忆和梦想，迷宫和拱廊，狭景和全景，作家之外的普通人同样感受得到，并且据此可以自行脑补出一座城市的立体图画。真相是，很多人在城市中生活，迷失的不是路径，而是心灵，心灵的茫然比现实生存障碍更难克服，那种迷惘和无助成为覆盖在日常生活之上的铅灰色云层。

马拉的两篇小说都和孩子有关。《爱别离》中的小艾是一位代孕妈妈，孩子出生以后，被王树夫妇抱走，按照合约不能再去看孩子。小说写到了小艾对王树和孩子的依恋和不舍，也写到了王树妻子的绝情和冷漠。而置身其中的王树，并没有过游移和疑虑，生活对他来说，就像那一纸合约，理性且自私。《阳台上的男孩》中的周良是一位独居老人，隔壁新搬来一对年轻夫妇和他们的儿子——小男孩灵灵。为了吸引灵灵注意，周良买了很多玩具，还在阳台种上了小番茄。孤独的老人和孤独的孩子，通过电话彼此关心，通过纸飞机传递消息，读来让人倍感心酸。小说中有很多细节，马拉写得很耐心，也饱含情感。被禁闭在屋子里的孩子，卧病在床的老人，每一个孤立无援的人，都在透视一种社会境遇。两篇小说都写到渴望孩子这个主题，现实困境和伦理困境之外，还有一个终极意义上的生命情感困境。

李德南在一篇文章中评价孙频："辽阔的社会背景，拓宽了孙频的精神视野，也丰富了文本的内涵；对人生的不竭追问，则增加了文本的深度与厚度。孙频的文字，又向来考究、精彩，见才情见智慧，阅读它们本身就已是一种享受。"② 《万物生》比起孙频其他都市情爱小说更体现了这一点，故事背景更开阔，追问的话题也更丰富。于国琴从不和任何人提起自己的大学，偶尔想起，要穿过黑洞洞的走道，走到一直关起来的匣子前。那么，这些被封闭起来的记忆，到底是什

① 〔美〕苏珊·桑塔格：《本雅明〈单向街〉导读》，载本雅明《作品与画像》，文汇出版社，1999。
② 李德南：《看那苍凉而幽暗的人生——孙频的叙事美学》，《山花》2013年第2期。

么呢？是贫穷、阴冷、饥饿，伴随屈辱的四年大学生活。廖秋良教授对于国琴的资助是主动的，于国琴最后一次脱衣服也是主动的。一切终止于死亡，死亡成为彼此的解脱。于国琴妈妈那一代人为了生活拉偏套，于国琴为了生活选择了脱衣服，这里面的确有太多无奈，反思起来，又觉得单此一点未免缺少说服力。一个大学生，打工、家教，有很多方式可以吃上饭，那么，孙频的写作初衷显然不只是底层关怀。拉偏套家的男人们游手好闲无动于衷地出卖自己的老婆，而他们的下一代依然选择了同样方式回报所谓恩人，这其中幽暗之处，才是孙频用力所及之处。从另一个角度看，这个独居老人的寂寞，与《阳台上的男孩》中的周良并没有什么不同，只不过马拉选择孩子作为代偿，而孙频拿手的是男女之间晦暗不明的那种情绪和心理的抽丝剥茧。

由生存困境到心理困境，在甫跃辉《动物园》中获得了一种隐喻式的表达。顾零洲大学毕业，做了出版社美编，有个隐秘的心愿，是和同居女友虞丽一起参观动物园，看看大象。顾零洲曾有过"动物学家"绰号，还有过"动物学家"的梦想。小说中有几个细节。顾零洲回头看到黑熊两手扒着栏杆舔那颗糖，感到无比忧伤。那种忧伤甚至源源不断地涌上心头，令他措手不及。《象族》中解说员那句话："大象的生活充满了庄严、温柔的举止和无尽的时光。"在小说中反复回放。其实是顾零洲对生活的想象和渴望：温柔而庄严。在他眼里，那十二头亚洲象，厚重的身躯覆满红色的灰尘，矗立在寸草不生的泥地上，像一堵沉默的红砖墙。在顾零洲身上，城市漂泊感并不重，生存危机感也不强烈，那堵沉默的墙，关窗和开窗的争执，无声的暗战，生活的迷惑和彼此的隔膜，更令人忧伤。所以，看到大象的那一瞬间，顾零洲终于难以自已，泪水一再涌满眼眶。透过泪水，他看到了大象赭红色的庞大身躯里，隐藏着同样庞大的痛苦。这种不为人懂的痛苦，应该是甫跃辉的写作初衷。

　　和《动物园》有着相似精神链接点的是蒋峰《守法公民》。小说沿着父子两代人的生活展开。切入点都是爱情。一条线索是养父于勒因为杀妻被判死刑。为了洗刷罪名，不惜杀死多人越狱出逃。真相是于勒并不是杀人凶手，千回百转父子二人最终和解。另一条线索是哑巴楼长大的养子许佳明，是清华大学高才生，爱上了中央美术学院的谭欣，两个人感情很好，谭欣最终却嫁给画家崔立，为艺术献身。许佳明为了谭欣而学绘画，成了画家。真相是许佳明只是她设计好的人生一环，为了生个孩子而已。小说写到了哑巴楼的生活、监狱的生活、边地的逃亡生活，饱含忧伤和疼痛，也隐含理解和宽容。于勒作为一个始终挣扎在社会最底层的残疾人，蒙冤受屈，让他走上了杀人越狱的不归路。而许佳明遭遇的感情危机同样源于对生活的理解不同。动物园之于顾零洲，就如崔立对于谭欣，是一种梦想和信仰。虽然不免带着扭曲，终究让他们义无反顾地做出了各自的选择。甫跃辉和蒋峰，都没有在人物身上附加什么道德判断，而只是精微细腻地呈现那种生活和心理状态。

　　于勒要的是清白，更多城市中活得很压抑的年轻人，想要的是最基本的做人的尊严。王威廉的《看着我》中那种一贯的隐忍和突然的爆发，我们其实都不陌生。这些年来，越来越常见的社会突发事件里都隐含着负面情绪的累积，所以我们经常听人抱怨说这个社会充满戾气。由顾忌生存谨小慎微不惜忍受屈辱歌功颂德，到面对领导大声怒吼情绪失控举刀杀人，可能只有一步之遥，在一个普通人得不到尊重的社会里，弥漫的恐惧、愤怒、悲哀以及绝望情绪，才是最可怕的一种恶性循环。其实，不仅仅这个喜欢写诗的图书仓库管理员长期处在抑郁和焦虑之中，雾霾弥漫的整个社会，都不得不面对这种精神上的残酷折磨。本雅明在《德国悲剧的起源》中谈到，寓言确实是患忧郁症的人阅读世界的典型方式，他还引述了波德莱尔的话："任何事物对我来说都是寓言。"寓言表现为从僵化、无意义的事物里提取意义的过程，这正是德国巴洛克戏剧的典型方式，也是本雅明的重要研究对象波德莱尔的典型方式；而且，寓言可以转化为哲学论证和对事物的精微分析，这也正是本雅明自己运用的方式。"患忧郁症的人把世界本身看作一个物：避难所，慰藉物，迷幻药。"[1] 第一次读到王威廉这篇小说，我就想起了这段话。诗歌，作为仓库管理员最后的避难所、慰藉物和迷幻药，给了他卑微而灰色的现实生活中精神上的亮色和优越感，当这一微薄的亮色被领导一再践踏以后，他最终暴怒并且选择暴力维护最后的尊严。作者由此完成了一个社会寓言：无权者的权力，就是反抗。

## 三　打开所有人的生活和历史

较之 80 后作家，70 后作家的历史感要更鲜明，艺术探索更自觉。"整体上，70 后作家是具有艺术气质的一代，是关注精神信仰、灵魂存在和内心世界的一代，是思想驳杂，风格多样，艺术观念比较先锋的一代，是充满疑问，进退两难，泥沙俱下，在自我和社会之间，传统与现代之间，乡村与都市之间，童年记忆与中年感怀之间，不断摇摆，很难简单定位的一代。"[2] 《民治·新城市文学精选集（三）》中有李浩《驱赶说书人》和金仁顺《十字街》两篇小说，乡村说书和农民开矿这样的题材不属于城市叙事，对中国文化和政治的反思也超越了乡村叙事。面对站在十字路口的中国，两位作家对乡村现实的观照，有着各自不同的切入点，但都冷峻深刻。《驱赶说书人》后来收入李浩小说集《变形魔术师》，在这本书的后记《先锋和我们的传统》中，李浩谈到了先锋叙事与中国故事："先锋性是我写

---

[1] 〔美〕苏珊·桑塔格：《本雅明〈单向街〉导读》，载〔德〕本雅明《作品与画像》，文汇出版社，1999。
[2] 张艳梅：《70 后作家小说创作的几个关键词》，《上海文学》2014 年第 7 期。

作的一个显著标识，它甚至强大到对我文本的笼罩，似乎已经是种标签化的存在，似乎李浩的存在就意味着'先锋余韵的存留'；当然在这一'先锋标识'之下我的写作也屡受诟病，譬如现实性不足，譬如故事能力的问题，譬如缺乏'中国意味'对中国经验的漠视……"① 在《驱赶说书人》中，我们看到的不仅是李浩纯熟的小说叙事技巧，还有他对生活的质疑能力和表达勇气。那个瞎子说书人到底是谁？谁把他从我们的生活中驱赶走了？凭借什么力量驱赶走的？我想，这些问题可能需要专门写文章来回答。

徐则臣的《河盗》还是花街故事。河上跑船的李木石曾经吃苦耐劳通过努力成了船老大，被水贼劫后无人信任，被迫走上同样道路，成了大名鼎鼎的河盗。政府为除水患，安排他水上救生。可惜一向自由惯了的李木石无法忍受狭小水域的禁锢，最终选择驾着他的摩托艇重回运河广阔天地，开起了水上杂货铺。小说写得趣味盎然。则臣的关注点有两个，一个是李木石的性情。李木石从小喜欢水，他爹希望他能换种生活，跑船不是个好营生，苦累不说，还有风险。他死活不肯。没考上大学，就上了船。父子决裂。跑了几年，李木石成了最年轻的船老大，吃喝嫖赌也都会了。一次大意被劫，从此当了水贼，不过从不硬抢，一向非暴力打劫，自称水上乞丐。李木石的性格里没有特别恶的东西，走上河盗这条路是因为当初报警也没人管，想跑船没人用他。最后选择重新回到运河上卖货，说热爱自由有点太形而上，喜欢无拘无束的和水亲密接触才是本性。小说关注的另一个焦点是水乡社会变迁。城市化进程不断推进，大江大河上的自由生活，慢慢都要被关进玻璃缸。叔叔说，关了李木石，不是鱼死就是缸破。而"我"，这个从花街去到大城市读书的年轻人则说，当个城里人对于绝大多数人来说，肯定是个美事。那么多花街人羡慕李木石成了公

---

① 李浩：《变形魔术师》，安徽文艺出版社，2015，第275页。

家人，显然，李木石不买这个账。这让我想起葛川江上最后的那个渔佬福奎。和李杭育一样，徐则臣写的不是所有人的生活选择，而是一种不断式微，又很难绝迹的生活态度或者文化心态。

同样是水边的故事，城市化过程中，对几代人的冲击是不同的。老一代拼死保护的不仅仅是房子，记忆，还有大半辈子的生活习惯；中年人则是对未知生活的拒绝和生存本能；年轻人要面对的，还有精神和物质双重考验。葛亮的《杀鱼》比起《河盗》要更剑拔弩张些。阿爷和李木石一样，选择留在自己的世界和生活方式里，而忤逆阿爷的阿佑和李木石同样有着内在的精神相通之处，或者说，阿佑身上有着阿爷、李木石和利先叔的三重影。这个云澳少年的成长中有着迷茫与决绝、诱惑与考验、欲望与梦想，还包括新与旧、去与留、生与死。利先叔是一个颇有神秘感的外乡人，来到云澳，用先进技术养蚝，却不被村人接受。阿佑想去蚝场，遭到阿爷极力阻拦。利先叔不仅保护了他，还成为这个整天打架的莽撞少年的人生导师，并且热心村里公共事务，给阿佑的成长带来很多积极影响。房地产商计划开发云澳建水上度假村，村民拒绝拆迁，房地产公司雇用流氓武力强拆龙婆老屋，引起一场大规模械斗，阿佑与他的朋友们也在其中。最终阿佑被打昏送进医院，醒来后对阿爷说想学杀鱼。至此，算是一代年轻人对自己脚下这块土地、生活方式和人生目标的重新确认。从作为替身拍了一段激情戏，到电影放映激情戏被删，大排档的镜头里多了一个杀鱼人的背影。这个少年完成了自己的成长，不再是哪个人的替身，而他，终于只是他自己。小说写到了 1972 年的偷渡，以及阿佑和乡亲为保护家园去政府门前示威抗议。公共话语空间的拓展，使小说成为历史和现实的一面镜子，葛亮的香港叙事因之不断向城市深处开掘，其艺术质地亦愈见淳厚。

同为 70 后作家的朱山坡，也在追问历史。《爸爸，我们去哪》同样采用少年视角，饥饿而混乱的年代背后，隐藏着太多历史疑问。

小说从父子两个去城里是为将被执行死刑的伯父送别写起，偶遇同船一位妇女怀抱幼儿去与被执行死刑的丈夫诀别。情节核心是偷看犯人被枪毙前最后那顿饭。花钱看，争先恐后看，踩着肩膀看，然后是抢夺残羹剩饭。这段描写，是一个时代的浓缩，荒诞残酷而悲凉。父亲说起伯父："我也有一个兄长在城里，他当过官的。在我们青梅镇，他的官职最大，我们要去看看他，他总会送给我很多粮票和糖。"女人说起丈夫："我丈夫没当过官，他是读书人，写过很多文章。我没认几个字，可是他从不嫌弃我。"当官的也好，读书的也好，在那个轰轰烈烈的大时代，根本无力把握个人命运。更遑论他们的家人和后代。所以，小说最后，父亲问：孩子，我们去哪？孩子自然没有答案。这也是我们最无可奈何之处。两代人对于人生，都没有明确的方向。王十月在《父与子的战争》那篇长文中同样会问："父与子的战争，在天下众多的父子间上演着，这是人生的悲剧还是喜剧？"

写到少年成长的还有田耳的《我女朋友的男朋友》。初看小说题目有点绕。其实刘婉玲、铁匠、蒋纵之间发生的故事算不上都市三角恋故事。刘婉玲意外坠楼成为中等师专突发事件，被大家传为其男朋友的蒋纵亲眼看见。其实两个人只散了一次步而已。真正的恋人是那个自称表哥的铁匠。田耳在创作谈中说："铁匠是和我同时代人，我们这一代人总是难免迷惘，前不接理想主义余绪，后不融于完全物质化的时代。但我的心理状态，倒是更接近于蒋纵，一直以来，我痛恨自己做事不老到，于人于事常有过多的热情或者提防。我羡慕那些把圆熟和世故挂在脸上的男人。"那么，也就是说，如果刘婉玲意味着这个世界的诱惑，从蒋纵到铁匠，就是一个人面对世界和生活，从畏惧、羞涩和猜测到不容置疑、直截了当的成长过程。小说结尾的反转很有意思，铁匠不仅不断背，而且被蒋纵的言行所惊吓。也许下一代人总是会以上一代人意料之外的方式，刷出自己的存在感。

具有普遍性的都市生活和都市感受是什么？是充满正能量的奋斗

激情，还是多少有些负能量的颓废主义？刘丽朵在《黑椒牛柳》中写了两个无聊的女生。女主人公为了考博没有回家过年，闺蜜空山单身还在读研，"我"和空山假期里无事可做，只能逛街、购物、吃饭、聊天、唱歌。看似挺充实的一天，其实空虚得要命。小说结尾写道："我感觉到饥饿正在从头到脚吞噬着我。饥饿令我感到昏迷。我吃下去的那些微不足道，现在我的肠胃里没有任何东西。我想这是因为Q老爷不在的日子里，我没有好好吃饭。虚汗打湿了我的内衣，令我一阵阵发昏。黑椒在给我打电话，我想他大概要问我到家没有。没有，我没有到家，我在出租车上。我想起家里也没有任何吃的东西。"强烈的饥饿感，是生活状态本身的悬置。小说语言非常直接。"中国人的喜剧，大团圆，比西方的悲剧还要悲伤""爱情如此稀见""写得好对活人没有用，只对死人有用，对活人来说，批评家说你是什么，你就是什么，不管你其实是不是"，这些看似我们熟悉的牢骚和吐槽，也许是作者想要表达的某个都市群体最真切的日常感受。王棵则在《暴风刮过铁幕》中写了一对无聊的都市恋人。费因和祖河两个人热恋之后感情疲惫生活无聊，借制造各种小游戏和恶作剧消磨时间，无聊至极，只能逛街。在街上两个人还是无事可做，为一些小事争执。生活中的平淡无聊就像灰黑色的铁幕笼罩，难以逃脱。直到暴风袭来，一个清洗楼体的女孩意外丧生，两个人被突如其来的悲剧震慑，终于谈及婚姻。与《黑椒牛柳》一样，这篇小说写出了城市年轻人真实的生活状态，缺少激情，没有目标，无所寄托。

作家笔下的少年和青年们还在成长的路上。而80后作家大都过了30岁，70后都已经40多岁。这些慢慢告别青春人近中年的写作者，面对这个刻板单调而又新事物层出不穷的时代，究竟在想些什么？年长许多的作家西西显然不同。抛开文化背景差异，但就都市心理剖析而言，《一支烟的行走》显然走得更远。50后作家邓一光《抱抱那些爱你的人》，60后作家傅爱毛《尖叫与裸奔》、罗伟章《马三和我》，这些都市情感叙事，看得我们惊心动魄而又不免绝望。每一种文化视野，对城市的理解和塑造不同；每一代际作家，写作立场和视角也可能会有差别；每一代人都面对这个泥沙俱下的城市化进程，置身其中，生活，思考，都会有自己的观察视角和呈现方式。想起李浩回答学生提问时曾经说过的："文学，让我对这个世界有了更深刻的理解和眷恋。虽然我一直在写，但是比起文学所给予我的，我回报甚少。"相信在文学这片自由、温暖而高贵的土地上，所有愿意真诚回报文学的写作者，都可以收获丰硕。

# B.19
# 论中国城市书写中的江南诗性文化想象

——以新世纪以来上海书写为中心*

张惠苑**

**摘　要：** 21世纪以来十五年，基于历史传统基因和现代化改造的双重形塑，城市在文学的书写下有着同质化的趋向。这种趋向一方面是现代化景观对城市历史与传统的阉割，另一方面是作家对历史传统积淀下的审美文化的认同。中国城市书写中的江南诗性文化想象正表现了城市书写对历史传统的自觉皈依与审美认同。以上海书写为中心，城市文学中对江南诗性文化的想象，表现在弱政治化的微观人生的打造、审美化的人生书写等方面。同时，江南诗性文化的书写又在江南城市特有的家族与家庭氛围中得以传承。探讨江南诗性文化在城市文学中的呈像与传承，能突破现代性思维下城市景观的窘境，在历史纵深处发掘中国城市想象之根。

**关键词：** 城市书写　江南　诗性文化

21世纪以来十五年，随着中国城市化的飞速发展，越来越多的

---

\* 本文系国家社科基金青年项目"1980年代以来地域文化中的中国城市书写研究"（13CZW075），国家社科基金重点项目"中国新世纪文学的日常生活诗学研究"（14AZW002）阶段性成果。

\*\* 张惠苑，文学博士，杭州师范大学教育学院副教授，主要研究城市文学与城市文化。

作家，在自己所熟悉和热爱的城市中挖掘城市的故事。在文学的书写中，不同地域的城市有着基于历史沉淀传统基因和现代化改造的日常景观的双重形塑。这种形塑的结果之一就是我们的城市日趋同质化。

这种同质化又分为表里两层。表层同质化的城市想象与我们日常城市景观相契合：城市书写的地域性特征模糊，现代都市人的生活可以克隆在任何城市背景中，城市打上现代化标签的符号性时空建构已经格式化，文章就做在格式化的城市里，人是如何被格式化的。就像徐则臣的《跑步穿过中关村》、盛可以的《北妹》中的中关村、东莞的天桥都不重要，可以置换为任何城市空间，重要的是那些"跑"着的，"膨胀着乳房"的城市边缘人，"跑""膨胀"是他们存活于城市的形式，也是他们被城市夹击驱赶异化的狼狈姿态。这个意义上的同质化，城市的历史与传统已经被城市的现代化进程阉割。

里面那一层同质化，要回到一个问题上来：众多关于城市的文学想象中，有没有一种共通的思想文化内涵横亘在文学书写中。作家们在不知不觉中用自己的个性化的语言表达着他们还没有预期到的共通的审美文化倾向。正如高小康所说："都市文化不是一个孤立的实体，它是从城市发展的突变中形成的东西。虽然我们能看到很多文化突变的特征，但根本上来说，都市文化带有文化叠压的特征，它是过去的城市在一层层发展中叠压起来的。"[①] 这种共通的审美文化倾向要具有都市"文化叠压"的历史性和厚重感，同时也要具有文学想象的认同感。笔者以为唯有江南诗性文化想象集历史的横亘性、审美的丰厚性以及文学作品的认同与皈依性于一身。中国城市书写对江南诗性文化的认同不仅表现在对上海的文学想象，很多城市的文学书写与想象中都渲染了江南文化的基因，可见江南诗性文化强大而旺盛的生命力。本文以上海书写为中心兼顾其他城市的书写，来讨论江南诗性文化在中国城市书写中的呈现。

---

① 高小康：《都市文化研究的基本框架》，《都市文化研究》2005 年第 5 期。

# 一 江南诗性文化之于城市想象

关于江南诗性文化的解释，得先从江南的定义说起。江南是一个可以从地理、文化等多种角度进行阐释的复杂概念。从地域上来说，在众多的江南地域文化变迁的论述中，学界基本认可的是李伯重认定的明清时期江南地域划分上的"八府一州"说。具体指明清时期的苏州、松江、常州、镇江、应天（江宁）、杭州、嘉兴、湖州八府及从苏州府辖区划出来的太沧州。[①] 此外，刘士林还在广义的江南地域

---

① 徐茂明在《江南的历史内涵与区域变迁》（《史林》2002 年第 3 期）中对明清以前的江南的地域变迁做了详细的梳理：认为"江南"之词始见于春秋时期，时指楚国郢都（今江陵）对岸的东南地段，范围极小。战国时期，楚在长江南岸拓地日广，江南的范围亦随之向东扩展，延及今武昌以南及湘江流域（原出自沈学民《江南考说》，手刻油印稿，约 80 年代初）。秦汉时期，江南主要指长江中游以南的地区，即今湖北南部和湖南全部，南达南岭一线（原出自周振鹤《释江南》，《中华文史论丛》第 49 辑，上海古籍出版社，1992，第 141 页）。而在实际应用中，"江南"的范围极为宽泛，所用之处已到"一意之下而形势瞭然"的程度，……故而可见，秦汉人的观念中，江南包括今天长江下游的江浙地区。……自孙吴立国江东，江东经济文化在经过秦汉数百年的相对沉寂之后，开始得到新的发展，其后历经东晋南朝，都城建康已经成为南方的政治文化中心。随之，"江南"所指的范围也由西向东转移，成为一个意有所属的特指概念（详见徐茂明《江南的历史内涵与区域变迁》，《史林》2002 年第 3 期，第 52～53 页）。此外，刘士林的《江南与江南文化的界定与当代形态》（《江苏社会科学》2009 年第 5 期）中也对江南的区域概念进行了考察，但笔者认为徐茂明的论证比较翔实，所以补充在此以供参考。不论明清以前的江南地理划分如何复杂具有争议，在明清以后，研究界普遍认可李伯重对江南的"八府一州"（指明清时期的苏州、松江、常州、镇江、应天、杭州、嘉兴、湖州八府及从苏州府辖区划出来的太沧州）的认定，李伯重说：这一地区亦称长江三角洲或太湖流域，总面积大约 4.3 万平方公里，在地理、水文、自然生态以及经济联系等方面形成了一个整体，从而构成了一个比较完整的经济区。这八府一州东临大海，北濒长江，南面是杭州湾和钱塘江，西面则是皖浙山地的边缘。这个地域范围，与凌介禧所说的太湖水系范围完全一致："其南以浙江（钱塘江）为界，北以扬子江为界，西南天目绵亘广宣诸山为界，东界大海。"江海山峦，构成了一条天然的界限，把这八府一州与其毗邻的江北（即苏北）、皖南、浙南、浙东各地分开，这条界线内外的自然条件有明显差异。其内土地平衍而多河湖；其外则非是，或仅具其一而两者不能得兼。……这八府一州在地理上还有一个极为重要的特点，即同属一个水系——太湖水系，因而在自然与经济方面，内部联系极为紧密（详见李伯重《多视角看江南经济史》，三联书店，2003，第 448～449 页；李伯重《江南的早期工业化（1550～1850）》，社会科学文献出版社，2000，第 19～21 页）。

基础之上提炼划分出了江南都市文化的历史形态，认为江南都市文化有三个典型的形态，分别是：①以南宋都城临安为代表的江南都市文化形态，这是江南都市文化走向成熟的第一个表现形态。②以明清时代的南京为中心的江南都市文化繁盛形态。③从近代向现代演变过程中的上海新型都市文化。① 从江南美学上来说，张法又将江南美学划分前江南美学和后江南美学。②

可以说，江南是一个内涵厚重，又涉及广泛的聚合体。正如周振鹤先生在《释江南》中所说："江南不但是一个地域概念——这一概念随着人们地理知识的扩大而变易，而且还有经济意义——代表一个先进的经济区，同时又是一个文化概念——透视出一个文化发达区的范围。"③ 人们可以在地理、文化、经济等各个方面对江南进行阐释，本节讨论的江南概念是基于江南的文化内涵进行讨论，指的是在1980 年代以来城市书写中共通的江南诗性文化的想象。格尔茨曾经这样定义文化："所谓文化就是这样一些由人自己编织的意义之网，因此，对文化的分析不是一种寻求规律的实验科学，而是一种探求意

---

① 刘士林：《江南都市文化的历史源流及现代阐释论纲》，《学术月刊》2005 年第 8 期。

② 所谓江南美学，是指江南概念进入江南的地理核心区（太湖流域），而这一核心区在政治或经济或文化或美学（或这四个方面中的某几个方面）上成为全国的高级地区或先进地区。前江南美学分为四个阶段。第一阶段，六朝以建康（南京）为中心的政治文化使江南对整个中国有了决定性的影响。第二阶段，隋唐时代以运河的开通而出现的扬州繁华，标志了中国经济重心的南移。第三阶段，从南唐到南宋，以杭州为中心的江南地区，它包含了六朝南京的绮丽与悲情，唐代扬州的繁荣与奢华，更有着西湖的美丽与温柔。第四阶段，明清江南地理核心区经济的高度发展和文化发展与全国各地拉开了很大的距离，并把历代江南美学的内容凝结成更丰富也更精美的美学样态。后江南美学是指中国进入现代以来，以上海为中心的江南美学。包括三个阶段，第一阶段是晚清与民国，第二阶段是新中国成立前，第三阶段是改革开放以后。三个阶段中一以贯之的总基调是：具有千年传统的古代江南美学与受世界主流文化（先是西方继是苏联后又是西方）影响的现代美学，在江南地区特别是在上海，呈现丰富的二元对立、互渗、重组。详见张法《当前江南美学研究的几个问题》，《中国人民大学学报》2010 年第 6 期。

③ 周振鹤：《释江南》，载《中华文史论丛》第 49 辑，上海古籍出版社，1992，第 147 页。

义的解释科学。"① 作为一种探求意义的解释科学——文化能够超越时间和空间的局限，对人们实现"控制技能"，正如格尔茨所说："文化概念实质上是一个符号学概念。"② 而人的思想是"由在被 G. H. 米德和其他人称之为有意义的象征性符号之中进行交流构成的，这些符号……与纯粹的现实脱离并用来将意义赋予经验……他发现这些符号在他出生时的社区中已经流行。当他活着的时候，他使用它们或它们中的一部分，有时候是刻意或小心的，绝大多数时候是下意识的和随意的"③ 同样，在我们的城市生活中江南文化作为一种传统文化符号已经深深地影响着我们的生活，特别是城市生活。在文学中，江南文化更为作家们广为接受。无论是在现实生活还是作家审美倾向上，江南文化已经成为我们反观文学中城市的一种重要的审美取向。熊月之曾将江南文化发展分为三个阶段：第一阶段，六朝以前称吴越文化；第二阶段，六朝以降至近代以前，称江南文化；第三阶段，鸦片战争以后，随着上海的开埠与崛起，称上海文化。从长时段看，作为一种区域文化，江南地区的文化在不同的历史时期既有一以贯之的基因，也有因时而异的特点。④

那么，熊月之所说的江南文化一以贯之的基因，特别是落实到江南城市文化上，是什么呢？这里笔者非常同意刘士林对江南文化核心的总结，那就是以审美为核心的江南诗性文化。刘士林认为：江南城市中的诗性文化相对于以政治伦理为深层结构的北国诗性文化，具有以审美自由为基本理念的诗性文化。⑤ 具体地，江南城市的诗性文化有两个核心："一是不同于北方城市诗性文化，两者在逻辑上主要表

① 〔美〕克利福德·格尔茨：《文化的解释》，译林出版社，2008，第5页。
② 〔美〕克利福德·格尔茨：《文化的解释》，译林出版社，2008，第5页。
③ 〔美〕克利福德·格尔茨：《文化的解释》，译林出版社，2008，第49～50页。
④ 熊月之：《上海通史·导论》，载熊月之主编《上海通史》，上海人民出版社，1999，第54页。
⑤ 刘士林：《在江南发现诗性文化精神》，《文化艺术研究》2008年第7期。

现为'政治'与'经济'的对立；二是不同于江南乡镇诗性文化，两者的根本差异在于'伦理'与'审美'的不同；另一方面，'如果说，与北国诗性文化相比，江南诗性文化最明显的是其审美气质，那么与江南乡镇诗性文化相比，江南城市诗性文化则呈现更加自由、活泼的感性解放意义'"。①

刘士林等学者对江南文化本质的提炼是以古代江南文化为载体，那么这种诗性文化在当代文学的城市想象中是否仍旧存在？事实是不仅存在，而且诗性文化的城市想象还成为不同地域城市想象的共同文化倾向。虽然现实生活中，江南城市的痕迹随着现代化的进程已化为碎片散落甚至消失在城市中，但是渗透在城市气息中的江南诗性文化想象还在。正是因为对审美自由的追求，作家的思维"总能伴随着诗意，笔下的万物充满灵性，可谓是山水有情，草木有意，一飞一走，一动一植，皆是生机盎然的生命体，如人的生命主体一样，有爱有恨，有血有肉，有神有脉"。② 文学正是人们寄托这种江南诗性文化想象的载体。笔者曾撰文指出，在文学观照下，城市对江南诗性文化的审美认同，不再是"八府一州"这种前江南城市或者以上海为中心的后江南城市的文学想象，而是更多城市对以审美为核心的优雅文化的共同追忆和想象。文学中城市对江南的审美认同，呈现以上海、江浙城市文学为中心，并向其他城市文学辐射的趋势。③

## 二 江南诗性文化的文学呈像

如前所说，以审美为核心的江南诗性文化，之所以能在当下城市

---

① 刘士林等：《风泉清听——江南文化理论》，上海人民出版社，2010，第 10~11 页。
② 黄健：《论中国现代文学意义生成中的"江南元素"》，《贵州社会科学》2009 年 6 期。
③ 张惠苑：《城市书写如何本土化——以 1980 年代以来文学为中心》，《南京师范大学学报》2013 年第 1 期。

文学中成为文学想象的共通趋向，首先是因为，江南诗性文化是中国审美文化的源头之一，早已渗透在人们的日常生活当中，从而自然呈现在我们对当下城市的书写当中。其次，随着城市化发展造成人们在审美上的矛盾心理，人们对传统文化有了自觉的皈依，江南诗性文化在这种境遇中得以复生。①

当下城市文学中江南诗性文化想象主要表现为以下四个方面。

1. 规避政治禁锢，精细刻画微观人生

无论是王安忆的《长恨歌》《天香》《富萍》，陆文夫的《美食家》，范小青的《裤裆巷风流记》，还是朱文颖的《花窗里的余娜》，池莉的《请柳师娘》，新时期以来这些重要的城市文学作品，规避了政治变迁下的大历史叙事，而执着于精细刻画微观人生。这也正是江南诗性文化"高度重视个体审美需要的诗性智慧，发之于外则成为一种不离人间烟火的诗意日常生活方式"②的一种体现。

《长恨歌》故事跨越从 20 世纪 40 至 80 年代整整 40 年的时间。女主人公在这 40 年的时间里经历了改朝换代的历史剧变，"文化大革命"的逆流、改革开放的现代化转型，随便一个时间点拎出来都能让王琦瑶的人生成为一个传奇。然而，在王安忆的处理下，这些宏大的历史叙事的噱头却淹没在对王琦瑶微观人生的雕刻中。这座城市的历史也顺利地弱化在个人的人生中，并没有刻意再现波澜起伏的历史阵痛。正如小说在描述 1948 年上海即将迎来国共改帜的时刻，这座城市却是这样的景观："这是一九四八年的深秋，这城市将发生大的变故，可它什么都不知道，兀自灯红酒绿，电影院放着好莱坞的新片，歌舞厅里也唱着新歌，新红起的舞女挂上了头牌。"③新中国到

---

① 关于江南文化想象成为城市书写的共通趋向的问题，可参见张惠苑《城市书写如何本土化——以 1980 年代以来文学为中心》，《南京师范大学学报》2013 年第 1 期。
② 刘士林等：《风泉清听——江南文化理论》，上海人民出版社，2010，第 8 页。
③ 王安忆：《长恨歌》，人民文学出版社，2010，第 112 页。

来，旧政权退出历史舞台，李主任也随之离去，但对于王琦瑶来说这只是一次无关史实的情伤。与外面改头换面的轰轰烈烈的喧腾世界相对的是，王琦瑶的世界静下来了，而且"这静是一九四八年代的上海的奇观。在这城市许多水泥筑成的蚁穴一样的格子里，盛着和撑持着这静"。① 爱丽丝公寓和程先生的顶楼这样的格子如同海绵一般，稀释着这座城市的纷扰，把持住这座城市稳定的内心。时光荏苒，当外面世界还是人人自危的反右、阶级斗争为纲的时候，王琦瑶、康明逊、严师母还有萨沙却围在炉边打牌喝茶，开着四人小沙龙，体味着精雕细作的人生快乐。当"文革"来临的时候，王琦瑶和程先生组成的临时家庭里，王琦瑶正孕育着新的生命，怀念着他们过去的生活，心情仍旧宁静，"一生再无所求，照眼下这情景也就够了"。② 20世纪80年代，时代风气开始逐渐开放，王琦瑶仍旧有条不紊地继续自己的生活，盘算着女儿的嫁妆，优雅地参加各式怀旧舞会。总之，不管外面世界的主题曲如何变奏，始终没有影响和打乱王琦瑶的生活节奏和方向。

王安忆只是用微观人生的精雕细刻规避了上海风云变幻的历史起伏，而陆文夫和范小青笔下的苏州就是一个自古远离政治中心过小日子的城市。范小青说："大家说苏州是个过小日子的地方，不是干大事业的地方；大家说在苏州的小巷里日子住久了，浑身自会散发一股小家子气。……似乎苏州人津津乐道于小康。"③ 陆文夫对苏州的认知是："近百年上海崛起，在十里洋场上逐鹿的有识之士都在苏州拥有宅第，购置产业，取其进可以攻，退可以守。苏州不是政治经济的中心，没有那么多的官场倾轧和经营的风险；又不是兵家的必争之地，吴越以后的两千三百多年间，没有哪一次重大的战争是在苏州发

① 王安忆：《长恨歌》，人民文学出版社，2010，第115页。
② 王安忆：《长恨歌》，人民文学出版社，2010，第214页。
③ 范小青：《裤裆巷风流记》，作家出版社，1987，第407~408页。

生的；有的是气候宜人，物产丰富，风景优美。历代的地主官僚，官商大贾，放下屠刀的佛，怀才不遇的文人雅士，人老珠黄的一代名妓等等，都欢喜到苏州来安度晚年。这么多有钱有文化的人集中在一起安居乐业，吃喝和玩乐是不可缺少的……"[1]

如果说，王琦瑶是上海这座城市的活化石，展现了这座城市最深处的固有本色，她将自己封闭在微观的个人生活中，抵挡了世事变幻的沧桑和风蚀，体现了江南诗性文化的坚固与柔韧，同样作为过小日子的苏州，由于地理和人文环境决定了它远离政治风暴，自然就能孕育出朱自治（《美食家》）这样的人物。一生对吃得好，吃得精，吃得美的孜孜以求，不仅让朱自治在历次的劫难中转危为安，并最终成为他的生活资本。朱自治的美食人生本身就是一个江南诗性文化的符号，它是以审美为核心的生活方式，但是也不可避免地带有不劳而获的奢靡、无用的弊病。但是不论怎样，比起朝令夕改的政治时尚，它的生命力是历久弥新的。朱自治的微观人生就是品尝美食，这个嗜好帮助他逃离了历次政治磨难。抗日战争的时候，为了到苏州外婆家吃喜酒，他逃过了落在自己屋顶上的炸弹；解放了，禁鸦片，反霸，镇反到"三反""五反"都没有擦到他的皮，原因是："他不抽鸦片，不赌钱，对妓女更无兴趣，除掉好吃以外什么事儿也没有干过。"[2]"文化大革命"时，他成了"吸血鬼"在居委会门口请罪，但除了好吃，人们仍旧抓不到他有什么罪大恶极的问题，只不过扫了几年三十米不到的死弄堂而已。朱自治的美食人生背后，隐喻着江南审美文化强韧的生命力。朱自治看似逃避了历次的政治运动，实际是文化的超越性规避了历史潮流的跌宕。政治能够扫荡一切伦理、道德话语下的有形意识形态，却无法涤荡尽人们对美的保留和追求。就像高小庭将

---

① 陆文夫：《陆文夫文集》第二卷，古吴轩出版社，2006，第11~12页。
② 陆文夫：《陆文夫文集》第二卷，古吴轩出版社，2006，第16页。

苏州名菜馆改造成小饭铺，将苏州名菜改装成贫下中农都吃得起的大众菜。这不但得罪了饭店里的名厨和美食家们，同样也得罪了慕名而来品尝苏州美食的贫下中农们，原因就是"那资产阶级的味觉和无产阶级的味觉竟然毫无区别"，[①] 文化能够穿透一切人为的阶级和政治区别，成为人们自觉的选择。

城市书写中对江南诗性文化超越政治叙事，执着于微观人生的例证还有很多。王琦瑶是用一种恒定的生活状态反拨政治历史的变更，朱自治则是将一种审美生活变成了自己的保护伞。还有横跨明清的《天香》中申氏家族的传人深感"高处不胜寒！还是在家自在啊"，[②] 在天香园里营造着天香记桃酱、柯海墨、天香园绣这样的自家乐子。朱文颖的《花窗里的余娜》中余娜家洋楼里的那令人羡慕的时髦生活，以及尽管经历世事变迁，余娜身上永远定格的淡定与优雅，都是有心经营微观人生的精华写照。甚至池莉的《请柳师娘》中，汉口大街上正在举行着青年学生轰轰烈烈的游行示威，而李裕璧则在家里精心为未来亲家母柳师娘准备一次盛满歉意的宴席（因为女儿移情革命男青年，而要与柳家年轻有为的柳书城退婚）。撇开这顿退婚宴从准备到开席如何精益求精，退婚二字虽未出口却已了然于心的默契不说，柳师娘一句话道出了宴席背后，世故人家对生活的认识："虽说世道在变，可日子总是流水一样的长啊！将来的结果，大家也是看得见的。好人家总是好人家，好日子总是好日子。"[③] 世事变幻，唯一不随波逐流的是微观人生中积淀下来的良好家风与家世渊源。

2. 审美化的人生书写

江南诗性文化流淌在城市想象中，除了对政治规避以外，还表现在对日常生活的审美化书写。日常生活审美化也是建立在江南一贯富

---

① 陆文夫：《陆文夫文集》（第二卷），古吴轩出版社，2006，第43页。
② 王安忆：《天香》，人民文学出版社，2011，第84页。
③ 池莉：《池莉经典文集——一夜盛开如玫瑰》，北京十月文艺出版社，2010，第74页。

庶的经济基础之上的。"富裕的江南地区不仅在经济上支持着整个国家机器的现实运转，同时它在意识形态、精神文化、审美趣味、生活时尚等方面也开始拥有'文化的领导权'。在这一时期的都市文化中，它所呈现的许多新特点与现代都市文化在内涵上都十分接近"。①所以，经济上的富庶决定了江南地区在文化上的吸附力，人们对城市的想象也展现了对这种地域文化的向往。

首先，人物形象：阴柔，唯美化。古希腊医学家希波克拉底在《论空气、水和环境的影响》中曾经说："人的身体和性格大部分随着自然环境的不同而有所不同，不同的民族的人性特征在很大程度上是由自然环境造成的。"② 江南地区独有的人文环境也熏陶孕育了江南人独有的品性。这种独有品性聚焦在文学形象的审美标准上，就是精致与唯美。从语言上看，无论是上海话、苏州话、无锡话，还是宁波话都脱不了吴侬软语的糯和软。在人物形象上，如苏州女子应是"娴静清秀，常在鬓边插几朵小而白的茉莉花；她和夫婿住在沧浪亭的爱莲居；她喜欢用麻油加些白糖拌卤腐"；③ 上海女人"就是水做的女人。水土湿润，气韵就调和，无论骨骼还是肌肤，都分量相称，短长相宜。……江南人，却是调和了南北两地的种相，上海呢，又调和了江南地方的种相"。④ 文学作品中时常会出现这样的江南女子的形象，甚至会无意识地用这些江南女子的样板来检讨和批评现在的女性形象。其中的潜台词就是，女人就应该是江南女人这样如水一般的温婉，柔美。

不仅是女子，就是男人，在江南地区的城市文学中也不禁地沾染

---

① 刘士林等：《风泉清听——江南文化理论》，上海人民出版社，2010，第13页。
② 转引自刘承华《文化与人格——对中西文化差异的一次比较》，中国科学技术大学出版社，2002，第2页。
③ 朱文颖：《亮缎锦袍与虱子》，《美文》2003年第7期。
④ 王安忆：《王安忆短篇小说年编卷四》，人民文学出版社，2009，第143页。

了阴柔气。作家的记忆中江南的男子都应如昆曲中的柳梦梅温柔而多情，"男人们读书，就着月光饮酒／用朗朗的声音吟诗，而后，把精巧的纸鸢植在／邻家的荷田中央，被风儿一吹／就近在那无语的白色中，并且陈旧的有些远了"。① 朱文颖《繁华》中的王莲生沉默、文雅、有教养，典型的集江南男子个性特征于一体，这是活在唐诗宋词中的江南男子的形象。就是到了近代上海先生们虽然早早就西装加身，配上 ARROW 衬衫还有叫"积架"的英国牌子的袜子，但是骨子里他们还是江南男人。他们衣着讲究，事事考虑周到。"白领穿布鞋，只穿这种鞋子，不穿呢子面，更加不会穿直贡呢，就是因为这种缎面鞋子难伺候，越难伺候就越显身价……他们一年四季下身永远只穿一条白纺绸或白绢丝纺单裤，寒冬外加一件丝绵袍或皮袍，进出有汽车，室内有火炉、水汀，自然寒冬腊月也冷不着"，② 越是讲究就越能表现他们江南男人的精致与细腻。正因如此，钱谷融先生会说："俗话说：'一方水土养一方人'，一方水土的特点，一方水土的味道，只有在那方土地上所培、熏陶出来的人身上才最能显示出来，所以要领略江南味道，你当然最好是能到江南来实地体会、亲身感受一下。如果无缘亲临其境，那么，从土生土长的江南人的言谈举止上，从久受江南水土浸染的江南人的风神气度上，或许也可以仿佛体味其一二。"③

其次，城市意象：小桥流水人家的江南梦幻意象的铺陈。学界一直以来都力图区别江南都市文化与江南乡镇文化，但在城市文学的实际创作中，江南城市的整体形象始终脱不了小桥流水人家的温婉、典雅的整体印象。即使在 20 世纪 80 年代以来的城市文学中对江南的文

---

① 龚学敏：《苏州》，《星星》2007 年第 12 期。

② 程乃珊：《上海 TASTE》，上海辞书出版社，2008，第 78 页。

③ 钱谷融：《江南味道》，载钱理群、王栋生主编《江南读本》，华东师范大学出版社，2010，第 3 页。

学想象，随处可见的仍旧是小桥流水人家的文学意象，如龚学敏的《苏州》将江南柔美景象融化在中国古典诗词语言所营造的意境中，熔炼出记忆永存的苏州。这首诗以"水"的意象为线索，不留痕迹地串联起苏州的地理、人文、历史风貌，可以说是诗歌怀旧城市的作品中很出彩的一篇。他的诗歌中苏州是一滴雨幻化而成的水墨风景。

"一滴雨，悠长而典雅的中央，是那叶从琴声的氤氲里泛出／的扁舟。茉莉们摇曳的身姿，纷纷绽开／把如玉的手和他们透明的心扉，沿着昆曲的小河／开放成一水粉墙了。苏州，是那一串浸在水中的唱腔中／最圆润的珠，向着荷叶状的雾／逝去。花径的深处，是蛇的声音们些许古老的／戏台，谁在斑驳的花影中，舒展开／水梦境的长袖。让女人蜕化成身材清瘦的仙的那滴水，就是／苏州。……苏州。所有的鸟，都要把羽毛最后的影子／播在园子中央那片可以濯缨的水中。／来世最后的那滴雨，栖在昆腔悠长的枝上。那些在明朝摇着折扇写诗的声音，途经／青石小桥轻轻的风雅时，被风／植成一株散发着药香的庙，然后，把蕾伸进词典／开出一朵茉莉般洁净的成语：苏州"。[1]

再次，城市地理景观中江南印记还在于城市的一街一景所记载的江南才子佳人的风流往事。如南京的沉香街源于明代名士项子京因为妓女香娘的移情别恋，而在此地焚起沉香木床，故而得名；秦淮河上的桃叶渡让人怀古凭吊的是东晋大书法家王献之和美女桃叶的风流佳话；鸡鸣寺景阳楼下的胭脂井的井栏上至今还留着南朝陈后主宠妃张丽华和龚贵嫔千年抹不掉的脂粉痕迹。[2] 杭州的怀旧同样脱不了西湖

---

① 龚学敏：《苏州》，《星星》2007 年第 12 期。
② 代薇：《南京的风花雪月》，《美文》2006 年第 9 期。

垂柳的柔情。

> "楼外高楼山外山／西湖碧于天／风啊，不知往哪方吹／人啊，不知醉也不醉／树是树，花是花／枝枝叶叶三红七绿／街街巷巷七新三旧／柳浪闻不闻莺随它去／灵者隐，隐者灵／非佛非神非仙"。[①]

最后，还有诗人索性将具有江南印象的城乡联结起来构成一整个江南图景。江南的流水承载着缠绵的柔情："江南，缓慢、扬州慢、扬州般的慢……而夜乘航船需通宵达旦／但可与流水隔一层木板缠绵偎依……"只有竹箫琴瑟，才能配得上这雨巷流水："春阴湿透管弦——／湿透幽长街巷、细密柳丝／风声鸟语便有了一些微寒和恍惚……要有流水纵横／桨，捣乱液态的树木、石桥、天空／潺潺，绵绵，安慰阿炳等等盲目的琴师"。小桥流水，洞箫管瑟，记载着多少风流佳话。"关于江南以外的尘世，以及／小镇内部雕花屏风一样繁复幽曲的恩怨／还要有若干文人隐居／结社，雅集，在茶楼内／窥探京城里的动静，吟诵吴越秘史／顺便遭遇若干鲜艳女人和水粉般的事情／四散而去，一路好风"。[②] 汗漫的这首《江南，海上》动静结合，虚实相应，整体呈现了一个梦幻中的江南。

在所有文体中也许只有诗歌才最适合用来描摹江南诗性文化的内涵与外延。自古以来江南都是文人心目中的精神向往，对江南的记忆与认同是不会随着时间的流逝而冲淡的。时间只会融化、丰厚人们对江南的无限向往与想象："时间，在别的地方，可能是一道火焰，但在江南，却是一滴水——慢慢地渗透你，慢慢地让所有事物发生霉

---

① 宫玺：《又回杭州》，《长江文艺》2004 年第 4 期。
② 汗漫：《江南，海上》，《星星》，2007 年第 7 期。

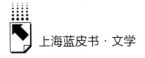
变，然后，再次开出令人心颤的花骨朵。"①

3. 江南人家：精致、优雅之美的营造

江南诗性文化的审美认同不仅停留在人们对江南的整体想象，还渗透在每个江南人的特有的气质与生活细节上。比如安妮宝贝的散文《南方》中展现了江南人特有的诗情画意的生活场景，门前"河流纵横穿梭，家家户户水边栖住，打开后门，取拾级而下"，人们"在水中淘米洗菜浣衣，空气中充溢水草浮游的清淡腥味，船只来往，人声鼎沸，两岸南方小城的市井生涯如水墨画卷悠扬铺陈"。② 最为典型的就是王安忆《天香》中申氏家族后人对美的极致化追求。王安忆近几年来对上海文化的寻根，一方面通过中短篇小说如《厨房》《黑弄堂》等对城市微观景象进行片段性的截取；另一方面，从《长恨歌》到《天香》，她开始在历史的纵深处对上海文化进行寻根。

就《天香》而言，王安忆对上海文化寻根的归结点可以说就是回归江南诗性文化。王安忆曾经说，她就是要表现小说中的主人公很有意思地将一份家业折腾完了，"我的小说主要任务之一，是如何花钱"。③ 所以在《天香》中王安忆刻意地用"典丽"的语言来打造天香园里精致优雅的审美风尚。申家从申明世开始，到了柯海、阿潜以及申家女眷，对生活的打造无一不围绕着一个"美"字。柯海为了迎接同学游园，不计银子，在方圆数百里的人家征买莲花，打造"一夜莲花"的盛景。父亲申明世为了庆祝天香园的落成迎接宾客，仅是一顿夜宴的灯光效果就大有讲究：要的是明澄的亮，但蜡烛的味道不能扰了花草的清香，为的是合上"天香"的夜宴主题，所以用的是清江的白纯无杂质的蜡烛，并用广信的乌桕子和磨石为工具，请园林师傅做模子，做成的蜡烛不仅纤巧可爱而且每一支中嵌入一株花

① 邹汉明：《江南字典》，湖南文艺出版社，2007，第232页。

② 安妮宝贝：《南方》，《收获长篇专号》2007年第4期。

③ 王安忆、钟红明：《访问〈天香〉》，《上海文学》2011年第3期。

蕊，烛光一亮，花香飘然而出。当天的宴席是："枝上，叶下，石头眼里，回字形的窗棂上；美人靠隔几步一盏，隔几步一盏；亭台翘檐，顺了瓦行一路又一路；水榭和画舫，是沿了墙角勾了一遍；桌上与案上的烛有碗口大，盈尺高，外面刻着桃花，里面嵌的桃叶"，[1]宾客入座，水面一池烛光下亮起一朵朵荷花，从宴席分三处，主宾在碧漪堂，女眷在画舫，小辈在阜春山馆，每一处的安排都大有讲究。吃已经不是宴席的正题，真正享用的是他们营造的"天香"氛围，看到的是带有桃香的蜡烛营造的万点星光，闻到的是满池莲花的清香，一切安排合的是"天香"的正题。无论是之后柯海的制墨，小稠、闵女儿设立的绣阁中出品的天香园绣，还是申家的羊肉暖锅，希昭探访惠兰时下轿的那一身行头，都能看到将日常生活审美发挥到极致的用心。

除了《天香》，在《裤裆巷风流记》中范小青用了一千多字描绘当年吴家大宅，八扇头的墙门，大宅东西两落，东落六进，西落三进，更不消说纱帽厅、鸳鸯厅、花园假山荷花鱼池、九曲小桥、长廊花窗，仅是牡丹花就有35墩之多，可见江南城市在"住"上的讲究。《美食家》中朱自治仅仅是一个南瓜盅、头汤面的讲究就让我们大开眼界，更无法想象，他与孔碧霞在54号里的私家宴会中展现的美食文化了。所以，江南诗性文化是渗透在人们衣食起居中，是流露在人们对日常生活审美化营造当中的。

## 4. 从容优雅的人生态度

最后，江南诗性文化还表现在从容优雅的人生态度上。毫无疑问，《长恨歌》中王琦瑶的人生尽管几经落魄和尴尬，但是她在人生的面子上始终维持着优雅。这种优雅从一进入她的房间里就可以嗅

---

① 王安忆：《天香》，人民文学出版社，2011，第14页。

到，就像萨沙在王琦瑶房间体味到的"精雕细作的人生快乐"。① 王琦瑶的优雅还在于在生活的坎坷面前的从容淡定，即便是怀上了康明逊的私生子，面对康明逊的退缩，她也没有撕破脸皮歇斯底里，而是不留痕迹地给对方留下余地，独自承担这生活的负累。即便周旋于与程先生的尴尬关系中，王琦瑶也是掌控有度，绝不失了分寸。面对程先生发现康明逊是孩子亲生父亲的难堪的事实，她没有表现失去一根救命稻草的窘迫，而是从容地接受了人生最后一次幸福也将逝去的现实。

池莉的《请柳师娘》中，柳师娘的优雅是久经世故的温婉与熟稔。尽管一进李家的门，她就已经知道了即将面对被李家退亲的尴尬局面，但是她仍旧从容地接受和享用了李家精心准备的宴席和烟塌。这种从容背后的心智是领了对方的歉意。临出门，李家要将"退婚"事实摆出的时候，柳师娘轻言细语即时打住，最终保住了两家的颜面，同时也意味深长地摆明退婚之于柳家无甚损失，但是之于李家却是一步错棋。整个请柳师娘的家宴，虽为退婚而设，却未言退婚一字。这既源自李家用心良苦的诚意安排，更来自柳师娘从容淡定的气度。这正是一种优雅文化中积蓄出来的个人魅力的体现。再看看《天香》中，即使申家已经败落到靠女眷刺绣来维持生活，但是女眷出门时的气派和风度仍旧是应了王安忆的那句话——"有的花，开相和败相都好"，② 沈希昭到张家看望蕙兰时"身穿绽青裙衫，裙幅上是同色线绣木槿花，冷眼看不出花样，但觉着丝光熠熠，倏忽间，那花朵枝叶便浮凸出来，华美异常……发髻上的凤头钗摇曳一下，发出清冷的丁当声。就有一种窈窕，不是从她身上，而是在她周遭的空气里，生出来"。③ 这些城市生活中的人物从古到今的优雅、从容是

① 王安忆：《长恨歌》，人民文学出版社，2010，第 171 页。
② 王安忆、钟红明：《对话〈天香〉》，《上海文学》2011 年第 3 期。
③ 王安忆：《天香》，人民文学出版社，2011，第 390～391 页。

江南诗性审美文化熏陶、淬炼出来的底气，是退去功利追求之后，自在自为的人生修为。

## 三 世家、保姆：江南诗性文化的传承

"江南诗性文化是中国人文精神的最高代表"①，成为人们日常生活审美的方向和模板。那么这种文化又是如何传承下来的呢？笔者以为，一种是以世族传统的方式加以传承，这种传承是从上而下的家学渊源的熏陶。一种是自下而上的传承，最典型的就是保姆的文化输入，这是江南文化在民间普及之后的反哺。还有一种是经济文化的交流与融合，促成以上海为中心的江南文化核心区，向四周地区文化辐射的局面。

首先，世族文化的传承。20世纪80年代以来的城市文学中，很多文学作品都在渲染世族文化对城市生活的影响。陈寅恪先生曾经说："所谓士族者，其初并不专用其先代之高官厚禄为其唯一之表征，而实以家学及礼法等标异于其他诸姓。……凡两晋、南北朝之士族盛门，考其原始，几无不如是。魏晋之际虽一般社会有巨族、小族之分，苟小族之男子以才气著闻，得称为'名士'者，则其人之政治及社会地位即与巨族之子弟无所区别，小族之女子苟能以礼法特见尊重，则亦可与高门通婚，非若后来士族之婚宦二事专以祖宗官职高下为唯一之标准者也。……夫士族之特点既在其门风之优美，不同于凡庶，而优美之门风基于学业之因袭。"② 这种基于学业之上的优雅门风，对后世的文化影响极其深远，"东汉以后的学术文化，其重心不在政治中心之首都，而分散于各地名都大邑。是以地方之大族盛门

---

① 刘士林等：《风泉清听——江南文化理论》，上海人民出版社，2010，第11页。
② 陈寅恪：《唐代政治史述论稿》，商务印书馆（台北），2009，第79～81页。

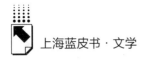

乃为学术文化之所寄托"。① 即使是 20 世纪 80 年代以来的城市文学中，江南文化的传承与世袭仍旧可以看到世族文化强大魅力。

范小青就很擅长在苏州撰写世族传奇。《顾氏传人》中作为苏州大家的顾家是"父子会状""兄弟叔侄翰林"②，做个州官都不稀罕的家族。这样的家族后人"自幼时起即练小楷，作八股文，试帖诗，父以此教，兄以此勉"。③ 顾家四位小姐，未及成年，其内秀外慧的名声已经在外。后来虽经历世事变幻，人生起伏——大小姐兰芝早年丧父，形影相吊；二小姐芸香丈夫去了台湾，孤单一人；做了南下首长的夫人的三小姐芬菲，在"文革"中失掉丈夫，辗转改嫁；四小姐蔓菁以貌取人改嫁了三任丈夫——可是无论岁月如何蹉跎，她们身上的风范与气度仍旧保存。虽然年近五十的四小姐为顾家的事出头露面，"往人前一立，风度气韵，绝对是顾家的传统"④。长年背负着男人在台湾的二小姐，在邻居老汪眼中仍旧是金枝玉叶，大户人家出身，"老虽老了，风度还是一等的"。⑤《裤裆巷风流记》中裤裆巷 3 号状元府里虽然如今夹塞的是杂七杂八不搭界的住户，但吴家的门风还是口口相传。如吴家正宗第六代后人吴老太的仁义善良，"文革"之前"有叫花子上门，剩粥冷饭不施的，全是好饭好菜招待，吃饱了还要送几张票子给人家开路"。⑥

此外，王安忆《天香》中铺排、展现的是申家如何在造园、种桃、制墨、刺绣的追求、玩味中集美之大成，勾连起来的是以申家为核心的上海早期世族之间的交往风范。申家接纳的是有家世渊源的人家，而自家典丽优雅的门风又吸引着周边有家学教养的名门世族。柯

① 陈寅恪：《金明馆丛稿初编》，三联书店，2009，第 147 页。
② 范小青：《范小青》，人民文学出版社，2000，第 207 页。
③ 范小青：《范小青》，人民文学出版社，2000，第 208 页。
④ 范小青：《范小青》，人民文学出版社，2000，第 219 页。
⑤ 范小青：《范小青》，人民文学出版社，2000，第 222 页。
⑥ 范小青：《裤裆巷风流记》，作家出版社，1987，第 40 页。

海娶七宝徐家小姐小绸是宋康王南渡的后人，申家看中的是这家人的"正统"，而镇海娶的泰康桥计氏也是家世门风极好的家族。再如，柯海求佛途中只是在杭州沈家住了两三天，沈家老爷就认准申家人的"性情"有"天籁"，定要将孙女嫁给阿潜。阿昉娶了彭氏家族的女儿，源于父辈官至尚书的彭家与申家在上海成就造园上的两大奇迹，而彭家也是从申家女眷的刺绣中，看中这家人的家事和门风。正如有学者所说："江南文学艺术与世家之间的血脉联系，可以算得上是江南家族文化的一个重要表征。"① 这种世家之间的通婚交融，也成就了家族优秀基因的延续。申家虽然男丁败落，但是女眷们融会了来自徐氏家族小绸的书法、苏州胥口闵氏家族闵女儿的织工、杭州沈氏家族的沈希昭的画艺，自成了天香园绣，将申家日渐败落的审美风尚流传下来。可以说，江南世族的血缘与文化传承，让江南诗性文化成为中国城市文化想象基因中重要的一部分。

其次，江南诗性文化在城市想象中得以流传的另一个重要途径就是保姆的文化输入。江南城市文学中有一个十分特殊的人物形象，那就是保姆。表面上保姆仅是为家庭琐事服务，但是更大程度上她们担负起哺育家庭后代的任务。所以，保姆的文化传承在培育和改良城市文化基因中也起着非常重要的作用。王安忆的《富萍》中的保姆们就是这其中的代表。《富萍》中那些来自扬州和苏州的保姆照料着上海人家的生活，抚养着上海人家的后代，同时她们将江浙人的江南生活习惯输入到上海人家，与上海人的江南情结相融合。她们用江南人精致、细腻、诗性的生活方式感染和改造那些从不同地方汇入上海的外地人，让他们粗糙的生活变得细致而讲究。如奶奶最终做保姆的一家，是来自解放军的干部，是奶奶的细心调教才让他们"供给制的生活"逐渐过渡到上海人的生活。奶奶慧眼识金才让东家师母攒下

---

① 刘士林等：《风泉清听——江南文化理论》，上海人民出版社，2010，第67页。

了第一份家底，奶奶的扬州菜提高了他们的口味。连家里的孩子习性上也随了她"喜欢粉粉的，鲜嫩的颜色；喜欢花；喜欢花露水的香味；喜欢带珠子的化学发卡；喜欢越剧"。① 而苏州保姆吕凤仙更是弄堂里江南生活习俗的活教材。弄堂里的重要事情都要请教她，"请客，要弄个鱼翅羹，或者奶油布丁；嫁女儿，要置办嫁妆，绣品花样，针法，几式几样；发送老人，装裹的规矩，大殓的程序……吕凤仙都是最懂的"。② 苏州、扬州的保姆给上海人的生活定下了江南人生活的样板，并让这些样板融入上海人的生活当中，成为他们生活的一种习惯。同时，她们在潜移默化中让上海人在生活上认同了江南的审美情趣。正因如此，王安忆才会说："走入婆娑扬州，那过往的人事忽就显现出它的色泽和情调，我甚至于觉得，钢筋水泥的上海，因有了扬州人的乡俗，方才变得柔软，有了风情。"③

世家文化保持着江南文化的高雅与纯正，而保姆的传承又让江南文化在民间得以流传与普及。最终，一种共通的审美倾向成为江南和江南以外的城市审美的共同追求。这种共通的审美追求形成的动力是江南地区间经济与文化的交流，加速了对江南诗性文化的认同与融合。以上海为例，在李伯重勘定的"八府一州"的前江南文化时期，上海还只是八府中松江一个小地区，它只是在吸收江浙地区江南经济和文化的营养。在《天香》中申家能在上海过上逍遥自在的生活源自苏州上顷棉田，松江稻麦，浙江一带的桑林与竹山等物质和经济的保障，才得以造就天香园。接着与江浙世家通婚，也在家族文化上补充了新的江南血液。苏州胥口闵家刺绣、小绸带来的古墨，甚至是杭州希昭陪嫁中那十六箱八橱四桌的妆奁，更不消说柯海随阮郎远游所见识到的江南文化精华，都可见上海如何吸收江南文化营养。所以上

---

① 王安忆：《富萍》，上海文艺出版社，2008，第 17 页。
② 王安忆：《富萍》，上海文艺出版社，2008，第 33 页。
③ 王安忆：《水色上海》，《长篇小说选刊》2006 年特刊第 1 卷。

海人早期的生活格局是一个江南文化逐渐成熟、定型，甚至辐射的过程："那时的上海，虽然已经是一个繁荣的沙船港，可到底没有从江南市井的格局里挣脱出来，河道两边杨柳依依，城隍庙外的集市里卖着农家用青竹片编的长长的扁篮子，夏天没吃完的饭菜就放在里面，吊到屋顶通风的地方去。"喝茶还是江南人的讲究：到城隍庙九曲桥茶楼临窗坐下，为自己叫上一壶江南新采的绿茶，点上一些茶食，五香豆，还有一种笋烤青豆，都是茶食里的一种，放在青花的小碟子里。喝着"少女用牙齿一叶一叶采下来"的茶，"讲究的是那种若有若无的清香和像少女纯洁的恬然"。①

自"19世纪60年代开始，上海迅速走向繁荣，并取代苏州和杭州，成为江南新的中心城市和长江三角洲地区社会经济发展的龙头"。② 这也进入了张法所说的"后江南美学"时代。"所谓后江南美学，是中国进入现代以来，以上海为中心的江南美学。上海首先在晚清以口岸、租界的方式崛起，继而在民国时期成为江南的也是全国的最大城市，远远领先于杭州、苏州、扬州、徽州、泉州，并且在经济、文化、美学上也领先于民国首都南京，成为江南地区的中心"。③所以，江南文化在此以上海为中心辐射各地，成为人们在书写城市时文化想象的源头。就是武汉这样，在文学中一直以保持原汁原味的世俗形象著称的城市，也忍不住透着点对江南文化的神往。池莉的《请柳师娘》中，如果没有出现汉口的字眼，小说中流淌的语言，小说中的人和事活脱脱是从江南的诗情画意中走出来的。完全看不出来是那个写《生活秀》的作家池莉写出来的。所以江南的富庶与诗情画意，不仅已经在江南地区无可争议地成为作家们怀旧的精神归宿，

---

① 陈丹燕：《上海色拉》，作家出版社，2001，第28页。
② 周武：《从江南的上海到上海的江南》，载熊月之主编《都市空间、社群与市民生活》，上海社会科学院出版社，2008，第247页。
③ 张法：《当前江南美学研究的几个问题》，《中国人民大学学报》2010年第6期。

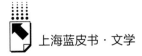

而且生活在周边城市的文人们也在不知不觉中对它投出了仰慕的目光。

文学中的江南城市想象，给我们带来的启示不仅是对先进文化的趋同，更为重要的是它在提示我们该如何对中国城市进行本土化想象。当我们习惯以现代性想象来囊括对城市的所有想象时，是不是可以考虑，跳出现代性的思维框架，回到中国城市历史的纵深处，挖掘中国城市本土的文化根源。笔者以为，江南诗性文化就是其源头之一，并且这种文化源头不仅没有停留在历史深处被人遗忘，相反，它已经流淌在我们的文化血液中，不时地会在文学的想象中重现。

# B.20

# "在场"与超越"在场"：当代都市书写的视域转向[*]

朱 军[**]

摘 要： 当代都市书写正在成为知识分子介入日常生活的重要手段，这得益于一种新的"视域"的获得。从传统的"天下观"，到"在场"地看，进而超越"在场"，通过日常生活的转向以及身体景观的翻转行为，生产出朝向现存真理的新的经验，正在成为当代人独特的文化表达和生命叙述方式。

关键词： 都市书写 视域 在场 视觉正义

当代都市书写视觉转向的意义并不在于书写技术的变革，而在于对于"在场"的发现和超越。海德格尔的"世界图像的时代"指示我们如何超越文字书写所限定的"技术之思"从而抵达"沉思之思"。当代都市书写的视觉转向的价值也在于一种新视域的获得，它带领我们在"在场"之外，超越在场，找回物化都市中的"视觉正义"。先锋艺术是对艺术自律体制（为艺术而艺术）的破坏，使艺术

---

  * 本文系上海市政府决策咨询研究项目（2016 – YJ – C07）成果，上海师范大学人文社会科学研究一般项目成果。
 ** 朱军，文学博士，上海师范大学人文与传播学院教师。

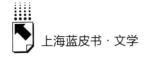

重新回到生活实践中去。当下，破坏正在演绎，而对这一新的"生活实践"和"视域体验"的关注显得尤为迫切。

## 一　视域转向：从天下史观到"在场"地看

电影《天安门》的拍摄制作从 1988 年持续到 1991 年，该电影是当代都市文本的奠基之作之一。这部作品是中央电视台《河殇》《共和国之恋》《小木屋》《望长城》等鸿篇巨制的最后一部，原本应该是 20 世纪 80 年代启蒙语言的延伸，但原有的"地平线"在天安门发生了一次偏移。

长久以来，影像的地平线被牢牢地固定在天地相交的地方，为"视域"划定了界限。如麦尔（Meyer）《天安门之龙》所说，北京首先是一个观念，然后才是一个城市。这个观念赋予这个城市及其环境以形式和内容，并赋予整个中国，最终赋予全世界以形式和内容。它从中心到边缘创造了一个世界。它虽不用言辞说话，却用建筑、体积、空间来说话。大大小小的厅堂、宫殿、花园、街道、城墙、大门、牌坊、庙宇，一起发出非常清晰的宣言。在老北京的历史文本中，源远流长的应制文本从来不懈怠于强化这样的空间秩序、等级观念和权力叙事。这是一种传统的"天下观"的折射。贾谊曾经在《过秦论》中如此论述：席卷天下，包举宇内，囊括四海，并吞八荒。虽然随着中国现代性的进程，这一"天下观"逐渐在民间已然崩解，但是在上层意识形态乃至知识分子心中，重构这一中心的努力从未停止。

直到 20 世纪 90 年代，随着日常生活审美化争论的深入，"在场"才开始真正在历史中浮现出真面目。虽然《天安门》里依然贯穿着固有的百年中国、百年风云的宏大叙事，但在天安门城楼上巨大的领袖画像更换的那一刻，摄像机的"眼睛"完成了一个明确的下降动作，镜头从皇宫升起、摇出、落下，宫墙外是熙熙攘攘的集市，民间和普通人进入我们的"视域"。导演时间说："四十年前中华民族作为一个民族是独立了，但是作为每一个个体，还存在着个性解放的挣扎，我想通过这部片子表现个性解放的要求。"正是这种偏移，"视域"突破了一个有限的被感知的实在性，而与无限性和未被感知的可能性有关。这一"可能性"影响深远。作为创立了中国第一个先锋电影创作群体"结构·浪潮·青年电影小组"的时间，其倡导的"中国新纪录片运动"真正成为 20 世纪 90 年代中国一场先锋文化运动，也因此获得一种可能性。

都市书写正是在新的"视域"之下获得当代意义和历史意义。当代都市书写继承了张爱玲等先行者的传统，把散失在都市里的民间文化碎片凝聚起来，再生出真正的"现代性"的都市生命，从审美精神上参与了都市民间文化形态的建设，这也超越了传统民间俗文学生理－物理的"看"的范围，上升为一个知识分子用精神"观"的场所，而真正的"看"要接近于"素朴地感知"，这需要有效避免非原本地对"感知"的再造，更非一种"再现"的"想象"。作为"张派"当代传人的王安忆写道，正是因为面临都市虚无的深渊，才必须要紧紧地用手用身子去贴住这些具有美感的细节，从所描写的细节里体会到这城市的虚无，但人们只看见这些细节。这种继承了 19 世纪以来写实主义小说风格的都市文本，繁复但不失细腻，充满了对人性朴素面的感知，加上社会学田野调查式的观察，更加从细节中贴近了历史的深度。

"张派"的主人公总是住在上海弄堂。当追求者第一次来时，他便直觉地感到女佣在女主人的房间里工作过。这些两层楼的房子里，气氛温暖而熟悉。嘈杂的市声、昏黄的弄堂、阴湿的宅邸、庸俗的人情，这一切和革命无关，战争离这里也很遥远，大道理淹没在叮叮当当的电车声里。如张英进所说，她们眼里的城市是一个父权的秩序，它受到它所想要的东西（女人）的威胁。① 她没有天长地久的计划，只有在眼前琐碎的小东西里，都市人畏缩不安的心才能够得到暂时的休息。在当代影像书写里，同样有两个孤岛。第一个《岛》里，海边的老人修补渔船，两个孩子跟着妈妈穿过一条街道去买水，维族老人做礼拜，一家人铺开地毯在院子里阳光下吃饭、聊天、哄孩子睡觉。耐心细致的镜头甚至看到蚂蚁如何在地上爬，蝴蝶怎样在船帮上扇动翅膀。另一个"岛"出现在《老人》里，老人在都市小区街道上迈着蹒跚的脚步，来来去去，物价……香港回归……"十三大"人选……刘老头的病……张老头外孙女的对象，孤老头做饭：现成的馒头、两个西红柿炒一个鸡蛋。有一个镜头，从老人背后拍过去，前面是街，自行车和汽车不断驶过，老人都不出声地看着街。杨天乙紧盯着这个长达十分钟的长镜头，恍若自己已置身于老头们的这个"岛"上，呆看着面前汹涌的激流。②

在都市新"视域"中，"当下"地看让一切自身展示显现，它比任何被"当下化"了的想象和神话都来得坚硬。陈晓明也颇为赞赏新生代作家的作品持续关注人的命运，不断触及当代底层民众的生活，同时揭示生活的困境和无法更改的命运，体现了当代作家对当下关怀的人文旨归。③ 在这里每一个感知都意味着对对象本身直接地把握，而任何不在场并被神圣化的行为，最终都要回归到感知之上。都市书写的日常生活视域成为一种标尺，它是第一性的，是现时的"在场"，实在的世界需要它来衡量。这一当下的感知不依附于一种被预先建构的宏大的天下史观，抑或是意识形态，而是一种独立之物。

---

① 张英进：《中国现代文学与电影中的城市——空间、时间与性别构成》，江苏人民出版社，2007，第 255 页。
② 杨天乙：《我拍〈老头〉》，《艺术世界》2001 年第 7 期。
③ 陈晓明：《无边的挑战：中国先锋小说的后现代性》，广西师范大学出版社，2004，第 401 页。

# 二 "在场"到"结对"：都市视域的现象学超越

在现象学的"看"之中，当下感知不是一种限定。都市书写的视域没有被封闭，它不断获得、不断积累、不断扩展，面向着无限的生活世界敞开。张爱玲虽然自谦地说"浮雕也是一种艺术"，但她何尝不像尼采所赞美的希腊人。他们非常懂得生活，为此有必要勇敢地停留在表面、停留在皱纹和皮肤上，崇拜表象，相信形式、声音、话语和整个表面的奥林匹克！这些希腊人是很肤浅的——但来自深度！这种深度是一种真实的现实与空乏的指示之间的混合。这种"看"是从一个当下印象开始流动的连续不断感知的"体验流"。

"在场"的视域，才可以把历史的前后因果勾连起来，让我们真正走进历史断裂的深处。它从我们的记忆里唤回剩余物，同时指向一个即将到来的"视域"。在《小武》中，小武个体生命的失望之旅提供了从边缘观察城市集体生活的世俗视角，权威影评杂志《电影手册》把《小武》登上封面时，法国人惊呼：他扯下了烦人的面纱，揭开了导演深邃的奥秘，再没有人可以躲躲藏藏，权力暴露出来了，观众也暴露出来了。在中国，书写曾经是一种权力的象征，历史的教科书上都是帝王和战争，很多词被排除在了记录视野之外。例如生命、民间、个体和女性。

"当下"的书写才是最好的教师。王朔的《顽主》《玩的就是心跳》，何顿的《我们像葵花》《太阳很好》，邱华栋的《都市新人类》《手上的星光》《正午的供词》，朱文的《我爱美元》，王刚的《月亮背面》，池莉的《来来往往》《有了快感你就喊》，石康的《晃晃悠悠》《支离破碎》等，折射出来的恰恰是作家经历过20世纪80年代精神惶惑之后对"崇高"的"躲避"，对精英立场、启蒙话语的集体逃离以及对当下都市生存状态的情感认可。这其中，不乏布尔乔亚的及时享乐优雅和闲适，也充斥着流浪的波西米亚一族的悲欢离合。在这些作品中，被放大的都市体验为中国当代文学提供了一种前所未有的都市想象，也为我们反刍当代都市文化的存在意义提供了可能。正如导演吴文光评价《1966——我的红卫兵时代》时所说，"历史，是现在的历史；未来，是现在的未来。"通过对过往的感知，这样一个"时间流"指向了一个被预示的未来世界。而这个未来不再建立在乌托邦的废墟之上，因为历史的文本变成了新的当下的印象，它充实了未来的"视域"，让生活获得了一个重新出发的基础。"现在"的我们看到"过去"，它把世界指向"未来"。

无论是固执的历史意识，还是乌托邦的未来感，都讨厌在场并且排斥在场。正是这一"视域"在时间上的不断延伸，我们的生命体验也才能够实现时间上连续地过渡。从当下到过去到未来，这样的感知给予我们一个完整的生命流。现象终会消逝，可见之物渐渐不可见，但它不会失落。都市或许不那么崇高，但记录现时现象的视域会获得一个新的启示，同时它又明确地指向那个曾经在场之物，在都市空间中，它们共同被给予我们。

以《八廓南街十六号》《公共空间》《高楼下面》《铁路沿线》等为代表的个体叙事式的先锋文本，由事物的"在场"作为出发点，与受众一道将"视域"由内向外延伸。由直接性到间接性，个体性上升为普遍性，都市文本的视觉流经历了"流动着逼近"的历险。这种现代的都市"视觉流"在早期都市文本《海上花》和《市声》中还没有得到呈现。早期的城市小说大多采取鸟瞰视角，是一个从外部、从上至下的鸟瞰，并不敢在寻常巷陌中游走而看，至于指向内心的观更是超出了所能理解的范围，但随后的新感觉派早期代表作刘呐鸥的《流》里，胡塞尔为现代人命名的体验流被打开，盛开在主人公吴镜秋的意识流中。一组不稳定的漂浮的形态渗透在整个都市时空。刘呐鸥随着城市的意象漂浮，充满了时间上重新定向的迫切要求。穆时英循环的时间与破碎之感带来对城市的悲观和怀疑。王安忆和"遍地枭雄"经历人与时空关系的一系列转换后，回到上海，那个建构在现实之外的大叙事摇摇欲坠，江山再多娇，也抵不住灰飞烟灭。文本和体验带领世界"向内转"，主体与世界在对话中反省自己。"大说"转瞬倾颓的废墟里，布满了绝望和虚妄，也洒下了"小说"的希望。在都市和乡村之间，一个新视域涌现；在"大说"和"小说"之中，我们逼近一个生活世界。

"小说"与"大说"的轮转正是一种超越。它并不是一种现存的意识，但它预先地指示了感知的方向。《八廓南街十六号》的居委会空间提供另一个"联想的空间"，段锦川说，人们都认为八廓街是拉萨的中心，既是世俗的也是宗教的，但是人们很少注意到八廓街里每一个古老的院落、每一条砖石铺成的小巷、每一栋新建的藏式民居或商业设施，其实还处于一种政治环境中。《公共空间》里，火车站、汽车站、候车厅、舞厅、卡拉 OK、台球厅、旱冰场、茶楼……不同的空间汇集在一起。一辆公共汽车，废弃以后就改造成了一个餐馆；一个汽车站的候车室，卖票的前厅可以打台球，一道布帘的后面又成为舞厅，它变成了三个场所，同时承担了三种功能。过去的空间和现在的空间叠加，贾樟柯"看到的是一个纵深复杂的社会现实"。[①] 杜海滨《高楼下面》和早期的《铁路沿线》一样，标题本身就在强烈意指着两个截然不同的空间。阿毅和阿彬住在豪华商住一体的高层大厦最底端地下四层，片中甚至没有很多地方可以看到底层生活的艰辛，有的只是单调、乏味、庸常和一些无奈。从大城市北京回到农村结婚的阿彬，像自己身上穿的西装一样，还端着点架子，河北味的普通话使他尤其自傲。除夕之夜，阿毅修好了楼前"Happy New Year"的霓虹灯。下雪了，雪花飞舞着落向这个世界，落在彩灯和楼前的汽

---

① 贾樟柯：《关于〈公共场所〉》，《艺术世界》2001 年第 12 期。

车上，值班的保安用对讲机兴奋地互相拜年，大声唱着"我怎么舍得你难过"。高楼、火车、铁路作为当代中国现代化过程的经典符号，它们和这个场景中的人物一起，共同构成了对当下中国、对我们所处境遇的揭示和隐喻。这些都是"那些必须被呈现的"，"从空间的角度触及目前中国各个阶层迅速分化的现实"。① 对《回到凤凰桥》和《北京弹匠》的主人公来说，北京同样不是一个永远能站得住的地方，他们总在命运的摇摆中选择，到了北京就在谈凤凰桥，永远在不同的空间、自我和"他者"间来来又回回。《盒子》的心灵独语与都市外部世界无关，但"盒子"本身就是封闭和开放的隐喻，无时无刻不在指涉"子宫"内外的种种联系。在这样一个个普通而又奇特的空间中，混杂着这个都市世界的已知性和未知性，未知的东西指引着新的可能感知，通过它，新的可能最终成为已知的。这些文本都是每个人当下的、贴身的现实，它们之所以竭尽无遗地逼近我们，是因为"每一个现象都在空乏视域中伴随着一个超越的多"。②

如西梅尔所说，更多的生命比生命更多。受众不再只满足对作品意义的享受，而是参与了创造本文的游戏，乃至空间的填充与再生产。这个原本有限的空间内，我们发现了超越的世界。《彼岸》的孩子们、心心、婷婷、小武，《盒子》的小甲小乙、阿彬和阿毅以及《老头》中的老头一样经历着这代人的内在孤独和心灵困境，一场一个人的战争。他们对于这个异化的现实世界的体认越来越难以表达，都市书写是寻找自我心灵空间的历程。生命主体间的陌生经验相互地彼此唤醒，生命单子彼此"结对"。高楼下的民工、"盒子"里的同性恋人、北京城的弹匠、大棚的江湖艺人、彼岸的孩子……中国社会

① 张亚璇：《那些必须被呈现的》，《艺术世界》2002 年第 2 期。
② 〔德〕胡塞尔：《感知中的自身给予》，载倪梁康选编《胡塞尔选集》，上海三联书店，1997，第 706 页。

的各个阶层在都市相遇，彼此"结对"，个体生命的"视域"叠合在一起。

进而言之，最初的体验之流被取代了，从生命之初涌出的意向之流，穿越当下、历史、未来，冲开了第二次构造的世界。这是一种视域现象学的超越。"世界视域"向我们有次序地敞开。都市文本中，一个生活世界被给予和记录，它包含有每个个体皆可以通达的意义。这是个充满人的意义的都市，一个在自然态度中的世界。即使通达这一世界的历史道路充满了艰辛，但是本质"现象"的召唤把我们带到问题的切近处。

## 三 "他城"与"我城"：何以追寻"视觉正义"

任何文明社会都以书写技术为基础，但是书写制度的发明进一步使沟通交往脱离了口语的那种个人化的和直接的表达过程。因此列斐伏尔认为，书写是一种"暴力的，恐怖主义的和统治的"形态。[①] 这一书写物还有其进一步的特性：它是一种"精神性的操作"。这一书写恐怖一直指向权力，在当代社会，这一恐怖在消费主义的辗转腾挪下变得更加隐蔽和无意识化。但是这也为当代都市书写提供一种可能性，通过在场并且超越在场，以"视觉转向"实现对于书写恐怖的解构。

在以德波为代表的情境主义者心中，城市就是一个视觉景观的化身。在20世纪90年代以来的新都市小说中，这一诗学姿态景观化的转型更为引人注目。邱华栋等人的《闯入者》《沙盘城市》《城市中的马群》《哭泣游戏》《戏剧人》等都市文本中，视域转型的三部曲——"他城"、"我城"和"失城"得到了完整呈现。进入"他

---

① Cf. Henri Lefebvre, *Position：contra les technocrats* (Paris：Gonthier, 1967), pp. 50 – 52.

城"的闯入者迫切要获得城市的认同,变成金钱、物欲、美女和名车的拥有者,成为征服者,进而把"他城"变成"我城"。外省人自由出入城市巨型购物中心、大饭店、酒吧、地铁……毫无陌生感。"我有三张身份证,一个邮局保密箱,一个……我就像是生活在这里许久的真正的城市的主人",但是"我简直被一种叫孤独的虫子撕咬着,没有成功,没有女人和金钱给我增加自信","城市是个磨盘,把那些失败的人梦想一点点碾得粉碎",最终他在这个"失城"中成为反省者,学会"我思"。"我们每个人都在创造中毁灭,在毁灭中溅起人生浪花,而在城市中行动,则成了我们唯一的纲领","我能"的身体从"沉沦"中找到"救赎",如此才可以如缪永一样"驶出欲望街",这是一种情境主义者的城市观。通过视觉身体景观的"翻转"行动,当代都市书写正是用一种反叛的视觉书写暴露自身固有的虚妄,一种为消费意识形态所掩盖的虚妄。

无数人追问城市空间问题的出路在哪里?我们需要在这些不同话语的基础上,形成一个面向将来的、基础性的、可以达成的共识,以此追求空间正义。①

当下都市书写城市内外的视域转换蕴含了"他者"自我正名的力量。传统的"柏拉图之爱"折射了中国知识分子批判精神,但也指向一种传统书写的恐怖。当然没有自由是无场域的,在中国的现实场域中,文学书写也一直面临知识分子日常审美艺术化、"文革式"的日常生活扭曲化以及消费社会的欲望化的威胁。然而希望在于,始终坚持不依附于任何权威的"在场"文本,正在指引我们执着地关注并超越日常生活视域。要之,"在场"不仅是每个人都可以赞同的基本共识,也提示了获得社会正义的路径。

---

① Barney Warf, Santa Arias. *The Spatial Turn*:*Interdisciplinary Perspectives*(London/New York:Routledge,2009),p. 32.

# 结 语

综上，从在场到超越在场，都市书写最终指向一种空间正义的实现。"一种新的感受能力、一种新的理解能力和一种新的文化在群众中的发展。"[①] 这种社会认同在历史的进程中似乎越来越扩大，越来越稳定。在场的"看"，伴随着时间与空间混杂的"时空分延"，全球化与都市性在中国获得了独特的表达。这一都市的"视觉转向"前所未有地影响了当代电影、文学、绘画、音乐等等姊妹艺术，更成为当代中国人独特的文化表达和生命叙说方式。带有显著"寓言"特征的都市书写创造了从 20 世纪 20 年代以来独特的东方视觉景观，这也回应了巴尔特所说的"城市如文本"。在知识分子精神的"观"的场域中，文学艺术正在渐渐摆脱书写并拯救中国历史的焦虑，在碎片化、视觉化的叙述中，生命与整个时代和历史连续体完成了一次"决裂"。一切曾经的实在被"悬搁"的地方，没有希望的地方，希望才赐予我们。本雅明认为，对事物易逝性的欣赏，并把它们救赎到永恒的关怀，乃是寓言的最强烈动力。[②] 时至 21 世纪，都市视觉化书写在"杀死小说性"[③] 之路上越走越远，但清除了似乎定义了小说的东西——情节、行动和英雄，何尝不可以看作一种意向还原的历程？原初地"看"，反而是对现存的真理本真地把握。这是生命精神自由的流溢，是向着生活世界的回归。

---

① 〔匈〕贝拉·巴拉兹：《电影美学》，何力译，中国电影出版社，1982，第 18~19 页。

② 〔德〕本雅明：《德国悲剧的起源》，陈永国译，文化艺术出版社，2001，第 185 页。

③ 布迪厄和龚古尔认为，至少从福楼拜开始，小说史可以别描述为"杀死小说性"的长期努力。参见 Bourdieu, P., *The Rules of Art* (Stanford University Press, 1995), p.241.

# B.21
# 城市文学：在经济决定论的重围下

——近30年城市文学研究的回顾与批判[*]

王　进[**]

摘　要：　城市文学是一个属于当代文学的问题，以经济基础－
上层建筑为基本的知识体系架构。问题在于，它是作
为前30年当代历史文化的庞大构建，甚至世界观而重
现于1990年代兴起的"城市文学"，以致现今的文化
研究方法及其现代性的思想指导，实为历史的负载。
因此，城市文学的根本问题始终无法廓清，形成了经
济决定论的重围，并表现为现实世界对思想理论的深
刻牵制。而正是在以经济为中心的新、旧知识体系更
替及其历史负载下，城市文学问题分裂成了城市－文
学、城市文化－文学两个基本论题。在此，逻辑－历
史、时间－空间、城市－乡土及"左翼"文学等，显
示如此深广的交错、断裂、衍射，以致它们作为经济
基础－上层建筑这一贯穿当代历史文化的宏大框架之
内的辩证，最终都指向了自身文化传统的压抑和丧失。
中国城市文学，以至中国文学理论的独立，因此成为
我们城市文学研究的意义所在，而这首先要求一种
"当代文学"整体观，足以进行知识理论自身的批判。

　　* 本文系上海社会科学院"城市文学与文化"创新学科建设阶段性成果。
　** 王进，文学博士，现供职于上海社会科学院文学研究所，主要从事文艺理论研究。

关键词：　经济基础－上层建筑　作为中介的文化　文学与传统

　　城市文学是一个属于当代文学的问题，这不仅要与现代文学做一个历史划分，而且与相关的西方理论、海外汉学区别开来，只有在此范围，才能显示近 30 年国内城市文学研究的独特启示和理论意义。进而言之，它的真正意义，无法建立在目下全球化进程中城市地理不断扩张的现实基础上。而现实成为不加思索的前提，以致思想向现实的逻辑妥协，正可谓当前的理论态势，由此带来知识的快速更新及庞大负累。在城市文学研究领域，尤其可见理论的动力更多来自现实的城市进程加快，而非当下文学创作的启示，理论由是牵制于现实世界，以致社会文化理论、政治经济学知识不断涌入，形成了"现代性"的思想主导与文化研究的基本方法。然而，随着研究的兴盛，"城市文学"本身却深处理论的危机，不仅迄无基本定义，且作为研究对象亦日渐消隐，因而近年时有"无法显现的他者"[①]"到底在谈论什么"[②]"看不见的城市"[③] 等论说。

　　这使得知识理论本身成为更须批判的。而寻找自身的文学批评史线索，还原 20 世纪 90 年代以来被新的知识理论覆盖的历史情境，就是第一要务。它将导向"城市文学"这个 80 年代初即已提出的问题情境追溯。正是在历史的参照下，其之深受现实世界的牵制，显示为经济基础－上层建筑这一经天纬地、堪称世界观的当代思想大限。[④]它不仅使得"城市文学"首先是历史的负重，而且以这世界观在全

---

①　陈晓明：《城市文学：无法现身的"他者"》，《文艺研究》2006 年第 1 期。

②　弋舟、蔡东等：《当我们谈论新城市文学时我们在谈论什么——凭着气质和气味来感知新城市文学》，《山花（上半月）》2013 年第 15 期。

③　殷国明：《"大流转"：中国都市文学的梦想与纠结》，《探索与争鸣》2014 年第 12 期。

④　相应于本文着重的知识理论批判，以下对于经济基础－上层建筑、世界观等特属前 30 年当代历史文化范畴的概念运用，主要在其形式、概念、逻辑层面，"当代文学"概念亦如是。

球化时代的重现，凸显西方理论－中国经验的当代思想处境。20 世纪 90 年代以来的城市文学批评，因此特别体现了时代性的知识谱系反转、解体，并突出表现为西方理论运用的芜杂、生硬、失当，进而是作品批评上的焦点游移、偏至，以至压抑、脱离文学文本。处于经济基础－上层建筑所加诸历史重负的思想底部、边界，"城市文学"实质构成了阐释世界－现实世界之间的关键，以致我们的知识理论批判，必须走向前一宏大框架的突围。由是，方可辨析中国城市文学，以至中国文学理论的独立申诉，而城市文学研究的意义亦当在此。事实上，近 30 年研究在无法确立问题性质，阐释理路亦几经转折、断裂的知识状况下，不仅形成了城市－文学、城市文化－文学这两个基本论题，更以此宏大框架一以贯之。作为前 30 年当代历史文化的投射，它产生了如此根本的思想制约，以致形成"城市文学"的经济决定论，而两个论题恰体现了它的内部分裂与分层递进，这就赋予我们的批判以一种"当代文学"整体观。

## 一　一个属于"当代文学"的问题

如一般理解，正是 1990 年代以来商品经济大潮的冲击，才有了城市文学的真正兴起，以至可能改变"乡土"为正宗的中国文学走向。虽然仍在论争，但现今关于 20 世纪 90 年代城市文学的研究自成课题，甚至形成百年文学史上的断代，已是事实。而"新城市""新都市"文学的屡次讨论和界定，更是从根本上显示这一分界的即欲形成。不过，当分界愈益由西方现代知识理论来阐释和凸显，致使"城市文学"以"现代性"的突兀和奇崛而与以往的城市文学、中国文学史分离，就可怀疑其思想前提了。而就在"商品经济"作为不可撼动的现实确认下，经济基础－上层建筑可被发现为真正的思想背景与宏大的知识系统框架。事实上，它不仅表现为现实对于思想理论的强大制约，而且根本上是一道隐性的世界观式视野笼罩，所谓经济基础决定上层建筑。这一曾消隐于 20 世纪 80 年代"纯文学"理论建构的宏大框架，在 90 年代全球化来临之际的重伸，正标志了城市文学的"当代文学"属性，并表明它根本是一个近切关涉现实世界改造的庞大知识体系，以至思想、意识形态系统的构成。"城市文学"因此远超一般的题材之论。质言之，这一框架的重伸，使得城市文学问题之起始、演变的追溯，必要贯通当代历史文化。

这里正构成了我们知识理论批判的基础。1998 年李洁非的长文《城市文学之崛起：社会和文学背景》，[1] 即展示了这一框架的根本重伸及其思想限定力，并表现为文学"内部"与"外部"的全面逆转。其绝大篇幅的社会历史文化论述，不仅宣示文学的"外部"开始大规模进入文学理论，而且在古今中外的历史纵横中，确立了以"工业化"革命为标志、完全"经济基础"意义上的"商品""物"作为"城市"的基本理解。正是在此有关改造世界的现代知识谱系上，古代，以至近现代中国城市皆以其政治及权力主导的根本性质，排列在外。相应地，自古至今也就从未产生过真正的城市文学，而以延安文艺为开端的前 30 年当代文学，更是莫若为中国历史上政治权力排斥货币权威及商品原则的突出体现。唯有 20 世纪 20～40 年代以"新感觉"派为代表的上海文学庶几能与之相称。无疑，只有这样的历史逻辑，才足以凸显 90 年代城市文学兴起的革命性意义："毋庸置疑地击败了乡土文学作品，第一次在中国文学中占据主位"。进而，可将这一切归于正在现实推进的"几千年历史上具有根本性的划时代意义"的经济基础变革，而非——按其明确表述，文学的"内部"。而正是如此经济决定论的思想引导、历史进化的乐观驱动下，该文所能展望的文学之未来，亦只有一条文学标准：以现代主义流派

---

① 李洁非：《城市文学之崛起：社会和文学背景》，《当代作家评论》1998 年第 3 期。

为顶峰标志的 19、20 世纪西方文学。

重要的是，这个产生于经济基础－上层建筑宏大框架的经济决定论，具有高度的现实合理性。在所谓商品、市场经济成为一时代之普遍话语，迄为 20 世纪 90 年代社会历史文化全面转型的历史学前提与确据之下，这样的论述至少为文学的"内部"留下了一席之地。事实上，当批评家在文学创作"奔向都市"的潮流中，亦发现"经济"作为"元话语"的形成，就意味着顺服这一历史条件，几乎别无选择。1998 年叶中强的《想象的都市与经济话语的都市》，① 分析了这一新的元话语形成，并试图进行理论的破解与提升。在此，"都市"作为中国现代性诉求的历史主义理性，与作家的经验世界、文化记忆产生了如此巨大的落差和震荡，以致在多个层面显出事实与价值的背离。而乡村－都市尤其形成了二元对立，不仅表明为二者价值坐标的迥异，而且以它对于 80 年代传统－现代、愚昧－文明价值结构的反转，指意新兴的城市文学是一次文明范式的整体变革。城市之"罪恶"，则成为这次文明冲突的基本预设。它以"物"化形象及欲望场景，主导作家们的都市想象，以至都市的物质空间成为"营构其特定的文本'格式'……的建材"，表现出"见物不见人的文化偏至"。正是在此，可见该文试图破解"物"的拘囿，从而将"经济"的理解，引入最为广泛、足以相应于经济基础的更高"文化"范畴，由此确立"城市的价值源泉"的努力。

这一由"经济"而"文化"，重寻"价值源泉"的思路，可谓预示了后来文化研究方法的兴起和广泛运用。然而，"经济基础"作为思想的先验条件，无疑对此具有更为内在的规范性，就如文化研究主要作为现代物质文明的批判，本即"文化唯物主义"的，其为文

---

① 叶中强：《想象的都市和经济话语的都市——论当前文学文本中的一种"都市"及其元话语》，《上海社会科学院学术季刊》1998 年第 4 期。

学理论，先已失之偏狭。上文对于乡村/传统/愚昧 - 都市/现代/文明价值坐标反转的历史勾连，已可见这一"文化"思路，实未走出 20世纪 80 年代"寻根"文学为代表的"文化热"。实质上，在由经济基础 - 上层建筑所贯穿的当代历史文化视野及其构建的关于现实世界改造的庞大知识体系之前，文化研究不仅是远为派生的方法和理论，而且更作为当代历史的负载。这意味着"资本""消费主义"的意识形态，不能不形成"城市文学"价值的总体否定。

故而，在经济、政治 - 经济的知识系统挟制及其历史负重之下，"城市文学"分裂为何谓城市、何谓文学，以致前者的理论申诉远压倒后者，就可谓必然。而试图通向新的价值源泉的"文化"路径，自益陷落。事实上，在文化研究方法及其现代性思想理论的主导下，今天的城市文学研究比"见物不见人"的文学创作更深地陷入物质文化的批判和研究。2006 年陈晓明的《城市文学：无法现身的"他者"》，① 即展示了后现代理论如何以其时间的优先，将城市文学的价值决定，由原先基于工业物质生产的经济基础，推升至"符号生产"所代表的"新的生产力和生产关系"，从而交归"消费主义"文化领域。在此，城市作为"物"的世界，定义在以消费景观为基本构成的符号生产之上，以致城市 - 乡村显示为"乡土中国"更加难以跨越的历史文化鸿沟。按其论证，这一符号化的城市存在本身及其中生存经验的表达和反思，几乎是不可能的；无论现实主义，还是后来的"人学"、现代主义，都将与之发生历史和美学的冲突，故而城市文学的历史，也是不可能的。论文通贯检索了 20 世纪中国文学史，发现城市文学始终只是"他者""幽灵"的存在。直至 90 年代"激进的消费主义时尚文化"出现，才有了"真正与城市融为一体的对城市的表达"，而"美女作家"群正成为历史的选择。甚至，因其杂有

---

① 陈晓明：《城市文学：无法现身的"他者"》，《文艺研究》2006 年第 1 期。

"去民族/国家性"的女性身体叙事策略，她们的创作亦非"纯粹"。

无疑，当理论走向这样的历史虚无，就成为逻辑对于历史的连续删削，这才是"无法显现"之所在。而近年对于20世纪90年代以来城市文学典型人物形象缺席的批评、呼唤，① 更是明确了这一趋势的加剧。它与其说是创作现实的指认，莫如说理论自身关于何谓文学的难以申诉。在此，作为更古老、深远的文艺基本论题，何谓文学遭受严重压抑，正指向了时间维度上自身历史文化传统的压抑、丧失。"文学"之从"城市文学"的分裂、退缩，因此是表明经济基础－上层建筑所构造的当代历史文化，恰恰成为传统的横切。它不仅体现为来自现实世界改造的空间性持续强力扩张，更造就了直线行进的时间观念及不断革命的文化逻辑。

所以，将经济基础－上层建筑解构、还原为阐释世界－现实世界之间平行而非决定关系，才是突破其世界观式的思想垄断，获得理论独立的根本途径。而实质处于两大世界之间的今日文化研究，才能成为自身传统重续、再生的开拓，而非城市文学价值先验否定的加固。说到底，何谓文学之压抑所指示的时间维度上自身传统的丧失，只能显现于知识负累日益加剧的全球化时代。进而言之，在阐释世界－现实世界的关系中，它尤其作为前30年针对"资本主义"的当代思想文化逻辑与历史的空前脱节，而重现为90年代以来经济决定论所指向的世界观笼罩。城市文学研究视野因此日益拘囿于物质文化的"空间"，以至空间理论盛行，而"时间"作为更深切、根本的现代性量度却近阙如。② 由此透露作为思想指导的"现代性"之基础空洞。

---

① 孟繁华：《建构时期的中国城市文学——当下中国文学状况的一个方面》，《文艺研究》2014年第2期。

② 徐健：《论20世纪中国文学城市叙事中的时间母题》，《汕头大学学报》（人文社会科学版）2008年第6期，或可为一记。

　　总之，"城市文学"的崛起，要求的首先是"当代文学"整体观。而以上关于 20 世纪 90 年代以来知识谱系翻转、重组及其驱动、压抑机制的揭示，正成为批判的切入口。由此，"城市文学"可能进入更高的理论层次，使城市－文学、城市文化－文学这两个已近浮泛的基本论题、多重关系交集的场域，成为可追究、深溯的。它们根本作为经济基础－上层建筑宏大框架内不断生产的逻辑－历史脱节、时间－空间错位等所衍生的次级论题。而城市－乡土文学这一无法规避的历史性尖锐对立，则为某个更高整体内在价值冲突的破界表现。显然，只有如是整体观的建立，才能在近 30 年来连番遭遇历史的转折、知识体系的更新及价值的大幅反转、动摇中，更准确地辨析脉络、剔抉源流、清理问题层次，以至追踪思维轨迹，使中国城市文学理论自身独立的申诉得以释放和生长。

　　在此，90 年代的确构成了一道分水岭。随着新一轮改造世界的社会历史文化动荡与西方知识理论的空前引进，城市及城市文学问题浮出了历史地表。然而，整体观之，则可见城市文学研究从此由隐至显，却恰恰走向了思想的逼仄，以至离弃文学本身。80 年代看似粗浅、边缘的城市文学探讨，因此具有了起点的意义。1983 年北戴河的城市文学理论笔会，基于题材的解禁，首次提出了该问题。在此，"城市文学"不仅展现出"工业题材""车间文学"的近前历史前身，而且以其潜在的理论力，迅即涵盖了正在萌发的种种文学现象、思潮，并指向更深远的中国城市文学传统的接续。[①] 1986 年回顾新时期文学十年时，它的涵容和体量，按张韧的《现代城市文学的失落与寻求》[②] 论述，甚至使得理论批评界遗憾地发现"城市文学"竟是作为文学整体的"一半"失落了。事实上，城市文学问题先后与

---

①　吴英俊：《城市文学理论研究的良好开端：北戴河城市文学理论笔会侧记》，载吉林省文联文艺理论研究室编《文艺论稿》1983 年总第 10 辑。

②　张韧：《现代城市意识的失落与寻求》，《花溪》1986 年第 6 期。

"改革文学""现代派",尤其"寻根文学"等思潮、流派发生了广泛关联和纠葛,以至"城市文学"实际成为一个场域。它在90年代的崛起,因而可指意这些消失的思潮和流派作为80年代文学史脉络,已存留其中,并面临全球化时代知识理论大更替的考验。1990年南帆的《文学:城市与乡村》,① 即以其历史转折点上的瞻顾,表现了这一文学时代的交替、混杂及十字徘徊状态。一方面,对于城市的"敌意",足以聚集80年代主要思潮、流派及其之外的重要作家,如王朔的创作。另一方面,几乎无不归趋的乡村"家园"梦,仍可通过作者强调历史 – 美学本有的距离而安放"城市"。至此,不仅城市 – 乡土文学尚未形成紧张的二元对立,而且更重要的,80年代"纯文学"理论也在该文本身的写作中,展现了它最后、也可谓最大的开放。

这实质指示了思想理论对于现实、历史感知的一个临界。一旦城市及城市文学崛起,就将带出已然失落"一半"的更高整体,并成为与历史的正面相遇。理论因之向现实连续妥协,以至走向思想的逼仄。近30年城市文学问题的生发地由北向南的地理空间转移,正可构建一个另度的观察与批判。以史称"八五新潮"的年份计始,10年为期,迄今共有三次较集中的讨论。② 90年代的讨论高潮,终于将上海及上海文学推向了前锋,成为现今城市文学、文化研究的历史基础。然而,这并不意味着"海派"的真正崛起,以至造就中国城市文学理论的独立。它到底作为1992年南方谈话的直接结果,而非文学自身的历史发展。这就使得80年代从问题的最初提出,《城市文

---

① 南帆:《文学:城市与乡村》,《上海文论》1990年第4期。
② 以较大型的会议为标志,有1987年太原的"城市文学理论讨论会"(见《城市文学》1987年11月号相关报道);1994年南京的"中国城市文学研讨会"(见《钟山》1994年第4期);1996年上海的"'新都市文学'理论研讨会"(见《特区文学》1996年第6期);2003年上海的"都市文化与都市文学学术研讨会"(见《文艺理论与研究》2004年第1期)等。

学》的期刊首创，① 到大多讨论的组织，皆出于北京中心的方域，并非自然。之后发生于 90 年代的地理空间转移，恰可能蕴含着思想理论的绝壁，以致诉诸现实的解决。而奥妙在于，正是最早应时创办了《特区文学》、② 此时方与"上海"一同崛起却很快被其遮蔽的人造之城"深圳"，成为这一根柢于"经济基础"的决定性，以政治强力干预现实世界所留下的文化标记。

因此事实是，在 90 年代多地展开的城市文学讨论中，相比广州、深圳"新都市文学"③ 的先锋旗帜，上海以"文化关怀"为宗旨的"新市民小说"④ 倡导更多表现其被动和保守。而其背后正是自身历史文化传统的接续问题，足以对基于现实巨变的城市文学价值形成根本究诘。1995 年周介人的《当代文学的第三"范式"》，⑤ 即具有这样的理论启示。作者从当下城市文学创作所表现的一种新锐市民意识，不仅发见"民间－市民"作为接续"更为古老的传统"的可能，而且以之为当代文学继"革命""启蒙"之后的第三次范式转变。这样的当代文学整体观，已道出城市文学问题之要。而在论及作家王朔的小说作为此一范式的重新演绎，在"主流意识形态与精英意识"之外"异峰突起"，并于 90 年代初形成整个知识界的冲击时，更是引出"人文精神"大讨论的时代背景。由此在某个全景位置表明了"城市文学"作为"当代文学"问题的构成及其内在价值冲突。实质上，当该文进而论述这先后继起的三大范式，皆有自己的"余数"和内部"不可化约的矛盾"，以至形成文学史上各各不同的"盲点"、

---

① 《城市文学》杂志创刊于 1984 年 7 月，由山西省太原市文联主办。

② 《特区文学》杂志创刊于 1982 年初，由深圳市文联主办。1980 年 8 月全国人大常委会颁布《广东省经济特区条例》，深圳经济特区正式成立。

③ 《特区文学》1994 年初推出"新都市文学"讨论专栏，为期约 3 年，影响及沪，而《广州文艺》在 1990 年即推出了"都市文学笔谈"专栏。

④ 见《"新市民小说"征文暨评奖启事》，《上海文学》1994 年第 9 期。系《上海文学》与《佛山文艺》联合推出。

⑤ 周介人：《当代文学的第三"范式"——编者的话》，《上海文学》1995 年第 10 期。

"不见"和"误区"时，就几乎指示了这一价值的冲突，最终来自自身历史文化传统的压抑、丧失。事实上，后来城市文学理论建构愈益聚焦于西方物质文化的研究与批判，以至文化研究全面兴起，而自身传统迄未参与、进入中心。

这不仅导向思想的偏执、逼仄。陷入经济决定论的城市文学理论，还可能与现实同谋。实质上，当现实世界日益被经济的逻辑主宰，即可表明这一针对物质文化批判的理论建构作为阐释世界的失效，不免沦为现实逻辑的同行，而介于两个世界之间试以突围与关系重建的"文化"路径，亦必遭遇"唯物主义"的思想陷阱。以下关于城市－文学、城市文化－文学论题的进一步分析与历史追踪，正可见这从"经济"而"文化"的重围与强势递进，而当代文学创作新变及其在20世纪90年代以来知识体系大更替中的价值重整，可得更深切的展现。事实上，它使得自身传统的屡屡探及与偏失，如此突出于城市文学研究，以致成为中国城市文学理论独立申诉的关键。无疑，当这一切重围、陷阱实质都指向何谓文学的理论排斥和压抑，不仅愈加表明自身传统的丧失，而且恰恰反证文学是一切社会历史存在中最具超越性和普遍性的，它根本属于时间，而"城市文学"连系的更高整体，亦当在此。

## 二　城市－文学：在新经济神话的构造与知识更替中

如果何谓城市、何谓文学是属"当代文学"内部的一个必然衍生和分裂，那么以20世纪90年代为界，可能追寻这样一条更为细致的历史演变线索，即30年来城市文学理论的聚焦和视界，发生了从城市－人到城市－"物"的转移和扩展。事实上，它在90年代显得如此突变，以致"物"作为"经济基础"的遥远反映，成为"城市"崛起的象征、神话，更是认识论上的一个巨大能指、黑影，迅即形成了"见物不见人"的城市文学景观。重要的是，这不仅只是出于城市空间扩张、规模崛起的现实感应，更来自堪称知识理论全球化的思想冲击，以至瓦解原有世界意义的阐释系统。而构建于"经济基础"的世界观之重新笼罩，恰是其表现。"城市文学"因此作为"当代文学"的内部而暴露，并首先经受"经济"为元话语的新、旧知识系统的更替和裂变。这才产生了城市－文学的根本紧张，构成何谓文学的严重压抑。

而在此朝向"物"的城市象征、神话却遭遇内部瓦解的历史演变中，"人"之能成为20世纪80年代"纯文学"思想主导下的理论聚焦，正又显示为开端的意义。赵园《北京：城与人》这一重要著作的完成，[①]即是可供回溯的重要路标。在此，城市与人，特别是历来作为"城市腹中难以消化"的知识分子的关系，能够形成如此深刻的交融与"契约"，以致从现代到当代、作家到作品人物，皆可能处于这一关系的历史展开中。而这一切，按该文论述，都有赖于漫长的乡土文化传统对"北京"的特别养育，不仅使"乡土－北京"成为这座城市的文化基调，而且在"乡土中国"与"现代中国"之间架起了过去、现在与未来的桥梁。[②]无疑，自身传统的根本托庇，才是城市－人，继之城市－文学关系建立的前提，以致由此"北京"足以展开一种大历史文化视野。1988年赵园的《"城市文学"纵横谈》，不仅将看来皆关城市，因而特别蕴含新的文化思考的新时期众多文学创作，作为"接续中断了的进程"上溯"新文学"传统，而且在已由"海派""京派"历史展开的上海－北京文化两极之间，预

---

① 赵园的《北京：城与人》实际完成于1988年（见该著"新版后记"，北京大学出版社，2002，第227页）。

② 以上引用参见赵园《北京：城与人》，北京大学出版社，2002，第6、10、1页。

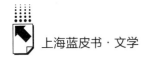

见了今天"N城记"文学版图的应然生长。①

重要的是，当作为这一切托庇的自身传统，如此显身于"城市文学"，就表明它已经超出了"乡土"的规定性。至少，在此文学思潮交相激荡、更迭的时代，这样圆满可待的城市－文学关系建立，与1985年兴起、足以代表时代高点的"寻根"文学对于乡土文化的批判之间，存在一个隐约的逻辑必然。而更有意味的是，所谓传统已不止于书写，而是生成现实，表现出"文"与"人"的融合，这里指的是"城市人"的现实出现。它是比上述"城与人"的虚构完成更能深刻表明传统实为这一时代思想的基本前提与普遍交汇所在。1986年吴亮的《城市人：他的心态与生态》②及其后的系列论文，③不仅没有城市－文学的分裂迹象，而且以其散文性的切身体验表达，塑造了现今创作亦不多见、立体可感的"城市人"。其对城市时空丰富、敏锐的感触，生存之烦的深度体验，甚或语言世界对于日常生存实感的耗散，都显得如此超前又普遍，以致"城市"的概念完全覆盖了由写作者身份可能联想的"上海"，因而跨越南北地域，引发了一波城市文学讨论热。④这里显然有着现代主义文学思潮的时代感发，但这个"城市人"的现实存在，才是根本的。唯此，才能使理论批评成为这样散文式创作的跨越与连接，"上海"为"城市"的普遍、更是具体论述。

所谓"城市人"的现实出现，就表现在这一理论－创作、普遍－具体的跨越、接壤及至"文"与"人"的融合中；其在20世纪90年代城市文学理论中的消失，因此特别反映了知识理论本身的强

---

① 赵园：《"城市文学"纵横谈》，《文汇报》1988年11月2日。
② 吴亮：《城市人：他的心态与生态》，《上海文学》1986年第1期。
③ 吴亮：《对城市生活的文学沉思》专题系列论文6篇，刊载于《文艺评论》1987年1~5期。
④ 见《〈城市文学〉编辑部、〈太原日报〉副刊部联合召开城市文学理论研讨会》，《城市文学》1987年11月号。

大遮蔽。它进而使得传统的现实性，表现为一种无须言明，甚或无意识的广大存在，足以支持来自不同思想方向、空间地域的城市文学论述，能在某一普遍的层面交汇。质言之，只有自身传统作为一时代的文化构成之核，才能形成"人"的根本庇护，而"人"亦方可成为理论的聚焦。因而，无论出于新兴的现代主义，还是传统的现实主义——1986 年雷达《关于城市与文学的独白》，即可谓一个现实主义者"为诞生一个新的文化形态"所做的思考努力，[①] 尤其来自"寻根"文学与之构成的文化逻辑与冲突，关于城市文学的理论申诉，都可因之交汇，这才能有赵园笔下"城与人"的完形。

所以，自身传统的现实存在，才是"纯文学"时代的最后支持。而它在"城市文学"的突出显身，更是表明其已远超"乡土"范畴，以致动摇"乡土中国"之为传统文化性质的根本认知，这才是关键所在。其中蕴含着一道思想理论的深刻悖反，且无疑出自经济基础 – 上层建筑框架对于自身传统的"乡土"定性及其强势修正，而"当代文学"正是其全面规范下的知识文化产物。所谓传统的复苏，因此是处于"新时期"以"回归五四"以至跃过"当代"为总体指向的文化价值系统重建的思想背景下。其之显身"城市文学"，因而更将带出当代乡土 – 城市文学的价值等级对于传统根性的曾经斫伤，而非只是现代文学传统对它的存养。质言之，这里潜隐的现、当代文学的历史断裂，使得传统的复苏与现实存在必然是有限的。而这恰恰表现在"新时期"的反思与重建皆无法免除对此前当代历史文化的简单否弃。就如"寻根"文学以"封建"之"乡土"进行传统的重新批判，终趋于与黑暗过去的告别，20 世纪 80 年代的"城市文学"则以传统的新继而出现，实质加强了此一思想大势，所谓"中断了的进程"，从而将"城市文学"推向新的文化创造之开端。

---

① 雷达：《关于城市与文学的独白》，《天津文学》1986 年第 10 期。

　　在此，"经济基础"之于自身传统的性质决定，显示了二者不可调和的内在冲突。由之建立并完成的"世界观"在20世纪90年代的重新笼罩，因此恰成为传统已然深度丧失的遮蔽，一如80年代城市－人的短暂和谐，以传统的残存为最后支持而不自觉。这是属于"当代文学"的先天短缺，以致此后的城市文学理论一天不出旧有世界观的笼罩，一天处于自身传统的根本压抑、丧失之中。这才是来自80年代的启示。其直接后果，即是面对新一轮西方知识理论的空前引入，"经济基础"将成为最虚弱、广大、无意识式的思想破口，由此形成非认识论的庞大经济神话，并导向以现实经济进程为牵引和证实的思想路径。无疑，这是一个时代性的知识体系转换与重构，但其思想框架、思维惯性却整体表明了它的当代性。而"城市文学"恰以"物"对于"人"的全然遮蔽、取代，并占据当代文学理论的中心位置，成为这一新经济神话最尖锐的刺破。

　　事实上，随着全球化时代的到来，20世纪80年代那些关于"城市人"的"生态""心态"之体认、探知与追根溯源，迅速成为某种"新状态"的无从把握。新的经验与既有表达之间产生如此巨大的脱节，以致从作家创作到理论批评，无不处于变动的迷惘，因而出现了各种文学"新潮"的命名、策动、讨论及新的阐释途径探索。① 重新切入、把捉现实，则成为自然的思想走向。而最有意味的，正是在此"现实主义"的路途上，"城市"与"文学"重新发生了关联。作为现实世界日渐清晰的庞大崛起，"城市"之于"文学"，首先要求的是一种崭新的现实观构造。这本应通往阐释世界－现实世界关系的根本重建，而非现实主义的简单回归。然而，当"经济基础"无可阻

---

① 仅1994年，即有《北京文学》的"新体验小说"、《文艺争鸣》与《钟山》合办的"新状态文学"、《青年文学》的"60年代出生作家作品联展"、《上海文学》的"新市民小说"、《特区文学》的"新都市文学"等专栏推出，且有评奖活动。1996年《山花》与《小说界》共同开辟"七十年代出生作家作品专栏"。

遏地成为世界的地平线，即已意味这一新的现实观无法着陆，而城市文学理论恰因此面临经济决定论的陷阱。事实上，思想的坍塌如此迅速，以致既往可见的历史文化支持——断裂，这一切"新"文学的价值评判几乎无地立锥。

"新状态"作为城市文学创作一种无可名状的描述，因此更是思想理论的自况，并特别指意城市现实建造作为新经济神话的大规模实践，必将思想理论远抛其后。1994 年陈晓明的《走向新状态：当代都市小说的演进》，[①] 即以"现实主义"与"后现代"的复杂交织，显示了最初新、旧知识体系更替、撕裂的过渡状态。作为同期文学创作较全面、及时的批评论述，它不仅示意"都市文学"已成为当代现实展开的主要场域，而且本身可谓"现实主义"的全面展开。对于 20 世纪 80 年代以来城市小说在此时代转折口的演进，该文做出了总体远离现实的评判。返归乡土，尤其先锋派"新历史主义"写作的回转历史，固可谓逃离。而各种试图正面进入"都市"的创作，亦因受制于种种形而上的观念而未能实质切入。其中，王朔以"城市痞子"形象解构主流意识形态的小说，尤因其突出的"当代性"，亦即现实针对性，而表现了这一总体困局。而正是这个观念与现实之间的破绽，成为该文的重要发现，更是自身论述的动力。在此，作为根本难以定义的都市"新状态"，也是新现实，破绽刚好提供了想象，也生成了评判它的依据，由是出现了论述主体与批评对象之间的一种依存和缠绕。一方面，该文由此紧贴文学文本，从"都市情绪""意识"到"都市话语""奇景"，到底描摹出"新状态"的轮廓及线索。另一方面，却因同时发见文本背后无所不在的观念深意，而视为现实的背离。如是，创作的破绽演化为论述本身的悖论，以至走向一种以清除既往所有观念为目的的"现实主义"。在它面前，不仅宏

---

① 陈晓明：《走向新状态：当代都市小说的演进》，《文艺争鸣》1994 年第 4 期。

大的意识形态，而且 20 世纪 80 年代以来关于"人"与"命运"的普遍命题、"人性"与"主体"的启蒙设想，尤其裹挟了"都市意识"的现代主义，皆为应当卸载的观念负荷。"后现代"因此成为"新状态"的真正解释，而新生代作家正以"欲望"现实的赤裸拥抱，指示这一文学的未来。

在此，我们可见解构主义的"后现代"如何作为"现实主义"的历史要求而进入城市文学理论，并成为"新"的文学价值生长所在；"欲望"则作为"现实"的裸露而浮升于"城市文学"。然而，这里观念史的清空，恰等于离断了历史。它不仅是阐释世界，更是现实世界本身的岌岌可危。而在该文"新状态"的描摹中，城市建筑正以"经济神话的卓越见证……穿越意识形态的地表而成为时代的象征"，也是最能确定的现实存在。这不仅显露了"经济基础"的地平线，而且暴露了新的经济神话怎样建立在此当代思想最大的破绽上。问题正在这里，经济－政治的超克架构，将推使这一观念史的清空如此彻底，以致思想完全失去自身历史根系，从而恰恰蹈空于现实和历史。1998 年王干、韩东的《离我们身体最近的——关于"城市与城市文学"的对话》，[①] 即表现了作家们对此蹈空的特别敏锐。在此，"身体"渐次上升为现实存在的先行感知和探求，而与"城市"发生了完全认识论意义上的联结，以至压倒了思想的可能。这一成为后来城市文学创作最强劲，却往往贬抑于"物"之下的表达，因此并非仅仅出于感官的卑俗，而是更多未知的盲目。

故而，当"物"作为"经济基础"的反映而突起于"城市文学"，真切的现实世界恰将遮蔽、沉沦于这一地平线下。正如"经济神话"所象喻的，这根本不是一般可经验之"物"，而是高度认识论

---

① 王干、刘立杆等：《离我们身体最近的——关于"城市与城市文学"的对话》，《广州文艺》1998 年第 7 期。

的。"城市文学"的蹈空与崛起，因此更将指意思想理论与现实实践之间基本界线的混淆，直接威胁现实世界的存在。而"身体""欲望"作为"现实"的裸露，也是最后边界，正是其强烈表现。在 20 世纪 80 年代城市 - 人的理论参照下，它尤以"人"之遗余，显示这一庞然大"物"对于"人"的遮蔽、取代，从而将之置于非道德境地。而显然，这正是"文学"的位置。在新经济神话的整体构建中，"城市文学"之"文学"的如此卑屈，因此暴露的是思想理论，以至语言的根本贫困，而所谓"现实"的裸露，正在于此。

所以，一切最终都指向了自身传统，根本说是书写传统的丧失。它使得 20 世纪 90 年代城市 - "物"之于"人"的取代，成为一场经济、政治 - 经济中心架构下新、旧知识体系全面更替、撕裂的见证，残存的传统则几乎消耗殆尽。城市 - 文学的分裂，因此一方面表现为"物"所确立空间理论的强力扩张，另一方面则恰使得何谓文学作为古老意义的申诉，以时间维度的无限，不断推高整体的认识论水准。而一切朝向自身文化传统的理论建构，则事实面临无法穿透的思维屏障。2009 年陈平原的《文学的都市与都市的文学——中国文学史有待彰显的另一面相》，[1] 即表现了这一思想的努力及处境。在古、近代城市文学，或毋宁为中国文学、文化传统"前世今生"式的回溯中，该文曲折展示了一个重写文学史的广阔前景，并试图借此重新聚焦城市与人的关系。作为何谓文学的申诉，它甚至充分吸纳、转化现今文化研究的方法种种，以在历史 - 想象、物质 - 精神，以至时间 - 空间等多层复合的关系架构中往来、沟通，不断伸张。但显然，传统在此作为试图贯穿古今的"城市 - 中国"文学版图构建的源泉和动力，难以企及并辨析更广大的"乡土"边界，而这恰是此

---

① 陈平原：《文学的都市与都市的文学——中国文学史有待彰显的另一面相》，《社会科学论坛》（学术评论卷）2009 年第 3 期。

一已然关涉民族国家之想象成立的根本所在，正所谓"另一面相"。它在该文论述中的自然省略，只能意味曾经的"乡土–中国"将与之构成最全面的价值冲突，尤其当后者的破败愈益成为瞩目的现实。

在此，自身传统与前30年当代文学"乡土–中国"的宏大构建，形成了最不可通约的时空黑洞。时间维度上，它甚至启示"乡土"，而非"城市文学"才是真正现代性的产物。2006年李建军的《论中国式的城市文学的生成》，① 即在针对现今"海派"中心的城市文学研究状况，试图建立"中国式"价值评判尺度时，表现了城市–乡土文学之间的循环与自我解构，以至暴露"乡土文学"更显著的非"中国"性。它首先来自该文的一反常规，将乡土文学设定为现代文学内部的"他者"，由此批判、检索百年城市文学作为现代性最终目标的完成状况。而这后撤一步的前提设置，看似包含对"城市"之历史主义理性的无条件承认，却正突出了乡土文学的"城市性"，从而带动"京派"地位的上升，显示其深厚的"乡土"文化传统支持。所谓"中国式"即立基于此。由此判断，则百年文学史上除了张爱玲、老舍代表的"市民文学"，从30年代"新感觉派"到90年代"上海宝贝"等都市文学创作，皆显出自性的偏失，且尤有"符号"的"蛊惑"，而后者恰构成了近年学界以上海、香港为中心的"N城记"研究热的文本基础。

这一批评自然有效。问题在于，其基于乡土文学及其文化传统的"中国式"价值尺度建立，内含根本的逻辑自反。在百年历史回溯中，该文竟忽视了前30年当代文学对于"乡土文学"的全面塑形，并升顶政治思想文化高峰，以致"城市文学"彻底沦为负价值。实质上，按该文脉络，当"乡土文学"从"京派"获取更深远的传统文化支持，并由之取代了无论如何出于"海派"的"左翼文学"的

---

① 施战军：《论中国式的城市文学的生成》，《文艺研究》2006年第1期。

历史地位和作用，所谓"中国式"已经处于这一巨大历史存在的逻辑否定中。建立在这样思想空洞上的立论，不仅无法解释当代乡土－城市文学的对立、断裂何以为京派－海派对峙的演变，反而可能指意"极左"思想统治下的"乡土"，才是真正的"飞地"。① 作为"符号"的终极"蛊惑"，其之"乡土文学"足以在时间维度形成中国文学现代性的堵截。

显然，20 世纪 90 年代以来思想与现实、逻辑与历史的脱节，莫过于此。而城市－乡土文学边界的价值冲突与传统丧失，特别勾画出"当代文学"内部的时空黑洞，迄今为理论独立的根本制掣。这就使得曾经割裂城市－乡土的"经济基础"及由之构建的世界观，在"城市文学"的生成中沉淀为一种新的历史观，成为寄望所在，即，它将动摇、颠覆"乡土文学"作为中国文化传统的主要承载与延续的观念。而近年关于城市文学的反思与批判中，对于自身历史文化传统的重寻与认知，正表明为一个重要走向与理论关键。2013 年林嘉新的《当代中国城市文学的困境及其批判》，② 即，将城市文学书写与民族国家的根系直接相联，且由此涉及全球化时代自身理论独立的问题。2014 年胡传吉的《新道德下的城市小说困境》，③ 则以古代"和"文化传统的树立，对 20 世纪中国文学"争"的新道德进行了历史文化批判，并指明恰是"乡土"而非"城市文学"，才是新道德的最大负载。

无疑，当城市文学的世纪道德尴尬，与自身传统的丧失紧密关联，问题就并非简单的传统回归。它不仅说明城市－文学的分裂何以至此，而且引申出城市文化－文学的论题。在此，构建于"经济基

---

① 20 世纪 90 年代学界对于"上海怀旧"热所构建"上海"的批判性指称。

② 林嘉新：《当代中国城市文学的困境及其批判》，《湖南师范大学学报》（社会科学版）2013 年第 4 期。

③ 胡传吉：《新道德下的城市小说困境》，《当代作家评论》2014 年第 3 期。

础"的西方现代性新、旧知识体系更替及其带来的知识理论全球化的不断卷入，使得所谓传统的重寻毋宁是空前高度认识论的。实质上，作为新文化基础的重构，它必须成为旧有世界观，以至历史观的突围，而后者正属"当代文学"整体的冲动。

## 三 城市文化－文学：多价值系统中的传统压抑及文学申诉

20世纪90年代以来文学理论领域，最明显的变动莫过于"文化"对于"文学"的取代，并造就了种种文化研究的理论大盛。然而，正如其为最含混、广大、流行的现代词汇，"文化"却未必能够依靠自身确立起新的文学价值标准。近20年来"城市文化与文学"论题中的"文化"走笔，即看来潓漫无边，且不断颠覆、彼此消解，难以转化为理论的真正建构与知识的有效积累，以致"文学"趋于边缘、弥散。而进一步确定"文化"的边界，追究"文化"何以与"城市文学"联结、处于什么意义层面，其形成机制、演变轨迹如何等，就成为一项更深切的知识理论批判。自然，80年代仍是一个起点性的参照，况整个"八十年代"都可谓"文化"的盛开，尤其1985年"寻根"文学之后。然而，只有当它90年代与"城市文学"发生紧密联结，才能凸显远为丰富、混杂的多文化交汇、冲突，而各阶层、群体、种性及其所属空间地域、民族国家等之间的分化、流动，使得自我标识及认同成为突出问题。因此，"文化"根本意味着一个多价值系统的混杂与历史来临，不仅非为一切构建于"经济基础"的现代性知识理论所能概括，而且恰与自身历史文化传统发生最深刻的关系，为自身存在的根据。事实上，90年代以来应然成为文化认同之引领的城市文学理论建构，却对自身传统产生了内在的压抑与连续排斥，这就使得80年代看似相反的"走向世界"，在这样一条坐标和价值尺度大幅变换的"文化"轨迹上，显示为起点和参照，即随着"经济基础"上的世界观在 90 年代的重现与全面笼罩，80 年代曾经代表文明秩序与精神高度的"西方"，迅速降至现代物质文化及思想的水准，而这恰与自身传统的压抑、丧失深刻相关且同步。

这意味着 20 世纪 90 年代的"城市文学"根本是从两大文化对抗形成的当代文学地平线崛起，所以能成为思想理论的显著聚焦。它不仅覆盖了 80 年代的起点，而且几乎先验规定"文学"之受制于"文化"，以至重新构成意识形态的争端。因此，关键仍在将原始两大文化的二维平面对抗，还原为经济基础－上层建筑，进而阐释世界－现实世界之间的关系构架。而"文化"的位置与边界，正在它根本作为两个世界关系重建中的"城市文学"以至"中国文学"之庇护及路径开辟，是为"中介"。这就使得我们的批判是还原、消解的，尤其鉴于现今"文化"在多价值系统混杂中天然的理论架构、膨胀力，但也更是高度认识论的。正如强调"文化"之为"中介"，首先意味着经济基础－上层建筑之间的重新返置，与其中近乎集体无意识的穿刺，这才可能跟从"文化"的变换轨迹，批判何为城市文学价值生长的促进，何则恰恰导入了经济决定论。

由此，我们可以看到近 30 年"文化"坐标及价值指向的屡经变动，正在京派－海派、城市－乡土文学，以至传统－现代、时间－空间、逻辑－历史等无不先需经越"经济基础"的多重架设中，投下它沟通，或阻断两极的绝对影响。而自身传统在 20 世纪 90 年代以来的压抑、排斥，与"文明与野蛮的冲突"① 这一足以概括"八十年代"的文化价值系统对于自身历史文化的批判，则恰形成了一条连贯、隐秘的思想轨迹和线索。重要的是，这已经将 80 年代"文化"

---

① 季红真：《文明与愚昧的冲突——论新时期小说的基本主题》，《中国社会科学》1985 年第 3、4 期。

与"城市文学"的初始连接，确定在这样一个起点上。即它是随着文明－野蛮此一本属中－西文明的坐标参照，转换为传统－现代的单向进化而发生的。而关键是，只有"工业""生产""资本""消费"等环绕阐释的"经济基础"成为终极决定，中国自身历史文化才会全然处于进化论的"野蛮"负面。80 年代的"城市文学"正是作为该进化逻辑链正向的一个巨大能指而与"文化"关联的。

文化之为"中介"的凸现，因此更深揭示了"走向世界"背后的价值秩序建构，它几乎必然导向自身传统的压抑、丧失。1987 年徐剑艺的《城市文化和城市文学——当代城市小说的文化特征及其形成》，① 即可见这一文化价值系统进入文学领域之后，对于中国城市文学传统从古至今的删削，而决定新"城市意识"诞生的，正是"经济基础"。这特别表现在该文重点分析的 1949～1986 年当代城市小说发展的三阶段。即从 20 世纪 50 年代萧也牧《我们夫妇之间》，刘宾雁、王蒙等的反"官僚主义"小说，到新时期初的"右派""知青文学"，都未能摆脱"乡村化"的意识痕迹，直至刘索拉、徐星等的现代主义小说出现。按其论述，正是后者表现的新"城市意识"，显示此前的当代历史文化，根本是朝向几千年农业社会的"封建"倒退。无疑，这里带出的是"新时期"反思"文革"最强劲的思想文化批判，并与文明－野蛮的文化价值系统内在一致。而问题是，这恰恰出于"经济基础"之上世界观的先验笼罩，所谓农业/封建之倒退，因此成为整个传统的盲目和切断。

由是，我们可见"文化"如何作为一个根本匮乏的价值系统进入"文学"，并带来强大的经济决定论之势。该文论述中，这一看来处于广大文化视野的新"城市意识"，就不仅使作品"人物"，而且

① 徐剑艺：《城市文化和城市文学——当代城市小说的文化特征及其形成》，《文艺评论》1987 年第 5 期。

使现实中的"作家"都处于其检验之下，已然显示思想边界的危险跨越，以至投下"改造"的历史阴影。而这正是后来种种借助"文学"大幅度跨越思想理论－现实历史边界的社会、文化研究的内在隐忧，它指示了思想的后果。事实上，这种跨越在 20 世纪 80 年代已然形成了方法论，如该文所代表的一种"文化社会学考察"，[①] 足以为 90 年代文化研究的先遣。1990 年芜唯的《近年来都市文学研究述评》，[②] 作为整个 80 年代的简要总结，就表明了经由这种"文化社会学"及北京、上海、广州等已多方展开的"地域文化学"方法，城市文学研究已从起初"生存体悟"式的人文感性，进入具有"历史穿透"的理论、学术化阶段。

至此，城市文化－文学的关联可谓完成。而 20 世纪 80 年代作为起点，不仅显示"文化"之为庞大价值系统，以至裹挟"文学"，而且本身深处两大文化的原始对抗中。所谓文明－野蛮，即来自"新时期"对于此前当代历史文化的批判、反思之无法彻底，这才有世界观式的根本盲目。因此，它将随着 90 年代"城市文学"的崛起，在知识理论全球化与多价值系统混杂中，再度规制文化价值秩序重构的指向。事实上，至世纪之交文化研究的理论主导确立，原有文化价值系统发生了全面逆转，"城市文学"已不免作为"资本主义"全球化的宏大标识而趋于负面。这一"文化"轨迹的颠覆性演变与跨世纪，不仅再次体现"经济基础"的决定性，也将自身传统的压抑和丧失，推向了城市文学理论的严峻高度。

因而，恰是至此 90 年代关口对于传统的返身触及，透露了这一逆转的深层机制。1995 年陈思和的《民间和现代都市文化——兼论张爱

---

① 上引徐剑艺文，即是作为《城市和人——当代中国城市小说的文化社会学考察》系列论文的第一篇（见该文"编者按"，其余论文刊载于《文艺评论》1987 年第 6 期，1988 年第 1、2、3 期）。

② 芜唯：《近年城市文学研究述评》，《社会科学动态》1990 年第 8、9 合期。

玲现象》，<sup>①</sup> 即代表了一个高点。这里首先有上海"新市民"文学倡导及市民社会与文学的探讨，<sup>②</sup> 并及全国人文精神大讨论的时代背景。其庙堂－广场－民间的三角构成，作为中国传统文化现代转型的一种历史透视，正可谓时代大变动的近切反映。从权力中心疏离的现代知识分子群体，如何开辟广场，担负起启蒙的使命，继而走向民间，与民众相结合等文学史论述，皆带有时代的切肤之感。而正是在知识分子重寻安身立命所在，传承由五四新文学传统总成的文化道统的探讨中，"都市民间"及其"现代都市通俗文学"显示为一个颇具建构性的位置和方向。它处于从政治权力到普通市民阶层的多层次文化构成中，而20世纪40年代上海沦陷区作家张爱玲的创作道路，即是例证。按其论述，正是在她手中，"新文学传统与现代都市通俗文学达成了艺术风格上的真正融合"，使后者品格提升，从此进入了新文学传统。而该文的重要意义，就在"市民小说""通俗文学"作为屡被城市文学理论剔除的文类，得以作为自身传统的继承而深入探及和正面打开。然而，正如"都市民间"在其三角构成中到底属于"虚拟性质"，以区别宗法制社会仍残留、实存于农村的传统民间文化，更与市民、中产阶级等西方社会学概念拉开距离，此处的理论谨慎实已意味着这打开的有限。在该文批评张爱玲到底"在权力与民间达成的妥协中"迅速走向其文学生涯顶峰时，这一构架难以顾及和设想，如果其创作确可为文学史总体走向的一个标志，甚至足与同期作家赵树理、张扬民间文化传统的意义并举，那么这一走向民间大势中的政治妥协，就不只属于作家个人问题。它不仅无法解释整个新文学传统最终走向当代文学－政治的一体化，更可能指意自身传统与新文学的根本内在冲突。

这正道明了20世纪80～90年代文化价值系统全面逆转之所在。

---

① 陈思和：《民间和现代都市文化——兼论张爱玲现象》，《上海文学》1995年第10期。
② 周介人、陈保平：《几度风雨海上花》，上海三联书店，1996。

即自身传统的根本难以为继，才导致原有文化坐标上的古今冲突，转为中西。曾作为80年代文明参照、精神标杆的"西方"，亦必随之降落，日益拘囿于其现代物质文化的研究和批判视野。它的一个直接后果与表现，就是"左翼文学"及其当代文化实践的权重日渐上升，以至成为现今城市文学研究的历史支柱。几乎任何新的言说，无论批判还是继承，都无法不以此为起点、思想背景。2000年张林杰的《文化中心的迁移与30年代都市文学的生存空间》，① 以城市空间转移为中心线索，分析、考察了五四新文学如何从20世纪20年代北京的依托校园，到30年代上海的面向市场，至40年代走向乡村，一步步从象牙塔向大众化普及，同时也靠近政治的发展轨迹。而这一历史转折的条件，几乎全备于以迁都南京为标志的社会政治环境变动中的30年代上海。租界之于专制政府的微妙制衡，市场机制对于文学商业化与政治化的同时推动，世界文学新潮的近切引入等，都特别培育了"左翼文学"的壮大。而同期的北京则成为自由主义作家的大本营。这一重新沟通京派-海派的文学史论述，作为较早的文化研究，不仅已演示其为方法的基本路数，而且凸现"左翼文学"之为历史转折，反过来表明方法本身的现代物质文化批判指向。

这在其后文化研究的全面兴起中日渐显露，不免引来"左"的价值偏向及意识形态争端。2005年王宏图的《都市叙事、欲望表达与意识形态》，② 即在资本主义为"历史终结"的宏大视野，以"意识形态"与"欲望主题"的深广连接，批判性勾勒了一条20世纪文学史脉络。而其批判基于这样一种文本分析和观察："都市文学"只有在二者连接中才能获得自身的叙事。如20世纪上半世纪的"新感觉派"具有"近乎肉体政治的意识形态"，张爱玲的"日常生活"则

---

① 张林杰：《文化中心的迁移与30年代都市文学的生存空间》，《北京大学学报》（哲学社会科学版）2000年第6期。

② 王宏图：《都市叙事与欲望书写·导论》，广西师范大学出版社，2005。

潜藏"保守主义倾向的意识形态"。90年代以来"汪洋恣肆的欲望之流",更是借助冷战后"意识形态的幽灵",形成了"消费主义"的"新的意识形态",以至再无他种抗衡力量生长。唯此,以《子夜》为代表的30年代"红色都市叙事",才以其对现实世界不妥协的批判,闪耀出乌托邦"理想的光焰"。但是,如此"意识形态"的普泛化,以致足够贯穿20世纪文学史,甚或形成"都市文学"的一种方法论,只可能是当代思想产物。故当该文试图探求都市文学的精神突围之径,"意识形态"先已构成了思想的围城。按其论述,唯有意识形态的"坚实背景和基石","欲望化的都市叙事才不致沦为一大堆……无所归依的能指符号,才有可能为理解人类精神深处晦暗的冲突提供一个新的维度"。然而,作为如此晦暗、暧昧、不确定、非道德的存在,"都市文学"已先验处于价值负面,又何以升达人性、精神的彼岸?

显然,这里的"欲望"恰是被"意识形态"加倍放大的黑影,二者之间缺乏坚实的中介。出自它的历史观照,因此更将带出历史的丧失。作为该文特别针对的20世纪90年代以来都市文学创作,"欲望主题"的高度聚焦,正预示了整个城市文学理论批评视野的愈益收窄。事实上,今日理论对于创作现实的关照,基本排除了广大的小城市、城镇书写。作为沟通城市-乡土文学的中转地域、空间,因此特别指示着现实的蹈空,及思想的乏力和大面积混沌。而这样的消极预示,尤使该文论述本身提供了对于城市文学理论建构的一种洞察和批判。在此,欲望-意识形态的交相构制,终使得"左翼文学"为支持的"意识形态"作为认识论的根本匮乏,担纲起"都市文学"的最后救赎。"欲望"的穿越,则成为历史终结之时城市文学唯一可能的未来。这里既往"意识形态"对于历史叙述的思想逼迫,正将自身传统在整个文化价值系统重构中的丧失,再次突出到一个"当代文学"高度。在此,"经济基础"体现如此强力的支配与终极决定性,以致

"城市文学"朝向"欲望"的价值坠落，不仅意味着"文化"的无法庇护，而且根本就是时间维度上何谓文学意义申诉的近乎窒息。

"文学中的城市"概念引进及近年提倡，① 因此当视为深重的"唯物"主义思想背景下，对于西方文明的一次"唯心主义"溯源及其文化标尺的拉升，而不应混淆于现今流行的"N 城记"式文化研究。二者分属不同理论层次，在 20 世纪 80 年代的起点参照下，更形成历史的曲折进展。2006 年陈晓兰的《文学中的巴黎与上海——以左拉和茅盾为例》，② 即在中西比较文学视野，试图重新厘清、界定城市文学的基本问题与思路、方法，由此将强调作家之想象和再现的"文学中的城市"，③ 提到这样一个高度。它不仅只是虚构，而且足以塑形现实的城市。事实上，作为源于圣城 – 世俗之城的构想、希腊神话和荷马史诗"特洛伊"城的建造，且丰富激发了现代城市想象的西方文学传统，它根本是一个可以无关现实的"语词城市"。相形之下，国内学界从 80 年代的文化社会学到 90 年代文化研究，皆以"城市中的文学"为重心，以致反映经济、社会和文化环境的"城市文化"作用得到特别强调，而"城市文学"则降次作为它的反映和组成部分。故按该文论述，这一研究思路，实未出"现实主义文学观"与社会历史批评范围。

这里再次表明 20 世纪 80 ~ 90 年代以至迄今城市文学理论的连贯性，其始终拘囿于社会物质文化构成的"城市中的文学"，甚至成为既往"现实主义"的延续。这无疑是一个深刻的批判，并特别指向"文学"何以沦为"文化"的反映。而更关键的是，如此"文化"遏

---

① 张鸿声：《"文学中的城市"与"城市想象"研究》，《文学评论》2007 年第 1 期。
② 陈晓兰：《文学中的巴黎与上海——以左拉和茅盾为例》，广西师范大学出版社，2006。
③ 参考 Richard Lehan, *The City in Literature：An Intellectual and Cultural History*（University of California Press, 1998）。现有中译本，即〔美〕理查德·利罕《文学中的城市：知识与文化的历史》，吴子枫译，上海人民出版社，2009。

制下的"现实主义",恰将难以阻遏地走向现实的背离。问题在"经济基础"作为更深远的思想背景与终极决定,足以形成现实世界意义的垄断。介于阐释世界 – 现实世界之间的"文化",因此一俟形成"现实主义"文学理论的支配,就恰意味着面对现实的思想无力。作为一个根本缺失的价值系统,它不仅愈是试图切近现实世界,愈是远离现实和历史,更将成为现实逻辑的加证。事实上,如全文所述,近30年城市文学研究的思想运行轨迹,正屡屡显示为理论之于后来现实的消极预示、应验,足以表明其中思想向现实的连续妥协,以至深度合谋。

所以,从"城市中的文学"到"文学中的城市",要求的是文化价值系统的彻底重构,并且再度拉开了古今中外的坐标参照。而上文从"文学中的城市"上溯其"唯心主义"源头的"语词城市"的西方文学传统,正比照出我们现今理论对于自身传统的排斥,根本是书写传统的横切。作为言说自我能力的丧失,它不仅足以在阐释世界构成"你是谁"的天际追问,而且意味着现实世界将在最大程度失去意义的庇护。无疑,这才是文化价值系统重构中来自西方文明坐标的根本究诘,是为城市文学研究领域何以不断沦为"他者""幽灵"及"意识形态"交相出没、投射的重地,以至在其追逐中再度形成了"经济""政治 – 经济"的元话语。这一天际追问,标志了"文化"之为"中介"应有的认识论高度,此中哲学基础才是城市文学、中国文学理论的奠基。

所谓自身传统的重寻,由此成为彻底的哲学追问。而打捞历史的紧迫,及近年对于西方现代性知识理论的谨慎与再批判,亦在这样深度的文化价值系统重构中显示其意义。2009年程凯的《文学史研究的中介层次——评"都市想象与文化记忆丛书"》,[①] 评述了城市文学

---

① 程凯:《文学史研究的中介层次——评"都市想象与文化记忆丛书"》,《中国现代文学研究丛刊》2009年第3期。

研究出现的一种新方法，可能带来现代文学史研究的深化和拓展。这是在文学与历史之间构建更丰富、细致与流动的关系，从而保持自身历史叙述的主体性，往"文学中的城市"进升的一种尝试。所谓中介层次，即是将以往注重其物质存在的都市空间，进一步"抽象化"，展现诸如公共、言论空间的构建形态，以至沟通时空而不拘地域等。2014 年夏伟的《"都市叙事群"与"非西方的现代性"——兼论李欧梵〈上海摩登〉的颓废观与现代文学学科的关系》，<sup>①</sup> 则可代表当代学科建制下的学术思考，对于海外汉学的一个态度，由此测试我们置身知识理论全球化的样态。《上海摩登》<sup>②</sup> 自 21 世纪初引入十数年来，早已成为城市文学与文化研究无法绕过的示范性著作，百年文学版图亦由其"双城记"而扩展至现今的"N 城记"，但对它的意识形态疑虑却一直潜隐未散。该文以"非西方的现代性"为之正面立论，并由此检讨了现代文学学科在历史叙述上的疏漏。然而，作为"反现代的现代性"这一为前 30 年当代文化辩护理路的沿循，这样的立论，也实在指意了现代性理论的竭尽。2013 年张惠苑的《囚禁在现代性下的城市文学——对 20 世纪 80 年代以来城市文学研究的反思》，<sup>③</sup> 即可谓揭示。而"囚禁"一词，或者能够启示"经济基础"上的世界观作为真正围城的破解。

---

① 夏伟：《"都市叙事群"与"非西方的现代性"——兼论李欧梵〈上海摩登〉的颓废观与现代文学学科的关系》，《华东师范大学学报》（哲学社会科学版）2014 年第 2 期。

② 李欧梵：《上海摩登——一种新都市文化在中国（1930 ~ 1945）》，毛尖译，北京大学出版社，2001。

③ 张惠苑：《囚禁在现代性下的城市文学——对 20 世纪 80 年代以来城市文学研究的反思》，《宁夏大学学报》（人文社会科学版）2013 年第 3 期。

# 附　　录

Appendix

# B.22

## 2015年上海文学纪事[*]

（2014 年 12 月 ~2015 年 12 月）

## 2014年12月

**"上海现实题材创作浦东基地"成立**　1 日下午，由上海市作家协会和中共上海市浦东新区区委宣传部共同成立的"上海现实题材创作浦东基地"举行了挂牌仪式，上海市作家协会党组书记、副主席汪澜与中共上海市浦东新区区委常委、宣传部部长尤存共同为基地揭牌。该基地下设"陆家嘴金融城基地"和"上海张江高科基地"两个点。上海市作家协会以此为平台和载体，组织作家以挂职、蹲点、采访等多种形式开展创作。滕肖澜、陆幸生、徐芳、凌寒、杨秀

---

[*] 由上海社会科学院文学研究所袁红涛、李璐根据公开资料整理。

丽、刘迪、孙未、王萌萌是首批签约的8位作家，其创作选题以浦东陆家嘴金融城、张江高科技园区为主。

**上海举办学习总书记文艺工作座谈会讲话精神培训班**　3~5日，由上海市委宣传部主办的"学习习近平总书记文艺工作座谈会讲话精神培训班"开班。上海市委常委、宣传部部长徐麟出席并作动员。中国文艺评论家协会主席、文艺评论家仲呈祥，中国作协副主席、书记处书记、评论家李敬泽，剧作家刘和平等受邀专程来沪授课，并与学员进行互动和交流。上海市文艺院团负责人、艺术家代表、国有及民营影视公司、文艺评论骨干、作家及网络作家代表等约百人参加了培训。此次培训班旨在深入学习习总书记文艺工作座谈会重要讲话精神，加强上海文艺工作队伍建设，促进文艺工作者坚持以人民为中心的工作导向，深入生活，扎根人民，走与时代相结合的文艺道路。

**第六届"上海文学艺术奖"揭晓**　10日，第六届"上海文学艺术奖"获奖名单正式揭晓，并于17日在上海大剧院举行了颁奖晚会。本届评奖，经过专业评审共评选出文学、影视、音乐舞蹈、戏剧、美术五个领域的"终身成就奖"12人，"杰出贡献奖"12人，并产生"上海青年文艺家培养计划"入围名单。其中获得终身成就奖的是：方增先、吕其明、陈佩秋、尚长荣、贺友直、草婴、徐中玉、徐玉兰、钱谷融、秦怡、舒巧、焦晃。获得杰出贡献奖的是：于本正、王安忆、陈少云、陆谷孙、李莉、周慧珺、施大畏、赵丽宏、奚美娟、黄蜀芹、蔡正仁、廖昌永。此次评选时隔12年后重启，是上海贯彻落实习近平总书记文艺工作座谈会精神的重要举措，也是上海率先进行城市文艺"荣典制度"的一次积极探索，以此助推上海文化发展。上海将以此为契机，进一步总结经验，细化各项配套措施，不断放大上海文艺家的集群效应，建立名家大师勇攀高峰、青年人才不断涌现的文艺人才长效机制。

**海上女作家共聚读名著分享会**　20日下午，上海市作家协会创联室、海上女作家文学联谊会、长宁区图书馆携手 FM107.2 上海故事广播"星期广播阅读会"共同举办了女作家读名著分享会。潘向黎、殷健灵、薛舒、滕肖澜、姚鄂梅等与读者推荐了《荷花淀》《远大前程》等五部中外名作，细致分析了其中的经典女性形象。上海市作家协会党组书记汪澜，上海市作家协会主席王安忆，长宁区图书馆馆长汤肖锋同样出席了本场分享会。

**上海话剧艺术中心获九枚金狮奖牌**  27 日，中国话剧艺术研究会 2014 年全国会员代表大会暨第九届中国话剧金狮奖、第六届戏剧奥林匹克颁奖典礼在山西太原举行。在本届话剧金狮奖中，上海话剧艺术中心共获得了 7 项大奖和 9 枚奖牌。上海话剧中心回望上海数十年沧桑变化、诉说上海人自己故事的原创话剧《大哥》获"剧目奖"；与丹麦导演合作的新多媒体话剧《白蛇传》获"小剧场剧目奖"。在个人奖项方面，林奕获"导演奖"；董桂颖获"舞台美术奖"；演员宋茹惠、符冲获"表演奖"；吴嘉获"杰出制作人奖"；焦晃获"终身荣誉奖"；另一位上海话剧艺术中心导演杨昕巍凭借在西藏话剧团执导的剧目也摘得"导演奖"。

# 2015年1月

**《红蔓》杂志在沪创刊**  由中国国际文化传播中心上海总部和上海人民美术出版社合作出版的《红蔓》杂志于本月创刊。据悉，《红蔓》是第一本全方位反映海派文化的艺术人文类双月刊，以"聚焦海派文化，荟萃名人名作，引领时尚风潮，打造当代经典"为宗旨，设有海上名人、戏曲、品鉴、时尚、风情、建筑、美食、演艺、影视、传媒、沙龙、金曲等 12 个栏目和 50 多个子栏目，全方位、多视角寻觅海派文化的历史遗珠，展示当今海上文化的独特风貌。

# 2月

**"思南读书会"举行一周年特别活动**　14 日，又一个星期六的下午两点，"因为爱·思南读书会 & 思南书集一周年特别活动"在思南公馆隆重举行，100 多名阅读爱好者通过微信等方式报名参与。上海市新闻出版局局长徐炯、中共上海市黄浦区委书记翁祖亮先后致辞，充分肯定了思南读书会、思南书集的文化影响力与市民参与度，认为思南读书会、思南书集很好地体现了多方互动交流合作的良性循环，成为立足黄浦、辐射上海全市的一个文化现象。这次活动上公布了思南读书会嘉宾推荐的 10 本好书，揭晓了思南读书会年度读者和荣誉读者，此外，程小莹、薛舒、滕肖澜、路内、张怡微等作家还朗读了爱情诗文并分享各自的故事。据悉，思南读书会和思南书集是"思南文学之家"的品牌活动，由上海市新闻出版局、上海市作家协会、中共黄浦区委宣传部联合主办，思南公馆承办，活动固定在每周六联动开展，分为室内场和室外场，且形成了"政府主导、社会参与、专业运作"的公共文化服务新机制以及"网上预约、免费领票"的参与新模式。读书会主题由活跃在上海文学界、出版界、新闻界的数位青年作家、编辑、记者、翻译家围绕名家新作阅读推广和作家读者互动设计。自 2014 年 2 月 15 日举办首场至一周年纪念日，思南读书会已连续举办 55 期，共邀请了维·苏·奈保尔、王安忆、金宇澄、冯象、格非、韩少功、陈丹燕、杨燕迪、罗伯特·哈斯、达尼·拉费里埃等 131 位海内外知名作家、学者、诗人，与读者"相约书香星期六"。

**上海出品电视剧《平凡的世界》热映**　根据著名作家路遥的长篇小说《平凡的世界》改编的同名电视剧于 2 月 26 日大年初八登陆东方卫视。小说描绘了 20 世纪 70 年代中期至 80 年代中期中国城乡生活的改变和人们的情感变迁，并于 1991 年获第三届茅盾文学奖。
2006 年，上海源存影业公司在激烈竞争中取得了路遥作品《平凡的
世界》电影和电视剧的改编权。2011 年，出品方又出资数百万元接
续了版权。该剧由 SMG 尚世影业、华视影视、上海源存影业等联合
出品。在剧本创作过程中，《平凡的世界》经历多次重大修改，上海
重大文艺创作领导小组也给予了摄制方帮助。电视剧的热播也使得
《平凡的世界》再一次引起评论界的关注，《平凡的世界》在当代社
会仍有其现实意义。6 月 12 日，该剧获第二十一届白玉兰奖最佳导
演奖。12 月 28 日，该剧获得第三十届飞天奖优秀电视剧奖。

# 3月

**上海儿童文学迎春座谈会召开**　27 日，上海市儿童文学研究推
广学会近日在其实验学校——竹园小学举办了"2015 上海儿童文学
迎春座谈会"。座谈会上揭晓了上海市 2014 年度儿童文学好作品奖，
分别是任溶溶《看京戏》、金敏《葡萄》、朱效文《会跳舞的老鼠》、
谢倩霓《年关飘香》、庞鸿《返航的小乐手》、吴雁《星星树》、朵
朵《花开的声音吵到你了吗?》七部作品。此外，学会还向在上海市
少儿文教事业中做出卓越成就的老一辈儿童文学家、儿童读物编辑、
儿童教育家颁发了"学会奖"，于漪、于之、嵇鸿、曹燕芳、盛如
梅、余鹤仙等人获奖。

**第 25 届"白玉兰"戏剧奖揭晓**　31 日晚，第 25 届上海白玉兰
戏剧表演艺术奖在上海大剧院的颁奖晚会上正式揭晓。上海市委常
委、宣传部部长徐麟为著名戏曲导演马科颁发特殊贡献奖。茅善玉、
钱惠丽、王志萍、陈德林、魏松等艺术家分别为观众献上了精彩绝伦
的表演。共有 8 位演员获主角奖，重庆市京剧团演员程联群凭借京剧
《金锁记》摘得该奖榜首；共有 5 位演员获配角奖，江苏省淮剧团的

陈明矿因在淮剧《祥林嫂》中饰贺老六一角，荣获配角奖榜首。据悉，参评本届"白玉兰"奖的各地演员共计144名，分别来自全国49个剧团的69台剧目，共计29个剧种，创下了历届新高。与往届相比，本届"白玉兰奖"颁奖活动作了较大的调整，包括根据全年戏剧创作演出现象，适时确定主题、不定期举办"白玉兰戏剧论坛"，以及将往年的获奖演员展演与颁奖晚会合二为一。

# 4月

**上海话剧艺术中心庆祝成立20周年，两届佐临话剧艺术奖同时揭晓** 6日晚，以"More Than 20 On Stage"为主题的上海话剧艺术中心成立二十周年开幕演出举行。焦晃、娄际成、魏宗万等老一辈艺术家，郝平、王一楠、雷佳音、郭晓冬及常年活跃在话剧舞台上的优秀青年演员们齐聚一堂，与现场嘉宾和观众共同见证这一盛会。在开幕演出前，第18届和第19届"佐临话剧艺术奖"揭晓，第18届"佐临话剧艺术奖"的"最佳女主角奖"获得者是王一楠，"最佳男主角奖"获得者是贺坪，"最佳女配角奖"获得者是陈姣莹，"最佳男配角奖"获得者是李国梁，"最佳新人奖"获得者是翟煦飞。第19届"佐临话剧艺术奖"的"最佳女主角奖"获得者是宋茹惠，"最佳男主角奖"获得者是周野芒，"最佳女配角奖"获得者是翟煦飞，"最佳男配角奖"获得者是刘鹏，"最佳新人奖"获得者是兰海蒙。晚会后，作为周年纪念系列活动之一的"海上话剧风采——上海话剧艺术中心成立二十周年成就展"于4月25日至5月31日在中共一大会址纪念馆举行，免费向公众开放，集中展出了200余张珍贵的话剧图片资料和从未公开过的舞台模型、小型实物，包括报刊、说明书、手稿、录音带及其他极具价值的展品。此外，上话本年度还推出了八部致敬经典剧目，分别是《长恨歌》《大哥》《商鞅》《老大》

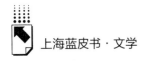

《上海屋檐下》《1977》《秀才与刽子手》《万尼亚舅舅》。

**薛舒非虚构长篇作品《远去的人》引关注**　14 日，由上海师范大学当代上海文学研究中心主办的"薛舒非虚构长篇作品《远去的人》研讨会"在上海师大举行，杨剑龙教授主持研讨。上海市作协副秘书长、作家薛舒出席并发言，20 余位学者、研究生参与研讨。与会者指出，作为一部非虚构作品，《远去的人》以父亲患病后的遭遇为基本内容，在真实故事、复杂情感中表现疾病与生命的角力、爱与痛的交织，呈现忠实记录生活与情感的文本特征，其作品反映了中国老龄化社会中的重大问题，值得关注、发人深思。

**第四届长宁区读书节开幕**　19 日上午，由长宁区图书馆主办的第四届上海市长宁区读书节阅读季拉开了帷幕。据悉，长宁区读书节阅读季的跨度近 3 个月，且每年都会推送 73～76 场讲座，每个星期至少有一次活动，这有利于使阅读成为生活常态。今年读书节的主题为"行走上海的读书人"，鲁迅、巴金、钱锺书、施蛰存、傅雷、萧红等一批生活在民国上海的文化人故居和重要生活地点都被纳入其中。"微旅行"作为一种阅读推广的新形式，得到了很好的反响，同时也给其他区县图书馆以新启发，对整个上海的城市阅读有促进作用。

**第十七届上海读书节开幕**　23 日，以"书香上海、成就梦想"为主题的第十七届上海读书节在上海图书馆拉开帷幕。作为全国"全民阅读活动优秀项目"和上海学习型城市的标志项目、群众性文化的经典品牌，本届上海读书节共开展 76 项活动。其中，包括"示范引领项目"21 项、"经典传承项目"22 项、"基层优秀项目"33 项。这些项目积极贯彻培育和践行社会主义核心价值观的要求，充分发挥以文化人、以德润心、引领社会思潮、凝聚社会共识的作用，让人们在读书活动中修养身心，着力营造"人人皆学，时时可学，处处能学"的书香上海氛围。

第三十二届上海之春国际音乐节举行　28 日晚，第三十二届上海之春国际音乐节在上海大剧院举行开幕音乐会。音乐节由上海市文化广播影视管理局、上海市文联、上海文化广播影视集团有限公司共同主办，上海音乐家协会、上海音乐学院、上海东方广播中心共同承办，为期三周。据悉，本届音乐节共有来自十多个国家和地区的音乐舞蹈团队献演 60 多场音乐和舞蹈节目，其中包括 12 场原创新人新作。鉴于 2015 年是中国人民抗日战争暨世界反法西斯战争胜利 70 周年，音乐节还推出了"纪念抗日战争胜利暨世界反法西斯战争胜利 70 周年系列活动"。

# 5 月

**"上海青年批评家崛起"现象引人关注**　8 日，由中国作家协会创研部、上海市作家协会、中共上海市委宣传部文艺处、《南方文坛》杂志社共同主办，"上海青年批评家研讨会"在上海作协举行。中国作协副主席李敬泽、中共上海市委宣传部副部长陈东、上海作协党组书记汪澜，以及王纪人、陈思和、程德培、何向阳等专家学者参与了讨论。与会者指出了几代上海批评家在中国当代文学批评史上的重要性，并重点研讨了青年批评家金理、黄平、张定浩、黄德海四人的创作，前辈们表达了对于新一代青年批评家的期盼，如陈思和教授所言，希望他们做"同代人的批评者"。上海社会科学院文学研究所于 2015 年初推出的《上海文学发展报告（2015）》即以"青年批评家崛起"为主题率先关注这一现象，南京师范大学何平教授特别撰文《上海青年批评家：正在崛起的新力量》，对这一现象首次进行了总结和命名。

**京沪学者研讨《陈伯海文集》，探求创建中国新学术之路**　著名中国文学史家、文艺理论家陈伯海先生的六卷本文集近日出版。9

日，来自中国社会科学院、复旦大学等机构的六十余位学者代表齐聚上海社会科学院，围绕《陈伯海文集》展开学术研讨，詹福瑞、黄霖、董乃斌、陈尚君、葛兆光、刘跃进、赵昌平、胡明、孙逊、夏中义、胡晓明、谭帆、陈引驰等知名学者高度肯定陈伯海先生不断创新的学术志向和精湛丰硕的研究成果，并共同探讨创建中国新学术的方向和前景。会议由上海社会科学院文学研究所荣跃明副所长主持，上海社会科学院院长王战、上海市社联副主席刘世军等出席并致辞。《陈伯海文集》共6卷273万字，收入其学术生涯主要成果，横跨唐诗学、古代文论、美学、哲学和中国文化研究等多个领域。陈伯海原任上海社会科学院文学研究所所长，上海师范大学特聘教授。他着力倡扬中国文学史宏观研究，致力于唐诗学学科建设，推进中国文化传统的现代阐释，建构生命体验美学，并对学界产生重要影响。在座谈会上，陈伯海总结自己一生思考所系，尽在如何激活历史资源以创建民族新文化和新学术。他强调，传统与当代不应当分割，创新须以传统为凭借，而如何将传统引入当代正是中国学人的重要职责。他认为，传统的现代化、外来的本土化和一百多年来实践经验的理性化，三者相结合，围绕当代中国的现实需求与发展前景，构建起即体即用的话语系统来，这便是建设民族新文化、新学术的必由之路。他期待中国学界在这一研究取向上能有重大的突破开新。

**沪上庆祝《中国比较文学》创刊百期**　9日，以"学术期刊、社团与比较文学的未来"为主题，庆祝《中国比较文学》创刊百期暨上海市比较文学研究会成立30周年学术研讨会在上海外国语大学举行。80多位来自高校的专家学者与会。与会专家回顾了《中国比较文学》创刊过程，高度赞扬了原上海外国语大学外国文学研究所所长、《中国比较文学》首任主编廖鸿钧对《中国比较文学》办刊事业和为我国比较文学学科所作出的贡献，且认为中国比较文学研究需要加快与国际接轨的步伐、提出了将口头文学纳入比较文学研究范畴的重要性。

**《当代松江文学丛书》作品研讨会举行**　22 日，由上海市作协和松江区文联共同主办的《当代松江文学丛书》作品研讨会在"最美书店"钟书阁举行。上海市作协副主席赵丽宏、杨扬，上海市作协副秘书长薛舒，作家褚水敖、朱大建、郏宗培、魏心宏、彭瑞高、杨斌华等出席研讨会。《当代松江文学丛书》由上海文艺出版社出版，王安忆推荐，赵丽宏作序。丛书包括一本小说、三本散文、一本诗集、一本童话。与会人员对丛书的出版和近几年来松江文学良好的发展态势给予充分肯定，并从上海当代文学背景、松江历史文化积淀、地域写作的美学范式、全媒体时代的写作突围、个人精神符号的确立和语言艺术的呈现策略等方面，对丛书六位作者的作品进行了深入浅出的理论剖析和生动形象的文本解读。

**首届全国戏剧青年创作会议在沪召开**　5 月 23～24 日，中国戏剧家协会和中共上海市委宣传部共同主办的首届全国戏剧青年创作会议在上海戏剧学院举行，首次全国青年戏剧创作人才创作成果展览同期举办。在此次会议上，来自全国各地的青年戏剧编剧、青年戏剧导演、青年戏曲音乐家、青年戏剧评论家、青年戏剧舞台美术家进行了交流和分组讨论。据悉，自 2011 年始，中国戏剧家协会和上海戏剧学院联合开办了 5 期全国戏剧创作高端人才研修班，包括了编剧、导演、戏曲音乐、戏剧评论、舞台美术五大专业。

**第十二届上海大学生话剧节举行**　5 月 11～25 日，由团市委、市文联、市学联、上海剧协共同主办，上海话剧艺术中心承办的"2015 第十二届上海市大学生话剧节"（简称"大话节"）如期举行。本届"大话节"共收到上海 27 所高校 39 个剧社所提交的长剧 32 部、短剧 19 部，共 51 部，剧目总量与上年持平。其中，原创作品 36 部，改编作品 10 部，照搬 5 部，原创率达 70% 以上，再创新高。经初赛评委会评定，入围决赛的共有 12 部长剧、8 部短剧作品。在 25 日的闭幕式暨颁奖典礼上，同济大学东篱剧社凭借原创剧目《环节动物》成功卫冕长剧组冠军，这也是"大话节"史上第二支三次夺冠的队伍。短剧组冠军为上海师范大学楼兰剧社的改编短剧《青春一九七三》。此外，"大话节"的影响也逐渐辐射到海外，使得上海的校园戏剧有了更加广阔的平台，5月24～25日，"韩国大学生戏剧·音乐剧庆典"组委会携他们去年的优秀剧目《黄狗小镇》来沪交流演出，本届大话节的优秀剧目也于8月赴韩交流。

**"青春·梦想"巴金生平展开幕**  26日，主题为"青春·梦想"的巴金生平展系列活动在上海财经大学开幕，上海市作协副主席孙甘露，作家李辉，巴金故居常务副馆长周立民，上海财经大学副校长刘兰娟等与近百位财大学子共同参与了开幕式的系列活动。巴金故居向上海财经大学图书馆捐赠了巴金诞辰110周年纪念版《随想录》等巴金著作和相关研究著作，上海财经大学学生表演了越剧《家》选段和话剧《家》片段。

# 6月

**第四届《文学报·新批评》优秀评论奖颁奖暨主题研讨会举行**

6日，第四届《文学报·新批评》优秀评论奖暨"我们这个时代的世界与文学"主题研讨会在上海城市酒店举行。中国作协副主席、书记处书记李敬泽，中共上海市委宣传部副部长陈东出席会议并讲话。上海报业集团《文汇报》党委书记陈振平代表主办方致辞。上海市作协党组书记、副主席汪澜，中国社会科学院文学所所长陆建德，湖北省作协副主席刘醒龙，上海市作协副主席孙甘露等嘉宾，第四届《文学报·新批评》优秀评论奖作者杨扬、江枫、耿占春、王彬彬、刘琼、顾骏和新人奖获奖作者周明全、王恺文，以及来自全国各地的作家、评论家与会并发言。本次研讨会恰逢《文学报·新批评》

专刊百期专号，自创刊以来，《文学报·新批评》从中国当代文学出发，逐渐将视野拓展到整个华语文学热点问题以及从西方观察华语文学。当代文学如何确立自己身份，如何与世界文学对话，以及如何在一百多年的现代文艺浪潮里重新梳理经验，这些都值得继续深入探讨。

**全国首个纪实类电子刊物《上海纪实》问世**　8 日，由上海市作协主办的电子期刊《上海纪实》正式上线，由朱大建、罗达成担任主编，由上海市作协主管主办的华语文学网不定期出版。这是全国首家专注于报告文学、纪实文学、传记文学的电子刊物，为纪实文学的创作发表提供了又一良好平台，也标志着"互联网＋"时代，上海市作家协会开启了"优质文学内容"新媒体表达的新探索。《上海纪实》不仅承袭了上海报告文学创作的传统，更被视作拓宽视野、吸纳新人的重要举措。作为电子刊物，《上海纪实》倡导"在场"精神，重在关注当下，直击现实，记录历史和时代变迁。此外，《上海纪实》设有电脑版和手机阅读版两个版本，在编排和设计上均根据当下阅读习惯进行了精心调整，并在微信公众号"上海纪实"进行摘选和定期推送。

**第四届上海青年作家创作会议举行**　15～19 日，由上海市作协主办，主题为"在上海的屏风上"的第四届上海青年作家创作会议于上海作协大厅举行。15 日上午的开幕式上，上海作协党组书记、副主席汪澜，党组成员、副主席孙甘露，副主席叶辛、孙颙，作协副秘书长、创联室主任薛舒、著名作家王小鹰和青年作家们出席并发言。会议期间，每天下午分别举行了五场讨论会，主题是"诗歌：遮蔽与敞开""非虚构：经验与限制""类型：技艺与态度""翻译：影响与想象""小说：名物与世情"。陈丹燕、张怡微、甫跃辉、周嘉宁、钱佳楠、袁筱一、黄昱宁、张新颖、小白、葛红兵、张定浩等六十余位作家、翻译家、评论家围绕不同主题展开了讨论，吴亮、杨扬、程德培、程永新、张烨、孙琴安等学者进行了点评。本届青创会

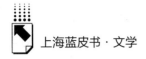

聚焦在具体作家和作品上，关注的不仅是"屏风前"人们所看到的作品，更是作家们身处"屏风后"的创作姿态，以及不同门类写作遭遇的具体问题等。

**"戏剧与文学关系的反思"学术研讨会举行**　27 日，"戏剧与文学关系的反思"学术研讨会在上海戏剧学院举行。黄昌勇、丁罗男、孙惠柱、杨扬、郜元宝、熊源伟、张仲年、厉震林、刘庆、张文军、史学东、计敏、赵耀民、李容、吴小钧、喻荣军、郭晨子、石俊等来自导演、编剧、文学评论、戏剧教育等各个领域的专家学者参与了研讨会，对戏剧与文学关系的历史演变、文学在当代剧场中的地位与作用、戏剧创作中的文学改编问题、戏曲文学创作的现状与走向等话题进行了深入探讨。

# 7月

**两岸青年儿童文学创作座谈会在沪举行**　4 日，两岸青年儿童文学创作座谈会在上海市作协举行。来自两岸的廖雅苹、林哲璋、陈佳秀、颜志豪、刘秀娟、张弘、黄文军、左眩、陆梅、马嘉恺等 20 余位作家与评论家出席。与会者探讨了全球化背景下两岸儿童文学的创作、阅读推广、价值观照等话题。上海市作协副主席赵丽宏认为："儿童文学作家要有一种社会的责任心，不要俯就、不要迎合、不要摆出教育的面孔，要用你独一无二的心灵写出好的作品，献给孩子，并且引领孩子走向更高的境界"。这番话呼应了两岸儿童文学作家创作中的一贯坚守。

**上海国际儿童戏剧展演开幕**　17 日，由中国福利会儿童艺术剧院创作演出、充满老上海风情的儿童剧《小八腊子流浪记》在上海市群众艺术馆星舞台上演，为"2015 上海国际儿童戏剧展演"拉开帷幕。来自波兰、阿根廷、日本、韩国、中国台湾以及上海的 8 个剧团参加了此次展演，演出的剧目包括波兰瓦布剧团的儿童剧《小红帽的历险》、日本冲绳的歌舞剧《冲绳灿灿》、韩国金设剧团的木偶剧《恐龙妈妈》，以及中国台湾逗点创意剧团的欢乐气球偶剧《寻找快乐的咩咩羊》等。据悉，本届展演拓宽了观众年龄段，异域风格明显，且注重公益性、社区性。展演期间还举办了国际儿童戏剧研讨会、戏剧评奖、北京分会场演出等活动。

**"巴金的抗战岁月"图片文献展向公众开放**　7月25日～8月6日，由上海市作家协会、巴金故居共同举办，"火——巴金的抗战岁月"图片文献展在上海图书馆向公众免费开放。展览以"火"为名，正因"火"对抗战中的巴金有着特殊含义。巴金"抗战三部曲"以"火"命名，他还写过同名散文，编辑了著名抗日爱国期刊《烽火》。巴金故居常务副馆长周立民表示："从作家和知识分子的角度反映抗战，展示他们的作品和行动对民众的鼓舞，是铭记这段历史富有价值的角度之一，也是此次展览的出发点。"

# 8月

**第四届"会师上海·90后创意小说战"落幕**　3日晚，由云文学网、上海作协文学百校行办公室、《萌芽》杂志社以及零杂志共同主办的"会师上海·90后创意小说战"大赛颁奖典礼在上海市作家协会大厅举行。来自湖南的高二学生黄先智获得此次大赛总冠军，《收获》杂志执行主编程永新和作家毕飞宇为其颁奖，评委们对其作出较高评价。上海市作协党组书记、副主席汪澜在颁奖仪式上表示，"这里有来自全国各地的选手，他们有不输给任何一代写作者的文学水准，这也正是他们区别于时下一般网络写作者的重要特质。"

**"上海女诗人徐芳、孙思、冬青、杨绣丽作品讲谈会"举行**　12日下午，上海女诗人徐芳、孙思、冬青、杨绣丽作品讲谈会在上海作协举行。徐芳代表诗作《上海：带蓝色光的土地》；孙思著有诗集

《剃度》《月上弦月下弦》，随笔集《走进大学生心里》；杨绣丽著有诗集《梦中的新嫁娘》《桑之恋》《雪山的心跳》等；诗人冬青著有诗集《红尘蝉吟》《矮小的幸福》《冬青诗选》等。评论家王纪人认为，身处多元飞速的城市进程中，这群女诗人深入城市腹地，摄取了城市中的众多物象，为城市诗意的表达作出了有益的探索。

**第五届上海国际文学周举办**　18～25日，在2015年上海书展期间，由上海市新闻出版局、上海市作家协会等单位主办的第五届上海国际文学周同期举行。本届文学周共邀请了30位国内外文学嘉宾，开展了近35场新书发布、名家签售、文学对谈、演讲等活动，包括主题为"在东方"的主论坛、上海国际文学周诗歌之夜以及第二届爱尔兰文学翻译奖颁奖典礼系列活动。活动地点主要集中在上海展览中心、上海市作家协会、思南公馆和上海图书馆。参加本届文学周系列活动的外国作家、诗人和学者有：恩里克·比拉·马塔斯（西班牙作家、诺贝尔文学奖角逐者），任璧莲（美国作家），穆赫塔尔·夏汗诺夫（哈萨克斯坦作家），米歇尔·康·阿克曼（德国汉学家、孔子学院总部特聘高级顾问），马海默（德国文学学者、文学翻译家），西蒙·范·布伊（英国作家），艾伦·李（英国插画大师、奥斯卡最佳艺术指导），西娅·莱纳尔杜齐（英国《泰晤士报文学增刊》诗歌编辑），弗朗西斯卡·赖泽赫（英国女作家），成硕济、李承雨（两位韩国作家），喜多川泰（日本作家），格兰特·考德威尔（澳大利亚诗人、小说家）等。国内作家、学者有陈丹青、刘庆邦、何向阳、李洱、金宇澄、孙惠芬、李娟、滕肖澜、路内、沈苇、薛舒、童伟格、刘梓洁、哈依夏·塔巴热克、东西、金衡山、应雁等。经过五年时间，上海书展的上海国际文学周已经成为中国作家与世界作家开展对话、中国文学与世界文学相互交流的现象级活动。据悉，除了上海国际文学周，书展期间还举办有"书香·上海之夏"、中国书业馆配年会、"网络文学会客厅"、纪念抗日战争胜利70周年珍贵历史期刊展览等活动。

**2015华语悬疑文学峰会召开**  22日，2015华语悬疑文学峰会在上海展览中心友谊会堂举行。蔡骏、那多、李西闽、哥舒意、鬼马星等华语悬疑文学作家，文隽、李欣、杜家毅等知名导演与电影人，以及相关企业代表参与会议。与会者分别就数字化时代背景下华语悬疑文学的发展趋势、悬疑作品的影视产业化前景、悬疑文学与生活的亲密关系等话题展开了深入探讨。随后，蔡骏新作《最漫长的那一夜》举行签售。

**首届上海－台北两岸文学营举行**  19～23日，由上海市作协主办、市台办指导，"上海－台北两岸文学营"邀请了20位来自海峡两岸的文学创作青年参与。本次文学营还邀请了两岸知名作家童伟格、刘梓洁、路内和滕肖澜作为学员们的导师，他们和营员同吃同住，并就两岸青年文学创作状况、文学写作经验等话题进行了探讨交流。《联合文学》发行人林载爵表示，"两岸的文学青年写作风气越来越盛，不管是上海，还是台北，年轻作家很多。每个人的生活经验、成长环境不一样，表达感受，对世界的看法有所不同。借这样一个机会，可以让上海、台北两地的文学青年通过作品相互了解，发现相同和不同点，这件事情十分有意义。"

# 9月

**2015"上海写作计划"启动**  2日晚，2015上海写作计划朗诵会暨欢迎仪式在巨鹿路上海市作家协会大厅举行。上海作协副主席汪澜，孙颙、赵丽宏、陈村、秦文君、孙甘露、杨扬，相关驻沪总领馆官员，作家王小鹰、吴亮、王周生、袁筱一、薛舒等，以及众多文学爱好者参加了晚会。2015"上海写作计划"共邀请了来自法国、英国、印度、以色列、斯里兰卡、土耳其、泰国、保加利亚、坦桑尼亚和澳大利亚等10个国家的11位驻市作家，包括曾获法国文学奖和法

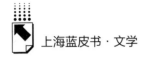
兰西学院终身成就奖的法国作家奥利维埃·罗兰、英国"80后"新锐乔·邓索恩等。本届写作计划的主题为"城市之光",其间共举办三场中外作家交流会。驻市作家在沪两个月期间参加了作协组织的多项文学活动,如拜访上海作家家庭、与大学生交流等,通过多种途径了解上海文学,体验并参与发展中的上海。

**"首届中国网络文学论坛"在沪举行** 24~25日,由中国作协和上海、广东、浙江、江苏四地作协联合主办,"首届中国网络文学论坛"在上海举行。汪澜、汪政、杨克、曹启文、马文运、陈村等各地作协负责人,天蚕土豆、血红、耳根、风凌天下、徐公子胜治等网络作家,吴文辉等文学网站负责人,以及何向阳、夏烈、黄平、欧阳友权、马季、项静等文学评论家共100余人参加了论坛。论坛分为各地网络作协经验交流、理论研讨和作品点评三大板块,与会者围绕"网络文学组织业态现状与发展前景""网络文学的艺术特性与走向""网络文学作品讨论"等主题进行了深入探讨。据悉,2014年7月初正式成立的上海网络作协已有会员192人,其中不乏国内网络文学界的重量级、代表性作家(所谓白金级、大神级作家)。上海作协举办的"中国网络文学年度好作品"评选、"寻找未来文艺之星网络小说原创大赛"等活动也鼓励了更多高水平的网络文学写作。

**金宇澄《繁花》获第九届茅盾文学奖** 29日晚,第九届茅盾文学奖颁奖典礼在北京中国现代文学馆举行。本届评选范围是2011~2014年出版的长篇小说,格非《江南三部曲》、王蒙《这边风景》、李佩甫《生命册》、金宇澄《繁花》、苏童《黄雀记》5部作品最终胜出。金宇澄此番获奖,这也是继王安忆之后上海作家再次获得茅盾文学奖。

# 10月

**中国青年批评家高峰论坛在沪举行** 11日,由中国现代文学馆与《上海文化》杂志社联合举办，"中国青年批评家高峰论坛"在上海作协大厅举行。李敬泽、陆建德、南帆、陈福民、程光炜、孙甘露、吴亮、金宇澄、程永新、程德培、陈建华、张生、张闳、张念、张屏瑾、朱小如、路内等批评家、作家以及多位中国现代文学馆客座研究员、青年评论家与会并发言。本次论坛的中心议题是"90 年代：从公众参与到私人生活"。与会代表围绕"80 年代的遗产""写作的坚持、转化与消失""怀旧、年鉴和微观历史""媒介即现实，图像的到来""信息爆炸与私人社会""公开的还是隐秘的"等议题展开了热烈的争辩。

**第十七届中国上海国际艺术节举行** 10 月 16 日～11 月 16 日，由国家文化部主办、上海市人民政府承办的第十七届中国上海国际艺术节举行。本届艺术节继续坚持"艺术的盛会，人民大众的节日"这一办节宗旨，集聚舞台演出、展览博览、"艺术天空"系列演出、艺术教育、"扶持青年艺术家计划"以及"青年艺术创想周"、节目交易、论坛研讨、节中节等板块活动。艺术节期间，55 个国家近5000 名艺术工作者相约上海，各类艺术节活动吸引了 420 余万人次参与。其中，艺术天空作为艺术节于 2014 年新设的户外演出系列，覆盖了上海 17 个区县，大大拓宽了观众群。在各大剧院上演的剧目共计 46 台（93 场），平均出票率和上座率逾九成，21 台剧目出票率达 100%，创历届之最，15 万观众走进剧场；在户外上演的"艺术天空"系列共计献演 49 台（91 场），250 多万人次到场观看，剧场演出与户外演出形成了有效联动。2015 年艺术节首创"艺术教育"板块，开展了"讲座与导赏""艺术工作坊"等艺术教育活动进入学校、商圈、广场等各类场馆，吸引更多公众亲近艺术、喜爱艺术。此外，主办方对购票渠道也进行了创新。中国上海国际艺术节已经成为上海城市文化发展的一个重要平台，为城市公共文化氛围的营造和城市文化个性的塑造起到了巨大的推动作用。

**"上海－台湾－香港－深圳四城文化论坛"于上海召开** 18 日，第 16 届"上海－台北－香港－深圳四城文化论坛"在上海社会科学院召开。本届年会的主题为"移动互联时代的城市文化发展"，来自上海、深圳、台北、香港等城市的 80 多名代表汇聚一堂围绕"城市文化空间重构""四城文化政策比较研究""数字文化与社区建设""信息化与公共文化服务"等议题，探讨了移动互联时代城市文化发展各个面向的深刻转型。四城文化论坛已成为这四个城市进行文化交流的重要平台，围绕这个良好的公共平台催生了一系列具有广泛关注度的社会文化的公共话题，吸引了学者，民众，政府机构，社会组织的积极参与，推动了四个城市文化建设的健康发展。

**上海市繁荣发展社会主义文艺推进会举行** 22 日，中共上海市委宣传部、上海市文化广播影视管理局、上海市文联、上海市作协联合召开"上海市繁荣发展社会主义文艺推进会"，来自上海相关文艺单位、文艺院团、民营文化机构负责人和作家、评论家、艺术家等 100 多人出席会议。会议就深入学习贯彻习近平总书记在文艺工作座谈会上的重要讲话精神，贯彻落实《中共中央关于繁荣发展社会主义文艺的意见》，紧密结合上海实际，推进社会主义文艺的繁荣发展，进行了经验交流和工作部署。中共上海市委常委、宣传部长董云虎在最后的讲话中提出了要紧紧围绕中国梦时代主题，坚持以社会主义核心价值观为引领，大力弘扬中国精神和时代主旋律，努力担当起为中华民族塑魂铸魂的使命，以及要牢牢抓住创作这个中心环节，坚持以人民为中心的创作导向，坚持深入生活，扎根人民，努力推动文艺发展从"高原"走向"高峰"等要求。

**文学翻译家草婴逝世** 24 日下午，著名文学翻译家草婴先生在上海华东医院去世，享年 93 岁。草婴先生于 1941 年开始从事文学翻译，踽踽耕耘逾七十载。自 1978 年起，他用二十年时间，以一人之力翻译了托尔斯泰的全部小说，有读者感慨："没有他，托尔斯泰这个文豪在中国是不完整的"。1987年，他在莫斯科举行的世界文学翻译大会上被授予高尔基文学奖，是迄今为止获得该奖项唯一的中国人。2006年，他获得上海俄罗斯领事馆颁发的高尔基勋章，这是近一个世纪中俄文化交流以来，俄罗斯方面首次专门为中国作家而设的荣誉。2010年，草婴获中国翻译协会"翻译文化终身成就奖"，2011年获上海文艺家终身成就奖。在翻译托尔斯泰作品的过程中，草婴先生感悟最深的是其中体现的人道主义情怀，这也成为草婴先生的翻译理念，他反对为了翻译而翻译，而是极力主张为了思想而翻译。

**"仰望长天——赵长天文学成就研讨会"在沪举行**　29日下午，"仰望长天——赵长天文学成就研讨会"在上海作协大厅举行。上海作协党组书记、副主席汪澜，上海作协党组副书记、秘书长马文运，上海作协副主席孙颙、孙甘露、陈村，评论家毛时安、郦国义、王纪人、于建明，作家李伦新、王小鹰、俞天白、宗福先、沈善增，上海文艺出版社原总编辑郏宗培等嘉宾与赵长天家属陈颖、赵延共同追忆赵长天，表达对他的怀念。赵长天生前曾任上海作协副主席、《萌芽》杂志主编，他也是新概念作文大赛的创始人，被誉为"新概念之父"，著有长篇小说《伽蓝梦》、《天命》、《不是忏悔》（译有日文版本）、《肇事者》，中篇小说集《外延形象》，中短篇小说集《天门》《怀旧的旅行》，散文集《过渡年代》《半秋》，传记《孤独的外来者》等。与会者围绕赵长天的作品进行了探讨，追忆其严谨勤奋的工作态度，表达了敬仰之情。赵长天纪念文集《仰望长天》、作品集《过渡年代的风景》也已由上海文艺出版社推出。

**首届"城市文学与文化论坛"在沪举行**　31日，由上海社会科学院文学研究所、上海社会科学院"城市文学与文化"创新学科、《探索与争鸣》杂志社联合举办的首届"城市文学与文化论坛"在上海社科国际创新基地召开。首届论坛主题为"感知上海：想象、记忆与城市文明"，来自上海市委宣传部、上海市社联、华东师范大学、上海戏剧学院、上海市文联、上海市作协、上海社会科学院等机构的三十余位学者、作家、评论家孙甘露、黄昌勇、朱鸿召、马学强、罗岗、毛尖等与上海社会科学院"城市文学与文化"创新学科团队一起，围绕上海文学、文化的历史和现状，文学上海形象的建构，上海文化空间形态的变化与未来发展等问题进行了交流和研讨。"城市文学与文化"论坛的创立，依托于上海社会科学院"城市文学与文化"创新学科，是一个面向社会开放的学术交流平台。上海社会科学院文学研究所副所长、"城市文学与文化"创新学科首席专家荣跃明研究员在介绍论坛设立的主旨和缘起时说到，本论坛的各项研讨活动将立足于我们时代迫切关注的前沿问题，聚焦中国城市文学、文化发展中的多元实践形态，发现和阐释其间所蕴含的各种可能性，努力探索能体现文明进步和人文价值追求的城市文化发展路径，以期在历史资源和思想理论等方面助力于当代城市与中国社会的转型发展。

# 11月

**2015 陈伯吹国际儿童文学奖颁奖**　12 日，2015 陈伯吹国际儿童文学奖颁奖典礼在上海宝山国际民间艺术博览馆举行。获得年度特殊贡献奖的是原浙江师范大学校长、国际格林奖评委蒋风；获得"年度作家奖"的是丹麦插画家汉娜·巴特林；获得"年度图书（文字）奖"的是常新港的《我想长成一棵葱》、李东华的《少年的荣耀》、郑春华的《光头校长》、韩青辰的《小证人》与格日勒其木格·黑鹤的《血驹》；获得"年度图书（绘本）奖"的是克里斯·霍顿的《嘘！我们有个计划》、克莱蒙斯·波莱特的《木兰辞》、菲利普·斯蒂德和马修·柯德尔的《特别快递》、亚东和麦克小奎的《跑跑镇》、曹文轩和郁蓉的《烟》；获得"年度单篇作品奖"的是汤汤的《水妖喀喀莎》、王勇英的《青碟》、王璐琪的《雪的国》、史雷的《定军山》、顾抒的《圈》。据悉，来自中、美、英、德、法、意大利、西班牙、巴西等10余个国家和地区的近50家出版机构的近百种图书参加了本次绘本图书评选。且无论从数量还是质量上看，今年参评的作品都比往年有了较大的提高。

**2015上海国际童书展举行**　11月13～15日，2015上海国际童书展在上海世博展览馆举行。据上海市新闻出版局统计数据显示，本届童书展吸引来自30多个国家和地区的300余家知名童书出版与相关专业机构参展，参展中外最新童书超过5万种，共有1000余位国内外童书作家、插画家和出版专业人士，100余场阅读推广和专业交流活动亮相本届童书展，8000余位专业观众和3.8万多普通观众现场观展。本届童书展还启动了由中国少年儿童新闻出版总社发起的"丝路书香——国际少儿多边合作框架"。中国少儿文学读物"走出去"的步子正明显加快，这就要求合作模式的转变，变以往只是把图书翻译成另一语种输出到对应的国家的模式，为更有针对性的"量身定做"的模式，比如二十一世纪出版社在出版《好困好困的蛇》等一批图画书之前，邀请波兰画家麦克·格雷涅茨赴江西南昌，经过整整6个月采风、面对面交流，才最终合作出炉；同样值得重视的是中国作家与外国插画师在创作中的沟通，以恰如其分的表达融合中外元素，比如中少总社与巴西插画师罗杰·米罗合作出版的儿童文学作家曹文轩作品《羽毛》绘本。此外，上海国际童书展也努力打造具有公信力的国际奖项"陈伯吹国际儿童文学奖"等，助力建设儿童文学出版高地。

**第十四届海派文化学术研讨会在上海大学举办**　21日，第十四届海派文化学术研讨会在上海大学行政楼报告厅成功举办。沪上从事海派文化研究的专家学者，上海各大知名高校、文化院团、企事业单位的相关代表，海派文化爱好者及记者朋友等一百余人参加了研讨会。本次研讨会以"刚与柔：海派文化的坚韧与包容"为主题，旨在探讨在抗战中彰显的海派文化的包容性与坚韧性。上海市人大内务司法委员会副主任、市文化发展基金会理事长陈东，徐汇区巡视员李关德，上海市世界史学会会长潘光，上海市政协委员、《哈哈画报》杂志社主编朱少伟等四位专家学者，分别作了题为《大都市的起源——海派文化》《读志问路闻硝烟抗战励志自奋蹄——试说海派文化的刚毅和柔美》《抗战期间上海的反法西斯国际统一战线》《救亡报刊折射海派文化精髓》的主题发言。几位专家从源流、空间、新闻业、国际互助四个方面，对抗日战争中顽强抵抗、相互扶助的上海人及国际友人作了精彩的分析，向现场听众传递了海派文化的深刻内涵：坚韧与包容。在下午的青年论坛上，青年学者们在"海派文化的刚与柔"的大主题下，从海上书画、作家、文学作品等多方面分享了自己的研究心得，并与特邀嘉宾孙频捷积极交流。

**"诗词·散文——古典美与当代性"座谈会举行**　28 日，由上海诗词学会和上海作协研究室共同主办的"诗词·散文——古典美与当代性"座谈会在上海作协举行。上海作协副主席赵丽宏，上海诗词学会会长褚水敖与王纪人、朱大建、吴欢章、季振邦、杨斌华、陆梅、杨逸明、胡晓军、胡中行、孙琴安、朱蕊、杨秀丽、王琪森、龚静等二十多位古体诗人和新诗人、散文家、评论家出席。与会者认为，散文创作不仅要有当代生活的底蕴，而且要有文化传统的血脉。另外，在古典诗词中汲取散文创作的艺术营养，是弘扬中华优秀传统文化、实现当代文化发展繁荣的重要途径。

# 12月

**"2015 首届上海诗歌艺术节"举行**　1～6 日，由上海民生现代美术馆与"香港国际诗歌之夜 2015"主办，"诗歌的魔方——2015

首届上海诗歌艺术节"举行。活动由诗人王寅组织，葡萄牙诗人费平乐（Fernando Pintodo Amaral）、韩国诗人金惠顺（Kim Hyesoon）、缅甸诗人科科瑟（KoKo Thett）、巴勒斯坦诗人纳捷宛·达尔维什（Najwan Darwish），中国诗人多多、黄灿然、蓝蓝、欧阳江河和宋琳等参加了本次诗歌节。作为"香港国际诗歌之夜"的上海站，本届诗歌节的主题为"诗歌的魔方"，意在凸显多种不同文化在上海这一国际大都市所发生的碰撞。诗歌节活动为期一周，共举办展览、朗读会、诗歌巴士、论坛、表演、工作坊、诗歌市集等16场活动，包括上海诗歌艺术节开幕朗诵会，"诗歌的魔方"论坛，"诗歌来到美术馆"第29期暨新书发布会，多多与王寅的"诗歌漫谈"，由凤凰文化特别策划、欧阳江河与朱大可的跨界对谈"为什么这个时代的大众更需要诗歌"，黄灿然的主题讲座"诗歌的音乐与诗人的感受"，青少年诗剧工作坊"我们是猫！"，家庭诗歌市集等。

**第10届上海作协幼儿文学奖颁奖**　5日，第10届上海市作协幼儿文学奖颁奖典礼暨获奖作品诵读赏析会在思南文学之家举行。上海市作协党组书记、副主席汪澜，上海市作协副主席秦文君，少年儿童出版社社长周晴，以及本届获奖作家和编辑代表出席活动。张洁的《小西有棵外婆树》荣获图书特等奖，彭懿的《妖怪山》、秦文君的《珍珠小妈妈》和萧萍的《蚂蚁恰恰》分获图书优秀作品奖，另有五位作者分获单篇作品优秀奖。本届评选延续以往的传统，评奖对象锁定在上海作者以及在上海出版社或报刊发表作品的外省市作者，评奖范围是在2013年7月至2015年6月发表的幼儿文学作品，评委会共收到47篇单篇作品和11部单行本图书，涉及童话、故事、小说、诗歌等多种体裁。

**上海作协召开2014会员年度作品奖励表彰会**　18日下午，上海作协在作协大厅举行了"2014会员年度作品表彰会"，共有35部（篇）作品获得2014年度作品奖励，4人获得年度作家称号。上海作协党组副书记、秘书长马文运介绍了"2014会员年度作品奖励"实施情况,并宣布获奖名单。上海作协副秘书长、创联室主任薛舒主持表彰会。上海作协党组书记、副主席汪澜,上海作协副主席孙颙、赵丽宏、孙甘露、杨扬,以及作家王小鹰、潘向黎、殷健灵等出席了会议。

**《萌芽》与"ONE"强强联手,共同打造文艺新平台** 23日下午,中国知名青春文学品牌《萌芽》杂志与文艺生活应用"ONE·一个"在上海作协大厅举办联合新闻发布会,宣布以"资源共享,合作双赢"为宗旨结成战略合作伙伴,共同打造文艺平台,挖掘新生代作家,开发青年阅读和文化生活市场。《萌芽》是中国第一本青年原创文学刊物,有着深厚的影响力。而文艺APP"ONE·一个"发布三年来,累计用户3000多万,更新内容超1000期,总阅读量超10亿次,旗下作者作品近年来出版销售近500万册。《萌芽》与"ONE·一个"的联合,有利于在不同的平台发掘更多优秀新锐作家,加速现代文化产业发展。

**上海交通大学成立"当代中国文学与文化研究基地"** 24日,中国作家协会–上海交通大学当代中国文学与文化研究基地成立仪式暨"首届当代中国文化论坛:全球格局与中国创造——新世纪文学十五年学术研讨会"在上海交通大学徐汇校区举行。论坛由上海交通大学人文学院、中国作家协会–上海交通大学当代中国文学与文化研究基地、上海工程技术大学当代艺术研究所主办。来自中国作协、上海作协、各高校的专家学者,来自《中国社会科学》《文汇报》等单位的编辑和记者,以及上海交大师生代表参加了此次会议。研讨会上,与会者围绕"二十一世纪以来中国文学的经典化问题""新世纪诗歌十五年""我们这个时代爱的可能"等主题展开了深入探讨。

**王安忆长篇小说《匿名》新书发布会在沪召开** 27日,由人民文学出版社主办的王安忆长篇小说《匿名》新书发布会在复旦大学召开。《匿名》长达 35 万字，分为上、下两部，退休返聘的老头被错认为老板"吴宝宝"，在经历了黑道绑架、审讯、失忆之后被抛入一个叫作"林窟"的大山的褶皱之中，并在这片匿名天地中重新寻找脱去文明枷锁、脱去旧有社会规则的原本的自己，与此同时，他远在上海的家人则开始了一场唯心主义与唯物主义并行的抽丝剥茧般的寻找。发布会上，王安忆与复旦大学教授、文学评论家陈思和、张新颖，人民文学出版社副总编应红展开了对谈。应红认为，王安忆的《匿名》是一部与以往大为不同的作品，相信会给新老读者"出乎意料"的感受。张新颖指出，《匿名》一书道出了一个小人物的大叙事，将人类的进化与退化融入环境、世界的塑造之中。陈思和认为，《匿名》是一本不同寻常的小说，并没有用让人绝望的笔触描写一个退休人员的重塑之路，并认为本书突破了作者个人创作的习惯。王安忆自己表示："以往的写作偏写实，是对客观事物的描绘，人物言行，故事走向，大多体现了小说本身的逻辑。《匿名》却试图阐释语言、教育、文明、时间这些抽象概念，跟以前不是一个路数的。这种复杂思辨的书写，又必须找到具象载体，对小说本身负荷提出了很大挑战，简直是一场冒险。"

**"百年典藏－经典戏曲百辑抢救修复工程"制作完成**　28 日，上海市文联宣布"百年典藏－经典戏曲百辑抢救修复工程"已经全部完成了制作，成果将进行纯公益的传播推广。该项目自 2014 年始，在上海市文联的领导和支持下，由上海市剧协、上海音像出版社组织实施，也是"十二五"国家重点出版物出版规划项目，旨在保护与传承中华优秀传统文化。据悉，本辑《百年典藏》共有京剧卷、昆剧卷、沪剧卷、越剧卷、淮剧卷、曲艺·黄梅戏卷六大卷，收录包括京剧大师周信芳、梅兰芳、马连良、程砚秋；越剧名家王文娟、袁雪芬、范瑞娟、徐玉兰；沪剧名派丁是娥；滑稽表演艺术家姚慕双、周柏春等在内的京、昆、越、沪、淮、曲艺、黄梅戏多位大师经典佳作100 辑，品种丰富，重现了名家、名曲、名剧的魅力。

## ❖ 皮书起源 ❖

"皮书"起源于十七、十八世纪的英国,主要指官方或社会组织正式发表的重要文件或报告,多以"白皮书"命名。在中国,"皮书"这一概念被社会广泛接受,并被成功运作、发展成为一种全新的出版形态,则源于中国社会科学院社会科学文献出版社。

## ❖ 皮书定义 ❖

皮书是对中国与世界发展状况和热点问题进行年度监测,以专业的角度、专家的视野和实证研究方法,针对某一领域或区域现状与发展态势展开分析和预测,具备原创性、实证性、专业性、连续性、前沿性、时效性等特点的公开出版物,由一系列权威研究报告组成。

## ❖ 皮书作者 ❖

皮书系列的作者以中国社会科学院、著名高校、地方社会科学院的研究人员为主,多为国内一流研究机构的权威专家学者,他们的看法和观点代表了学界对中国与世界的现实和未来最高水平的解读与分析。

## ❖ 皮书荣誉 ❖

皮书系列已成为社会科学文献出版社的著名图书品牌和中国社会科学院的知名学术品牌。2011年,皮书系列正式列入"十二五"国家重点出版规划项目;2012~2015年,重点皮书列入中国社会科学院承担的国家哲学社会科学创新工程项目;2016年,46种院外皮书使用"中国社会科学院创新工程学术出版项目"标识。

# 中国皮书网

www.pishu.cn

发布皮书研创资讯，传播皮书精彩内容
引领皮书出版潮流，打造皮书服务平台

## 栏目设置：

☐ 资讯：皮书动态、皮书观点、皮书数据、
皮书报道、皮书发布、电子期刊
☐ 标准：皮书评价、皮书研究、皮书规范
☐ 服务：最新皮书、皮书书目、重点推荐、在线购书
☐ 链接：皮书数据库、皮书博客、皮书微博、在线书城
☐ 搜索：资讯、图书、研究动态、皮书专家、研创团队

中国皮书网依托皮书系列"权威、前沿、原创"的优质内容资源，通过文字、图片、音频、视频等多种元素，在皮书研创者、使用者之间搭建了一个成果展示、资源共享的互动平台。

自2005年12月正式上线以来，中国皮书网的IP访问量、PV浏览量与日俱增，受到海内外研究者、公务人员、商务人士以及专业读者的广泛关注。

2008年、2011年中国皮书网均在全国新闻出版业网站荣誉评选中获得"最具商业价值网站"称号；2012年，获得"出版业网站百强"称号。

2014年，中国皮书网与皮书数据库实现资源共享，端口合一，将提供更丰富的内容，更全面的服务。

# 法 律 声 明

"皮书系列"（含蓝皮书、绿皮书、黄皮书）之品牌由社会科学文献出版社最早使用并持续至今，现已被中国图书市场所熟知。"皮书系列"的 LOGO（▨）与"经济蓝皮书""社会蓝皮书"均已在中华人民共和国国家工商行政管理总局商标局登记注册。"皮书系列"图书的注册商标专用权及封面设计、版式设计的著作权均为社会科学文献出版社所有。未经社会科学文献出版社书面授权许可，任何使用与"皮书系列"图书注册商标、封面设计、版式设计相同或者近似的文字、图形或其组合的行为均系侵权行为。

经作者授权，本书的专有出版权及信息网络传播权为社会科学文献出版社享有。未经社会科学文献出版社书面授权许可，任何就本书内容的复制、发行或以数字形式进行网络传播的行为均系侵权行为。

社会科学文献出版社将通过法律途径追究上述侵权行为的法律责任，维护自身合法权益。

欢迎社会各界人士对侵犯社会科学文献出版社上述权利的侵权行为进行举报。电话：010－59367121，电子邮箱：fawubu@ ssap. cn。

社会科学文献出版社

权威报告·热点资讯·特色资源

# 皮书数据库
## ANNUAL REPORT(YEARBOOK)
## DATABASE

## 当代中国与世界发展高端智库平台

WWWW.PISHU.COM.CN

### 皮书俱乐部会员服务指南

**1. 谁能成为皮书俱乐部成员?**
- 皮书作者自动成为俱乐部会员
- 购买了皮书产品(纸质书/电子书)的个人用户

**2. 会员可以享受的增值服务**
- 免费获赠皮书数据库100元充值卡
- 加入皮书俱乐部,免费获赠该纸质图书的电子书
- 免费定期获赠皮书电子期刊
- 优先参与各类皮书学术活动
- 优先享受皮书产品的最新优惠

**3. 如何享受增值服务?**
**(1)免费获赠100元皮书数据库体验卡**
第1步 刮开附赠充值的涂层(右下);
第2步 登录皮书数据库网站(www.pishu.com.cn),注册账号;
第3步 登录并进入"会员中心"—"在线充值"—"充值卡充值",充值成功后即可使用。
**(2)加入皮书俱乐部,凭数据库体验卡获赠该书的电子书**
第1步 登录社会科学文献出版社官网(www.ssap.com.cn),注册账号;
第2步 登录并进入"会员中心"—"皮书俱乐部",提交加入皮书俱乐部申请;
第3步 审核通过后,再次进入皮书俱乐部,填写页面所需图书、体验卡信息即可自动兑换相应电子书。

**4. 声明**
解释权归社会科学文献出版社所有

皮书俱乐部会员可享受社会科学文献出版社其他相关免费增值服务,有任何疑问,均可与我们联系。

图书销售热线:010-59367070/7028
图书服务QQ:800045692
图书服务邮箱:duzhe@ssap.cn

数据库服务热线:400-008-6695
数据库服务邮箱:database@ssap.cn
兑换电子书服务热线:010-59367204

欢迎登录社会科学文献出版社官网
(www.ssap.com.cn)
和中国皮书网(www.pishu.cn)
了解更多信息

社会科学文献出版社 皮书系列
SOCIAL SCIENCES ACADEMIC PRESS (CHINA)

卡号:944687452721
密码:

# S 子库介绍
## ub-Database Introduction

### 中国经济发展数据库

涵盖宏观经济、农业经济、工业经济、产业经济、财政金融、交通旅游、商业贸易、劳动经济、企业经济、房地产经济、城市经济、区域经济等领域，为用户实时了解经济运行态势、把握经济发展规律、洞察经济形势、做出经济决策提供参考和依据。

### 中国社会发展数据库

全面整合国内外有关中国社会发展的统计数据、深度分析报告、专家解读和热点资讯构建而成的专业学术数据库。涉及宗教、社会、人口、政治、外交、法律、文化、教育、体育、文学艺术、医药卫生、资源环境等多个领域。

### 中国行业发展数据库

以中国国民经济行业分类为依据，跟踪分析国民经济各行业市场运行状况和政策导向，提供行业发展最前沿的资讯，为用户投资、从业及各种经济决策提供理论基础和实践指导。内容涵盖农业，能源与矿产业，交通运输业，制造业，金融业，房地产业，租赁和商务服务业，科学研究，环境和公共设施管理，居民服务业，教育，卫生和社会保障，文化、体育和娱乐业等 100 余个行业。

### 中国区域发展数据库

以特定区域内的经济、社会、文化、法治、资源环境等领域的现状与发展情况进行分析和预测。涵盖中部、西部、东北、西北等地区，长三角、珠三角、黄三角、京津冀、环渤海、合肥经济圈、长株潭城市群、关中—天水经济区、海峡经济区等区域经济体和城市圈，北京、上海、浙江、河南、陕西等 34 个省份。

### 中国文化传媒数据库

包括文化事业、文化产业、宗教、群众文化、图书馆事业、博物馆事业、档案事业、语言文字、文学、历史地理、新闻传播、广播电视、出版事业、艺术、电影、娱乐等多个子库。

### 世界经济与国际政治数据库

以皮书系列中涉及世界经济与国际政治的研究成果为基础，全面整合国内外有关世界经济与国际政治的统计数据、深度分析报告、专家解读和热点资讯构建而成的专业学术数据库。包括世界经济、世界政治、世界文化、国际社会、国际关系、国际组织、区域发展、国别发展等多个子库。